D0725938

LES PAGES DU SERPENT

Jessica Cornwell, petite-fille de John Le Carré, est née en Californie en 1986. Diplômée de littérature anglaise à l'université de Stanford, elle étudie également les arts dramatiques en Espagne. Elle s'installe ensuite à Londres où elle travaille dans l'industrie du cinéma, notamment pour Working Title Films. Elle se consacre désormais à l'écriture.

JESSICA CORNWELL

Les Pages du Serpent

TRADUIT DE L'ANGLAIS PAR ÉLISABETH LUC

MICHEL LAFON

Titre original :

THE SERPENT PAPERS
Publié par Quercus en 2015.

© Jessica Cornwell, 2015.
Carte et illustrations intérieures : © Jamie Whyte
© Éditions Michel Lafon, 2015, pour la traduction française.
ISBN : 978-2-253-08580-5 – 1re publication LGF

Pour mes parents, Stephen et Clarissa,
et pour ma sœur Lizzie, dont la force est infinie.

Chapelle

Vall Demossa ✕

Maison
de Lucretia

✕ Université

MAJORQUE
Mallorca

✕ Palma

Grotte
de Rex
Illuminatus

Méditerranée

✠ = Monastères

GRACIA

Appartement
de Fabregat

3ᵉ victime
✕

Appartement
de Natalia

plan de Barcelone

Appartement d'Anna
& café del Born

BORN

Santa Maria
del
Mar

Cathédrale
Sainte-Eulalie

GOTHIQUE

Santa
Maria
del Pi

La Rambla

La Boqueria

Commissariat

2e victime ×

RAVAL

1ère victime ×

plage

Université

EIXAMPLE

Théâtre national
de la libération

Marché
aux fleurs

Méditerranée

N
O
E
S

PRÉLUDE

La forêt

2003

Il arrive qu'une femme dans la fleur de l'âge prenne soudain conscience qu'elle a pactisé avec le diable. Qu'elle est marquée de son empreinte, réduite au silence, incapable de la moindre parole contre lui, incapable de prononcer son nom dans quelque langue que ce soit... Qu'il la surveille en permanence et lui rappellera de mille façons qu'elle ne peut échapper à son emprise. Qui n'a jamais entendu ces histoires ? Parfois, le diable se présente sous la forme d'un dragon, un monstre aux griffes d'acier et couvert d'écailles. À d'autres moments, il choisit l'aspect d'un serpent qui se faufile à ras de terre et s'insinue au plus profond de nos cœurs. Il aurait autrefois pris l'aspect d'une chèvre, une bête immonde, cornue, aux sabots fendus. Mais en général, il a l'apparence d'un homme.

La beauté est sa parure favorite, son costume de prédilection.

Notre jeune femme entend du bruit dans son sommeil ; elle tend une main vers lui, mais il n'est pas là. Son corps refuse de se réveiller, elle se retourne... mais elle entend toujours ce halètement étouffé, au cœur de la maison. Elle saisit son peignoir accroché à une colonne du lit et en revêt sa peau nue. La soie glisse sur ses épaules ; une carpe aux tons orangés ondule dans son dos. Pieds nus, elle gagne la porte de la chambre en nouant sa ceinture. Elle entend de la musique. *De la musique ? Au rez-de-chaussée ?* Une voix aux intonations américaines marmonne : « Nous en avons tué beaucoup, au cours des dernières semaines, et cela rien qu'à Nadjaf… » Il n'est plus là, mais elle discerne l'empreinte de son corps sur le matelas. Il a dû faire attention de ne pas la réveiller… Néanmoins, ces sons suscitent une curiosité animale. Elle entend un cri, puis un appel répété, comme un gémissement, et elle prend peur.

— Maco ? Où es-tu ? Demande-t-elle dans le couloir sombre, employant son surnom affectueux. *Maco ?*

Pas de réponse.

Nichée en pleine forêt, à flanc de colline, sa maison est une sorte d'atelier où ils passent leurs week-ends. De jour, le cadre est magnifique, à l'ombre des chênes, avec le ruisseau qui coule au cœur d'un superbe jardin en labyrinthe. Le soir venu, c'est une tout autre atmosphère qui s'installe ; la jeune femme n'aime pas sortir et insiste pour verrouiller les fenêtres.

— Nous sommes trop proches de la ville, expliquait-elle dans les premiers temps. On se sent moins en sécurité que dans la vraie campagne.

— C'est une vraie forêt, non ? lui répondait-il en riant.

— Oui, mais elle n'est pas sûre.

C'est ainsi. Chaque nuit passée dans la maison donne lieu au rituel de la fermeture des issues. À présent, elle scrute le couloir, les rideaux bien tirés, dans l'air chaud et lourd. Non, elle n'apprécie pas du tout qu'il se soit absenté…

14

— Maco?

Elle foule la moquette du vestibule, longe les boiseries en teck, les alcôves tapissées de livres, le divan avec ses coussins, vers l'escalier. Tout est impeccable. Elle arrive dans la cuisine en grès, avec ses plans de travail étincelants, ses céramiques du Sud accrochées aux murs, des châteaux bleus, des champs de blé, une peinture rustique… Les piments pendus aux ventilateurs, au-dessus de la cuisinière, ont pris une couleur ocre. Des saucissons sèchent dans un panier en osier. Les tomates, trop mûres, seront coupées en deux et frottées sur des tranches de pain rassis. L'îlot central ressemble à une planche à découper. La jeune femme s'accoude dessus et dresse l'oreille. Il a laissé de la musique au salon, un air de jazz de Harlem aux notes riches et veloutées… *et toujours ce bruit*…

Ce son inconnu, irréel.

Elle l'entend de nouveau. Un sanglot étouffé. Peut-être une bête qui hurle dans la nuit? À moins qu'il ait fait une chute…

Elle emprunte un couloir sombre qui s'éloigne de la cuisine, et passe devant la salle à manger, le petit salon, vers le fond de la maison qui donne sur le jardin, ses massifs de roses et d'azalées.

— Certains ont plus de 50 ans, lui avait-il expliqué fièrement en lui faisant découvrir sa propriété.

Posant une main dans le creux de ses reins, il l'avait invitée à avancer, puis s'était penché pour lui mordre l'oreille. Elle avait alors perçu son pouvoir d'attraction, tel un parfum opiacé mêlé à celui des roses. Elle l'avait senti comme le vent qui se lève, ce changement qu'elle désirait tant, là, parmi les topiaires du jardin, les murs de pierre en partie écroulés, les petites fontaines et les pivoines grimpantes.

Depuis le salon, le son enfle, plus clair. Elle avance à pas de loup, avec précaution, les sens en alerte. *Où est-ce? Où est-il?* Il y a de la lumière dans la salle de sport qu'il a mise à sa disposition pour ses chorégraphies.

— Je veux que tu te sentes libre de danser, ici. J'aime te voir danser.

Il a tapissé les murs de miroirs et installé des barres pour qu'elle puisse travailler quand elle séjourne chez lui.

De la lumière filtre tout autour de la porte entrebâillée, tel un ourlet d'or dont la lueur se déverse sur ses pieds. En sentant un courant d'air, elle s'inquiète. Y aurait-il une fenêtre ouverte quelque part?

— Maco? Tu vas bien?

La porte s'ouvre, mais il n'est pas là.

Les taches brunes font penser à des projections de peinture sur le sol en bambou clair. Les gouttes dessinent des motifs irisés. Une toux sèche résonne dans ses oreilles, plus fort que les percussions d'un tabla, comme des explosions de poudre qui s'évanouissent en un bruit sourd; son cœur s'emballe tandis que les traces sombres font place à une scène d'horreur. Le carnage a laissé des traînées sanguinolentes sur les miroirs de la salle de danse. Dans une odeur fétide de poisson pourri et d'urine, elle se penche vers une créature gémissante. Ses seins sont à peine formés, sa peau est maculée de taches, comme si du jus de grenade dégoulinait le long des veines de son cou. Un filet de sang coule de sa bouche vers le creux de son oreille.

16

Elle gémit, hoquète, suffoque, incapable de prononcer un mot. Son corps émet des sons, mais son esprit l'a quittée. En tombant, elle a tenté de se couvrir le visage. Ses mains cherchent à cacher son sexe, à masquer sa nudité. Elle repose les yeux fermés, les joues inondées de larmes. La jeune femme s'agenouille près d'elle et la place sur le flanc afin qu'elle ne s'étouffe pas dans son propre sang. De ses mains, elle tourne vers elle la tête de la fille dénudée qui râle, trop faible pour lutter. Du sang coule de sa bouche sur le sol en bambou ciré et se reflète dans les quatre miroirs de la salle de danse. La jeune femme écarte les cheveux de son visage en essayant d'essuyer le sang, mais les blessures sont atroces. Un morceau de chair tranché à la base gît à côté d'elle. La jeune femme est prise d'une nausée : *le monstre lui a coupé la langue*. Elle perçoit un mouvement dans son dos et sent son regard se poser sur elle.

— Appelle une ambulance, ordonne-t-elle sans se retourner.

— Pourquoi ?

— Appelle une ambulance tout de suite !

— Je voulais te montrer, dit-il depuis le seuil, en se séchant les mains à l'aide d'un torchon. Te montrer ce que je fais. C'est une forme d'art, *querida*. C'est de l'art…

LIVRE PREMIER

Fragmentation

Ô Phébus! ô roi pythique! Comme Philomèle hurlait et rageait! ô comme elle criait! Quand elle entendit le ravissement de l'hirondelle captive du palais et connut la brutalité de son bec! ô! ô! Il m'a fait taire! Tandis qu'elle était suspendue dans le ciel, Apollon eut pitié et déclara : « Oiseau qui fut vierge, écris tes larmes dans les feuilles de chêne, à l'orée du bois. Consulte celles que l'on nomme sibylles, car elles connaissent les ténèbres et la lumière, et rien de ce qui a été et de ce qui sera ne leur est inconnu. » Ainsi dit-on que le rossignol niche près de certaines grottes, et que la sibylle connaît le chant de ces oiseaux.

Rex Illuminatus, extrait de
Histoire alchimique des choses,
1306

I
L'île

Dans la salle des archives située à l'extrémité du cloître, le bibliothécaire compose un code de sécurité. Il passe vivement devant un meuble en teck dont les tiroirs ne sont pas plus grands qu'une carte. Dans la salle de lecture, il ralentit respectueusement le pas. La statue de marbre noir d'un vieil homme tenant son livre se dresse près d'une Vierge et d'une urne en étain. Les rayonnages en chêne tapissés de livres aux tranches usées vont du sol au plafond. Grâce à une volée de marches branlantes, on accède à une galerie d'où l'on peut monter sur une échelle appuyée contre les volumes. Derrière, une autre porte s'ouvre sur un sanctuaire : la remise cadenassée où sont conservés les manuscrits médiévaux de l'abbaye. Devant les sanitaires, le bibliothécaire s'arrête brusquement.

— Il faut vous laver les mains, me dit-il. Le livre est très fragile

Je lui obéis.

Il a le regard vitreux sous ses longs cils de biche. Ses joues sont ridées, ses cheveux plaqués sur son crâne… Il porte à l'annulaire gauche un simple anneau d'or sur lequel est inscrit « marié à Dieu ». À l'autre main, il arbore la marque d'une bonne famille : des armoiries d'obsidienne, outre le tweed et la chemise bleue. Quand j'ai terminé, il passe à son tour les mains sous l'eau brûlante. *Toujours le même rituel.* Son odeur d'encens, de savon et de poussière me parvient. Il n'a pas subi les conséquences de la richesse. J'admire la ligne de ses épaules tandis qu'il ouvre la marche. Il devait être fort, étant jeune, lorsqu'il a créé cet endroit. Il m'a confié qu'ils ont évacué les bêtes de ces bâtiments médiévaux, relogé l'âne, l'agneau et les squatters pour reconstruire l'abbaye. Assurément, cet homme est fier de ce qu'il a réalisé.

La pièce est exiguë et son plafond est bas. Inconfortable et humide, elle n'est pas sans rappeler une salle d'interrogatoire. Elle n'est pas à la température adéquate pour conserver des livres, me dis-je avec un soupir mais, au moins, il n'y a pas de lumière crue. Afin de réguler – sans grand succès – le taux d'humidité ambiante, un déshumidificateur ronronne à l'entrée. Des ampoules électriques enveloppent d'un voile glauque cette morgue de souvenirs absurdes. La collection personnelle de l'abbaye réunit objets courants et antiquités, plaintes et menus larcins, registres de dépenses et inventaires de blé. Certains sont plus imposants qu'un atlas, d'autres plus petits qu'un dictionnaire de poche. Le volume que j'ai examiné la semaine dernière, non sans agacement, concernait les achats effectués pour les fêtes de 1468 à 1532. *1487... achat de deux trompettes et d'une crécelle, 12 réals.* Le tout étiqueté et numéroté par paires distantes de six millimètres. 12 15 34. 76 85 19. Au-dessus, une forme plus ancienne d'annotation, presque effacée, sur de la peau. L'ensemble est en piteux état, mais ce n'est pas de mon ressort. Je ne vais cesser de répéter au bibliothécaire que le vélin est une matière organique, de l'épiderme animal. Quand on l'étire et le sèche pour s'en servir de support, ou suit les lignes du corps de la bête. La peau n'oublie jamais la forme des muscles, l'emplacement des pattes, du cœur, de la tête. En conséquence, le parchemin est susceptible de se plisser. La tension naturelle de la peau définit celle de chaque page : soumis à une trop forte chaleur, humidité, sécheresse ou au froid, le parchemin *bouge*. En ce sens, les livres sont *vivants*. On les restaure grâce à la chaleur, en appliquant une légère pression pour les détendre, les débarrasser de leurs traumatismes. *Il convient de les traiter comme des créatures qui respirent, et non de les entasser comme des crânes dans un ossuaire. En les exposant aux éléments, on leur fait mal*. Le déshumidificateur est un compromis, mais il ne suffit pas.

Fébrile, le bibliothécaire s'approche de moi. Au centre d'une petite table éclairée par une lampe de bureau, deux triangles de bois soutiennent la couverture d'un épais manuscrit ouvert et gorgé d'eau. Je pose mon manteau sur une chaise contre le mur, puis je glisse des épingles dans mes cheveux pour dégager mon visage. Face à ma mine réprobatrice, le bibliothécaire se replie légèrement sur lui-même.

— Les premiers chapitres font partie d'un livre d'heures, déclare-t-il. Mais ici, le style change brusquement.

— Il a gelé.

Regarde-moi toute cette eau…

— Ils l'ont trouvé dans la neige.

Il tripote nerveusement ses boutons de manchette.

— Et vous n'avez pas songé à l'envoyer directement au département de conservation des manuscrits ? Javier, vous n'auriez pas dû me faire venir ici.

Il est accablé.

— *Mea culpa !* Je suis coupable d'avoir détourné ce manuscrit, bredouille-t-il… En le recevant, je suis resté sans voix ! Je n'avais plus les idées claires. J'étais touché au plus profond de mon cœur. J'ai prié pendant une heure avant d'être en état d'agir, tant cette découverte m'a perturbé…

Sous son tweed, il se crispe.

— Nous sommes les premiers témoins…

Il tend la main et tourne les pages de l'ouvrage. Son doigt noueux glisse vers un coin.

— Le livre a été profané. C'est terrible… se lamente-t-il. Vous voyez où ils l'ont découpé… Le cahier est constitué d'un parchemin différent…

Il a presque le nez dessus.

— Ils ont tout pris sauf une page.

Feuilles découpées à la hâte, à l'aide d'instruments modernes. Découpes nettes. C'est un carnage. Une page dorée, les autres arrachées. *Un moignon rigide et brutal au cœur du manuscrit.*

— Est-ce bien du grec que je discerne, sous l'or ? souffle le bibliothécaire. Je me trompe ? Peut-être ai-je imaginé les lettres ? Mes yeux… Ma vue me joue des tours… Pourriez-vous… me dire ce que vous voyez ?

Un texte fantôme. À peine perceptible.

Je regarde de plus près.

Est-ce un alpha ? Un oméga ? De légères traces d'une calligraphie sous une lettre noire en latin ? Bouche bée, je scrute avidement le document. Langue pendante, j'avance avec précaution. Je cligne des yeux, je regarde encore… puis je la vois, la preuve ultime : *Rex Illuminatus*. Un nom que j'ai vu pour la première fois dans les notes d'un traité d'alchimie découvert à Londres en 1872 lors d'une vente de succession à Kensington. Il s'agissait d'une réédition publiée à Leipzig de *De la grande pierre des anciens sages* de Basile Valentin, accompagnée d'illustrations allégoriques intitulées *Les Douze Clés de la philosophie*. Sur la onzième clé, un enthousiaste avait griffonné : « Telle fut la transmutation réalisée par l'immortel Rex Illuminatus », avec une flèche désignant la devise de Basile Valentin : « Si tu chasses de toi les ténèbres d'ignorance, et es clairvoyant des yeux de l'entendement, assurément tu trouveras une pierre précieuse qu'ont cherchée beaucoup, et que peu ont trouvée. » Sur la page que j'ai sous les yeux, je discerne sa signature appliquée à la feuille d'or sur les fantômes de lettres grecques. *Vestiges d'un palimpseste d'Illuminatus.* Une écriture sur une autre. Les traces rouges d'un cerf dans l'argile humide. Des mots anciens, laiteux, à demi oubliés, tumulus funéraire voilé d'or.

— Vous êtes toute pâle, déclara le bibliothécaire, à côté de moi, en approchant une chaise.

Retrousse tes manches. Règle la lumière.

— Il faut stabiliser le parchemin.

Je m'en veux de ma voix tremblante, de mon ton sec. Je sors l'appareil de mon sac. *Pas de flash. Capture ce qu'il y a à prendre. Enregistre tout.*

— Picatrix va venir chercher ce livre pour le porter au département de conservation de l'université. Il faudra peut-être le lyophiliser. Nous sommes équipés pour ça.

Des nervures de moisissure pourpre rongent les marges dorées et se propagent comme la peste jusqu'au cœur des lettres. Une unique enluminure, petite, au-dessus du texte, une légère entaille sur la page, sous les lettres… des ornements majorquins réalisés sur l'île. *Écriture qui s'efface, pigments vert-de-gris qui s'effritent, détachés par endroits, outre l'exposition à l'eau.* Mon cœur se serre. *Ouvrage sérieusement imbibé par la fonte de la glace.*

— Il y aura de la paperasse, des autorisations, des formalités légales… Je resterai ici jusqu'à ce que nous disposions d'un moyen de transport adéquat. Quand nous aurons transféré le manuscrit dans notre département, vous disposerez d'un accès permanent durant la période de conservation. Nous ferons appel à votre coopération en ce qui concerne le lieu et les circonstances de sa découverte. Vous n'aurez pas à vous en séparer aujourd'hui, même s'il quitte les lieux. Quand nous aurons terminé, il vous sera rendu.

Je poursuis mon examen.

— Il faudra cinq ou six jours pour chasser toute l'humidité… voire davantage… *Traces de brûlure autour du corps du texte, projections de cire… cire d'abeille… pas de suif… sur le vélin, sans doute entreposé dans une église ou une riche demeure. Infection bactérienne sévère, reliure de basane détériorée… xvie ou xviie siècle… cartons en bois, dont l'un est brisé. Fermoir ouvragé suggérant la période baroque, ciselure dorée sur la couverture… motifs petit corps. Doubles feuilles de parchemin bien plus anciennes, brunies des deux côtés, rehauts d'or et encre au gallo-tannate de fer… fortement plissé. Des tanins du*

cuir de couverture ont taché les premières et dernières
pages. Entreposé dans un endroit ouvert et instable.
Gel en hiver, chaleur et humidité en été. Pages les plus
précieuses manquantes, peut-être volées. En un mot :
un désastre.

Je soupire, mais je suis confiante sur d'autres points.
Ne le lui dis pas.

Un nom circule dans ma tête.

Je gare la voiture au nord de mon village, le long de la route menant à l'ermitage situé au-dessus de Valldemossa. Ils ont emporté le livre à l'université, mais j'ai refusé de les accompagner. Les chimistes et le responsable des lieux s'en chargeront. Ils ont les compétences requises. Ce sont des médecins du livre, des chirurgiens. Ils disposent des pigments, des produits et de tout l'équipement nécessaire : scalpels, humidificateurs, aimants et poids. Je marche d'un pas vif pour canaliser mon énergie.

Arriver si près pour perdre ce qu'il y a de plus précieux. Pense à Harold Bingley, bien au chaud dans son bureau de Belgravia, à Londres. *Chez Picatrix, nous sommes voisins de la reine.* Un quartier un peu particulier pour des bureaux, loin des bibliothèques et des musées. Notre fondateur l'a choisi car il était proche de son hôtel préféré. Pourtant, on ne le voit jamais. Seul Harold Bingley a ce privilège. Que va-t-il penser ? *Nous avons localisé l'objet que vous cherchiez sans trop de difficulté.* Une tempête déchaînée, une vieille église et quelques moines qui, en éteignant un incendie, dénichent un livre qui n'est autre que le palimpseste que nous traquions – *Tu n'as rien fait pour mériter des louanges.* J'imagine l'homme qui va recevoir cette information. *Ils ont retrouvé le manuscrit, monsieur, mais le palimpseste d'Illuminatus est manquant. Il a été dérobé. Il a disparu. Il est perdu.*

Sera-t-il en colère ?

Optimiste ?

Ressentira-t-il la même frustration intense que moi ?

Je ne sais rien de lui, mais les rumeurs ne manquent pas : *c'est un Américain, du Texas, spécialiste du capital-risque à New York, donateur du Met. J'ai entendu dire qu'il était professeur d'histoire antique et qu'il a hérité une grande fortune de son épouse brahmane récemment décédée. Non, non, non : Picatrix est un ingénieur israélien qui a vendu sa plate-forme à Google pour trois milliards... À la base collectionneur obsessionnel des écrits d'Isaac Newton sur l'alchimie, il traque les sources de Newton.* Nous en parlons alors que nous ne connaissons de lui que l'ampleur de sa fortune – qui est immense – et ses convictions étrangement comparables aux miennes. Et maintenant, je suis à la tête de l'équipe de M. Picatrix. Je marche dans la neige. N'ayant à lui montrer qu'un livre moisi dont il manque une série de pages.

J'ai rejoint les rangs de Picatrix il y a deux ans, par un après-midi pluvieux d'octobre, dans cette lumière si particulière qui baigne Londres en automne. J'étais convoquée dans un café très chic, proche de St James's, sur Piccadilly. Splendide marbre noir et blanc à motifs géométriques, colonnes somptueuses, laque japonaise, coupoles, théière édouardienne dans le style de George III, argenterie étincelante, coiffures sophistiquées et boutons de manchette en or... À l'heure prévue, Michael Crawford, professeur de lettres classiques et archiviste des collections spéciales de la bibliothèque de l'université de Stanford, se présenta, accompagné d'un monsieur en costume des plus austères. Exubérant dans ses gestes et mesuré dans ses paroles, Crawford est confortablement installé dans la soixantaine. Il n'a pas peur de trahir des origines du Midwest, dont il a l'accent traînant. Mentor de mon année de licence, il est spécialiste de l'imagerie multispectrale et papyrologue. Son ami semblait un peu pincé, avec des joues si pâles qu'elles étaient striées de veines bleutées.

— Je vous présente Harold Bingley, directeur adjoint de Picatrix, déclara Crawford.

— Ravie de vous rencontrer, dis-je en tendant la main.

— Moi aussi, répondit Bingley avec un léger zézaiement.

Ils firent signe à une serveuse.

— Quelle triste journée, commenta Bingley tandis que Crawford déclarait :

— Je ne prendrai pas de thé. Un jus de fruits pressé. Pamplemousse et gingembre, peut-être ? Et vous ?

Je commandai à mon tour, cachant mes pieds sous la table. Je portais mes grosses chaussures de marche de tous les jours. Trouées sur les côtés, crottées de boue, des lacets sur le point de craquer, elles avaient beaucoup servi, pour ne pas dire qu'elles étaient bonnes à jeter. Mon angoisse monta d'un cran. Mes ongles non manucurés, pas une trace de maquillage… *Ils vont me démasquer.*

— Appréciez-vous vos recherches actuelles ? s'enquit Bingley.

— Énormément.

— Et votre travail avec les universités ? Est-il assez stimulant ?

Je ne répondis pas tout de suite, car tout commentaire positif aurait été un mensonge.

— Non.

Harold Bingley se mit à griffonner dans un calepin qu'il avait sorti de sa poche.

— La nouveauté est un bienfait pour l'âme, le meilleur des défis. N'est-ce pas, Crawford ?

— Absolument, répondit-il en tapotant l'épaule de Bingley.

Les deux hommes voulurent savoir si j'avais des questions à leur poser.

Picatrix est financé par un milliardaire. Serait-ce une contrainte ?

— N'est-ce pas étrange de travailler pour un client anonyme ? demandai-je.

Bingley fronça les sourcils.

— Comment gérez-vous la pression ? poursuivis-je tant bien que mal. Vous ne vous sentez pas compromis sur le plan intellectuel, compte tenu de vos critères ?

— Je vois plutôt cela comme un privilège, maugréa Bingley.

— Qu'en est-il de l'homme lui-même ?

— Notre fondateur est plutôt un laïc. Il ne prend pas parti. Son objectif est la restauration et la publication de manuscrits perdus, notamment les chefs-d'œuvre littéraires et scientifiques de l'Antiquité… Il considère leur disparition comme l'une des plus grandes tragédies de l'histoire. C'est un paléographe très sérieux.

— Vous décririez Picatrix comme une organisation laïque ?

— En toute honnêteté, oui.

— Et si je travaillais pour vous, vous n'entraveriez pas mes intérêts ?

— Au contraire, mademoiselle Verco, nous les financerions.

Vous feriez quoi ?

— Tous ? bredouillai-je.

— Dans la limite du raisonnable, dit-il en se tournant vers Crawford. Tu es sûr d'elle ?

Je n'inspirais pas la confiance.

Crawford hocha la tête d'un air de conspirateur.

— C'est l'une de nos meilleures, Bingley, je ne te recommanderais jamais quelqu'un de médiocre.

Ce dernier toussote délicatement dans un mouchoir en dentelle.

— Voici notre proposition, mademoiselle Verco. Nous avons une équipe d'élite. Nous sommes dans la position unique de pouvoir aider les esprits avec lesquels nous souhaitons travailler. Picatrix s'en remet à votre intelligence, et si vous faites vos preuves sur le terrain, nous vous suivrons. Puisqu'il s'agit de votre entretien, mon rôle est de poser des questions. Comment vous décririez-vous ?

— Tu lui fais peur, Harold ! s'esclaffa Crawford.

Bingley sourit d'un air faussement modeste.

— Pourquoi cette timidité, mademoiselle Verco ? Quelles sont donc vos passions illusoires ?

Sur la route de l'ermitage, je relève mon col pour me protéger du froid. Ils vont me montrer où ils ont trouvé ce maudit livre. Aujourd'hui même. Maintenant. *Accélère le pas.* La pluie a fait place à la neige qui volette doucement. Le trajet n'est pas long et le froid me libère l'esprit. J'ai mon écharpe autour du cou et mon bonnet enfoncé sur les oreilles, mes mains nues dans les poches. Les bus grimpent le long d'une route très étroite qui serpente dans la montagne. Je me hâte vers la fourche de Deià quand j'entends les coups de klaxon d'un camion, derrière moi.

— *Com estàs!* lance un paysan au nez rouge et boursouflé, en passant un bras par la fenêtre pour frapper sa portière. Où vas-tu comme ça ?

Je lui réponds que je monte à l'ermitage.

— *Anem-hi!* Monte vite ! Il fait trop froid pour marcher.

Sur le chemin, il bavarde tranquillement.

— Tu es au courant ? La foudre est tombée sur la chapelle ! En pleine nuit ! Un incendie sur la falaise !

Il me pose des questions sur notre maison, le jardin. Mon Francesc peut-il l'aider à tailler les roses de sa femme ? Je hoche la tête. *Francesc a la main verte. Francesc a de grandes mains.*

— Tu n'es pas à l'université, aujourd'hui ? J'ai vu descendre ton homme, ce matin, en voiture.

— Non.

Je suis une femme libre.

— Vous formez un beau couple, déclare le paysan en s'engageant sur la route de montagne.

Il pose les yeux sur mes doigts abîmés.

— Tu devrais porter des gants par ce froid.

Dans l'ouest escarpé de Majorque, la forêt grimpe sur les versants depuis la mer, parmi les champs cachés, peuplés d'oliveraies et de moutons moribonds. Une route sans marquage quitte la grande corniche qui longe la côte et traverse les bois bleus. Le camion gronde et grince, rétroviseurs rabattus, pour franchir une étroite ouverture dans la roche. Mon chauffeur retient son souffle. Un moine en tenue de travail nous accueille. Il vient de nourrir son troupeau et a les mains maculées d'une poussière rougeâtre. Les dents aussi acérées que la chaîne des Pyrénées, il s'exprime dans le dialecte majorquin et évoque les agneaux de l'année. *Il n'y a pas un homme de moins de 50 ans, ici*, me dis-je. *Ces moines vieillissants sont une espèce en voie de disparition.*

En attendant l'arrivée du prêtre, je m'appuie sur un rocher pour balayer du regard jardins et vergers, jusqu'aux falaises. La nature sauvage et la mer me font du bien.

La voix perçante de Harold Bingley vient se mêler au vent du large et me ramène dans l'élégant café londonien. Les lampes qui descendent du plafond, ébène, verre et dorures… Saumon et caviar… Bingley verse du thé dans sa tasse à l'aide d'une passoire en argent, puis il mord dans un délicat petit sandwich avec un murmure d'aise. *Exquis*. Il s'essuie délicatement le coin des lèvres.

— Un philosophe du XIIIe siècle rédige des recettes d'alchimie dans la tradition reprise par le *Livre de la lumière* de l'alchimiste franciscain Jean de Roquetaillade en écrivant par-dessus une série de codex grecs. Un palimpseste doublement remarquable : d'abord parce que l'œuvre en latin semble signée par Rex Illuminatus en personne, ce qui en fait le premier écrit illuminatien original jamais découvert. Ensuite, le texte grec qu'il recouvre évoque le sixième volume des manuscrits de Nag Hammadi. On observe en effet un poème hellénique sans doute composé à Alexandrie au IIe ou IIIe siècle de notre ère, plus tard recopié par un scribe sur parchemin, et par-dessus lequel Illuminatus a écrit au XIIIe siècle. Si nous connaissons l'existence de cet ouvrage, c'est parce que nous en détenons une page grâce à un concours de circonstances des plus exceptionnels.

« Une coïncidence heureuse, mademoiselle Verco, un hasard absolu, cet élément éphémère qui régit notre travail. Il y a quelques mois, un chercheur de l'université d'Oxford a présenté des mentions de l'œuvre de Rex Illuminatus citées dans des carnets non publiés de l'alchimiste américain Eyrénée Philalèthe, à Londres, en 1677. Ces notes recèlent des extraits traduits d'un texte qui semble remonter à quatre siècles plus tôt, un livre de magie que les médiévistes appellent *Chrysopée de Majorque*. Ces carnets relient l'auteur de la *Chrysopée de Majorque* à un mystérieux Catalan ayant séjourné à l'abbaye de Westminster de 1328 à 1331, sur ordre du père supérieur Cremer et d'Édouard III. Cet individu ne peut être que l'alchimiste Rex Illuminatus.

Bingley s'interrompt, puis reprend :

— Avez-vous entendu parler de ces notes ?

— Oui, mais je n'y ai pas eu accès.

— Nous pouvons arranger cela, dit-il en pliant minutieusement sa serviette. En 1829, un jeune savant anglais rassembla et archiva ces notes à la bibliothèque bodléienne. Un certain Charles Leopold Ruthven, qui publia ensuite le récit d'une découverte extraordinaire dans un monastère non précisé de Majorque. Il relate la mise au jour d'un palimpseste cousu dans un évangéliaire enluminé. Impressionné par la qualité des enluminures et le caractère étrange des personnages en prière – à la fois apocalyptique et alchimique – Ruthven découpa une page du livre et la rapporta à Oxford. Une série d'études furent menées dans l'espoir de révéler la nature des lettres grecques tracées à la verticale sous le latin écrit à l'horizontale. Nous sommes en possession de cette page. Quel livre Ruthven avait-il vu à

Majorque? Nous avons demandé à nos amis universitaires de mener des recherches. Un inventaire d'œuvres détenues par le diocèse de Majorque en 1830 comporte un volume intitulé *Chrysopée de Majorque* datant de 1276. En 1835, à la publication d'une nouvelle liste, le livre disparaît des archives. Mademoiselle Verco, nous avons des raisons de penser qu'il a été volé peu après la visite de Ruthven au monastère.

Sa voix se met à résonner dans tout mon corps.

— C'était une œuvre d'une beauté fascinante, magique, des strates successives d'histoire. La valeur de ce manuscrit, si celui-ci existe encore, se compte en millions. Le rêve, pour un acquéreur privé. S'il était vendu aux enchères, il risquerait de ne plus être accessible au public. L'acheteur garde toujours le contrôle sur son achat. Il en serait de même si l'Église le revendiquait. S'il se retrouvait entre les mains de certains membres de l'archidiocèse, je peux vous garantir que le palimpseste d'Illuminatus ne verrait jamais la lumière du jour. Naturellement, aucune de ces deux configurations n'est souhaitable. En tant que philanthrope, mon bienfaiteur préférerait les éviter autant que possible. C'est pourquoi nous nous adressons à vous, mademoiselle Verco. Nous avons besoin d'un spécialiste, d'un chasseur de livres. Vos collègues vous décrivent comme une femme de la Renaissance. On vous dit impulsive et implacable dans vos critiques. Au vu de vos compétences, notre bienfaiteur fait appel à vos services. Il aimerait que vous passiez une année ou deux à Majorque, voire davantage. Vous travailleriez avec nos enseignants de l'université sur un inventaire de tous les manuscrits des monastères et abbayes.

Le travail préparatoire a déjà commencé. Le diocèse a accepté de coopérer, tout comme nos partenaires universitaires. En cas de découverte de valeur, les meilleures institutions du monde seraient à notre disposition, ainsi que les esprits les plus brillants, les meilleurs laboratoires… Picatrix possède ce pouvoir, mademoiselle Verco. Ce qui me ramène à cette page du palimpseste conservée dans la collection de Ruthven. S'il ne disposait pas de la technologie nécessaire pour lire le grec, c'est désormais possible.

Harold affiche un large sourire et se tourne vers son collègue.

— Michael s'est révélé une ressource très précieuse, à Stanford. Il nous a mis en contact avec le Centre de l'accélérateur linéaire et le Synchrotron Radiation Laboratory. En utilisant les rayonnements produits pas les synchrotrons pour capter les traces de fer laissées par les encres au gallo-tannate effacées, nous avons eu accès au monde microscopique de ce document.

Harold sort un ordinateur portable de sa mallette.

— Et si vous en jugiez par vous-même?

II

Palimpseste d'Illuminatus

Feuille unique – recto et verso

Texte d'origine en grec traduit par les soins de Picatrix

Londres, 2012

Vous m'avez appelée
Trois fois grande
Aux deux visages
À la langue fourchue.
vous m'avez appelée
Bouche du Diable
Bénédiction d'Ève
Graine de Vautour.
Peau de la transgression et du Péché.
Le Silence qui parle en Chanson.
Je suis la Reine Mendiante qui repousse les rois
Portant des cités d'argent sur ses épaules,
Cueilleuse de roses et de violettes,
D'iris, de jacinthes et de narcisses,
Récolteuse de crocus
Habitant les profondeurs
Je vous ai cueillis comme des étamines
Et j'ai mangé les graines de l'été, engendré le froid de
l'hiver.
De mes larmes sont nés fleuves et océans.
De mes entrailles le monde et ses strates,
Pourtant, je suis vide,
Éternelle Parthénogénèse !
Autocréation et Autodestruction

Connaissance et Ignorance
Je suis l'oubliée, je suis l'omniprésente.
L'Alpha et l'Oméga.
Ô !
Babylone, tu m'as appelée !
Me réduisant en poussière.
Poussière !
Je le porte fièrement.
Je dis que je suis l'origine.
La racine de votre racine.
La terre de votre terre.
Je suis la Lumière qui vous élève vers le *Savoir*
Et je suis le Tonnerre
L'Éclair Parfait,
Je suis la Tempête du Muet et l'Alphabet des Oiseaux,
Je suis le Cri des Ténèbres et je suis l'Écoute.
Je suis la Voie Sacrée que vous avez nommée
Connaissance.
Et je suis la voie que vous abjurez en tant qu'Impie.
Je suis éternelle et je suis éphémère
Je suis votre Mère,
Et je suis votre Fille
Je suis l'Épouse de votre Épouse,
et je suis la Catin de votre Catin,
Poussière de votre poussière,
et Cendres de vos cendres.
Je suis le mariage de la Lune et l'enfant de la Vierge.
La Lame Conquérante et l'Esprit d'Insurrection.
Je suis la Langue de Serpent et son Maître.

III
Donum Dei

Les bottes laissent des empreintes sombres sur le sol, là où la semelle a écrasé la neige. *Des cendres et du feu dans l'air*. La fumée de la cheminée d'une ferme. Le chemin verglacé traverse l'oliveraie. *Le vent, aussi glacial qu'un Dieu scandinave, gèle le bout de la langue*. Le terrain descend à pic tandis que nous entrons dans les bois. Nous foulons des aiguilles de pin, les bourrasques de neige viennent heurter les troncs noirs. Je frémis, je resserre les pans de mon blouson, je remonte le col sur mes oreilles, j'ai le souffle court. *Mon guide grimpe bien plus vite que moi*. Il porte un gros pull à col roulé, un manteau en polyester, ses épaules sont voûtées par le froid. Le tonnerre gronde. Déjà, le soleil cède face aux nuages menaçants qui assombrissent le ciel.

— Mademoiselle Verco ! lance-t-il.

Un grand pin déraciné à l'orée du bois. Des branches déformées sous la neige, des racines exposées telles des veines gelées…

— C'est le vent qui a fait ça ! Il était violent, hier soir. On a perdu trois chênes dans la tempête.

— Et la chapelle ?

— Vous verrez bien assez tôt.

Il siffle comme un berger appelant ses bêtes et accélère le pas.

Tu verras d'autres choses, aussi. Je chasse ces pensées de mon esprit. *Concentre-toi.* Je garde les yeux rivés sur le sentier. *Ce n'est rien.*

— Je suppose que vous avez entendu l'orage, hier soir, dit-il.

— Oui.

— Vous avez dormi?

— Non, pas très bien.

— Nous non plus. Vous avez peur du vent?

Je secoue la tête.

— Tant mieux.

Il s'arrête dans une clairière, parmi les pins drapés de blanc. Son regard longe la fine crête de schiste vers une structure brisée ne formant plus qu'une tour.

— On voit où la foudre est tombée. L'éclair a déclenché un incendie, mais la neige l'a vite éteint.

Des pointes de bois brûlé se dressent vers le ciel. Deux fentes en guise de fenêtres – ou d'yeux – à la hauteur de premier étage. Des tuiles éparpillées comme des pierres tombales. Au-dessus de nous, la tempête broie du noir et assombrit la mer.

— Ce n'est pas dangereux? demandé-je, me méfiant de la toiture.

— *Segurament*, répond-il en hochant la tête. *Caminem amb Déu.* Nous marchons avec Dieu.

Il se penche pour pénétrer la chapelle. Ses mouvements sont vifs, bien huilés. Il plonge deux doigts dans le bénitier, près de l'entrée, fait une génuflexion et se signe. J'attends à côté de lui, le souffle court, dans le froid.

Pater noster, qui es in caelis, sanctificetur nomen tuum. Notre Père qui es aux cieux, que ton nom soit sanctifié.

Le chœur et l'autel sont jonchés des débris du mur écroulé. Il neige par la voûte brisée du toit.

Adveniat regnum tuum. Que ton règne vienne. La pierre de la chaire est saupoudrée de blanc.

Fiat voluntas tua, sicut in caelo et in terra. Que ta volonté soit faite, sur la Terre comme au ciel. Il prie avec ferveur. La chapelle est intime, conçue pour la méditation. L'espace d'un instant, j'ai peur. J'entends des voix dans le vent. *La sirène hurle ! Un, deux, trois, son cri perçant s'élève ! Sur les falaises ! Dans les arbres, dans le village ! Le baiser des ténèbres !* L'or du tabernacle en partie écrasé étincelle sous la terre noire et la glace. Un agneau auréolé sur son trône, voilé de poussière, porte la croix de saint Jean. De la soie blanche est coincée sous l'ensemble. *Donne-nous aujourd'hui notre pain de ce jour, pardonne-nous nos offenses comme nous pardonnons aussi à ceux qui nous ont offensés.* Des bris de verre sur le sol. *Et ne nous soumets pas à la tentation, mais délivre-nous du mal.* Des taches colorées formant des motifs poétiques. Je vois le son de ses paroles flotter dans l'air. *Amen.*

Quand il a terminé, mon guide entre dans le rai de lumière faible qui filtre par le toit, près du chœur.

— C'est ici que je l'ai trouvé, à moitié enterré. Dieu sait depuis combien de temps il était caché dans les fondations de la chapelle. Huit cents ans ? Davantage, peut-être ? C'est un miracle qu'il ait survécu. Un *donum Dei*, ajoute-t-il dans un souffle. Un don de Dieu. S'il y a d'autres pages, elles ne peuvent se trouver qu'ici, sous ce chaos. Si nous ne les trouvons pas aujourd'hui, les gens qui s'occupent des fouilles viendront quand la tempête sera calmée.

Il m'observe de plus près.

— J'ai entendu dire que vous avez une technique de recherche tout à fait inhabituelle, reprend-il.

Je ne prends pas la peine de lui répondre.

— Vous voulez travailler seule ?

— C'est préférable.

Je maîtrise ma peur, je la sens peser dans le bas de mon dos. *Non, ne rue pas. Le vent hurle comme un esprit annonciateur de mort.* Il désigne une crevasse dans le ciel.

— Je vais vérifier les dégâts sur le mur qui donne sur les falaises. Quelque chose est peut-être tombé par là. Faites attention, la pierre est très fragile. Si le vent se lève, le toit risque de s'effondrer.

Après son départ, je reste immobile. Je me repose dans la chapelle déserte, les yeux levés vers les nuages menaçants. À chaque bourrasque, la charpente grince comme la coque d'un navire échoué. Mais je n'écoute que cette chose qui m'est particulière. *Je guette le son de la couleur. Le chant d'un livre.* Parmi les ombres et les pierres, le mortier et la boue, la cendre et les poutres noircies. Même l'or est terne, comme déçu par son triste destin. *Écoute.* D'abord, le vent. *Pourpre et lourd.* J'attends, jusqu'à ce que je sente les pages, je capte une forme. Elle m'appelle de sous les pierres. Elle émane du cœur sombre de cette chapelle. Une image unique émerge à chaque bourrasque, se dresse des rochers sous la forme dorée d'un oiseau.

Une impulsion me guide.

Viens.

Je pose les mains sur le mur pour palper les fissures. À genoux à l'endroit où le livre a été découvert, je frotte les dalles. Une bouillie de neige et de poussière se détache. Étonnée, je m'interromps. *Des poils noirs.* Une touffe desséchée émerge. Je me ressaisis et regarde de plus près. *Ils sont presque humains. Des poils de cheval, à en juger par leur longueur, ou bien de la laine de mouton destinée à l'isolation et à la reliure.* Je frotte plus fort.

Un petit os. De la suie entre mes doigts.

Emmuré.

Les notes furtives d'un chant, impossibles à distinguer du grondement de la mer, si ce n'est par leur tintement doré et brillant contre l'eau d'ardoise.

L'os qui me fixe parmi les pierres.

Écoute.

Pour entendre quoi?

La douleur part de mes tempes et me transperce la tête. *Quelque part à l'intérieur.* J'attends le frémissement du radiesthésiste, je traque le filon, le petit lien qui se propage dans toute la chapelle. *Une pure découverte qui n'appartient qu'à moi.* Je m'enfonce dans les décombres, derrière l'autel, parmi les pierres. La neige qui tombe de la toiture vient fondre sur mes épaules. Mais je ne sens plus le froid tant je suis fascinée par cette ondulation dorée, dont la chaleur scintille parmi les rochers. Un filon métallique, invisible à l'œil nu mais *présent* tout de même, me renvoie aux pèlerins solitaires, aux moines négligés, aux fils déshérités, aux paysans et aux bibliothécaires de monastères qui ont parcouru ces champs. Ceux qui se mouvaient lestement, menant leurs moutons ou livrant des commandes de pierre ponce, de vélin, les outils arrondis pour débarrasser le parchemin de la graisse et des poils d'animaux, ceux qui ont rassemblé des hérésies anciennes sans pouvoir les brûler, par amour des mots ou besoin de papier, et qui les ont donc séchées, rendues à la chair, laissant des palimpsestes qu'ils ont promis de ne pas lire, un livre écrit dans un autre, un texte sur un texte. Des fragments fantômes de Sénèque et Cicéron, Archimède et Homère, réduits à des taches, des salissures. À l'époque qui a vu naître cette chapelle, ces volumes n'étaient pas des produits de masse, ni des récits d'aventures. Ils représentaient des cartes du monde selon Dieu, des clés de notre univers interdites au commun des mortels. Ils étaient des témoignages sacrés de signification, soit hérétiques soit évangéliques, sans rien entre les deux.

Dans une niche, sous la charpente grinçante, je glisse une main sous les pierres, dans les cavités. Je m'enfonce, centimètre par centimètre, je m'étire, allongée sur le ventre, je gigote jusqu'à ce que ma main atteigne un objet ferme et charnu qui murmure sous la pierre. Je me fie à mon instinct. Je tire doucement de peur de perdre mon bras sous les décombres, car mon épaule supporte tout le poids. Je tire sur la masse jusqu'à ce qu'elle se libère avec un bruit sourd. En surgissant de l'autre côté de la conscience, je n'y vois pas très clair, envoûtée par les jeux de lumière. *Le paroxysme fulgurant et fuyant de son immobilité.* Peu à peu, je me concentre sur le concret. Un paquet lourd, enrobé de poussière noire, fermé d'une bande en toile et d'un vieux bouton en écaille de tortue. *Un souffle, puis un deuxième.* Mes doigts sont parcourus d'un courant électrique. Une pulsation, juste derrière mes oreilles. Je perçois des bribes de sons. Le gémissement d'un doigt qui glisse sur le cristal, le goût du xérès, du pain rassis. J'ouvre délicatement l'objet entouré d'un ruban noir de moisissure féconde et dansante. Une odeur de pomme de terre moisie. Le grattement dur d'une plume métallique et inclinée, des mottes d'encre sur le papier perlé – *Cher cœur* – mon regard erre sur la page. *Un désir fugace, irrésistible, pur.*

— Anna ? crie mon guide.

Referme-le vite. Serre-le contre ta poitrine. Cache-toi.

— Anna ! Où êtes-vous ?

Je ne réponds pas. Je reste accroupie sur les dalles, derrière l'autel, les genoux trempés par la neige.

— Dépêchez-vous, mademoiselle Verco ! La tempête est venue trop vite. Le vent va nous emporter.

Le rai de lumière de sa torche balaie l'air humide. Il ravale ses paroles et me regarde fixement.

— Vous êtes folle ? Il fait noir, ici.

Sa lampe trouve enfin mon visage.

— Anna, vous êtes pleine de poussière.

— Je suis tombée, dis-je en époussetant mes vêtements.

Je glisse mon sac sur mes épaules.

Il fronce les sourcils. *Maintenant. Dehors.*

Nous sommes dans la neige. Il observe mon poing crispé.

— Qu'avez-vous trouvé ?

— Un os.

— Montrez-le-moi.

Je dépose le fragment dans sa main gantée.

— Un os d'animal.

— Peut-être… dis-je. Je vais demander à Picatrix d'envoyer un archéologue demain matin. Ils voudront venir sur place. Nul ne doit le toucher d'ici là, Anselmo.

Il hoche la tête, puis met l'os dans un mouchoir.

— Nous apporterons toute l'aide que nous pourrons, mademoiselle Verco. Sous certaines conditions, bien sûr.

Il glisse le mouchoir dans sa poche et la tapote du plat de la main.

— La discrétion est essentielle. Je suis sûr que vous le comprenez. Nous avons confiance en vous. Vous avez effectué un travail remarquable pour nous et nous vous sommes redevables.

Dans le garde-manger, je choisis une courge, deux oignons et une tête d'ail. *De la cannelle, du sucre roux, des ciboules*. Je préchauffe le four à 180 °C. Je glisse la lame d'un grand couteau sur la peau de la cucurbitacée en quête d'un point d'entrée, puis j'appuie de toutes mes forces pour la fendre en deux. Je racle le cœur en réservant les pépins pour la cuisson. J'écrase l'ail du plat de ma lame de couteau et j'en frotte la chair de la courge. *Huile d'olive, romarin, fleur de sel*. En émin-çant l'oignon, je pleure mais je persévère. Une heure s'écoule, peut-être plus. Je m'efforce de ne pas trop réfléchir. Il y a des motifs dans le bois de la planche à découper. On dirait des coquillages ou des feuilles, des taches apparues au fil des mois.

— Où est-ce que tu te caches ? lance Francesc depuis le seuil.

Un courant d'air froid s'engouffre dans notre maison située à la lisière du village. Je lui réponds que je suis dans la cuisine.

— Je sens un festin !

Francesc suspend son manteau à une patère, près de la porte, et pose sa serviette sur le comptoir de la cuisine. Avec son menton volontaire, des yeux noisette très vifs, sa petite barbe et ses épais cheveux châtains, c'est un homme séduisant. Il porte un bonnet de laine pour se protéger du froid et, sur son nez, une paire de lunettes qu'il a récemment cassées.

— Tu n'es pas revenue au labo ?

— J'étais fatiguée.

Son visage est proche du mien.

— Les périls qu'affrontent les braves de la reliure sur la côte majorquine, plaisante-t-il. Je vois d'ici les grands titres : *Un savant découvre des évangiles anciens dans une église touchée par la foudre. L'île canonise une athée pour ses contributions à la société.* C'est ce que tu as toujours voulu.

Je ris, je le repousse. Il me serre plus fort. Ses mains enserrent mes hanches et me plaquent contre lui.

— Pas de compliments ? murmure-t-il à mon oreille. *Mon chéri, tu es un génie.* Ce serait gentil…

Gentil. Il sent le musc. Un parfum agréable, très agréable.

— J'ai passé la journée à me démener dans un laboratoire pour stabiliser ton manuscrit, pendant que tu crapahutais dans la montagne. Et tu n'es même pas passée voir ce que nous avons fait pour toi ! Je suis offensé. Profondément insulté, mais je vais oublier, pour cette fois… Essaie de te mettre à ma place. *Anna Verco abandonne le misérable professeur qui sacrifie sa vie pour ressusciter un parchemin. Des lettres arrivent du département de spectroscopie de l'université de Barcelone et du laboratoire de restauration des archives de la Couronne d'Aragon : rejoignez-nous… Le professeur demande à la chasseuse de livres : veux-tu venir avec moi ?*

— C'est vrai ?

— Pas encore, mais bientôt.

Je l'embrasse sur l'oreille, puis je le repousse doucement.

— La soupe va attacher au fond de la casserole.

— Ce ne serait pas la première fois…

Il me soulève et me dépose sur le plan de travail, le dos contre les placards.

— Dis-moi tout ce que tu sais, grommelle-t-il. Qu'as-tu trouvé dans cette chapelle ?

— Rien.

— Menteuse ! Tu nous as envoyé un os. Et pas n'importe quel os…

Je rougis.

— Une phalange humaine, reprend-il, radieux. *L'extrémité d'un doigt.* Nous ne l'avons pas encore datée, mais elle doit remonter au XIIIe siècle. Enfouie à peu près au moment de la construction de la chapelle. Un vieil anachorète, sans doute. (Il m'embrasse encore.) On commencera à chercher le reste demain.

Je n'ai jamais vu personne exprimer autant d'enthousiasme pour un squelette.

— À présent, passons aux choses sérieuses, dit-il. Nous avons du vin et tu as préparé le dîner.

Il rit encore et me relâche.

— On prend un verre ? Histoire de porter un toast ? Qu'est-ce que tu préfères ? Je n'arrivais pas à choisir. Rouge ou blanc… Au marché, tout le monde me posait des questions. Les nouvelles vont vite, ici. Chacun veut connaître les secrets de la chapelle. J'ai répondu qu'il n'y en avait aucun. « *Senyores, senyors*, je vous informe humblement que cette masse moisie n'est qu'un vieux livre, rien de plus. Il n'y a pas de conspiration. Pas de machinations occultes. C'est de la littérature. Un palimpseste. Je peux avoir de la *sobrassada*, deux bouteilles de vin et des pommes ? »

Francesc vide son sac. Les bouteilles s'entrechoquent sur la table de la cuisine.

— « Un palimpseste ? C'est une malédiction, ça ? » me demande une vieille dame qui achetait du pain. « Non, madame. C'est bien mieux que ça. Deux livres en un. » Sur ce, j'ai pris congé.

Je le regarde sortir une tablette de son sac, ainsi qu'un dossier, quelques reçus et un stylo mâchonné. Il extrait une enveloppe du dossier et me la tend.

— C'est arrivé aujourd'hui, pour toi.

C'est une simple enveloppe blanche, affranchie d'un timbre vert à l'effigie du roi Juan Carlos Ier. Il n'y a ni en-tête, ni logo, ni adresse d'expéditeur, même si le cachet indique qu'elle a été postée à Barcelone.

— C'est peut-être une lettre d'amour de l'un de tes vieux collectionneurs d'éditions anciennes.

Francesc rit en regardant derrière lui, par-dessus son épaule. Dans le placard, il prend des verres et un tire-bouchon. J'ouvre l'enveloppe. Il commence à mettre le couvert. *Une facture.* Je soupire. *Le prix de la localisation de quelques romans épuisés du xixe siècle.* Curiosité personnelle. Rien de plus.

— Anna, où es-tu partie ? Demanda Francesc.

En souriant. Il sourit toujours. Je remue la soupe. Il m'attire vers lui, embrasse mes cheveux, ses mains chaudes dans mon dos. Je sens son souffle, le battement rassurant…

— Tu t'inquiètes sans arrêt, dit-il. Mais pas ce soir. *Je t'en prie.* Ne pense pas à tout ça…

Un son étrange perturbe mon sommeil. *Des crépite-ments, de la fumée.* Le sifflement de la bouilloire. Près de moi, le torse de Francesc se soulève au rythme de sa respiration, sa bouche contre mon épaule, son souffle chaud et humide… *Au coin de la fenêtre. Un sifle-ment, un glissement, un pas furtif… et pourtant… indis-cutable.* Je tente de murmurer : *Francesc…* Le sang bouillonne dans mes veines, l'animal en moi se débat. Derrière la fenêtre, tout est noir. Je ne discerne pas le jardin, ni le champ ou la forêt… mais j'entends ce siffle-ment. *C'est un bruissement, une souris qui creuse… un intrus ?* J'imagine le trait de poussière qui se déplace. *Le bruit de l'air qui s'échappe d'une fissure. Francesc ! Lève-toi !* Il remue et se retourne. *Francesc.* J'essaie de l'appeler, mais son nom ne franchit pas mes lèvres. *Deux lueurs apparaissent par la fenêtre.* Des rais de lumière flottent derrière le carreau et j'ai peur. Ils surgissent de terre. Deux cercles, telles des lanternes, strient la fenêtre. Ils s'atténuent et se condensent en un ondoiement suspendu dans la nuit. Flou, instantané. Je scrute le brouillard. Deux hautes flammes ? Le signal d'un inconnu ? Non. Ce sont des yeux. Des yeux dorés, lumineux. *Ils me regardent.* Le son se reproduit, un souffle sifflant. *Souffle, inspire, souffle, inspire.* Mon esprit s'affûte. Une ombre noire et furtive se déplace contre le panneau de verre. Un corps sinueux se déploie depuis le coin de la fenêtre, presque invisible, si ce n'était la lueur diffuse de la lune sur des écailles. Une bête m'observe, je l'observe aussi… *un serpent*. Je comprends. *Un serpent du jardin*. Ce que j'ai entendu, c'est son entrée dans la pièce, lorsqu'il s'est insinué dans le mur de terre, la fissure, au coin de la fenêtre. J'avais dit à Francesc que des bêtes allaient entrer, que ce soit un rat, un lézard, un scorpion, mais non, c'est le serpent qui est arrivé le premier et j'ai entendu son sifflement. Je murmure : *Francesc*. Curieuse, intriguée. *Il y a un serpent dans notre chambre. C'est probablement le python olive que j'ai repéré dans les fourrés, avec son nez plat et ses taches noires entre la narine et les yeux. Je t'ai demandé de le tuer, celui qui dort durant la journée au pied du yucca et qui dévore des lézards la nuit.* Mais je ne dis rien, tandis que le serpent bouge. J'observe l'ombre mouvante qui descend le long du mur en rampant, qui progresse sur les carreaux sombres vers le pied du lit. L'espace d'un instant, elle disparaît. *Francesc…* Je le secoue. *Francesc !* J'essaie de bouger, de me lever d'un bond, de sauter du lit et de m'emparer de la bêche du jardin. Je vise la tête pour l'écraser de la lame, pour lui trancher la gorge, lui broyer les os sur le sol carrelé. Trop tard, l'arrivée d'un corps étranger sur les draps me terrifie. Le poids de plus en plus marqué du serpent rampe sur la couverture, entre nos jambes. Un fleuve de muscles en action, de plus en plus lestes, une tête qui se balance. *Il me regarde fixement.* Je suis hypnotisée par ses ondulations tandis qu'il glisse vers mes doigts tendus.

Ses écailles sont froides. Il commence à me monter dessus, s'enroule autour de mon bras, se dresse vers mon épaule. Je reste immobile tandis qu'il s'enroule autour de mon cou. Je sens le nœud se former. Deux yeux froids et dorés se dressent face à moi. Il monte, il monte, son museau de chien au niveau de mon nez. *Il regarde en moi.* Nous restons figés, à nous toiser. Il sort la langue. *Dedans, dehors, dedans, dehors.* Il goûte l'air. Il se cambre comme pour fondre sur moi, mais je suis plus rapide. Je le saisis par le cou comme il l'a fait avec moi. *Reste calme et immobile. Je n'ai plus peur.* Le serpent s'enroule autour de mes doigts. Je le tiens à la base de la tête en prenant soin de ne pas appuyer sur sa trachée et je tire sa queue. Je sais que les serpents sont plus faibles dans le bas du corps. Je le déroule de mon cou, en le gardant à distance de mon visage. En cet instant, je décide que nous allons mutuellement nous laisser la vie sauve. *Sortons.* Je lui dis : *Dehors, à ta place.* Je l'emmène dans le jardin en déverrouillant la porte du fond avant de le poser sur le sol dur et froid. *C'est l'hiver, serpent, tu devrais dormir au lieu de t'insinuer dans les fissures.* En regardant l'endroit où je l'ai déposé, je commence à douter de ma santé mentale. Le serpent a disparu. Et je ne sais plus où je suis.

⊙

Blottie contre le triangle de peau situé entre l'épaule et le torse de Francesc, je reste allongée dans le noir pendant des heures à écouter un hibou moyen duc qui vit dans notre pin. Le bras de Francesc m'enlace, ses mains me protègent. Doucement, je me dégage de son étreinte et je quitte le lit. Il a le sommeil lourd et ne semble en rien dérangé par mes déambulations nocturnes. Nue, je me dirige vers mon bureau et m'assieds sur le bois froid de la chaise. Dans le noir, j'ouvre le tiroir pour en sortir une boîte en peau de chèvre. *Ne te sens pas coupable. Il n'a pas à le savoir.* Je fixe le contenant scellé. *Il vaut mieux qu'il ne le sache pas.* Je vérifie que la porte du bureau est bien fermée, puis j'allume la petite lampe, près de mon ordinateur portable. *Le malaise revient à la charge, la bile, la nausée me rongent l'estomac. Ces papiers empestent la peur.* Mes narines me brûlent à cause de la chaleur d'une bougie, une sensation de cire qui dégouline. Les pages sont reliées de bois et de cuir, codifiées par une main chétive, morte depuis longtemps, qui a écrit sur l'enveloppe de la collection de base : *Notes de Llewellyn Sitwell de Bath, 1851-1852.* Les premières feuilles sont manifestement originales, des graphiques qui rappellent des dessins médicaux : précis, subtils. Chaque illustration n'est pas plus grande qu'une petite gravure dans un journal du XIXe siècle. Les images reproduisent certains aspects d'un corps féminin, de face et de dos. Des tatouages tracés dans la peau, ombrés de lignes. Je regarde le milieu de son front, sur lequel un individu a gravé la lettre B très décorative. *Mystère.* Sur les seins, les lettres C et D. Sur les fesses et les reins, les lettres E, F, G, et H. Sur les cuisses, les derniers éléments d'un code : I et K. L'absence du J dans cette suite alphabétique s'explique par le fait qu'il n'existe pas dans l'alphabet latin ancien. Je tourne la page, révélant une étude de ses paumes, tatouées d'épaisses lignes noires représentant un serpent enroulé et une croix. *La femme de l'akelarre du capitaine Ruthven*. En dessous : un ajout, dessiné frénétiquement, incomplet. Une note visuelle constituée d'un petit passereau aux yeux noirs et vitreux, le bec ouvert. Chaque plume est gravée dans le papier, de profil. Dans la même écriture hésitante :

LUSCINIA L. Megarhynchos.

Le nom latin du rossignol.

Sur la table de chevet, le téléphone se déchaîne et vibre de plus belle. Une sonnerie stridente, urgente. Francesc répond d'une voix ensommeillée. Puis il pâlit.

— *Sí*, dit-il. *Sí.*

Je l'observe depuis le seuil. Tout en parlant dans l'appareil, il enfile ses vêtements. Son stress est palpable.

— On arrive aussi vite que possible.

J'entends les mots *incendi forestal, foc, capella, signes.*

Un incendie à la chapelle. Mon esprit s'embrume. Chaussures de marche, gros manteau, bonnet, pas le temps de se coiffer, les yeux encore ensommeillés... Francesc se hâte. *Vite, dépêche-toi, si on peut sauver quelque chose.* Il racle rageusement le givre sur le pare-brise de la Panda bleue. Le moteur peine à démarrer. Je scrute le ciel chargé de cumulus et d'un bleu profond. La nuit descend de son piédestal.

— Monte !

Francesc jure et frappe son volant. Nous roulons en silence, transis de froid, jusqu'au village endormi, puis vers dejà.

— *Fotre !* explose Francesc.

Tandis que nous atteignons le col, les pneus crissent sur le verglas et dans la neige. Francesc descend et s'éloigne à longues enjambées. Je cours à sa suite. Nous ne sommes pas en phase et cela me déstabilise. Au moment où nous traversons les oliveraies, se dresse au-dessus de nous la forêt de chênes. Dans la pénombre, j'ai du mal à garder l'équilibre. J'entends Francesc haleter. *Nom de Dieu*, souffle-t-il en trébuchant une nouvelle fois. *Putain de bordel…* Vers l'est, le soleil commence à embraser le ciel. Des tisons brûlants le transpercent tandis que les pins s'écartent et que nous surplombons la bande de terre rocheuse qui mène à la chapelle en ruines. Les flammes dévorent les vieilles poutres brisées, c'est un véritable enfer qui se déchaîne et lèche la pierre sèche des murs, projetant des ombres bleues sur le tumulte, en contrebas. C'est presque sublime, me dis-je, en plein brouillard. Ce pourrait être une scène d'Hannibal franchissant les Alpes, au cœur de la tempête qui gronde. Des nuages de fumée nous surplombent comme dans un tableau de Turner. Ce qui fut un sanctuaire silencieux a cédé le pas à une humanité effervescente : pompiers, paysans, moines. La tempête de la veille avait calmé les éclairs, mais ce second incendie est comme un ventre affamé en quête de nourriture. Francesc sait aussi bien que moi que les éventuels ossements emmurés vont être réduits en poussière. Les livres qui se trouvent dans les décombres seront réduits à néant. Tout l'or et les indices se fondront en une boue. Le site de fouilles sera détruit. Les seaux d'eau, les tuyaux ne feront rien contre la déflagration. Ils la contiendront, laisseront les lieux se consumer pour ne laisser qu'une suie sans valeur. *Un acte de guerre*. La mine de Francesc s'assombrit. Je serre sa main dans la mienne. Les arbres et le sol sont gelés et humides, ils ne prendront pas feu, à moins que l'incendie progresse, et tous les hommes vont travailler sans relâche pour éviter cela. Ce n'est pas par peur du feu que les moines prient, à la lisière de la forêt, ou que les pompiers tremblent dans leurs bottes ou que Francesc blêmit. Ce qui nous trouble, c'est la vision de quatre membres formant un quart de cercle dans la terre, chaque sabot fendu pointant vers le ciel. Un cochon coupé en quatre dans le sol rocailleux.

IV

Palimspeste d'Illuminatus

*Ensemble des preuves extraites
des notes de travail et
traductions du capitaine Charles Leopold
Ruthven
présentées par Harold Bingley
à Anna Verco*

Londres, 2012

Notes pour l'Aqua Vitae, élixir de longue vie
de Rex Illuminatus

Page du palimpseste présumé.
Traduit du latin par M. Charles Leopold Ruthven
avec des notes de l'auteur

Scriptio Superior

Vous trouverez efficace de moudre le minéral en une poudre fine, en séparant la base en trois
éléments parfaits – rappelez-vous les trois Hermès :
« Tout ce qui est au-dessus est tout ainsi que ce qui
est au-dessous. » Qu'esprit et ingéniosité mêlent de
nouveau ces éléments en une substance solide comme
une cire à la texture souple susceptible d'être fondue
en une teinture et consommée. Il vous faudra deux
drachmes d'antimoine, ainsi que du crocus martis, et
une once de camphre, auxquels il convient, selon moi,
d'ajouter une demi-livre de térébenthine commune.
Pour ce qui est des métaux, huit onces de vif-argent,
avec cinq onces de limaille de cuivre limée avec soin,
mélangée avec des quantités égales de cuivre jaune

et de limaille d'or, et une portion d'alun et de cette merveilleuse efflorescence de cuivre que les Grecs nomment calcantum. N'oubliez pas le jaune orpiment à amalgamer avec l'elidrium, le safran et le natron, tous disponibles dans votre armoire d'alchimie. Quant au plomb, ce métal imparfait, je préfère le purger au préalable, le dépouiller de sa chair, des morceaux, de son épaisseur... en lavant à de nombreuses reprises la bête à l'aide d'un alliage liquide. Ainsi vous trouverez ce que beaucoup appellent le Père, le Fils et le Saint-Esprit distillés, extraits et mélangés à du sel pour créer l'élixir de longue vie. Apportez aussi une dose sacrée d'or béni par les prêtres et infusé de la volonté de Dieu. À cela, je tends à ajouter un peu de pierre de lune ou *aphroselenos*, de la famille des sélénites. En cas de pénurie, la rose des sables peut suffire. Une fois en possession de votre dose, répartissez-la en cinq parts avant de créer un solide qui doit reposer pendant sept jours à basse température pour obtenir ce que je considère être la boue originelle de l'Homme. La pierre liquide des sages, connue des initiés sous le nom d'hydrolithe. Rien ne sort de rien. Nous parlons de ce qu'Aristote appelait *prima materia*[1], Épicure l'atome[2]

---

1. RI se démarque en utilisant « *mater* » dans le sens latin de « mère ». À traduire dans le contexte « *prima materia* », en référence à la définition alchimique de matière première ? Plus tard : « *mater* », non seulement en tant que substance alchimique mais aussi figure mythologique de la « première mère » ?

2. Extrêmement curieux. RI a lu la *Lettre à Hérodote* d'Épicure conservée par *Vies, doctrines et sentences des philosophes illustres* de Diogène Laërce ? Peu de copies encore existantes circulaient durant le haut Moyen Âge, et pourtant RI connaissait les atomes.

et vous Adam, Adamas[1], la boue incorruptible née du mariage d'amants, de roi et reine, soleil et lune, alchimiste et apprenti. Quand cet héritier du trône a reposé, il faut le porter à une température si élevée qu'il devient d'abord cramoisi, puis de l'émeraude lumineux du dragon, d'un ton plus riche et plus profond, avant d'être une perle étincelante qui se transforme en un blanc d'étoile, l'écarlate horrifiant, et se mue en une cire pourpre (que certains appellent poussière). Elle peut être appliquée comme un onguent frictionné sur la peau ou porté à la bouche de l'adepte. Quoique difficile, je ne crois pas que ce soit aussi compliqué que le prétendent les théologiens. Arnaud de Villeneuve et Jean de Roquetaillade affirment que cette pierre est l'émanation du Christ ressuscité… Mais n'oubliez pas que Jean se prépare pour l'Apocalypse. On parle trop de cavaliers et de feu, de par le monde ! Mieux vaut se reposer sur les aspects pratiques de la science. Jeune homme, regarde vers l'avenir qu'il t'appartient de créer… L'ingéniosité humaine doit guider le philosophe, la foi en ce qui est vrai… même si la dose d'or semble rehaussée par une bénédiction, détail que je trouve particulier, mais qui a peut-être à voir avec le minéral plutôt que le contenu spirituel de l'or extrait par l'Église[2].

---

1. *NB* : *mater* engendrant Adamas : RI suggère l'union divine d'archétypes masculin et féminin.

2. Le texte grec du dessous est très contrariant ! Trop effacé pour être lisible. N'ai pu analyser que la dernière ligne : « Je suis la langue du serpent. On peut rêver de déchiffrer et ne jamais connaître le salut. C'est là la malédiction naturelle de la science des lettres. »

V

Paysage urbain

Je vois des nuages défiler derrière le hublot. Une hôtesse nous débarrasse de nos gobelets de café. *Veuillez redresser le dossier de votre siège.* Je m'exécute, le nez collé à la vitre, à observer les motifs que dessine la glace sur le verre. *Des vrilles. De petites étoiles alchimiques.* L'avion descend, tressaute. En contrebas, Barcelone surgit des eaux et se déploie en couches de verre, en tours modernes et étincelantes. Des champs verdoyants font place à la mer et, derrière elle, le Tibidabo, où coule le fleuve. Plus loin encore se dresse Montserrat, seul dans le soleil doux de cet après-midi. Agrippée à mon accoudoir, je tente de contrôler les battements de mon cœur. *Réunis les fils qui te mènent jusqu'ici.* Avec le vrombissement des moteurs, tandis que je plane au-dessus de ma destination, le retour aux sources n'est pas difficile. Le plus étrange, c'est le caractère absolu de ma décision.

Assise à l'arrière du taxi, je regarde une Vierge noire qui pend au bout d'une petite chaîne accrochée au rétroviseur. Son corps se balance au rythme des mouvements de la voiture. *Encore.* Ca-chink-ca-chink. Elle embrasse une croix de bois. Le taxi fait une embardée. La Vierge heurte une médaille à l'effigie de saint François. Elle fait une pirouette, l'Enfant Jésus dans ses bras. Je la reconnais, même si la plupart des gens ont oublié qu'autrefois, à l'emplacement du sanctuaire de Lluc, dans les sommets boisés de Majorque, un berger musulman découvrit une Vierge noire taillée dans la pierre locale qui arborait la tenue de la Vierge. Sur son auréole, son auteur anonyme avait inscrit les mots : *Nigra sum, sed formosa.*

Je suis noire mais je suis belle.

Le taxi quitte brutalement l'autoroute. Au loin se dressent les flèches aux allures d'asperges de la Sagrada Família. Des mouettes volent au-dessus de nous. Des nuages d'hiver arrivent de la mer, noirs comme des mûres. Des taches de peinture ricochent sur les façades des banques, sur les fenêtres des multinationales : *Capitalista ! Assassin ! Porc ! Non à Madrid ! Non au chômage ! Merde à Los Estados Unidos de Europa ! Merde aux putains de banqueros ! Gordos ! Cerdos !* Les portes murées, les mendiants… *Allez le Barça !* Le soleil diffuse une lumière dorée teintée de frustration. *Tout le monde dans la rue ! En avant !* Une ville fétide, affamée, à fleur de peau. Je pose le front contre la vitre. Dans mon métier, on a la notion du bien et du mal. Parfois, ils se croisent, mais, en général, il existe une limite à ne pas franchir et que je considère comme morale. Il y a de bons projets et de mauvais projets, tout comme il existe les méchantes sorcières et les autres, parfois réparties selon le critère ambigu de celles qui boivent de l'eau et celles qui boivent du vin, même si la distinction peut être plus marquée. À Barcelone, ville de contrastes, le tueur en série le plus prolifique, avant la Première Guerre mondiale, était une femme du nom d'Enriqueta Martí. Vêtue de haillons,

elle enlevait des enfants en plein jour, puis elle préle-
vait leur sang et broyait leur chair pour préparer des
potions qu'elle vendait aux riches, la nuit. Si Enriqueta
Martí me laisse un goût amer dans la bouche, la Vierge
noire allume une délicieuse étincelle au fond de ma
gorge. Je reconnais son appel. La Vierge noire parvient
à me toucher au plus profond de moi-même, depuis
sa grotte. Elle me fait signe, avec son secret vieux de
mille ans, et murmure : *Je suis noire mais je suis belle.*
Nous te ferons des galons d'or et des boutons d'argent,
tandis que le roi sera assis à sa table, ma fleur de nard
exhalera son parfum. Les poutres de notre maison
seront en cèdre et ses chevrons en sapin.

La mémoire retient et interprète des odeurs multiples et variées… L'écorce mouillée respire la menthe et
les secrets. J'arrive auprès d'un homme parfumé d'eau
de toilette qui sent l'orange et la moutarde. Des clés
tintent dans sa poche. Quand je m'approche, je l'entends siffler depuis le trottoir d'en face.

— *Maca ! Maca ! Benvinguda a la Ciutat Meravel-*
losa ! Bienvenido a Barcelona ! Bienvenue dans la cité
des Merveilles !

Je le remercie. Il m'embrasse et me serre la main
avec chaleur.

— *Senyoreta !* Pardonnez-moi, mais vous me prenez
au dépourvu. Vous arrivez plus tôt que prévu. (Les clés
tintent de plus belle tandis qu'il me salue.) *Tot bé, tot*
bé. Com sempre dic : Dieu est grand. Dieu est bon,
et j'ai réussi. Je suis ravi de vous rencontrer ! Je vais
prendre vos bagages !

— Je proteste, mais il insiste en bougonnant.

— Vous venez de loin, *senyoreta*, et vous avez affaire à un monsieur. Ce monsieur ne vous permettra jamais de porter votre sac dans l'escalier. C'est hors de question ! Qu'on ne vienne pas me dire que la galanterie n'existe plus à Barcelone !

Sur ces mots, le gentleman propriétaire s'exécute. Nous traversons un large boulevard bordé d'arbres nus et sombres. Bottes de cuir et fleurs en feutrine verte arpentent la rue. Des effluves de vanille et de chocolat s'échappent de la boutique d'un chocolatier, sous le nouvel appartement. Des couples élégants vêtus de manteaux anthracite et de pulls en cachemire franchissent des portes vitrées ornées de ferronneries vertes. Dans les vitrines, de la porcelaine pâle, des tables patinées, un bouquet de tulipes dans un vase en cristal… Dans l'escalier, mon chevalier servant bavarde, gai comme un pinson. Il a le teint rougeaud des amateurs de vin.

— Vous avez tout le confort moderne, Wi-Fi, chauffage, machine à café, lave-vaisselle et lave-linge. En cas de panne, vous nous appelez. On viendra réparer. *Val ? Val !*

Au sommet des marches, il est à bout de souffle. Je le remercie. Il se rengorge tandis que nous entrons dans l'appartement. L'endroit est coquet, meublé sommairement. Fraîchement repeintes couleur crème, mes deux pièces avec cuisine en enfilade ne sont ni sombres ni humides. Face à mon sourire, mon propriétaire ne cache pas sa satisfaction.

— Au moindre problème, vous m'appelez !

Je lui propose de l'argent qu'il refuse d'un geste.

— Votre ami s'en est chargé. Il a tout payé.

Il m'adresse un clin d'œil comme si mon bienfaiteur et moi étions amants. Je fronce les sourcils : je ne l'ai même pas encore rencontré. Sûr de son fait, le propriétaire poursuit vaillamment :

— Il m'a dit de m'occuper de vous, de garder un œil sur vous. Vous permettez, *senyoreta*, que je vous pose une question ? Et pas n'importe laquelle !

Soudain, mon logeur s'enhardit, son souffle m'effleure la joue.

— Cela fait de nombreuses années que je travaille avec l'inspecteur, bien longtemps, quand tout était noble. C'est une légende, dans cette ville. Ooooh ! *El Llop Fabregat*, on l'appelle. Le loup ! Il a nettoyé les rues de Barcelone en exploitant les corrompus ! Il a fermé les bordels en plumant les débauchés ! *Hòstia ! És famós ! Famós famós !* Il mérite le plus grand respect. (Il se gratte le nez.) Nous avons conclu un accord un peu spécial. J'ai trouvé un hébergement pour toutes sortes de personnes, mais il n'accorde jamais de faveurs, pas même pour de jeunes *senyoretes*. (Il me remet les clés). Vous pouvez me dire ce que vous faites pour lui ?

Non. Je le réprimande fermement.

Il prend congé en sifflotant.

Ce soir, j'étudie le terrain. Un jeune homme occupe la chambre en face de la mienne. Emmitouflée dans une veste, une écharpe autour du cou, je fume une cigarette sur le balcon. Entre nous, des arbres aux branches détrempées. Derrière le rectangle lumineux de sa fenêtre, l'inconnu rentre ses bagages puis dispose ses toiles sur le mur. Sa chambre n'est qu'une lueur jaune à la nuit tombante. Une affiche de Che Guevara

à la Andy Warhol, des rideaux de style scandinave…
Il ouvre les portes d'une grande armoire en chêne qui
semble être là depuis des siècles. Seuls une vingtaine
de mètres séparent nos existences parallèles. Je pourrais l'interpeller, crier : *Coucou!* Mais non, je tire
sur ma cigarette, dans la nuit sombre et tranquille, en
m'interrogeant sur ce meuble. Mon mégot s'éteint.
Je rentre. Sous mon chemisier, le froid me mord la
peau. Tout est à sa place. On ne peut comprendre un
mystère sans habiter l'espace qui l'a engendré, sans
savoir à quoi il ressemblait avant, connaître son odeur,
sa géométrie, ce que je nomme l'architecture psycho-
logique de la vie intérieure d'une personne. Mon téléphone m'interrompt en vibrant furieusement dans ma
poche. FRANCESC. *Laisse sonner.* Ça recommence.
Une deuxième, une troisième fois. L'icône de message-
rie vocale apparaît, puis un texto. OÙ ES-TU? *Partie.*
J'écoute son message. *Un silence pesant.* Un hameçon.
J'ai besoin de toi.

Encore un texto : *C'est un problème de santé?*

Le téléphone se remet à sonner.

Tu peux me le dire. Je t'en prie.

Ne réponds pas.

Tu te comportes comme une enfant.

Mais que lui dire? *Rien. Tu ne peux rien lui dire.*

J'aperçois mon reflet dans la vitre noire de la
porte-fenêtre. Le col de ma chemise me gratte le cou.
Un vieux débardeur en coton, un pull en laine et une
parka cirée. Une fine écharpe grise. Mon jean taché de
boue, à cause de ce matin. Elle a séché sur mes bottes.
Je pense au faucon que j'avais considéré comme de
mauvais augure, avant que la voiture m'emmène. Une

bête noire et vive qui avait fondu, ailes rabattues en arrière, sur un lapin détalant dans les fourrés, à la lisière du champ. Impitoyable, hirsute, le faucon avait survolé le village, les serres vides. Le ciel d'un bleu ardoise, tranchant comme la glace, au bord de mon chemin tapissé d'aiguilles de pin, telles des touffes d'herbe brunes réduites en bouillie.

Dans l'appartement, j'examine mon nouvel environnement, en proie à un certain malaise. Couverts, livres, maniques, radio, petit téléviseur, un superbe vase en inox contenant des fleurs mourantes… tout cela est fourni au locataire. Je regarde autour de moi. Un étage entier pour moi toute seule, avec de grandes baies vitrées en façade. À l'âge de 16 ans, dans cette même ville, j'aurais adoré jouir d'un tel espace. Dix ans plus tard, cela me semble trop spacieux. Vide. Ai-je donc à ce point changé ? Je porte mes bagages jusqu'à la cuisine d'où je sors d'abord mon récipient isotherme. J'en vérifie prudemment le contenu en palpant la boîte de médicament. Elle est tiède. Vingt-huit ampoules : un mois de traitement, en cas de crise. Je range la boîte bleu et blanc contenant les capsules à insérer dans un injecteur en plastique coloré au réfrigérateur. J'ai aussi du coton et des compresses alcoolisées. Je sors une ampoule de son emballage et la pose sur le comptoir de la cuisine. Puis j'attends.

Je pense à mes diversions familières, mes jeux de mémoire. *Le triangle chaud de son torse. Endormi à côté de moi.* Je le repousse. *En traversant le village, ce matin, tu as acheté une coca de patata, une préparation spongieuse à base de pomme de terre et de sucre.* Je déchire le sachet contenant une compresse alcoolisée. La peau me picote au niveau de l'épaule. Je la pince pour écarter la chair de l'os. Il reste un nœud de la semaine dernière. Je cherche une parcelle de peau intacte, quelques centimètres plus bas, en espérant que la bosse va diminuer. *De la route menant à la rivière, tu as vu le toit de la voiture. La police locale de Majorque. Un véhicule anormalement festif, tel un étendard médiéval rouge vif et pourpre, un gyrophare bleu terne sur le toit. Pas encore de sirènes.* J'insère l'ampoule dans la seringue, je désinfecte ma peau. Sept secondes. Je compte. Jamais je ne m'y ferai. *Quand tu es montée dans la voiture, le policier a juré. Putain, ça caille. Il s'est frotté les mains. Il fait trop froid pour la saison, plus froid que jamais. Tu lui as offert de la coca. Des miettes sont tombées sur son col tandis que vous rouliez hors du village, loin du clocher azur, du fier couvent. Ton port d'attache sur la colline.*

Clic, clic, fait la seringue contre ma peau.

C'est fini.

À l'heure convenue, Manel Fabregat ouvre la porte de son appartement, qui donne sur la Plaça de la Revolució. C'est un petit homme trapu aux jambes épaisses qui frise la soixantaine. Son torse musclé est souligné par une chemise noire qui rappelle l'uniforme des Mossos d'Esquadra, la brigade anticriminalité de la police de Barcelone. Ses rides ne manquent pas de charme et lui donnent un air aguerri, presque athlétique. Si son teint a perdu de sa fraîcheur, ses yeux noirs sont vifs, presque fascinants, bien que cernés de tristesse, et ses lèvres encore délicates.

— Entrez ! Entrez !

Il lance un regard furtif par-dessus mon épaule. Je le suis dans un salon lumineux, dont les murs blancs sont tapissés de photos de famille : une jolie épouse, un garçon jouant au football, des personnes âgées devant une maison, à la campagne… Surgit un berger allemand qui glisse son museau entre mes jambes en remuant la queue.

— Je vous présente Panza ! lance Fabregat. N'hésitez pas à le repousser. Allez !

Fabregat m'invite à m'asseoir sur le canapé, en face de lui. Il croise les jambes et me propose du thé. Un biscuit ? Du sucre ? Derrière le policier sont également exposées des photographies de lui avec ses hommes et un trophée sportif datant de sa jeunesse.

— Désormais, c'est mon fils qui remporte des coupes.

Le soleil de l'après-midi inonde la pièce.

Le salon est orné de rideaux blancs un peu surannés dont la dentelle filtre la lumière. Une coupelle de pétales de roses séchés est posée sur la table, sur une nappe en lin blanchi. Dans l'air flotte un parfum un peu lourd de menthe sucrée. Sur le mur, un reliquaire à la gloire de la Vierge Marie.

— Il appartient à ma femme, m'explique Fabregat.

Il m'offre du thé et s'installe dans son fauteuil. Panza pose la tête sur le genou de son maître, ses yeux jaunes mi-clos. Fabregat glisse les doigts dans sa fourrure avant de croiser mon regard.

Il affiche un sourire de requin, mais poli.

— J'ai beaucoup réfléchi. Excusez-moi de vous le dire, mais Picatrix, ça sonne un peu comme Pikachu. Vous savez, le Pokémon.

— C'est une référence à un traité d'hermétisme du Moyen Âge, dis-je d'un ton acerbe. Un homme à trois noms.

— Hum, fait Fabregat en cassant une noix entre ses dents. Vous n'avez pas le physique de l'emploi.

Le physique de quoi ? D'une universitaire ? D'une chasseuse de trésor ? Je décèle une certaine déception sur son visage tandis qu'il me scrute avec attention. À quoi s'attendait-il ? À un chignon sévère et de grosses lunettes ?

— Quel âge avez-vous ?

— 27 ans.

— Vous ne les faites pas, répond-il en se mouchant. Si je vous croisais dans la rue, je ne vous prendrais pas au sérieux.

Mes formes sont dissimulées sous un grand pull gris à grosses mailles. Je tire sur mes manches comme pour me protéger.

— Généralement, je suis allergique aux universitaires, mais j'ai décidé de faire une exception…

Un peu crispé, Fabregat se penche vers la table basse. Une pile de photos est posée à côté d'un dossier vert.

— Je n'ai pas fait d'études supérieures, déclare-t-il. Pas le temps. Je suis entré directement dans la vie active. Pendant un moment, j'ai été couvreur pour aider mon père, puis agent de sécurité et enfin simple flic. Je lis pour le plaisir, pas pour les *notas*. Nous n'étions pas *pijo*… (Il soupire.) Enfin, revenons-en au fait.

Je vois bien qu'il est intelligent.

Il me toise, me jauge.

— Vous avez envoyé une série d'images à un de mes collègues des Mossos. Datées de 1851 à Barcelone. Des dessins réalisés par un Anglais. *Lou-é-lyn… sit…wall*, bredouille-t-il.

— Sitwell. En effet.

L'illustration d'un corps de jeune fille tatoué de neuf lettres, au-dessus d'un rossignol.

— J'ai reçu un choc en les trouvant dans mon courrier. Je me suis dit… ils ont bu un coup de trop, à Majorque, ou quoi? Une histoire de foudre, de chapelle, de livre, d'Américains… Il ne manque plus que la société secrète. Vous n'êtes pas membre d'une société secrète, n'est-ce pas? ajoute-t-il en me regardant droit dans les yeux.

— Non, je réponds en remuant un peu.

Pas de poignées de main particulières ni de machi-nations occultes.

Il pose sur moi un regard teinté d'ironie.

— Votre lettre m'a intrigué. Je vous remercie d'être venue. C'est une bonne chose, enfin j'espère. J'ai beau-coup travaillé sur cette affaire et je me réjouis de votre présence. Vous envisagez sérieusement de vous impli-quer ?

— Oui.

— Vous êtes sûre ?

Un regard de biais. Je suis une curiosité. L'événe-ment insolite de la journée.

— C'est une gamine, *una nena*, maugrée-t-il, incré-dule.

Il décide d'adopter ce terme catalan pour s'adresser à moi.

— L'histoire n'est pas très jolie, *nena*. Très diffé-rente de vos bouquins, je pense.

— Peut-être…

Vous seriez étonné.

— Je me suis renseigné sur vous.

— Et qu'avez-vous appris ?

— D'après mes amis de Palma, vous êtes en train de vous faire une réputation d'experte, dans le coin. Un vrai numéro de cirque. Vous faites des choses assez bizarres.

— Sur le plan professionnel ou personnel ?

— Dernièrement, vous avez connu plusieurs péri-péties professionnelles, répond-il en brandissant un index. Les rumeurs circulent vite, par ici. Il paraît que vous êtes médium. À temps partiel ou complet ?

— Ce ne sont pas les termes que j'emploierais.

— Mais vous êtes un peu étrange, non ? Vous entendez des choses qui échappent au commun des mortels…

J'ai un mouvement de recul.

Médium n'est pas le terme adéquat.

Aussi succinctement que possible, je lui explique que « j'écoute ». C'est ainsi que je préfère décrire ma méthode. Je possède une sorte d'ouïe exacerbée, une sensation que je contrôle désormais.

— Non, je ne suis pas médium, répété-je.

Je ne connais pas des choses que d'autres ignorent. Je ne suis pas capable de résoudre une affaire de meurtre en fermant les yeux pour avoir une révélation psychique comme par magie. Je ne trouve pas de solution grâce à un simple claquement de doigts. C'est absurde. Je ne puis vous dire à quoi vous pensez que si vous me le faites savoir. En revanche, je peux vous observer de près, je peux vous écouter. Eh bien, il en est de même pour les livres et les pierres. Le verbe « écouter » est peut-être inexact. Plus je comprends une situation, plus je suis à même d'en suivre les fils invisibles. J'ai l'impression d'être une chauve-souris. Je travaille souvent dans les bibliothèques et les musées, au cœur des archives, dans les profondeurs, parmi les boîtes abandonnées ou, dans les cas les plus pervers, cachées. J'agis dans l'ombre.

En voyant sa paupière droite tressauter, je me retiens. *Ne lui dis pas toute la vérité.* Lors de ma dernière année d'université, j'ai passé deux mois endormie, à me croire éveillée, avant que les médecins constatent que je me trouvais dans un état de sommeil à mouvements oculaires rapides. Durant mon séjour à l'hôpital, j'avais

eu des douleurs dans la tête avec des éruptions cuta-
nées. À mon réveil, le son des voix était si puissant que
j'ai saigné des oreilles et des narines. Je suis un phénomène dans le sens clinique du terme.

Au lieu de lui parler de tout cela, je l'appâte. La
traque est une addiction. *Je suis comme vous. Un bon
chercheur est un chien de chasse qui suit le frôlement
moléculaire d'une main humaine sur le papier.*

— Et vous aimez fouiller le passé ? demande Fabregat, entrouvrant à peine les lèvres.

— C'est la seule chose qui m'évite de perdre la
raison.

— Votre catalan est excellent. Parfait pour ce que je
veux vous demander de faire pour nous. Si vous vous
sentez à la hauteur de la tâche, bien sûr…

Bien sûr.

— En 2003, vous viviez à Barcelone, mais vous ne
connaissiez pas personnellement Hernández ou Sorra ?
Vous ne les avez jamais rencontrées ? Non ? Bien. (Il
m'observe avec attention.) Mais vous aviez entendu
parler d'elle avant sa mort ?

Comment peut-il en être autrement ?

— Et les meurtres ? Vous avez lu les journaux ?

Je hoche la tête :

— Je les ai suivis de près.

— Par intérêt ? Passion ? Curiosité ? me demande-t-il.

— Tout cela à la fois.

— Et c'est pour cette raison que vous nous avez
envoyé ces lettres ? Les illustrations du cadavre tatoué ?
(Fabregat consulte ses notes.) Vous avez établi un lien ?

— Je ne veux faire perdre de temps à personne.

Je sens qu'il me jauge.

— Moi non plus. Puis-je voir les originaux ?

J'ouvre mon sac et lui tends le paquet. Je tique en le voyant déplier le papier paraffiné. *C'est à moi.*

— Ils sont identiques, déclare-t-il.

Je lui accorde le temps d'assimiler sa découverte.

Je connais intimement les marques, désormais. Il va observer le serpent tracé en S un peu au-dessus du milieu de la paume gauche, et la croix tel un stigmate sur la droite. Il va assimiler le cercle qui entoure son nombril et le croissant de lune sur sa poitrine, l'alphabet sur chaque flanc, les lettres sur son front.

Un document authentique est toujours différent d'une image numérisée. La fraîcheur de l'encre s'impose à vous, elle vous soumet, vous attire irrésistiblement vers cette pièce tangible. *Un être vivant a écrit cela. Quelqu'un a tenu ce papier, il y a un siècle et demi. Quelqu'un dont la main tremblait quand il écrivait.*

— Ils correspondent à votre affaire dans les moindres détails, dis-je.

Le policier regarde d'encore plus près.

— Il avait du talent, ce garçon… Qu'est-il devenu ?

— Nous sommes en train de chercher. Sitwell a quitté l'Espagne au cours de l'hiver 1852. Héritier de la fortune considérable d'un ami et mentor, il est retourné en Angleterre où il a déposé des documents dans certaines bibliothèques de Londres et Oxford.

Des documents que j'ai eu le plaisir de localiser et d'évaluer au cours des deux dernières années. Tous concernent le palimpseste et Illuminatus. Mais Fabregat n'a pas à le savoir.

— Et vous croyez avoir découvert l'auteur de ceci ?

— Pas avec certitude.

Pendant un moment, il demeure pensif.

— La certitude, murmure-t-il. Une bien étrange chose…

Il est perdu dans les illustrations de Sitwell.

— Personne d'autre ne les a vues ? me demande-t-il.

— Pas à ma connaissance. Personne d'encore vivant, en tout cas.

— Vous avez raison d'établir un parallèle.

Satisfait, il repose les documents.

— Nous avons réglé les conditions de ce projet au téléphone, mais je vais les répéter. Étant à la retraite, je n'ai aucun pouvoir, mais l'affaire Hernández est le grand drame de ma carrière, l'une des plus grandes frustrations de ma vie. Je m'empresse d'ajouter qu'elles ne sont pas nombreuses. Si l'affaire avait été résolue, j'aurais pu oublier, tourner la page, avancer. Hélas, ce n'est pas le cas. (Sa mine s'assombrit.) Vos lettres suggèrent que des meurtres identiques se sont produits à Barcelone dès 1851 ? C'est… c'est intéressant.

« La prudence est de mise. Nous devons faire preuve de délicatesse. Si vous commencez ces recherches, vous aurez le soutien de la police. Travaillez en tant qu'auteur, enfin médium. (Il agite la main au-dessus des documents.) Une enquête préliminaire de deux semaines sur Natalia Hernández, sa personnalité, son travail, ses habitudes. Parlez aux gens, mettez-les à l'aise. Dites que vous faites une relecture du dossier dans le cadre d'un projet indépendant afin d'obtenir une bourse de recherche, que vous travaillez sur la mort d'une artiste. Cachez votre enthousiasme, mademoiselle Verco ! Je vous expliquerai tout au fur et à mesure. Je vous aiderai à préparer les entretiens. Faites-les parler d'elle et de la petite Sorra. Posez des questions. Entrez dans leurs vies, prenez le pouls de cette ville. Je vous enverrai les éléments classés dont vous pourriez avoir besoin. Je tiens aussi à ce que vous rencontriez Emily Sharp. Jetez un coup d'œil à ce livre. À l'heure qu'il est, nous avons tout tenté. J'ai mis les meilleurs experts européens sur le coup. Pour moi, la question essentielle a toujours été : pourquoi ? Je n'ai jamais compris. Peut-être parviendrez-vous à… ressentir les choses. Je vous fournirai le soutien dont vous aurez besoin, mais je ne veux pas que vous vous engagiez avec quiconque pour ce qui est de l'enquête. Vous serez accompagnée en permanence, que je sache où vous êtes. Et je veux que vous preniez des notes, que tout soit consigné par écrit. Je vous paierai… personnellement, avec une petite aide de la police. Nous n'avons pas coutume de travailler avec des gens comme vous et je tiens à ce que vous n'ayez pas d'ennuis, à ce que vous soyez en parfaite sécurité. Soyez particulièrement vigilante sur ce point, d'accord ?

Je suis d'accord.

— Comme je l'ai dit au téléphone, je pourrai utiliser pour mes propres recherches tout ce que je découvrirai, n'est-ce pas ?

Il ouvre l'enveloppe verte et pousse son contenu vers moi.

— Lisez ceci.

Sur la tablette, près du fauteuil, il y a un stylo noir. Je parcours les contrats, la clause de confidentialité, puis je signe.

— C'est devenu pour moi une sorte de passe-temps, m'explique Fabregat, très satisfait de lui-même.

Nous buvons dans nos petites tasses en porcelaine. Il me propose un biscuit.

— J'apprécie le calme, désormais, dit-il. La vie est belle, je vous l'assure.

Tranquillement, l'ex-inspecteur Manel Fabregat me dresse le tableau des événements tels qu'il en a été le témoin.

Tout a commencé deux semaines avant la mort de Natalia Hernández (le 8 juin, précise Fabregat, la bouche pleine d'amandes, le dimanche de Pentecôte, en 2003). À 16 heures, le père Canço trouve la lettre dans un confessionnal de l'église Santa Maria del Pi. Il n'y figure aucune adresse d'expéditeur. Canço, en citoyen responsable, se rend au poste de police du quartier gothique pour demander que le pli soit remis à son destinataire. Fabregat ouvre lentement l'enveloppe et s'installe à son bureau, le chapeau en arrière, ses lunettes sur le bout du nez. Le papier est épais comme du parchemin. Il s'agit d'un graphique enluminé évoquant le cadran d'une boussole ou un astrolabe servant à déterminer la position des astres, d'un rayon de douze centimètres, souligné à l'encre dorée. Les épais traits bleus sont tracés avec aisance et précision.

Le policier l'examine de près. Il compte quatre anneaux externes divisés en neuf parts égales. Les triangles forment une étoile à neuf pointes alignées avec chacune des neuf sections. Trois pointes du triangle supérieur sont désignées en catalan : *inici, mitjà, final*. Début, milieu, fin. Dans chacune des neuf sections figure une superbe lettre en capitale : B, C,

D, E, F, G, H, I, K, avec une suite de chiffres (de 1 à 9) le long de la bordure extérieure. Fabregat cherche un détail crucial. Dans le coin inférieur gauche, tracé en lettres excentriques et penchées : *Trouvez-moi dans l'expression des oiseaux.*

Le policier fronce les sourcils. Il marmonne pour lui-même et se redresse sur sa chaise. Il relit la phrase, retourne le parchemin. Un serpent se mordant la queue scintille sur le papier, tracé à la feuille d'or. Le-serpent-de-la-vie-éternelle-qui-se-mord-la-queue… Enfin, un truc comme ça. À l'intérieur de la boucle formée par le serpent, « Un est le tout » est inscrit en catalan. La moitié du serpent est en or, l'autre est soulignée d'un fin liseré. *Encore des conneries de hippie.* Il ne le prend pas au sérieux parce qu'il ne comprend pas. Néanmoins, l'inspecteur commence à avoir des soupçons. Il appuie la lettre contre le pied de sa lampe et quitte son bureau pour demander à ses hommes qui l'a déposée.

— C'est une blague, les gars ?

On lui répond qu'elle est arrivée par coursier religieux, un curé gras et essoufflé qui ignorait le nom de l'expéditeur. À 21 heures, Fabregat rentre à la maison. Il dîne avec son fils et, ce soir-là, fait l'amour à sa femme.

Vingt-quatre heures plus tard arrive une autre missive, livrée cette fois par un enfant de chœur qui l'a trouvée en nettoyant le siège du confessionnal de l'église Santa Maria del Mar avant les vêpres du lundi de Pentecôte. Fabregat ouvre l'enveloppe pour en extraire un nouveau parchemin. Au recto, le serpent-de-la-putain-de-vie-éternelle. Dans les pages intérieures, un graphique identique. Les neuf lettres disposées autour de cercles concentriques. Un cadran au sein d'un autre. De la même écriture arrondie, quelqu'un a écrit :

> *Vous m'avez appelée*
> *Trois fois grande*
> *Aux deux visages*
> *À la langue fourchue.*

Le sang de l'inspecteur ne fait qu'un tour. Pendant une demi-heure, il se mordille nerveusement la lèvre. Qu'est-ce que c'est que ça ? Une plaisanterie ? Un gosse qui veut se venger ? Un cinglé ?

Trois fois grande ? Il retourne l'expression dans tous les sens.

Qu'est-ce que ça veut dire ?

Car cela signifie certainement quelque chose…

La première victime est retrouvée au cœur de la nuit cruelle du mardi 10 juin 2003. Fabregat suit un jeune sergent dans un passage étroit entre deux immeubles. En contrebas des jardins du Baluard, à la lueur de quelques lampadaires mornes, les bâtiments sont d'un gris humide et triste. Le linge pend aux fenêtres, culottes jaunies, chemises délavées et auréolées de sueur… dans le noir, leurs ombres menaçantes évoquent des jambons serrano. Une ambulance déçue est garée au milieu de la place. Les issues sont bloquées et le trafic interrompu dans la rue. Un cordon de police entoure réverbères et troncs d'arbre, à l'exception d'un jeune jacaranda autour duquel une équipe de techniciens scientifiques examine les ongles, le pollen, le sperme, le sang, en quête de follicules, de gel, d'empreintes digitales, de traces. Un essaim mélancolique s'affaire autour de son sujet. De petits pieds se balancent, aussi morts que de la porcelaine. C'est une enfant, constate Fabregat avec effroi. *À peine une femme.* Pendue à une corde attachée à une branche du jacaranda. Ses cheveux auburn tombent sur sa poitrine. Les blessures sont sèches. Le policier l'observe avec attention. Des émotions qu'il croyait oubliées ressurgissent. Il se prépare au pire. *Regarde de plus près.* Ignorant les bavardages de l'équipe qui l'entoure, il insiste. Un flash crépite sans la moindre chaleur. Clic clac, clic clac sur les plaies ouvertes, fraîches, violacées. *Sa bouche ? Un trou noir.*

Les yeux plissés, Fabregat scrute le cadavre pendu. La jeune fille présente de légères traces rouges sur sa peau. *Non, ne regarde pas son visage. Pas encore.* La lettre B, écarlate. Une peau impeccable, limpide, des cheveux longs et soyeux, sur ses épaules. Vivante, ce devait être une vraie beauté. Il rive sur elle un regard clinique. Sur chaque téton, quelqu'un a gravé l'extré-mité d'un croissant de lune. Autour du nombril, un cercle, le contour d'un soleil. Fabregat se ressaisit et note la litanie de sévices : *Lacérations sur le corps. Ablation de la langue, le muscle tranché à la base. La victime semble avoir environ 15 ans…*

Le médecin légiste soulève les mains de la jeune fille pour lui montrer quelque chose. *Un serpent incrusté dans sa paume gauche, un…* Fabregat s'attarde sur cette marque. *Ne te concentre pas sur son visage. Comment est-elle morte ?* À en juger par les ecchy-moses dans son cou, il penche pour la strangulation. *D'abord mutilée, puis étranglée.*

— La paume droite est tailladée d'une croix profonde de quelques millimètres ! aboie l'un des enquêteurs. Il y a un C sur le front, entre les yeux.

Fabregat s'arrête. *Neuf lettres au total.* Il pâlit. Elles correspondent aux graphiques posés sur son bureau, B C D E F G H I K, et sont tatouées sur une enfant-scène de crime, offerte à l'inspection. Les mots surgissent. Les vers d'un poème fou. *Vous m'avez appelée/Trois fois grande/Aux deux visages/À la langue fourchue…* est-ce la réponse à la devinette ? Le corps pendu de la fille sans voix ? Plus tard, le médecin légiste rend son verdict, flanqué d'étudiants en médecine très sérieux. Sur le cadavre, il désigne des blessures superficielles semblables à des tatouages.

— Ce sont des lettres du Moyen Âge inspirées d'onciales romaines, en capitales, tracées d'une main ferme, un vrai travail d'artiste. Il n'est pas facile de découper la chair avec une telle précision. Dix centimètres de long, en fonction de la position. Les incisions suggèrent le recours à plusieurs instruments : un couteau à désosser, utilisé à certains endroits, ici une lame de rasoir… Le corps a été nettoyé avec soin. Aucune trace concluante d'ADN. Elle est morte après l'ablation de la langue. Je crois que les lettres, les plaies des paumes et les marques de la poitrine et du ventre sont postérieures à l'asphyxie. On constate aussi ce qui ressemble à une pénétration sexuelle forcée. Il a eu besoin de temps pour faire cela. Il a dû la garder en vie dans un endroit et travailler sur son corps dans un autre.

La victime est Rosa Bonanova, 16 ans, fille unique, disparue depuis quatre jours. Elle a été vue pour la dernière fois alors qu'elle rentrait chez elle à pied, dans la soirée, après une répétition de sa chorale, dans le quartier de l'Eixample. Fabregat soumet ses lettres aux graphologues, qui s'en donnent à cœur joie. Le message est très clair : *même scripteur, même écriture, même main sur le corps et sur le papier*. La police enregistre son dossier. Sur les photos, Rosa est jolie et souriante.

Juste avant sa transformation.

Elle est partie, maintenant.

Fabregat est hors de lui.

Une troisième lettre ne tarde pas à arriver, déposée le jeudi 12 juin dans le confessionnal du vieux monastère de Sant Pere de les Puelles. Elle est adressée à *Sr Manel Fabregat des Mossos d'Esquadra*. L'inspecteur sent monter la colère face à tant d'insolence. Cette fois, l'expéditeur a écrit :

Fini les devinettes
Je vais vous apprendre
Suivez-moi. Tenez compte de mes paroles.
Crimes anciens

Ainsi que deux dates, tels des serre-livres :

1182-1187

Fabregat ne perd pas de temps. *Le service des personnes disparues !* Il rameute ses hommes, leur crie d'exploiter toutes les pistes, les parents en détresse, les fugueurs… Je veux être tenu au courant. Et pas de fuites, les gars ! Pas de bavardages avec ces putains de médias ! Pas question qu'ils apprennent quoi que ce soit !

Le tueur n'en est pas à son coup d'essai.

C'est trop bien huilé, trop bien rodé. Y a-t-il un précédent ? Un fait similaire dans le passé ? Il sent une corde se serrer… autour de son cou… *Fini les devinettes ?* Au fond de lui, un profond malaise. *Pourquoi moi ? Pourquoi m'avoir sélectionné ? Me fournir des informations aussi étranges ?*

Il obtient sa réponse sous la forme d'un autre cadavre, découvert le vendredi 13 juin 2003 par le barman de la boîte de nuit Genet Genet. Il cherche ses mots, et finit par dire qu'il a trouvé le cadavre après la fermeture du club, en sortant les poubelles. Il craque. La police l'a entraîné sur le côté du bâtiment, près de la *narcosala*[1].

— Je l'ai trouvée là, c'est tout, répète-t-il comme s'il avait perdu la raison. Elle était couverte de sang (le sang avait aussi maculé la chemise du barman). Elle était là, pendue à un réverbère.

Il détourne les yeux de la rue pour regarder vers le ciel, tel un homme fort qui refuse de pleurer.

— Je… Je…

Mais elle est partie, elle aussi, son âme est partie, et pas d'une façon agréable. C'est une femme sans langue que Xavi a retrouvée. Sa bouche n'est plus qu'une mare de sang. Son corps nu est couvert de lettres gravées sur sa poitrine, son cou et ses bras. Le sang dégouline de son moignon de langue, des lettres tracées sur son corps et des images dessinées dans ses paumes, formant de grosses flaques autour d'elle.

Sur la scène de crime, Fabregat est interrompu par une ombre qui se dresse contre le mur, derrière le ruban de police. Elle tousse et allume une cigarette.

— Encore une qui est bonne pour la poubelle… zézaie la vieille prostituée. Faites-moi confiance, reprend-elle en crachant un misérable nuage de fumée.

Ses cheveux plats peroxydés forment comme une couronne en plastique jaune sur sa tête, au-dessus de

---

1. À Barcelone, salle mise à la disposition des toxicomanes pour leur permettre de consommer de la drogue dans des conditions d'hygiène appropriée.

ses paupières violettes et d'immenses lèvres rouges et malsaines…

— C'est une moins-que-rien, déclare-t-elle avec un sourire suffisant, le visage dans la pénombre.

Elle a la voix éraillée comme une scie rouillée et voilée.

— *Como tú, Mosso'.*

Fabregat se hérisse.

— *Basura*, chantonne la prostituée.

Ba-su-ra

Tu es une raclure.

Poussière dans le vent.

— Dis-leur de laisser tomber, croasse-t-elle. Personne la connaît, celle-là. Tout le monde s'en fout…

Le deuxième cadavre est celui d'une étudiante infirmière, Rosario Sorra, 23 ans, qui était en stage à l'hôpital universitaire. Elle vivait seule à Sant Gervasi, donc personne n'a signalé sa disparition, mais comme elle ne s'était pas présentée à des séminaires mercredi et jeudi, ses camarades de cours se sont inquiétés.

Bientôt, des mots sortent de la bouche des spécialistes : cryptographes, analystes, historiens de l'université de Barcelone… Des mots que Fabregat n'a jamais entendus auparavant et qu'il a du mal à comprendre. Pas de message chiffré ? De code ? D'anagramme ? s'enquiert l'inspecteur, plein d'espoir. Il pense à un livre qu'il a lu sur le sujet. *Non, non et non.* Fabregat est prêt à suivre toutes les pistes. Néanmoins… *Les inscriptions gravées sur le cadavre semblent relever de l'alchimie, le cercle tracé autour du nombril rappelle le symbole alchimique désignant l'or, un* cercle parfait avec un point en son centre. *Le crois-sant, entre les seins, peut être le signe alchimique de l'argent. Le serpent, sur la main gauche, évoque l'affirmation d'un péché, la croix dessinée sur la main droite une représentation du Jugement dernier.* Et le serpent-éternel-qui-se-mord-sa-putain-de-queue qui figure dans les lettres ?

Le professeur Guifré, expert médiéviste au département des collections spéciales de l'université de Barcelone, lui adresse la réponse suivante :

— Ce serpent est un ouroboros. Il date de l'Alexandrie du IIe siècle, et est extrait de la *Chrysopée de Cléopâtre*, un traité d'alchimie. Le catalan rappelle ici l'expression grecque *hen to pan*, littéralement « un est le tout ». Les moitiés en noir et blanc suggèrent la dualité gnostique. Par tradition, l'ouroboros est la marque d'un cycle continu, de l'éternel recommencement. Une force générative elliptique qui recèle l'univers. L'ouroboros fait aussi allusion aux traditions mystiques anciennes associées à la transformation de métaux en or… S'il faut y voir un code, je crois qu'il est de nature alchimique.

Et les langues ? Pourquoi leur couper la langue ? Si tout le reste est aussi étudié, ce détail doit avoir son importance. Le professeur ne sait pas. Fabregat est abattu, tête baissée. *Pourquoi lui avoir envoyé tout ça ? Pourquoi graver ces choses sur le corps d'une femme ?*

— Vous devez chercher un homme obsédé par l'occulte, gazouille Guifré au téléphone. Votre tueur est un passionné d'alchimie. Un aficionado de la magie noire. Un de ces… comment on les appelle, déjà ? Un gothique ? suggère le professeur, ravi de sa connaissance de la culture populaire. Un personnage secret, lecteur de fantasy.

L'inspecteur voit les choses autrement. *Il imagine un être herculéen, précis, clinique, efficace.* Il ajoute ses observations à la liste. Une femme policier s'approche de lui. Il la regarde d'un air vague. Elle lui tend un café, puis ils échangent quelques mots. Prenant son courage à deux mains, elle avance une théorie qui ne passe pas. Fabregat secoue la tête d'un air navré.

— On l'aura, ce salaud, inspecteur, déclare-t-elle.

Fabregat n'en est pas si sûr. Il n'y a ni marque, ni empreinte, ni trace du moindre tueur. *Ce type est trop propre. C'est un professionnel. Nul ne l'a vu... Comment peut-on ne pas voir un homme pendre un cadavre à un lampadaire en plein cœur de la ville ? À moins que les témoins éventuels n'aient eu peur ? Peut-être que tous les témoins ont peur. Peut-être le connaissent-ils. Ou bien c'est un fantôme, un esprit.* Fabregat tourne en rond, encore et encore.

Lundi 16 juin 2003.

Après les vêpres, un prêtre trouve une quatrième lettre sur la fontaine de la Plaça de Sant Felip Neri. Il demande que Fabregat envoie un coursier car il refuse de toucher l'enveloppe. À l'intérieur, les cadrans concentriques sont identiques à ceux des trois premières missives. Le message consiste en quatre lignes et deux dates :

Comptez les grains de sable
Et mesurez la mer.
Entendez le sourd-muet
Et celui qui ne sait point encore parler.

1312-1317

Rien d'autre.

Mardi 17 juin.

Les premières lueurs de l'aube font irradier la mer de chaleur.

Sur les hauteurs de Barcelone, sur un chemin partant de la Carretera de les Aigües, un couple qui promène son chien découvre un cadavre pendu à un arbre. En contre-bas de Tibidabo, dans la courbe qui domine la ville, le golden retriever le renifle derrière un banc de pierre et une fontaine, caché dans les fourrés sombres. La victime est pendue, une corde autour du cou, et se balance douce-ment quelques mètres au-dessus du sol, dissimulée par les ronces et le lierre, au milieu des chênes et des pins d'Alep. L'air sent le printemps et la boue.

Tibidabo. Un lieu chargé de souvenirs d'enfance. Au volant de sa voiture, tandis qu'il franchit les contrôles de police pour s'engager sur le chemin de terre, Fabre-gat se sent dépouillé de son autorité. *Assailli, violé.*

Tibidabo. Les paroles du diable en latin. La tentation du Christ sur la montagne. *Je te donnerai tout…*

Sur la colline de Tibidabo, l'air est pur et on a une meilleure vue sur la ville qui s'étire, encore endormie, vers le port.

Depuis le sommet, on voit tout. La Barcelone couleur chair, telle une peau qui ondule jusqu'à la mer. Le parc

Güell, au sud, le port de Barceloneta, la ville ouverte comme deux mains formant une coupe dans laquelle on boit… On est entouré de collines, Collserola, Putget, Montjuïc, l'embouchure du Besos et du Llobregat, la diagonale de La Rambla, incision franche et nette qui découpe le centre-ville en deux triangles. De cette hauteur, le quartier gothique et le Raval forment deux poumons qui respirent contre la colonne vertébrale qu'est l'avenue emblématique de Barcelone.

Fabregat jure dans sa barbe et descend péniblement le chemin de terre blanche vers l'endroit où on l'a trouvée. Il voit la ménagerie de véhicules, motos blanches, ambulance jaune, fourgons noir et bleu. À travers le pare-brise, il aperçoit la silhouette distante du Christ, au sommet du temple du Sacré-Cœur en forme de gâteau. Perché au sommet, bras ouverts, il salue Fabregat.

Il sourit vers la forêt.

Roseanne Aribau est retrouvée dans un lieu surprenant. La troisième victime vivait à des kilomètres de là, dans une communauté hippie proche de Terrassa. Ses amis ont signalé sa disparition le vendredi, affirmant qu'elle n'était pas rentrée d'un entraînement à Barcelone. Elle était descendue en Ferrocarril le mercredi, avait passé deux nuits à Gràcia et ensuite… silence radio. Elle ne répondait pas au téléphone. *En général, elle envoie un texto. Je vais la chercher à la gare. C'est ce qui était prévu*, dit son ami. Quelle est sa profession ? Demande la police. *Elle est doula*. Doula ? se demande Fabregat. Qu'est-ce que c'est que ça ?

Sage-femme, lui explique quelqu'un. *Une sage-femme version New Age*.

Il s'agissait d'un animal, c'était certain.

La chèvre de quelque paysan vivant au pied des collines... les implications de ces empreintes, si proches du cadavre, créent un sentiment de malaise chez l'inspecteur. Quand Fabregat arrive sur les lieux, le jeune *mosso* de service a le teint verdâtre. Il révèle qu'une créature a surgi des ombres, qu'elle avait la forme d'un homme, mais qu'elle était trop sombre pour pouvoir la discerner. Il l'avait poursuivie, mais elle avait disparu dans la forêt. Le jeune flic était revenu sur ses pas pour surveiller le cadavre de la jeune femme. En examinant le terrain, dans la boue, sous le corps, il avait remarqué des empreintes boueuses provenant d'une flaque, dans le fossé bordant la route. Ces traces n'avaient pas la forme d'un pied humain, mais plutôt d'un sabot fendu, comme celui d'un bélier, en bien plus grand. De la taille d'une chaussure d'homme.

Fabregat cligne des yeux. *Une apparition. L'imagination.*

— Je crois que c'était le diable, déclare le jeune agent en se signant.

Manel Fabregat ne se laisse pas entraîner vers la superstition.

— C'était une chèvre. Ressaisis-toi, p'tiot !

Plus tard, Fabregat allume une cigarette et aspire nerveusement la fumée qui lui fait du bien. Il se dirige vers le point de vue et le banc de pierre qui borde le chemin de terre blanche. Il scrute le versant de colline. *Comment serait-il arrivé jusque-là ?*

Il réfléchit. *Le raccourci en zigzag, au-dessus de Bonanova et Sarrià. Le rond-point.*

Il y a une barrière?

Oui. Il s'en souvient. *Une fine chaîne tendue entre deux poteaux de bois.*

Il appelle ses hommes, qui vérifient le point d'entrée. Effectivement, le cadenas de la chaîne a été forcé. Coupé à l'aide d'une pince.

Les chaînons dans la main, Fabregat balaie les environs du regard. Une résidence moderne, avec piscine. Un grand et beau jardin. *Des caméras de surveillance.* Son regard s'illumine. *Une lueur d'espoir. Quelqu'un l'aura aperçu. Les véhicules ne sont pas censés passer par là. Ils ont dû voir des phares depuis leurs fenêtres.* Les enquêteurs visitent tous les appartements. Une femme se présente à eux. Vers 2 heures du matin, pense-t-elle, une voiture s'est arrêtée, avec les feux de croisement. Elle n'a pas vu la marque. Elle était noire, croit-elle, ou argentée… Tout cela n'est pas très utile. Fabregat aboie : pas de numéro de plaque d'immatriculation? Face à la mine déconfite de l'inspecteur, la femme rougit. Mais c'est déjà quelque chose, un point de départ. En voulant vérifier les images prises par la caméra, on constate qu'il n'y a pas de bande. Fabregat est vert de rage. *À quoi bon installer une putain de caméra si elle n'enregistre rien?* Il retourne vers les fourrés sombres, sur le chemin de terre. Des joggeurs sont rassemblés. Désireux de terminer leur circuit quotidien, ils soulèvent la poussière de leurs talons.

— Non, vous ne pouvez pas passer, déclare Fabregat. Pas aujourd'hui, ni demain. Pas pendant un certain temps.

Puis il lève les yeux vers les arbres et leur demande :
— Qu'avez-vous vu ?
Comme s'ils avaient envie de le lui dire…

Au départ, il était certain qu'ils trouveraient une réponse. Aucun tueur ne pouvait commettre de telles atrocités sans laisser un peu de lui-même sur place. La découverte d'un suspect n'était qu'une question de temps. Continuez à chercher, dit-il à son équipe, suivez toutes les pistes, passez le terrain au peigne fin, le pollen, la boue, la peau… Fouillez leurs entrailles… Qu'avaient-elles mangé ? Qu'avaient-elles bu ? Déterminez le nombre de cafés qu'elles consommaient par jour, la dernière fois qu'elles sont allées aux toilettes. Examinez les visages, les blessures du cou et de la poitrine, les endroits où la chair a été tranchée. Quel couteau avait été utilisé ? Quelle lame avait provoqué les lacérations de la bouche, les marques sur le ventre ? Au cours de sa carrière passée à régler des différends conjugaux, à intervenir sur des viols, des braquages, des cambriolages, des vols à la tire, des trafics de marchandises et d'êtres humains, l'inspecteur Fabregat n'avait jamais travaillé sur un tel dossier. Les homicides se présentaient (par chance) un ou deux à la fois. En général, un homme tuait une femme et, le plus souvent, les deux personnes se connaissaient. Dans les affaires de crime passionnel, l'auteur des faits se présentait de lui-même au bout de quelques jours, il se suicidait ou se livrait à des actes spécifiques. Mais jamais il ne tuait de nouveau et il envoyait encore moins des lettres cryptiques par coursier, des manuscrits enluminés qui semblaient tout droit sortis des archives de l'université de Barcelone… Il frémit en pensant à la copie de la dernière lettre qu'il avait adressée à l'expert. Elle lui était parvenue comme les autres. Encore un confessional, encore une enveloppe à l'attention de Manel Fabregat avec, à l'intérieur :

Serpentaire !
Toi qui arrives !
Sache ceci
Neuf cahiers de feuilles ont engendré cette rage d'homme.

Fabregat se mordille la lèvre inférieure. Barcelone n'est pas connue pour ses tueurs en série. N'importe quel cinglé vient ici et se laisse distraire par la plage. Ce genre de scène de crime ? Jamais !

Cela ne colle pas avec l'atmosphère des lieux. Il est agacé de voir ça.

L'acte deux démarre tranquillement. Au matin de la Saint-Jean, le soleil se lève derrière les imposantes flèches de la cathédrale qui se dressent du cœur de ce qui était la cité romaine fortifiée de Barcino. Celle-ci aurait été fondée par Hercule, demi-dieu amoureux de Pyrène, qui donna son nom aux Pyrénées, à moins que Hamilcar Barca, père d'Hannibal le Carthaginois, n'ait érigé les premières structures sur le mont Taber. De nos jours trône la grande cathédrale. La cathédrale Sainte-Eulalie. Gargantuesque, troublante – fruit d'un pactole fiscal –, née d'une superpuissance médiévale aujourd'hui disparue. Nulle part au monde on ne trouve une telle concentration de grandes cathédrales. L'imposante Sainte-Eulalie semble ivre de pouvoir, toujours célèbre pour ses exorcismes, son sol exalté, sa façade ouvragée et trompeuse, ajout néogothique du XIXe siècle. Ses anges scrutent les mystères qui se déroulent en contrebas : touristes et leurs appareils, marchés couverts, mendiants, balayeurs, hommes d'affaires en costume, militants, grévistes, politiciens, toxicos, les vendeurs de sifflets qui pépient comme des oiseaux, qui braquent des rais de lumière vers le ciel pour envoûter un client. Durant la nuit, gargouilles et anges ont discuté en assistant à une scène inhabituelle. *Une étrange scène.* Leurs yeux de pierre sont rivés sur la silhouette d'une jeune fille étendue sur les onze marches qui mènent dans la gueule de la cathédrale, telle une offrande à quelque dieu indifférent.

— Merde, murmure le médecin en soulevant la chemise qui couvre le corps féminin.

La peau est encore tiède. À ses côtés, son assistant perd l'équilibre et chute.

— Relève-toi! Relève-toi! hurle le médecin.

Natalia Hernández?

L'espace d'un instant, le monde s'arrête.

— *Ou bien son sosie?* suffoque l'assistant.

Ce n'est peut-être pas elle. Pourtant, ils le savent. Tout le monde le sait. Quelqu'un lui a écarté les cheveux du visage, laissant des traces gluantes sur sa joue et son front, là où il a essayé de nettoyer la mort. Le ventre et la poitrine ont été encornés, troués en de nombreux endroits. Elle est poreuse. Un véritable bourbier. Sur ses lèvres, le rouge est encore frais. Sa bouche est un lac de ténèbres. Un policier vomit sur les marches.

Son visage est si immobile.

Le médecin marmonne une prière en examinant son cou.

Cette jeune fille a des lésions sur tout le corps. Dieu qu'il a été cruel.

— *Ostres!* souffle le médecin.

Il sent un souffle frais, une présence spectrale. Un froid glacial et mordant malgré la chaleur estivale.

Natalia Hernández. Avec le recul, les gens vont se demander comment on l'a laissée là.

Sentiment collectif de remords.

Elle qui était si belle.

Les ménagères dévoreront la presse à scandale.

Le médecin en a la certitude, tandis qu'il tâte le pouls inexistant de Natalia Hernández. Elle qui était si chère à leur cœur…

De l'autre côté de la ville, le portier de la rue Muntaner frappera du poing sur son bureau. Il n'a pas cru bon de prévenir la police alors qu'il ne l'avait pas vue rentrer chez elle. Natalia Hernández était toujours de retour à 23 heures, elle ne sortait jamais plus tard, pas même un soir de première. *Hòstia, Santa Maria! Quin horror!* Ses cheveux impeccables, enroulés en un chignon serré sur sa nuque, son visage très maquillé pour la scène, ses lèvres lumineuses, tels deux fruits rouges contre sa peau mate. Ses membres délicats ploient comme les jambes d'un poulain. Ses longs doigts sont crispés sur sa poitrine, figés dans la mort. Deux grains de beauté telles des étoiles, à la limite entre son cou et sa mâchoire. Pourtant, elle a l'air serein. Elle disparaît en elle-même comme dans un rêve.

Ailleurs, il ne faut pas se fier aux apparences. Au fil de l'enquête, un policier attire l'attention des médias sur le portier de Natalia Hernández, au numéro 487, qui a vu un inconnu entrer dans son immeuble puis en repartir, en ce matin funeste. Dans la luxueuse résidence de la verdoyante rue Muntaner, il a pris l'ascenseur jusqu'à l'étage de Natalia. Le portier ne reconnaît pas cet homme lorsqu'il quitte le bâtiment. Lors de son interrogatoire, il se souvient simplement qu'il était quelconque, les cheveux châtains, les traits fins, de taille moyenne.

— Je ne sais pas, cela aurait pu être n'importe qui. Je ne l'ai pas vu entrer. J'ai cru que c'était le petit ami d'une de nos résidentes qui partait après avoir passé la nuit avec elle.

À 6 h 30, le mystérieux inconnu est vite oublié. Plus tard, le portier affirmera que c'était un fantôme, un démon, un esprit. Un être humain n'aurait pu échapper à sa vigilance, pas de façon aussi indigne, comme un serpent rampant sur le sol pour ne pas être vu par l'œil humain ! En revanche, la fumée ne se dissipe pas facilement. À 7 heures du matin, le salon de l'appartement 5A du 487 est un véritable brasier. Une fumée noire filtre par le contour de la porte de l'appartement pour monter vers le cinquième étage. Du jamais-vu dans la rue Muntaner. Et l'incendie continue de faire rage. Dans le bureau de Natalia Hernández, la chaleur s'empare d'un flacon d'essence de térébenthine posé sur une étagère. Les flammes dévorent tout sur leur passage, puis c'est l'explosion. Une impressionnante boule de feu s'élève vers le ciel. Le système anti-incendie arrose le sol. À leur arrivée, les pompiers luttent pour venir à bout du sinistre. Dans le salon noirci, les deux canapés en cuir ne sont plus que des carcasses calcinées et nauséabondes, au centre de la pièce. Au milieu des cendres, on distingue le matériel d'écriture de la jeune femme, les couvertures des livres rongées par la fumée, les pages consumées à cause d'une flamme ayant embrasé la gazinière restée allumée, dans la petite cuisine adjacente, dont l'explosion s'est propagée vers le salon. Les pompiers pensent à un incendie

116

volontaire : la porte entrouverte de l'appartement, les robinets de l'évier de la cuisine ouverts. Le plus bizarre, c'est que le nuage de fumée noire ait envahi l'appartement de Natalia Hernández environ une heure et cinquante-sept minutes après sa mort.

Était-ce l'explosion de son âme, séparée de son corps comme un atome ? Ou l'intensité de sa vie qui se manifesta dans les flammes ? Seul Kike, le pékinois, garde son calme, dans les bras de son maître, une personne âgée. De son regard vitreux de petit chien, il observe la scène avec une résignation placide, parmi les badauds.

En ce moment précis, l'inspecteur Fabregat se tient à l'endroit précis de la mort de Natalia Hernández. Il a encore les paupières lourdes de sommeil, mais les traits acérés d'un loup. Il passe une main dans ses cheveux. En face, le soleil se reflète dans les vitrines des boutiques. Les oliviers murmurent à côté des palmiers nains. La pierre des bâtiments voisins présente des strates roses et dorées. Ils sont hétéroclites, de toutes les époques. Les cyprès sont au garde-à-vous devant les dalles de pierre.

Ce matin, les mendiants seront tenus à l'écart des marches de l'église, de même que les touristes. *Il est trop tôt pour qu'il y ait foule… mais ils viendront*, se dit Fabregat. Il fait les cent pas sous les lanternes noires qui surgissent des murs. Musées, archives d'églises, rues étroites. Il tourne en rond en attendant un résultat. Cette fois, il y aura les caméras du diocèse, les gardes, et l'inspecteur est agité, impatient de voir ce qu'elles contiennent.

Bientôt, le caporal de la Fuente mène Fabregat vers la fourgonnette bleu et blanc garée à l'autre extrémité de la place, sous une rangée de grands arbres.

Son agitation est palpable.

— On les suit jusqu'au quartier gothique.

— Qui ça, les ? demande l'inspecteur, dont la paupière gauche tressaute.

De la Fuente sourit. Fabregat, lui, doit se forcer.

— Si vous me dites ça, vous avez intérêt à être sûr de vous, caporal. Je suis très sensible. Ne me donnez pas de faux espoirs.

De la Fuente ouvre la portière du laboratoire mobile. Il approche un siège de l'ordinateur central et fait signe à l'inspecteur de s'asseoir. Fabregat refuse et fronce les sourcils. De la Fuente s'installe, le front luisant aux premières lueurs du jour.

Surpris, Fabregat passe une main dans ses cheveux. Il regarde le jeune technicien afficher des images nettes filmées depuis un point de vue proche du musée de l'archidiocèse. Il regarde encore. Un homme la porte.

— On suppose qu'elle est déjà morte quand cette caméra l'enregistre, explique de la Fuente d'un ton neutre.

— Montrez-moi le reste ! aboie Fabregat.

De l'ombre d'une ruelle surgit une silhouette qui traverse devant un café fermé. La Estrella de Santa Eulàlia. La silhouette émerge lentement des ténèbres, vague et floue. On discerne enfin clairement un homme aux cheveux noirs mi-longs. Sa peau capte la lueur des réverbères. Torse nu, il est vêtu d'un jean et d'une ceinture qui tombe sur ses hanches. Il porte la jeune fille vêtue d'une chemise et dont les bras pendent vers le sol. Ce garçon a le visage long, strié de noir.

Du sang ? Le cœur de Fabregat s'emballe.

Autour de ces deux étranges personnages, la rue et la place sont désertes.

— On peut s'approcher?

Les doigts de l'agent dansent sur le clavier. Il agrandit une image en partant du visage de l'homme. Fabregat découvre des cheveux foncés et bouclés qui lui arrivent aux épaules. Si la caméra avait été plus précise, il aurait décelé un nez crochu et des yeux jaunes de chat. Le visage est presque toujours flou à cause de l'éclairage, mais on peut parfois mieux le distinguer.

— Là! Arrêtez là! fait l'inspecteur en levant une main.

L'homme a la bouche fermée, le regard fixe. Il reste un long moment immobile, la jeune fille inerte contre son torse, avant de déposer le corps sur le sol, au pied des marches de la cathédrale. Il s'agenouille au côté du cadavre et croise les bras de la jeune fille sur sa poitrine. Il lui étend les jambes, écarte ses cheveux de son visage. Il lui caresse le front.

Le doute naît dans l'esprit de Fabregat. *Ce type n'a rien de calme, de détendu. Il n'y a rien de répété, de net, là-dedans. Ça ne colle pas.* L'espace d'un instant, le suspect baisse les yeux vers Natalia Hernández. *Il est sadique, le salaud.* Cette tendresse met Fabregat hors de lui. Il est sidéré de voir le jeune homme couvrir le visage de Natalia de sa paume, lui caresser la joue, lui fermer les yeux. À quoi bon? Pour demander pardon? Le suspect reste agenouillé près de la jeune fille nue pendant trois minutes et cinquante-six secondes, les épaules secouées de spasmes.

— Il pleure! déclare Fabregat, abasourdi.

Il se le répète, encore et encore, comme le ferait le public en découvrant les images au fur et à mesure. Les joues de ce garçon ruissellent de larmes. En un éclair, il bouge. *Il relève la tête.* Il a entendu du bruit. Il s'essuie les yeux du dos de la main. Il ne regarde plus la jeune fille. Il se retourne et s'enfuit vers le sud, vers la Via Laietana, vers la mer.

— Bien ! Qui est ce type ? explose Fabregat. Quelqu'un peut me le dire ?

Près de lui, de la Fuente est furibond.

— Dites à la municipalité d'installer plus de caméras. Avec notre système, vous allez avoir un mal fou à le traquer.

L'inspecteur se tourne vers la portière coulissante.

— Trouvez-le ! lance-t-il aux techniciens assis en rang.

Il émerge sous le soleil. La chaleur implacable lui fait l'effet d'une vague. *Une journée torride.* Pas un temps à être en cavale. Fabregat s'attarde un moment près du véhicule de surveillance. *El dia de Sant Joan.* Ce devrait être un jour férié pour tout le monde. Il songe aux plages, la veille au soir. Ils ont commencé à boire à midi. Il pense à son fils Joaquim, aux enfants, avec leurs pétards, à la foule, au bord de l'eau, à l'hystérie collective, aux inévitables débordements. Mais ça ? C'est un cauchemar. Il passe le dos de sa main sur son front. *Une erreur pour la Revetlla de Sant Joan.* Mais on le tient, le salaud. On le tient grâce à la caméra. Affaire classée. Mon Dieu. Fabregat se dandine et émet un long sifflement. *Tranquille. Calme-toi. Tranquille. Nom de Dieu. On le tient.*

Mais ce n'est pas vrai.

Adrià daedalus Sorra a déjà marché vers la mer.

Au matin du 24 juin, Tito Sánchez, producteur argentin, passe un coup de téléphone depuis l'arrière de sa Jaguar gris métallisé garée en haut de l'Avinguda del Portal de l'Àngel, tout près de la vaste Plaça de Catalunya.

Fabregat voit dépasser l'avant de la voiture. *Sánchez, 43 ans, richissime, lié au trafic de drogue, à la mafia russe, un vrai malfrat. On ne l'a jamais arrêté, mais on sait tout. Une vipère. Il produit des spectacles au théâtre de Natalia depuis vingt ans. Fervent admirateur de l'actrice. Aucun alibi entre minuit et 6 h 30 du matin*, explique doucement Fabregat. *Avant cette affaire, nous avions tissé une étrange amitié. Néanmoins, Tito Sánchez était trop bien informé à mon goût. On l'a fait venir au poste, on l'a interrogé. Rien de concluant.*

Tito s'adosse plus confortablement dans l'habitacle en cuir foncé, le téléphone contre la joue. Il ne veut pas que le chauffeur voie son visage.

— J'ai entendu… (la voix de Tito se durcit). Tu es sur le terrain ? Tu es là-bas ?

— Écoute…

— Que lui est-il arrivé ?

Fabregat s'efforce de ne pas s'énerver.

— Je ne peux pas t'en parler, Tito. Je ne peux vraiment pas. C'est grave.

— Il faut que je sache !

— Je ne dirai rien.

— Fabregat…

Le silence se fait au bout du fil.

— Où est-elle ?

— Je regrette.

Tito est abattu, vide.

Fabregat revit la scène de la voiture – Tito regarde fixement le cadran doré de sa montre, se concentrant sur les chiffres. Il n'a pas été à la hauteur de Natalia. Il se sent impuissant, dépossédé, vidé de toute énergie. Et pourtant, les minutes et les secondes s'égrènent.

— Tito ? Tito, tu es là ? crépite la voix de Fabregat.

Sánchez enlève sa montre et fracasse le cadran contre la vitre, qui se fissure. L'inspecteur écoute le bruit des coups. Le cadran explose. Tito donne un coup de poing dans la vitre.

— Avec qui était-elle, hier soir ? gronde Tito.

Fabregat ne lui répond pas.

Oriol Duran, comédien, est sorti faire son jogging à l'aube. Ce matin-là, en regagnant son appartement, il reçoit une visite impromptue. Duran enlève ses chaussures dans le couloir, puis ses chaussettes.

— Il y a quelqu'un ? lance-t-il.

Pas de réponse.

Mais il entend une respiration.

— Tito ! dit l'acteur d'un ton enjoué, tu devrais me prévenir, quand tu viens me voir.

Il avance, une main tendue.

— Tu m'as fait une peur bleue.

— Tu sens la fumée, rétorque Tito, les bras ballants.

— C'est le genre de choses qui arrivent, avec la cigarette.

Oriol va se laver les mains dans l'évier de la cuisine.

— Pourquoi n'as-tu pas attendu que je te fasse entrer ?

— Que s'est-il passé, hier soir ? Demande Tito.

— Je ne vois pas de quoi tu veux parler.

— Tu es vraiment un pauvre con !

Oriol verse de l'eau dans deux verres.

— Un café ? propose-t-il.

— Non.

— Allez, Tito, tu me fais peur ! rit Oriol. Ça ne te ressemble pas.

— C'était une gentille fille, répond Sánchez en regardant Oriol droit dans les yeux.

— Mais de quoi tu parles ?

— Je n'aime pas ça, affirme Tito.

— Quoi ? Tu me fais marcher, c'est ça ?

Il se jette sur Oriol. Il le saisit par le cou et le plaque contre le réfrigérateur en inox.

— Je peux faire de toi ce que je veux, grogne-t-il.

Oriol grimace et rougit.

— Même ton cul m'appartient ! crache le producteur. Ta carrière m'appartient, sans oublier ta putain d'opération !

L'acteur gémit comme un chien blessé.

— Elle est morte, Oriol.

— Quoi ? souffle-t-il, abattu.

— Tu étais là. Tu l'as laissée tomber.

Oriol s'agite, cherche son souffle.

De sa main libre, Tito lui assène un violent coup de poing dans le ventre. La tête de l'acteur heurte le métal. Il suffoque…

— Ça, c'est pour l'avoir abandonnée. Maintenant…

Tito se penche vers l'oreille d'Oriol, puis frappe de plus belle, projetant sa tête sur la porte en inox.

— Comment as-tu pu l'abandonner ?

Il frappe de nouveau.

— Ma Natalia ? Tu étais là, tu aurais pu éviter ça.

Il plaque les épaules d'Oriol contre l'inox.

— Je veux savoir ce qui s'est passé ! Pourquoi elle était là-bas. Avec qui elle était. Je veux savoir pourquoi tu l'as laissée !

Tito recule pour voir l'acteur glisser le long de la porte du réfrigérateur.

Des témoins décrivent la rencontre dans un club privé de la Plaça Reial : colonnades, murs jaune moutarde, volets marron et lanternes signées Gaudí. En observant les œuvres de l'artiste de plus près, on peut y voir des présages, des serpents cherchant la lumière, enroulant leur queue bleue autour de cous en fer forgé… C'est le quartier des célèbres boîtes de nuit : Sidecar, Karma, Jamboree. On peut danser jusqu'au bout de la nuit en laissant sa Vespa garée sur le trottoir ou venir avec une bande de fêtards qui chantent bras dessus bras dessous.

Quand il était jeune, Fabregat adorait ce quartier. En été, la place est un lieu de rencontres : étudiants groupés autour des lampadaires, touristes de retour de la plage avec des coups de soleil, les cheveux pleins de sel. On se frotte les uns contre les autres à la nuit tombante. Sur cette place parsemée de palmiers, avec ses cafés ombragés et ses terrasses, les étrangers ressentent une sensualité toute méditerranéenne qui vaut largement le prix du billet d'avion, du car ou de la chambre d'hôtel bon marché. Ils se font voler leur appareil photo, leur portefeuille et, au cœur de la nuit, leur dignité. Mais il arrive aussi que l'amour y naisse, que des baisers et des serments soient échangés sous les frondes des palmiers.

Dans le bar situé à l'étage, derrière des volets clos, à l'angle ouest de la place, c'est dans ce contexte qu'un jeune homme aborde une femme célèbre d'une grande beauté. Les témoins de la scène ont le même sentiment : ce garçon n'a pas le droit de parler à cette femme et cette rencontre est privée et furtive.

— Ça sentait le *malasuerte*, déclare le barman.

La malchance.

— Je crois que c'est lui qui a parlé le premier.

Les autres ne sont pas d'accord :

— Elle semblait l'attendre.

— L'attendre ? Avait-elle peur ? demande Fabregat aux témoins.

Non, répondent-ils à l'unanimité.

Tout le monde est interrogé de nouveau.

Non.

Elle ne semblait pas effrayée.

Elle était confiante.

Maîtresse d'elle-même.

— Triste. Elle était triste, déclare une jeune femme avec un piercing dans le nez.

Le mot « triste » était-il synonyme d'« effrayée », dans son esprit ? *Non, ce n'est pas ça.* Ils sont tous d'accord pour affirmer que, sans sa beauté et cette étrange familiarité vis-à-vis des célébrités, nul ne les

aurait remarqués. Or il s'agissait de la star du moment :
Natalia Hernández.

Elle était là.

Elle discutait avec un jeune homme maussade qui
n'avait pas le droit de lui parler. Entre eux flottait une
certaine gêne, au point que les autres l'avaient *remarqué*.
Ils assistèrent aussi à un échange de paquets. Argent ?
Drogue ? Sans oublier un badinage que personne ne
comprit ou n'entendit. En revanche, la superbe actrice
avait embrassé l'inconnu. Tout le monde l'avait *remarqué*. Chaque membre de cette assemblée se rappelait
ce moment précis, parce qu'ils observaient un visage
connu avec curiosité, en buvant leurs *cervesas* et leurs
cañas à 2 heures du matin, la nuit de la Saint-Jean.
Ils étaient ravis qu'une actrice fréquente le même bar
qu'eux. Cela faisait d'eux des personnes de goût, des
gens très *tendance*. Les témoins se rappellent qu'ils ont
dansé, bavardé près de la fenêtre, ainsi que le moment
où l'actrice est partie avec ce jeune homme, « vers
3 h 30… peut-être », « ou plutôt vers 4 heures ». Ils
fournissent une bonne description de lui.

— Il ressemblait à un spectre.

— Un toxico.

— Un paumé.

Ses vêtements étaient sales, le col de sa chemise
déchiré, ouvert sur sa poitrine.

— Il avait des poils sur le dos des mains.

— Il était laid comme un pou.

Pas très sympa, songe Fabregat, pour qui ni Adrià ni
les poux ne sont laids.

— Je l'ai vue boire avec lui. Elle était très heureuse,
magnifique.

Le barman fait la moue. Il a les cheveux dégagés derrière les oreilles, les bras couverts de tatouages sophistiqués : Notre-Dame de Guadalupe, squelette dansant, rosaire… Il est élancé et n'a pas plus de 25 ans.

— *No me lo puedo creer*. Je n'arrive pas à y croire.

Les mains dans les poches, Sancho le portier fait grise mine.

Il est rondelet, avec une bedaine qui déborde de sa ceinture, formant un bourrelet, mais il est puissant : il a musclé son torse devant son miroir, un haltère dans chaque main.

— Ils sont sortis plusieurs fois boire derrière, tous les deux. Il m'a offert une cigarette. Ils étaient heureux. Avant, ils ont dansé. Juste là. J'ai fumé avec eux, avant qu'ils retournent à l'intérieur. En général, je ne le fais pas mais là, je veux dire… c'était Natalia Hernández, quand même. Alors j'ai dit oui, parce qu'elle était là avec… *Sí, tío. Sí! Sí!*

La préposée aux toilettes confirme.

— Elle est allée aux toilettes pour se remettre du mascara. Elle était un peu ivre, mais c'est tout. Pas de bêtises dans les toilettes. Elle était propre, oui, d'après ce que j'ai vu. Un môme ? Oui, je suis montée et je l'ai vu. Les cheveux noirs, barbu… Pas un client régulier. Un nouveau visage. Mignon. Il était mignon. *Pero loco*.

Elle a la peau qui s'effrite comme de la craie. Trop de fond de teint.

— *Ay macho*, je passe assez de temps en bas. Je sais lire la folie dans leurs yeux.

Elle fournit d'autres détails triviaux : il portait des Converse sales, empestait la sueur et la marijuana. Elle crache des qualificatifs : agité, mal à l'aise, hagard, comme « harcelé ». Puis des termes plus cruels : *fils de pute, assassin, diable, crétin, monstre.*

Le jour de la Saint-Jean, à 8 heures, la jeune furie qui accueille de la Fuente à la porte de l'appartement d'Adrià Sorra ne correspond en rien à ce qu'il s'imaginait. Il tousse, se redresse, bombe le torse et déclare de façon aussi claire et concise que possible :

— Caporal de la Fuente, police de Barcelone. Pouvez-vous me confirmer qu'il s'agit bien du domicile de M. Adrià Daedalus Sorra ? *Señorita ?*

Face à son air furibond, il perd un peu de sa superbe.

— Sharp. Emily Sharp.

Derrière lui, policiers et techniciens de la police scientifique piaffent d'impatience. De la Fuente aurait-il perdu son courage ? Mais il est plus solide que cela, normalement. Il se redresse et s'avance dans le vestibule. L'équipe se déploie autour de lui.

— Avez-vous été en contact avec M. Sorra au cours des dernières vingt-quatre heures ? s'enquit-il en soutenant le regard d'Emily.

— Non.

Pas très convaincante. De la Fuente tique. Son équipe pénètre à son tour dans l'appartement. Il faut qu'ils arrêtent rapidement Sorra. S'il dort dans son lit, un couteau sous l'oreiller, ils le captureront. *Occupe-la.*

Il se racle la gorge et bombe le torse de plus belle.

— Adrià Sorra est là ?

— Non, répond l'Américaine en essayant de masquer son agacement. Non, il n'est pas là.

— Mais il habite ici ?

— Oui.

— Et vous, mademoiselle, vous êtes sa…

Le front dégarni du policier se plisse pour exprimer les hypothèses les plus salaces. Visiblement dégoûtée, Emily passe subtilement au catalan.

— Absolument pas, déclare-t-elle. Sa sœur habite également ici. Nous vivons en colocation dans leur appartement.

Une catalaniste américaine ! Ravissante, de surcroît. De la Fuente oublie quelque peu sa détermination. *Ou bien la complice d'un meurtre. Ressaisis-toi, mon vieux.*

— Quand avez-vous vu M. Sorra pour la dernière fois ?

— J'ai passé le week-end avec lui et sa famille.

— Où l'avez-vous vu pour la dernière fois ?

— À la gare ferroviaire de Gérone, où il prenait le train pour Barcelone, hier matin.

— Quelle heure était-il ?

— Environ 11 heures.

— Et vous n'avez pas vu M. Sorra, une fois rentrée ?

— Non. Il ne peut pas rentrer.

Emily s'interrompit.

— Que voulez-vous dire par là, mademoiselle Sharp ?

Elle baisse les yeux.

— Il a perdu ses clés…

— Vous ne l'avez pas fait monter ?

Emily secoue la tête. De la Fuente scrute la porte couleur miel.

— Vous avez subi une tentative d'effraction, déclare-t-il en désignant la vitre brisée près de la poignée.

— C'est Adrià qui a forcé la porte il y a trois jours.

— Est-il violent ?

— Non… Enfin… Oui. Dernièrement, il l'a été.

— Je comprends. La sœur de M. Sorra est-elle là ?

— Non.

— Merci, mademoiselle Sharp, dit de la Fuente en reprenant un ton professionnel. Nous allons procéder à la fouille de votre appartement et vous retenir pour un interrogatoire. Je suis désolé du dérangement.

Le caporal de la Fuente n'est pas impressionné par ce qu'il découvre. La chambre d'Adrià empeste, c'est un taudis. La fenêtre du balcon est fermée depuis plusieurs jours. Il y a des assiettes sales. Une collection de vieilles lames et un couteau suisse. Un grand lit défait, un vieux bureau dans un coin et… c'est répugnant… De la Fuente frémit… des murs tapissés de dessins obscènes. Plusieurs portraits d'un homme avec des fils électriques dans les narines, le regard fou, de longs cils… Des monstres furieux, des parties génitales… Près d'une étagère sur laquelle sont posés deux dossiers universitaires, le jeune homme a gravé un message dans le papier peint fleuri : *La Topografía del Dolor*. La topographie de la douleur. L'écriture est dispersée, furieuse, un gribouillis terrifiant, suivi d'une série d'extraits à peine lisibles du *Manifeste du parti communiste*.

— Chef ! Lance le sergent Gómez.

De la Fuente suit le chemin tracé par son équipe. Il gagne le milieu de la pièce à vivre et pose une main sur l'épaule de Gómez.

— Regardez ça.

De la Fuente n'en revient pas.

Là, sur les murs de la pièce à vivre, derrière la tête d'une poupée décapitée et des plumes de paon, il y a un placard que le sergent à ouvert pour révéler une accumulation de fioles, de flacons et de cachets, des barbituriques – amobarbital, pentobarbital, lithium, benzodiazépine, Ibuprofène et paracétamol, moins dangereux, et d'autres noms qu'il ne reconnaît pas : Zyprexa, Lamictal, Symbyax.

De la Fuente sent son sang se glacer dans ses veines.

C'est un journaliste qui, par hasard, découvre les derniers signes de vie d'Adrià Sorra. Sous la chaleur accablante, les chaussures pleines de sable, Pepe Calderón regrette d'avoir voulu faire plaisir à sa grand-mère de 97 ans. Depuis son appartement avec vue sur la mer, elle affirme avoir vu un homme se noyer le matin même. Au bord de l'eau, la chaleur est intenable. Il fait si chaud que la curiosité du journaliste cède le pas à une attitude blasée qui lui est désormais coutumière. Il se dirige néanmoins vers les rochers.

Les grosses pierres noires et poreuses abritent des rats et leurs prédateurs. Tout au bout de la jetée de quinze mètres, deux pêcheurs ont installé un parasol et cherchent des crabes.

D'abord, il ne voit rien.

Pour la forme, Calderón marche jusqu'à la mer, puis se retourne pour faire signe à sa grand-mère. Mieux vaut qu'elle regagne rapidement l'intérieur de l'appartement. Il fait trop chaud pour elle, bien trop chaud. C'est en revenant sur ses pas qu'il remarque les chaussures. Une paire de Converse montantes aux lacets crasseux, pointure 43. Dissimulées sous les premiers rochers de la digue, elles ne sont pas immédiatement visibles. Pepe sent le regard de la vieille dame rivé sur lui. Il se penche pour retourner les baskets : une paire de chaussettes et… le cœur de Pepe s'emballe. *C'est du sang sur la bordure en caoutchouc, et sur le lacet gauche. Et pas qu'un peu.* Sans parler de cette odeur nauséabonde.

Du sang humain en grande quantité, séché et craquelé par le soleil.

Pepe demeure un moment immobile, puis contacte Fabregat.

Il parle d'abord au réceptionniste, puis à l'inspecteur lui-même.

— Quoi ? hurle ce dernier.

Pepe regagne l'extrémité de la promenade.

— Je sais que cela va te paraître étrange, mais je viens de trouver ce qui semble être les chaussures de ton suspect. Tu devrais envoyer quelqu'un ici rapidement. Et si tu as des caméras de surveillance, dans le coin… des images du front de mer, vérifie-les. Si j'ai raison, tu me remercieras.

Et finalement? soupire Fabregat. Les médias s'emparent de l'événement. Natalia Hernández ASSASSINÉE. Les tabloïdes se déchaînent. Les journaux nationaux affichent son corps à la une. De Valladolid à Saragosse, les vieux messieurs évoquent l'affaire en jouant aux échecs et les ménagères chez le coiffeur. *Vous avez appris ce qui s'est passé?* Spéculations et commentaires vont bon train. On décortique ses habitudes personnelles, sa vie de famille, ses amants, sa carrière. C'est cruel, mais sa notoriété et sa beauté éclipsent les autres victimes, « Las Rosas », reléguant les malheureuses à un rôle secondaire dans la saga d'une personnalité. Bien avant que la police n'annonce la disparition d'Adrià Sorra, un commentateur en vue suggère que le meurtrier de Natalia Hernández et de Las Rosas est un fasciste de l'épicentre corrompu qu'est Madrid et qu'il cherche à semer le trouble dans la ville. À l'époque de la stabilité financière, de l'arrivée de l'euro et du boum économique, le tourisme est la principale source de revenus de Barcelone. Et voilà qu'un Madrilène fou salit l'image de la Catalogne en lui donnant une réputation d'enclave du crime pour d'occultes tueurs en série! D'après un expert psychologue, le fait d'abandonner des corps de femmes mutilées dans des espaces publics dénote chez le tueur un goût du spectacle et un besoin d'attirer l'attention. Interrogé dans la matinée, l'inspecteur Manel Fabregat a assuré que la police était sur le point d'identifier l'origine de cette violence.

Dans les journaux du soir, Pepe Calderón d'*El Corazón* commente les aspects sensationnels de l'affaire, la façon dont un obsédé de calligraphie a mutilé les cadavres. En fin de journée, les mères de famille gardent leurs adolescentes à la maison, on incite les jeunes femmes à se déplacer en groupe, à éviter les coins sombres d'El Raval et à ne pas adresser la parole aux inconnus. *Ce n'est pas un homme qui a fait ça, c'est le diable. Le roi des ténèbres. Un vampire.* Et ainsi de suite, jusqu'à ce que la police lance une chasse à l'homme. Ils ont un suspect en chair et en os du nom d'Adrià Daedalus Sorra. Les derniers à l'avoir vu sont ses parents, le 22, à 11 heures du matin, à la gare de Gérone. En route pour Barcelone, le jeune homme a faussé compagnie à son oncle en changeant discrètement de train à Mataró pour se rendre à Barcelone tout seul. Adrià Sorra a passé les vingt-quatre heures suivantes dans des squats de la ville, dans des fêtes, sans regagner son appartement du Passeig del Born. Lorsqu'une source anonyme se présente avec le journal d'Adrià, la ville se déchaîne de plus belle. *Il avait des fantasmes liés à la nécrophilie et au cannibalisme. Il évoquait les meurtres récents avec l'excitation sexuelle d'un voyeur, les considérant comme un problème philosophique, un symptôme du dysfonctionnement de la société moderne, et l'apothéose de ses désirs les plus illicites et secrets. Une putain de révolution sociale.* Ce journal recèle aussi d'innombrables rêves érotiques impliquant sa sœur et leur colocataire, une jeune femme du nom d'Emily Sharp, qui a longuement témoigné de l'instabilité et de la tendance à la violence de Sorra. Il avait des alibis solides pour les soirées des meurtres. D'après ses amis, c'était un fêtard qui dormait peu, un garçon secret mais drôle, charismatique, turbulent, incontrôlable… Des médecins commentent sa maladie, sa thérapie, sa résistance à tout traitement : *un personnage infortuné.* La spécialiste qui le suivait déclare que, si elle n'a jamais soupçonné qu'il réaliserait ses fantasmes, elle trouve cela possible. *Le patient est extrêmement instable. Il est obsédé par le sang, les organes et l'anarchie. Je regrette de ne pas avoir pris davantage de mesures pour l'interner ce week-end-là.* L'opinion publique est consternée. Où se trouve ce tueur ? Où est-il passé ? Les réactions se multiplient toute la nuit, puis le lendemain et le surlendemain, jusqu'à ce que le cadavre d'Adrià Sorra s'échoue sur la plage de Sitges. Plus moyen de l'interroger, désormais.

Dans un premier temps, Manel Fabregat travaille seul. En dépit de ses accès maniaques, Adrià Sorra était, d'après tous ses professeurs, très brillant. Le département de philosophie le place parmi les meilleurs, mais il souffrait d'une sorte de dédoublement de la personnalité. À l'université, il jouait les étudiants érudits et ambitieux. Le soir venu, c'était un hédoniste, une bête sexuelle. Adrià Sorra avait tout du parfait psychopathe (*si tant est que cela signifie quelque chose,* marmonne l'inspecteur, la mine sombre, *ce dont je ne suis pas certain*). Violent, désagréable… Le vendredi, il était entré par effraction dans son appartement, avait frappé sa sœur… Ses parents sont aussi agressifs qu'Adrià devait l'être de son vivant. Des gens fiers, réservés, égoïstes, mauvais. Leur fils a pété les plombs deux semaines plus tôt et ses jet-setteurs de parents n'ont pas jugé bon de l'arrêter, ni de l'aider à se faire soigner. Triste spectacle que ces deux architectes snobinards qui défendent leur monstre de fils dans ce bourbier bourgeois… Pourtant, comme ne cessent de le répéter leurs avocats, certains éléments de l'affaire ne collent pas. Surtout les lettres. Pourquoi envoyer ces lettres ? Adrià Sorra n'était pas calligraphe. Il savait à peine dessiner. En fait, il souffrait de dyspraxie et son écriture était presque illisible. L'université lui avait même attribué un bénévole qui prenait des notes à sa place pendant les cours. Adrià tapait ses travaux sur un ordinateur. Les graphologues de la police scientifique étaient tous d'accord : la comparaison du journal de Sorra avec les pièces à conviction sur le parchemin permettait d'affirmer qu'il n'était pas l'auteur des vers enluminés. Pas plus qu'il n'aurait été capable d'avoir tatoué des motifs aussi sophistiqués sur la peau des victimes. *Il ne connaît rien au Moyen Âge*, affirme sa mère aux enquêteurs, arguant que son fils avait une imagination débordante, qu'il souffrait d'une maladie chronique, qu'il était victime d'un hasard malencontreux. Face à la vérité des images de la caméra, les Sorra insistent sur le fait que leur fils a suivi Natalia qui quittait la boîte puis qu'il a trébuché sur son cadavre. Nerveux et suicidaire, il l'a portée vers les marches de la cathédrale avant de décider de mettre fin à ses jours dans la mer. Un argument joue toutefois en faveur de la culpabilité d'Adrià :

depuis sa disparition, la mort frappe moins souvent, à Barcelone. Le jour de la Saint-Jean, tout s'arrête, explique Fabregat. Plus de cadavres pendus aux arbres. Le chaos qui faisait rage s'est calmé de lui-même, ne laissant dans son sillage que le silence et le vide.

— Et les lettres ? demandé-je.

— Ce semblant de jeu psychotique ? explose-t-il. D'après vous, qu'en est-il advenu ?

Rien.

— Nous avons été contraints de les laisser à l'état d'énigmes non résolues. Elles n'ont ni queue ni tête. Mais le mystère engendre l'obsession. Je suis le premier à l'admettre. C'est comme une grille de sudoku qui semble ne pas avoir de solution. Un vrai casse-tête. C'est agaçant.

L'inspecteur n'en dort plus la nuit. Il n'arrive plus à travailler, ni à avoir une vie normale. Pire encore, il commence à rêver de serpents. Le serpent des lettres se déroule et vient le hanter dans son sommeil. Il veut lui parler, l'entraîner dans de sombres fourrés, vers une maison dont le sol est jonché d'ossements de femme. Dans un de ces rêves, le reptile lui apparaît découpé en lambeaux, dans un autre, il est énorme, tel un boa ou un python, dressé sur sa queue, déployé au-dessus de lui. L'inspecteur est déstabilisé, à côté de la plaque, incapable de se concentrer... Ses supérieurs commencent à s'en rendre compte : *Fabregat commet des erreurs. Fabregat a perdu son calme.* L'inspecteur développe un zona, souffre de terreurs nocturnes. Le stress ronge son corps comme le mystère irrésolu le consume. Il n'existe pas de pire obstacle. L'inspecteur est persuadé qu'on lui a demandé de déchiffrer un message qu'il

138

ne peut comprendre. Il a l'impression qu'on se joue de lui, qu'on le tourmente, le manipule. Sa frustration risque de l'anéantir. Cette année-là, le policier acquiert la conviction qu'il existe une autre force malveillante, dans ce tableau, une ou plusieurs personnes qui s'en sont tirées à bon compte, lors de son enquête, mais qui ont autant de sang sur les mains que le diable. Six mois plus tard, ses nerfs le lâchent et il prend un congé sabbatique, avant de revenir dans la police pendant dix ans, puis de prendre tranquillement sa retraite à l'âge de 52 ans. Sa femme, institutrice, subvient désormais aux besoins de la famille tandis qu'il reste à la maison, à lire le journal.

En cette journée de janvier, dans son salon très lumineux du quartier de Gràcia, l'ex-inspecteur Fabregat se dégonfle tristement comme un ballon de baudruche. Il pousse un long soupir, puis se lève et me remercie. En me raccompagnant, il s'arrête sur le seuil.

— Encore une chose… N'y voyez que des conjectures personnelles, rien de plus. Le meurtre de Natalia se distingue des autres. Un acte brutal, prompt, efficace. L'artère tranchée sous l'oreille. Un coup de couteau vers le muscle inférieur de la langue. Une lame bien aiguisée, une grande rapidité d'exécution, quelques secondes tout au plus. Elle s'est transformée en un véritable geyser, tant il y avait de sang… Il y en avait partout sur les vêtements du gosse. Qui ferait une chose pareille ? Qui tuerait aussi rapidement avant de transporter le corps pendant vingt minutes à travers la ville en direction de la cathédrale ? Adrià était peut-être fou, et cela ne fait aucun doute, mais il n'était pas capable de tuer dans ces conditions. Je n'y crois pas… Nous traquons un expert, comprenez-le bien. Une ou plusieurs personnes qui ont l'habitude de tuer. Tout dans ces meurtres dénote l'habitude, la répétition. Jusqu'à la mort de Natalia, il a échappé à l'œil des caméras, et n'a laissé aucune trace sur la victime ou sur les lieux…

— Qu'est-ce que vous voulez dire, au juste ?

— Que ça ne colle pas, voyez-vous. Quel tueur en série porterait sa quatrième victime vers les marches de la cathédrale et la déposerait avant d'aller se suicider dans la mer ? Cela fait dix ans que j'y pense. L'homme qui a tué ces femmes était calculateur à un point extrême. Il n'était pas impulsif. Chaque étape avait une logique. Que vient faire Adrià Sorra dans le tableau ? Ce n'est qu'un pion pour détourner l'attention de la police et permettre à notre salaud de disparaître. Personne ne me croit. « *Ay, Fabi*, ils disent, *pas encore. Laisse tomber, elles sont mortes depuis dix ans. Les fantômes s'en moquent.* » Je n'arrive pas à chasser ces pensées. La mort de Natalia recelait son propre message que je n'ai jamais réussi à décrypter. Chaque lettre me fournissait une devinette et un cadavre. Or je n'ai pas reçu de lettre pour Natalia… Mettez ça sur le compte de l'intuition d'un vieil homme. En tout cas, je suis convaincu d'une chose : Natalia le connaissait intimement. Ne l'oubliez jamais lors de vos entretiens. Le véritable meurtrier court toujours, et dans cette ville. Il se fait bronzer sur la plage, il mange des olives, il se conduit en salaud. Si j'ai raison, il fait partie de son entourage. C'est quelqu'un qu'elle a reconnu, en qui elle avait confiance, et qu'elle en est venue à redouter. Quelqu'un qu'elle connaissait.

VI
La chasse

Dehors, il fait froid, bien plus que je ne m'y attendais. Je descends tranquillement le Passeig de Gràcia vers le front de mer, contournant les grilles sombres d'élégantes entailles creusées avec une précision chirurgicale dans la chair de la capitale catalane, le torse de Barcelone.

En janvier, Barcelone est dépouillée de ses feuilles, nimbée d'ardoise et d'un léger brouillard qui se lève. En traversant la ville, je vois la métropole se transformer. *Grattée, décapée, encore et encore.*

Écrite et réécrite.

Le quartier de l'Eixample, une nouvelle extension, victoire de la vision moderniste ; la Casa Batlló, la « maison en os » de Gaudí, dont les tuiles aigue-marine enflent et ondulent ; les anciens remparts cachés sous les rocades. Munie de mes documents, je traverse la Plaça de Catalunya. Bientôt, Barcelone enfile ses atours médiévaux dans un murmure de fusions gothiques, un empire florissant.

Je me dirige vers le parvis de la cathédrale où Natalia Hernández a trouvé le repos éternel. *Sa poitrine est ornée de sang.* Je fixe longuement les marches gris foncé parsemées de mégots. À la porte de l'édifice, un gardien surveille des gitans vendeurs d'aumônes. Pour faire bonne mesure, j'achète une botte de romarin. J'emprunte le Carrer del Bisbe, je foule des dalles… Je tourne à gauche, sur Pietat. J'atteins un passage secret que de nombreux piétons ne soupçonnent même pas : la rue du Paradis – Carrer del Paradis –, sombre et étroite, qui pompe l'oxygène. Je cherche une entrée. *Une faille en forme de dôme, dans les murs. Des fenêtres à barreaux. Il est écrit : « Ajuntament de Barcelona. Temple Romà d'August. Local del Centre Excursionista de Catalunya. »* Je me faufile sous les clés de voûte, les poutres noires. Je me penche sous une arche et pénètre une cour. Peinture jaune moutarde et fenêtres saillantes. Je suis une discrète flèche rouge. Je franchis une grille en fer forgé et descends des marches usées. J'arrive dans une seconde cour minuscule, dans les tons bleu-vert, des briques rouges à hauteur des yeux.

Les voilà ! Elles se dressent vers l'infini : trois énormes colonnes corinthiennes nichées entre les murs bleu-vert. Je m'assieds sur le banc, la tête levée vers les colonnes de cet avant-poste païen. Un couple de Français d'une soixantaine d'années prend des photos. Ils restent un moment, silencieux et respectueux, puis s'éclipsent.

Je sors mon carnet de mon sac pour écrire les vers figurant dans les lettres de Fabregat, dans l'ordre où il les a reçues. Je vais les analyser de façon méthodique. Lentement. *Je commence à réfléchir.* Les mots accolés sont en forme d'autel, tel un poème de la Pléiade du IIIe siècle. *C'est une bonne chose.* Une affirmation.

Trouvez-moi dans l'expression des oiseaux (1)
Vous m'avez appelée (2)
Trois fois grande (3)
Aux deux visages (4)
À la langue fourchue (5)
Fini les devinettes (6)
Je vais vous apprendre (7)
Suivez-moi. Tenez compte de mes paroles (8)
Crimes anciens (9)
Comptez les grains de sable (10)
Et mesurez la mer (11)
Entendez le sourd-muet (12)
Et celui qui ne sait point encore parler (13)
Serpentaire ! (15)
Toi qui arrives ! (16)
Sache ceci (17)
Neuf cahiers de feuilles ont engendré cette rage d'homme (18)

En écoutant Fabregat me narrer son histoire, je me retiens pour ne rien montrer : ni le tremblement de mes mains, cachées sous mes cuisses, ni les voix que je percevais dans l'air, et qui hurlaient comme une nuée de mouettes. Les paroles de l'inspecteur m'évoquent des couleurs. Le A gémit comme des croûtes de sang séché au bord de mon champ de vision. Le R est majestueux, sombre, rose tyrien. Je sens le D comme de l'indigo. Quant au I, il engendre une lumière vive un peu trouble, une brume claire mais mordante, tranchante comme une pointe de glace. La véritable couleur du E est le jaune au son délicat comme le bourdonnement d'une abeille. Mes sensations ne connaissent pas la raison. Elles se mêlent à d'autres et ne sont pas faciles à expliquer. L'encre respire, le cœur s'emballe.

Les voix créent des formes concrètes. Un poème entre dans ma peau comme par un portail. Je lutte pour ne pas me perdre, pour empêcher mes yeux de se révulser et disparaître dans leurs orbites. Les lignes 2 à 5 des lettres anonymes de Fabregat sont des copies carbone des premier et dernier vers du poème que m'a présenté Harold Bingley, lors de cet après-midi humide d'octobre, à Londres. Elles constituent un point d'ancrage, une clé implantant l'énigme en territoire familier – le palimpseste découpé par le capitaine Charles Leopold Ruthven dans le livre extrait du mur de la chapelle foudroyée, trois jours plus tôt.

Les documents tels que le nôtre ont une histoire riche et fascinante. Issus d'endroits insolites dans des conditions qui le sont tout autant, ils provoquent des effets imprévus et incalculables. En 1896, à Akhmîm, Carl Reinhardt acheta le codex de Berlin à un négociant égyptien qui lui raconta l'histoire complexe de sa découverte. Entouré de plumes, le livre était encastré dans un mur. Reinhardt le croyait issu d'une sépulture. Le codex de Berlin comprend quatre écrits gnostiques : l'*Acte de Pierre*, l'*Évangile selon Marie*, le *Livre des secrets de Jean* et la *Sagesse de Jésus-Christ*. Ces manuscrits anciens cachés depuis deux millénaires sont un véritable trésor sur le plan historique.

En décembre 1945, trois frères égyptiens partirent à dos de dromadaire dans le désert, en direction de la falaise rouge de Jabal al-Tarif, au-delà de la ville de Nag Hammadi. Ils avaient l'intention de prélever de l'engrais naturel enfoui dans la roche brisée, au pied de cette falaise. En creusant, ils mirent au jour une jarre scellée à l'aide d'une coupe. Espérant trouver un trésor – le masque d'un roi ou un scarabée en lapis-lazuli –, le cadet brisa la jarre. Quelques papyrus dégradés voletèrent au vent. Faute d'avoir trouvé de l'or, ils venaient de découvrir treize codex reliés qu'on appelle *Manuscrits de Nag Hammadi*, l'une des découvertes les plus importantes du xxe siècle.

À la fin des années soixante-dix apparut sur le marché un troisième ensemble de codex égyptiens aux origines délibérément obscures. Selon la rumeur, il s'agissait d'ouvrages volés dans une sépulture recelant une famille de squelettes et des livres rangés dans un coffret en pierre. Ce coffret contenait quatre volumes : un traité de mathématiques grec, une traduction en grec de l'*Exode*, une traduction de lettres de saint Paul et le célèbre codex Tchacos, un troisième lot de fragments de papyrus gnostiques qui disparurent sur le marché privé pour être retrouvés des décennies plus tard dans un coffre-fort de Hicksville, dans l'État de New York.

Au moment où j'ai été chargée de ce dossier, Bingley croyait que le poème de la « langue de serpent » – comme on l'a d'abord nommé – faisait partie d'une œuvre gnostique manquante appartenant aux documents issus des falaises rouges. Parmi les *Manuscrits de Nag Hammadi* se trouve un poème intitulé « Le Tonnerre, intellect parfait », œuvre anonyme composée à la première personne sur le divin féminin. Le texte cite, non sans audace, l'identité de la narratrice à travers une série de contradictions stylisées évoquant les arétologies d'Isis et la sagesse juive, Sophia. Les parallèles thématiques entre le poème gnostique « Le Tonnerre » et le texte que recouvre le palimpseste d'Illuminatus ont donné à Harold Bingley et son entourage une envie irrépressible d'en savoir plus. Les codex de Nag Hammadi étaient des traductions en copte du grec réalisées à Alexandrie vers le IIIe siècle. Le palimpseste d'Illuminatus, s'il est une suite gnostique authentique, serait l'un des très rares traités préservés en langue grecque. Mais je ne trouvais pas cette hypothèse satisfaisante. La corrélation sonnait faux. Si Bingley n'était pas d'accord avec moi, dans un premier temps, il a fini par comprendre que j'avais une théorie personnelle solide.

De là où je me trouve, sous les colonnes, j'entends les mots se former. Une voix familière, tels les hurlements d'une sirène, dont le chant me pénètre, s'enroule autour de mon esprit. *Neuf cahiers de feuilles ont engendré cette rage d'homme.* Sont-ce les aveux d'un tueur ou des indices menant à quelque chose de plus profond ? Quelque sombre secret enfoui plus loin encore à l'intérieur ?

L'histoire commence comme bien d'autres. Une vieille femme marche dans la forêt, chargée d'un lourd fardeau, un sac de toile sur l'épaule. En dépit de son grand âge, elle est robuste : elle a le cou épais d'un taureau et la carrure d'un lutteur. Elle dissimule des cheveux sous un foulard blanc glissé derrière ses oreilles, encadrant ses pommettes saillantes et son nez tordu comme une tête d'ail desséchée. Son sac en toile contient neuf livres qu'elle apporte à la cour d'un roi. Chaque manuscrit est superbement relié, constitué de feuilles sacrées réunies en volumes et recelant une histoire du monde en vers. Les lettres de son livre à elle sont grecques, car c'est là sa langue d'origine. En arrivant devant la porte de la ville, la vieille femme exige de parler personnellement au roi. Il lui accorde une unique audience, lors de laquelle la femme propose ses livres moyennant une somme rondelette et la promesse d'un savoir infini.

Le roi se moque de la sorcière.

— Je prendrais neuf livres pour rien, car ils ne valent certainement pas plus.

Calmement, la vieille dame sélectionne trois manuscrits et, d'un geste du poignet, les embrase comme par magie. Les feuilles crépitent et sont réduites en cendres.

Elle demande à nouveau :

— Majesté, que me donneras-tu en échange de mes livres ?

— Rien, mégère ! Un roi ne lit pas les délires de bonne femme.

Elle sort encore trois volumes de son sac.

— Vous ne savez pas ce que vous perdez.

Le roi lui rit au nez.

— À votre guise, déclare-t-elle en agitant de nouveau le poignet.

Trois autres livres s'enflamment.

Horrifié, un prêtre se précipite.

— Roi Tarquin ! s'écrie-t-il au désespoir, ne reconnaissez-vous pas là le conseil de votre ancêtre

Énée, qui chassa la sibylle de Cumes ? Quels que soient les vers écrits par la dame sur les feuilles, disposés selon l'ordre divin, ils demeurent dans la même position et ne changent pas d'ordre. Roi Tarquin, vous avez ouvert la porte à la hâte et troublé l'ordre de ses manuscrits. Nous les avons perdus ! Ils sont réduits à néant par les flammes !

— C'est vrai, renchérit la sorcière. Vous avez rejeté six livres du savoir des anciens et perdu des perspectives d'avenir pour votre empire, car je suis la sibylle de Cumes et je vous aurais tout donné.

Le roi Tarquin implore son pardon. Songeant aux paroles d'Énée, il la supplie :

— Ne donnez pas votre poésie aux manuscrits et aux feuilles, chantez vous-même la prophétie !

Mais la sorcière ne chante pas et exige que le roi paie le prix fort pour les trois derniers ouvrages sibyllins afin qu'il apprenne la leçon.

Λ

Selon une tradition ancienne, c'est ainsi que les Livres Sibyllins parvinrent à Rome, livrés par la sibylle de Cumes en personne. Au VIᵉ siècle av. J.-C., le roi Tarquin le superbe – Tarquinus Superbus, « massacreur de pavots » – ordonna que ces oracles demeurent dans la ville. Ils furent d'abord conservés sur le Capitole, sous bonne garde. Avec l'extension de la puissance de Rome, le nombre de prêtres habilités à les consulter passa de deux à dix en 367 av. J.-C., puis à quinze sous la république : les *Quindecemviri Sacris Faciundis*. Ces textes sacrés étaient considérés comme des secrets d'État.

Quand les Livres Sibyllins brûlèrent lors de l'écroulement du temple de Jupiter capitolin en 83 av. J.-C., les *Quindecemviri* furent chargés par les Romains de récupérer des prescriptions d'autres sibylles pour constituer une nouvelle série d'oracles provenant de sources situées aux confins de l'Empire. Plus tard, l'empereur Auguste ordonna une purge de ces textes pour en ôter les éléments ne correspondant pas à sa vision de l'avenir. Après l'incendie de l'an 64, Néron les consulta, puis ce fut au tour de Julien l'Apostat, en l'an 363, lors de la dernière année de son règne. Vers l'an 408, le général Stilicon finit par détruire les vestiges des Livres Sibyllins lors des prémices du saccage de Rome. De nos jours, les oracles sibyllins d'origine sont pratiquement effacés.

La sibylle de Cumes, auteur de ces prescriptions, n'était que l'une des nombreuses sibylles à diffuser des livres dans le monde antique. En tant que symbole, icône et femme, elle présente une tradition littéraire très riche, même s'il ne subsiste pas grand-chose de son œuvre. Si beaucoup la confondent avec l'oracle de Delphes, la sibylle travaillait en solo. Elle était plus indépendante qu'institutionnelle, plus voyante que médium, assez proche de la fonction de prophète. Son âme était fondamentalement différente de celle d'un oracle : ses prophéties n'avaient pas de limites. Elle n'avait pas de jours de consultation précis ni d'affiliation à un dieu, une prêtresse ou un lieu de culte. Seule la sibylle composait des poèmes originaux en tant qu'auteur indépendant s'adressant directement aux dieux. Elle dialoguait avec la divinité sans succomber à ses avances. Elle n'attendait pas pour répondre aux questions des dignitaires de l'État ou des grands prêtres. Elle vivait dans la forêt, loin des cités et des pâturages. Sa demeure ? Une grotte néolithique. Elle voyait dans le futur et prenait la peine de tout mettre par écrit, en dépit du fait que nul ne lui avait demandé son avis. Dans des livres, de surcroît, et en son propre nom. Non pas en tant que dieu Apollon, ni en tant qu'intermédiaire, mais en tant que femme s'exprimant à la première personne depuis sa grotte.

Cette souveraineté affichée n'est pas sans conséquences sur le plan stylistique. La sibylle revendique un héritage primitif, une vigilance éternelle, se plaçant avant Troie. Avant le Déluge, la sibylle décréta son hégémonie en utilisant un passé lointain et inconnu. Sans religion, sans entrave de nationalité ou de croyance, elle affirmait avoir toujours été vigilante, avoir vu l'avenir dès le départ, avoir prévu toutes ces catastrophes et les avoir consignées par écrit. Elle disait parfois venir d'Orient, des montagnes turques ou des collines, au-delà de Jérusalem, des remparts de Babylone, être née au cœur de la Libye ou de l'Égypte… elle insistait sur le fait qu'elle détenait un savoir ancien et solide. Dans la mythologie européenne du début du Moyen Âge, cela signifiait qu'elle connaissait le « seul vrai Dieu ». Elle avait une telle influence qu'elle avait survécu au haut Moyen Âge, véritable prophète du monothéisme, voyante païenne qui diffusa la parole de Dieu à Rome et donna une vision du Christ à l'empereur Auguste. Elle fut l'auteur du premier acrostiche, dans sa poésie, et connaissait la voix de l'Infini dans le désert. Elle rédigea des ouvrages sibyllins païens et, plus tard, des oracles juifs et chrétiens. Elle devint un manuscrit à strates, un pont vers le passé, un palimpseste en soi. J'avais exposé à Bingley l'argument suivant : dans l'*Histoire alchimique des choses*, l'alchimiste Rex Illuminatus affirme avoir rencontré dans les montagnes de Majorque une femme sans langue qui lui aurait remis un livre secret. Si l'on considère que cette femme était bien une sibylle, comme le suggère Rex Illuminatus, le palimpseste d'Illuminatus pourrait receler des oracles sibyllins perdus dans l'Antiquité.

Je m'interromps pour examiner le texte de Fabregat.

Peut-on tuer pour un tel secret ?

Oui. Je serre les dents.

Oui, quelqu'un l'a fait, et le fera encore.

Il est facile d'oublier le nombre de personnes qui ont péri pour ce type d'ouvrages.

Et toi ?

Que feras-tu ?

Jusqu'où iras-tu pour tenir un tel secret dans le creux de ta main ?

Que donnerais-tu ?

Tes yeux ? Tes oreilles ? Ton nez ? Ta langue ?

VII

Preuves de l'existence
de la sibylle

Extrait de
Histoire alchimique des choses
de Rex Illuminatus

La sibylle porte sur sa personne un livre de parchemin qui répond à toutes les questions. Elle a intitulé cet ouvrage le *Chant de la Sibylle* mais moi, je le nomme « manuscrit serpentin » en référence à la texture des feuilles similaire à celle des écailles d'un serpent. En reliant ces feuilles, la sibylle a passé de nombreuses heures à créer un sens dans les motifs absurdes d'oracles, disposant mots et expressions en algorithmes rappelant ses chants. Ainsi, la quête de l'ordre engendra la poésie, reflet de son désir secret : comprendre le bruissement furtif des feuilles d'un chêne sur le sol de sa grotte. Grâce aux secrets de ces feuilles, elle a rédigé des prescriptions divinatoires liées à mes graphiques, que j'ai modifiés pour intégrer son langage. Je crois qu'elle a accès à une puissance incapable de parler qui prend la forme d'un serpent enroulé sur lui-même, qui gronde et remue dans sa gorge à chaque parole, faisant entendre sa voix malgré sa langue tranchée.

Depuis que j'ai adopté son langage, que je nomme « Expression des oiseaux[1] », mes graphiques sont bien

---

1. Voir les lettres de Fabregat, ligne 1 : *Trouvez-moi dans l'expression des oiseaux.* La réponse à cette énigme est clairement :

plus précis et mes expériences alchimiques se sont formidablement enrichies.

Pour connaître le succès de mon or rose, prévoyez :
8 onces de vif-argent
9 onces de limaille d'or (pulvérisée)
5 onces de cuivre
2 onces de limaille de cuivre
12 onces d'alun et de calcantum
6 onces de jaune orpiment
12 onces d'elidrium

Mélangez limailles et vif-argent pour obtenir la consistance d'une pommade. Ajoutez l'elidrium et le jaune orpiment, puis l'efflorescence de cuivre ou calcantum, l'alun et une pincée de natron, que je conseille

---

Philomèle. Ce vers fait aussi référence à la fondation du sanctuaire oraculaire de Zeus à Dodone. Deux prêtresses du temple égyptien de Thèbes furent enlevées et violées par des assaillants. Les prêtresses se transformèrent en colombes. La première partit vers l'ouest et l'Afrique, la seconde vola vers le nord et la Grèce où elle se posa sur une branche d'un grand chêne à dodone. Par son chant, elle attira d'autres colombes jusqu'à ce qu'une nuée d'oiseaux blancs occupe les branches de l'arbre. Lorsque le vent soufflait dans le feuillage du chêne, les oiseaux traduisaient le souffle de Zeus en roucoulades. Ils chantaient des airs et racontaient de longues histoires sur l'avenir. Prêtresses et augures vinrent des villages voisins pour observer le phénomène qu'étaient ces prophètes aviaires. Un oracle fut bientôt érigé. Il rivalisa avec le sanctuaire de Delphes. Au Ve siècle av. J.-C., Hérodote avança la théorie selon laquelle le langage prophétique des colombes était en fait une métaphore pour décrire la langue étrangère parlée par la prêtresse fugitive de Thèbes, dont le langage rappelait l'appel douloureux des oiseaux aux forestiers de la région.

de dissoudre dans la préparation. Après coagulation, il faudra encore un peu de terre de lune. Conservez le tout dans un pélican modifié sept fois pour faire l'eau brûlante ou la quintessence que je consomme quotidiennement. Quand vous l'ouvrirez, si l'odeur l'exige, placez-le dans une cornue de verre au long bec, scellée par de la cire, puis enfouissez-le sous du fumier de cheval. Il chauffera doucement. Un liquide rougeâtre en émergera, fait d'eau et de feu. Séparez les éléments comme pour l'eau et l'air, de façon à obtenir quatre parts distinctes. Calcinez la terre et rectifiez le feu comme pour la quintessence, puis prononcez les paroles suivantes : « *O Serpentarius feminal ! Soror Mystica !* Constellation céleste ! Philomèle ! Fille d'Asclépios ! Vos oreilles nettoyées par la matière serpentine qui a pris pitié d'une bouche sans langue. À présent, tu présentes les stigmates de la prescience ! »

Et le Secret des Secrets sera tien.

VIII

Les fondements

L'angoisse me saisit. Je cherche à fuir de moi-même. Je suis l'ombre d'une femme en quête de l'ombre d'un livre. *Tu n'as pas ta place ici, pourtant tu as pris la bonne décision.* Cela ne fait pas si longtemps. *Fin novembre.* Je m'exerce à penser au réel et non à l'imaginaire. *Où étais-tu passée ?* Je visualise des souvenirs, je vis à travers eux.

Francesc et moi marchons dans la montagne. Il porte un pull et un pantalon vert, un foulard assez classe, pour une fois. Le vent vif lui ébouriffe les cheveux. *Regarde là-haut !* me dit-il, et je vois un balbuzard filer dans le ciel infini, dispersant une nuée d'oiseaux. Il chasse les petits serins à gorge jaune. Au bord de l'eau, vers Valldemossa, nous bavardons tranquillement. *Harold Bingley vient dîner. Tout droit de Londres.* J'escalade les rochers. *Il montera depuis l'aéroport de Palma et on s'installera sur la terrasse de notre maison. Du vin rouge corsé, des olives en saumure, des tomates séchées et du jasmin.* La tension monte. *Du basilic écrasé à la main puis mélangé avec de l'ail. De la viande grillée. Des amandes dorées. Une soupe de poireaux pour apaiser les gosiers. Bingley a les yeux rivés sur moi. Il n'est pas content. Cela se voit. Mais lui arrive-t-il de l'être ? Est-il jamais envahi de bonheur dans la bibliothèque ou parmi les archives du British Museum ?*

Cet homme est un fantôme. Il a la peau sur les os. Ses lunettes à fine monture métallique perchées sur son nez spectral lui font de gros yeux. Il porte un costume sombre et une chemise impeccable. Les couleurs l'effacent au point qu'il n'est presque plus rien. Au-dessus de ses oreilles, des touffes de cheveux gris soulignent son crâne dégarni qui rappelle une tonsure. Ses épaules sont maculées de pellicules. Il pose trop de questions, et j'ai trop peu de réponses à lui fournir.

Au matin, c'est une petite assemblée qui est réunie pour débattre : Francesc est assis sur la chaise de bureau, à table. Son assistant, deux étudiants en doctorat, le responsable du département de conservation et un professeur adjoint nous ont rejoints. Dans cette aile de l'université consacrée à la conservation, près de la bibliothèque des collections particulières, Harold Bingley se tient en retrait, les bras croisés, dos au mur. Il a les yeux rivés sur moi. *Quelle sera ma prophétie ?* Sous le manuscrit référencé MS 409, un coussin gris évite à la tranche de l'ouvrage de se casser. Posés côte à côte, deux livres jumeaux aux dimensions semblables : 150 x 125 mm. Le premier, MS 409, est très ancien, reliure endommagée, cartons en hêtre couverts de peau de mouton rincée à l'eau. Les pages sont en vélin brut, constituées de peaux de veau trempées dans une solution à la chaux puis nettoyées sous l'eau courante et tendues entre deux cadres pour être laissées au soleil.

Elles sont frappées, battues à la pierre ponce, lissées et étirées, puis séchées. Le poids du parchemin dépend de la masse corporelle du veau : plus épais à l'encolure et le long de la colonne vertébrale, plus mince sur l'abdomen. Ces peaux-là sont brutes, ce sont des résidus grêlés de trous. *La qualité la moins chère.* Le scribe a pris chaque peau de veau et découpé le parchemin, pliant chaque feuille en deux à quatre reprises afin d'obtenir des séries de seize feuilles, soit trente-deux pages. *Un livre conçu pour tenir dans la paume d'une femme. Assez petit pour entrer dans une bourse, un sac. Pour être caché.* Je l'ouvre pour étudier son contenu. Chaque peau possède deux côtés, deux couleurs. Le recto est jaunâtre, rugueux et brut, là où a poussé le pelage soyeux de l'animal. Le verso est blanc, plus lisse, là où la peau était en contact avec le muscle et la chair. L'origami d'un ouvrage médiéval fait en sorte que le blanc soit toujours face au blanc et le jaune face au jaune, ce qui assure la continuité de la double page. Par tradition, c'est le côté velu, le jaune brut qui accueille le lecteur, qui s'ouvre pour révéler la blancheur lisse des pages intérieures. L'ensemble se termine par le côté chair attaché à la deuxième série de pages, et ainsi de suite jusqu'à ce que l'ouvrage soit entièrement relié. *Fourrure contre fourrure, chair contre chair.*

Je sélectionne une page susceptible d'intéresser Bingley. Une pustule parsemée de taches noires que forment les follicules de poils. Je touche le côté chair de mon doigt nu. *C'est préférable, pour appliquer le minium. Un pigment rouge orangé à base de plomb calciné.* Un genre d'alchimie.

— Approchez, lui dis-je. Penchez-vous et respirez, sentez ce calme. La terre. L'animal. Le sulfure de mercure et la chaux.

L'odeur d'un parchemin est unique, tout comme la texture et le toucher des feuilles. Il n'existe rien de tel au monde. Fruits d'un travail acharné, elles sont faites pour durer, pour survivre aux mains peu soigneuses et aux monastères en voie de disparition, pour vivre des milliers d'années.

À moins, bien sûr, d'être maltraitées.

Comme celles de l'ouvrage posé devant moi.

J'ai trouvé le premier volume dans les archives d'une vieille ferme proche d'un autre monastère de Majorque. Le bibliothécaire de l'abbaye m'a donné accès à toutes les ailes fermées, aux remises vides oubliées depuis longtemps et qui recèlent souvent les plus beaux trésors. Il a ouvert un colophon en me disant : « Mademoiselle Verco, je crois que ceci vous sera très précieux. » Son doigt planait au-dessus de la déclaration d'identité de l'auteur. *Moi, le plus misérable des muets, j'ai écrit ce livre pour apaiser mes fantômes.* Mes yeux se sont illuminés face au minuscule cachet du colophon, sous les mots : *Une femme assise en robe longue tenant un livre dans la main gauche, encerclée par un serpent qui se mord la queue. Un oiseau chantant sur son épaule droite.* Un rossignol.

À l'origine, les pages étaient marquées avec soin, quadrillées et divisées en deux colonnes pour le texte. Les piqûres, faites avec un long couteau pointu, créent des reliefs triangulaires le long de la tranche du manuscrit. Les piqûres extérieures ont été taillées.

Les encres utilisées pour l'écriture alternent entre noir et rouge, gallo-tannate de fer et cinabre. Le noir est récolté dans les galles, excroissances bulbeuses produites par les guêpes gallicoles dans les bourgeons de chêne. J'ai retourné les noix de galle sèches dans ma paume. Légères et creuses, elles regorgent d'acide tannique. Quand les larves de la guêpe se sont nourries de l'écorce, on recueille les noix et on les écrase en une pâte épaisse que l'on mélange à de l'eau de pluie, sur la flamme, pour obtenir un liquide brun profond. Le scribe ajoute ensuite du sulfate de fer qui permet au liquide de noircir, et de la gomme arabique, un épaississant qui entre dans la préparation de l'encre. Dans le livre, les illustrations ont été dorées, mais elles sont difficiles à distinguer car quelqu'un s'en est pris au manuscrit avec malveillance. Il a été lacéré, rayé, hachuré, jusqu'à ce que le texte et les images soient presque entièrement dissimulés. Seule une miniature n'a pas été détruite, la peinture d'un vieil homme à la longue barbe blanche. Il parle à un serpent qui dessine un diagramme dans le sable à l'aide de sa queue. Le diagramme est terminé. L'homme et le serpent en analysent le contenu. Le serpent porte une couronne et le vieil homme est manifestement un alchimiste, à en juger par sa cape et les instruments accrochés à sa boucle de ceinturon et éparpillés par terre, autour de lui. Derrière eux, on distingue une grotte et un petit scriptorium. Ils sont entourés d'autres animaux, d'oiseaux, un rossignol qui chante sur une branche, deux cerfs, un loup et un chat. Ils discutent de trois cercles concentriques, d'un alphabet désormais trop familier de neuf lettres, chaque initiale étant tracée par la queue du serpent dans le sable. Les lettres sont aussi présentes dans les airs, autour du reptile. Elles pendent des arbres, du bec d'un oiseau. *BCDEFGHIK*. En dessous, une main furieuse a griffonné en latin :

L'HÉRÉTIQUE REX ILLUMINATUS ENSEIGNE LA LANGUE DE SATAN AU SERPENT PHILOMÈLE.

La même main a lacéré l'image d'un coup de couteau, s'arrêtant juste avant de tout anéantir. Bingley et moi savons que le censeur anonyme a épargné cette image en guise d'avertissement, pour montrer aux autres ce qu'ils doivent rechercher.

— Et le texte subsistant ? s'enquiert Bingley. Avons-nous réussi à glaner quelque chose ?

Je lis à voix haute :

– Certains sont allés jusqu'à murmurer que l'homme qui a pris ma langue aurait dû prendre mes mains, également. J'admets que cela aurait été plus raisonnable, si son intention réelle était de me priver de la parole. J'ai souvent réfléchi à cette question. Étant un homme, il ne me croyait pas capable d'écrire et n'a donc pas songé à prendre mes mains. Maintenant que j'ai fait mes preuves dans des lettres, d'autres hommes commencent à s'inquiéter. Et si je le désignais ? Et si je révélais ce qu'il a fait ? Ils ignorent que je ne peux pas le faire. Parmi toutes les choses dont je suis incapable, il y a le fait de le nommer. C'est lui qui m'a ensorcelée, et non le contraire. Il a volé un morceau de ma chair et le maîtrise atrocement. Il semble qu'une femme dépourvue de langue soit aussi puissante qu'une femme qui en possède une, peut-être même davantage, car elle ne perd pas de temps à parler et peut se consacrer à la

réflexion. C'est un dilemme qui prouve une fois encore qu'une femme qui réfléchit est plus dangereuse qu'une femme qui parle. Car la femme qui réfléchit est entrée dans l'univers comme la créature la plus détestée, la plus redoutable, la pire ennemie de l'homme, car elle désirait plus que l'Éden immédiat, quelque chose de plus grand que l'étreinte de son père et c'est cet élan vers le savoir, cette impulsion terrible qui a mis l'espèce humaine en contact avec le péché et nous rend mauvais, tristes et cruels, au point d'affirmer qu'une femme qui réfléchit est pire que tout. Pour cela, ils me détestent et veulent s'en prendre à moi, ils me traitent de tous les noms. Sous le coup de la colère, j'ai traité ces hommes d'assassins des mots, car ils piétinent quotidiennement l'allusion, la métaphore, les envolées lyriques, traquant dactyles et strophes pour les anéantir. Ce sont des littéralistes dans le sens le plus pervers du terme. Quand, dans ma poésie, j'écris que j'ai rêvé de voler tel un oiseau, ils me prennent au pied de la lettre et refusent d'écouter l'explication : en décidant de décrire la sensation de voler, j'en ai fait une expérience réelle en faisant mienne la perspective de l'oiseau. Or je ne suis pas un oiseau, je n'ai jamais volé et je ne volerai jamais.

Ils ne voient pas la tristesse de tout cela.

Au terme de notre débat, je passe à la table voisine : un second volume posé sur un second coussin gris. Un chapelet de perles est prêt à maintenir l'ouvrage ouvert en douceur.

— Nous avons ici un livre constitué de pigments traditionnels sur assemblage en vélin, dis-je.

Une expression furtive de mécontentement passe sur le visage de Bingley.

— On remarque des traces de sang animal et de substances chimiques sur le papier, ainsi que des matières végétales inhabituelles. L'eau a fortement endommagé l'encre par des submersions répétées.

À l'époque médiévale, certains livres sacrés étaient imbibés afin que l'encre coule dans une cuvette. Elle était ensuite bue par un adepte ou utilisée comme ingrédient de base pour une malédiction ou un sort.

— Office orné, format de texte en conséquence, largeur des marges délicate, lignes tracées à l'aide d'un bâtonnet de bois, lignes d'écriture piquées au poinçon, une fine aiguille façonnée à la main… Les piqûres sont irrégulières, ce qui confère à cette pièce un goût d'authenticité. Les initiales (je désigne les grandes lettres qui débutent chapitres et paragraphes) sont historiées, constituées de doubles traits qui rehaussent le contraste entre pleins et déliés. Chaque initiale illustre une figure de la vie de Rex Illuminatus. Les caractères romains avec une touche de gothique rappellent davantage les scribes du XIIIe siècle que de la fin du Moyen Âge. La reliure est solide. L'auteur a évité les capitales grossies et vulgarisées de la lourde écriture gothique ronde. La plume est habile, dix traits pour le A, d'abord contouré puis comblé, avec des choix créatifs mais discrets. Le calligraphe se livre ici à des jeux de style. Le temps et l'argent n'étaient pas des contraintes…

Je m'interromps.

— Donnez-moi ça.

Bingley prend le livre entre ses mains graciles et le retourne d'un geste maniéré. Il le tient par la couverture, laissant les pages pendre vers le sol.

— Il n'a aucune valeur. C'est de la camelote que vous m'avez apportée, dit-il d'un ton acerbe. Marquons une pause de dix minutes ! Non, pas vous, mademoiselle Verco. J'aimerais vous dire un mot.

Francesc me lance un regard à la dérobée avant de quitter la pièce.

Ne te laisse pas faire. Ne t'inquiète pas.

— Où avez-vous trouvé ça ? demande Bingley dès que nous nous retrouvons seuls.

— À la bibliothèque de Florence.

La mine sombre, il fronce les sourcils.

— Pourquoi n'êtes-vous pas venue me voir d'abord ?

Il pose ses mains menaçantes sur la couverture du livre.

Mes genoux commencent à trembler.

— C'est une contrefaçon, n'est-ce pas ?

— Je…

— C'est un faux, Anna. Un faux magnifique, mais un faux. Telles sont les premières paroles que vous auriez dû prononcer. À moins que vous n'ayez rien remarqué. (Il m'observe attentivement.) Compte tenu de vos compétences, j'en doute fortement.

J'ai l'estomac noué.

— Vous l'avez acquis sans me demander. Je me trompe, Anna ?

— Je ne pensais pas…

171

— Précisément. Si nous avons mis en place des protocoles, c'est pour une bonne raison. Vous ne verrez sans doute pas d'inconvénient à ce que le prix du manuscrit, cet argent gaspillé, soit prélevé sur votre salaire.

— Je n'ai rien gaspillé.

— Rien ? répéta Bingley en pinçant les lèvres. Pas même du temps ?

— Ce manuscrit m'a été donné.

Il m'observe d'un air incrédule.

— Donné ?

— C'est un emprunt. (L'orgueil me brûle les yeux. Les larmes menacent.) Notre équipe a déjà retrouvé la source et entame des poursuites. Ils essayaient de vendre l'ouvrage en tant que volume original des années 1390... (Je n'arrive pas à le regarder en face.) Sa valeur réelle n'est apparue que lorsque j'ai effectué des comparaisons avec d'autres documents de notre base de données en quête de pistes éventuelles...

— Rappelez-moi ce que nous cherchons... coupe-t-il.

— Un palimpseste dans un livre d'heures.

— Ce qui n'est pas le cas ici.

— En effet.

— Depuis combien de temps cherchez-vous ?

Je sens la honte me submerger.

— Deux ans, Anna, dit Bingley en examinant ses ongles. Vous m'aviez promis de terminer en six mois, et cela fait deux ans. Il doit être très agréable d'être payée pour réfléchir... Mais tout cela a un prix, et vous m'êtes redevable.

Il esquisse une moue de mécontentement, les joues empourprées.

— Pour le moment, reprend-il, je vous accorde le bénéfice du doute. Pourquoi ? (Il désigne le livre.) vous avez cinq minutes pour me répondre.

Je lutte pour ne pas m'emporter. *Laisse l'œuvre parler d'elle-même. Ouvre le livre. Ne dis rien.* Une miniature représentant une femme nue. Un serpent arc-en-ciel est enroulé autour de son cou, gros comme un python, un nœud gordien, tacheté de vermillon, or, vert et bleu, couvrant la poitrine de la femme et ses parties intimes de peau de serpent. Des anneaux écarlates sont parsemés de lunes argentées. La femme surgit d'un livre ouvert qui forme comme un coquillage sous ses pieds. D'une main, elle tend une feuille de figuier dorée. Les yeux de son reptile sont avides, agressifs. Sur l'autre page, une seconde image de nature alchimique. Une amphore de verre chauffée sur une flamme, pendue à un arbre, en pleine ville. Dans l'amphore de verre, des nuages de différentes couleurs – rouge intense, noir de fumée, blanc de titane. Ce qui semble être une langue fourchue tranchée repose au fond de la jarre. Dans les branches de l'arbre, l'illustrateur a suspendu les mots : *El meu coll era una serp, però vaig dir les paraules… Ma gorge était serpent, mais les mots que j'énonçais…* Mon cœur s'emballe tandis que les yeux de Bingley consument l'encre noire.

— Qui a écrit ceci ? murmure Bingley.

— Un fantôme vivant, réponds-je en attirant son attention sur le colophon, à la fin du cahier.

Une femme encerclée par l'ouroboros en or. Le rossignol perché près de son oreille. Un livre dans sa main gauche. Bingley émet un long sifflement.

— Les signatures des deux œuvres sont identiques.

— La provenance ? demande Bingley, le regard plus acéré.

— Barcelone.

— En quelle année ?

— 1995.

— Et qu'en concluez-vous ?

— Le colophon pourrait être la marque d'une lignée ou un nom de famille plutôt que d'un individu.

Il hoche la tête.

— Et l'auteur ?

— Anonyme.

Je passe plus vite sur les détails :

— Mais nous avons déterminé qui elle était grâce aux jeux sur les mots. Elle débute son poème par le vers : *El meu coll era una serp*, ma gorge était serpent. Plus tard (je tourne la page), elle se nomme « serpent ». Puis le latin *mulier habens pythonem* – une femme qui a un esprit de python – et (je tourne une autre page marquée), ici… *una pitonissa*. Une pythonisse. Ce qui évoque la sorcière d'Endor, nommée *engastrimythe* dans les traductions grecques de la Bible en hébreu. Dans la vulgate, elle porte le nom en latin de *mulier habens pythonem*…

— Et la Pythie à Delphes… dit-il doucement.

Je n'ai pas besoin d'expliquer à Bingley que, dans la mythologie, Apollon prit l'Oracle de Delphes à un *drakaina*, dragon python que le Dieu transperça d'un millier de flèches. Dans la poésie d'Homère, le serpent est une femelle, la fille vindicative de Gaïa, déesse de la Terre, dont le sang pourrit dans la fontaine de Castalie, infusant les eaux sacrées de son essence. Le mot python vient du grec « pourrir », le « pourrissant », donnant le nom d'Apollon Pythien, le tueur de serpent, qui devint à son tour le nom de son oracle, la Pythie de Delphes. J'ajoute que l'auteur s'est également identifié en tant que *Rossignol* (autrement dit : Philomèle) et que *Python*. De nos jours, le mot « pythonisse » désigne une sorcière, tandis que l'adjectif « sibyllin » désigne, dans le langage courant, quelque chose de cryptique ou d'énigmatique. En catalan, *pitonissa* signifie « diseuse de bonne aventure » alors qu'en italien, le mot évoque plutôt la pythonisse et la Pythie, tout en suggérant *sibilla* (sibylle), *sacerdotessa* (prêtresse) et *strega* (sorcière). On constate les mêmes glissements dans le mot grec *daemon* : guide, divinité secondaire, pouvoir divin, demi-dieu. Notre démon actuel.

— Et alors ? demande-t-il. En avez-vous tiré des conclusions ?

— L'auteur se désigne également comme celle qui murmure.

J'attire l'attention de Bingley sur une note.

— Ma traduction préférée du mot « sorcière » vient de l'Exode, de l'hébreu *kashaph*, lui-même issu de la racine « murmurer ». Les érudits l'interprètent souvent comme une référence à la sorcellerie dans l'acte de « murmurer un sort », mais je privilégie le sens de « cacher ». (Je marque une pause.) C'est cette accep- tion du mot sorcière qui m'a menée directement à l'au- teur du livre.

Un sourire rusé apparaît sur le visage pâle de Bingley.

— Une artiste dont les livres modernes se trouvent à l'université de Barcelone a utilisé une signature iden- tique. Il s'agit d'une calligraphe et restauratrice ayant fait ses études dans les années soixante à Barcelone avant de travailler dans le décor de théâtre. Cet auteur dissimulait son nom derrière un code secret assez rudimentaire constitué des premières lettres des titres pour les six premiers chapitres. De sorte qu'un initié connaissant l'auteur des textes et ses travaux antérieurs est à même de traduire les acrostiches du document…

— Et vous croyez qu'elle a eu accès au palimpseste d'Illuminatus ? demande-t-il.

— C'est bien ce que je suggère.

— Son nom ?

— Cristina Rossinyol.

— Avons-nous établi un contact direct ?

— Je ne peux pas. Elle est morte depuis presque vingt ans.

— Ah… fait Bingley. Dommage.

Il se plonge dans une profonde réflexion.

— Elle a des enfants ? Une descendance ?

Le premier article de presse décrit l'affaire comme une tragédie locale. Dans une belle rétrospective parue dans *La Vanguardia*, le journaliste précise : « … grâce à un peu de chance et une généreuse intervention du département des collections spéciales de l'université de Barcelone, les codex reliés d'or de Cristina Rossinyol ont trouvé leur place dans les bibliothèques de notre ville, assurant une dernière demeure à l'une des plus grandes calligraphes et enlumineuses de Catalogne. » Une série de photos numérisées arrivent de l'université de Barcelone. La première montre une Cristina jeune, en tenue de travail, dans ce qui ressemble à un atelier, devant une série de statues d'influence romaine. Elle est entourée de deux hommes qui la tiennent par les épaules : un brun barbu à lunettes, au visage long, âgé de 35 ans environ, et un autre, plus grand, aux cheveux plus clairs, qui doit avoir moins de 30 ans. Les hommes portent un jean ample taché de peinture et un tee-shirt. Cristina a le visage rond, elle affiche un sourire de biais. Ses longs cheveux noirs et bouclés sont dégagés de son front. Elle a des taches de rousseur sur le nez, les joues fermes. Ses yeux d'un vert émeraude profond sont saisissants. Elle m'est étrangement familière, comme si je l'avais déjà croisée dans la rue, ou dans le petit café en bas de chez moi. Derrière les sourires, la posture de Cristina Rossinyol a quelque chose de radical. La légende est la suivante : « 1975, coulisses du Nouveau Théâtre, Àngel Villafranca, Cristina Rossinyol et Joaquim Vidal Hernández commencent à travailler sur leur nouveau spectacle. » Les deux clichés suivants sont issus des archives de *La Vanguardia*, qui a été le premier à publier un article après l'accident de 1996.

Le 21 février 1996, Cristina Rossinyol périt lors d'un accident de voiture, non loin du col de Sant Cugat, avec son mari et ses deux plus jeunes enfants, âgés de 6 et 8 ans. La route était dangereuse et les conditions météorologiques mauvaises. Ce jour-là, il faisait très froid, pour Barcelone. À cause de la fine couche de verglas qui s'était formée le matin, il est plausible qu'ils aient quitté la route mais, à en juger par les dégâts provoqués sur le flanc du véhicule n'ayant pas heurté le sol, la voiture fut projetée dans le vide par un impact violent, sans doute avec un autre véhicule.

Des traces de peinture et de métal retrouvées sur la carcasse démontrèrent par la suite qu'il s'agissait d'un véhicule noir assez grand. Cette route de montagne était connue pour les excès de vitesse des jeunes fous rentrant chez eux après une soirée arrosée à Barcelone. Faute de mobile apparent, la police a clos le dossier en concluant à un accident suivi d'un délit de fuite caractéristique d'une conduite en état d'ivresse sur la BP-1417.

L'avis de décès de Cristina comprend un cliché de sa famille. *La mère tient ses plus jeunes enfants, un garçon et une fille, par la main.* Au milieu trône une adolescente, les cheveux coupés en un carré court, les traits presque masculins, son père à sa gauche, devant l'entrée du Théâtre national de la libération avec, derrière eux, une affiche du dernier spectacle de Cristina.

Perdre sa famille si jeune…
Elle est là, debout à côté de sa mère.
Natalia Hernández. 15 ans à peine.
Mais en âge de cacher quelque chose.

Assise sur une marche de marbre froid, à Barcelone, je regarde une souris surgir d'un coin de la cour, avec son petit museau plissé. Grise, avec une longue queue et un gros derrière, elle longe les briques, au pied d'une colonne corinthienne. Prudente mais intrépide, elle cherche des miettes. Elle est bien plus courageuse que moi. Je sens mes mains trembler. Je suis de plus en plus nerveuse. Ai-je commis une erreur ? Suis-je à ma place, ici ? J'entends encore le commentaire incisif :

— Ce n'est pas que vous êtes inefficace. Non, non, je ne suggère rien de tel. C'est simplement que votre travail n'est pas… aussi rapide que l'on pourrait l'espérer.

Bingley a les dents jaunies par le thé.

— Le terme technique est fainéantise. Nous sommes face à un cas de fainéantise avérée. Je suis conscient de vos problèmes de santé, mais la *rapidité* est l'essence intangible qui définit le succès de Picatrix. C'est ce que nous vendons. Précision et efficacité portent toujours leurs fruits.

Il me sourit, ce spectre d'homme, avant d'ajouter :

— Sachez, ma chère, que nul n'est indispensable, quel que soit son degré d'intelligence. Se croire irremplaçable est la pire des illusions. Amasser des débris ne m'intéresse pas. Ces pièces que vous m'avez apportées sont bonnes, elles sont même excellentes, je dois l'admettre, mais elles n'ont aucune valeur réelle. Ne perdons pas de vue notre Graal. On vous a engagée pour trouver une pièce précise et unique. Lors de notre prochaine entrevue, j'espère que vous me remettrez un *palimpseste*. Dans le cas contraire… je serai au regret de devoir reconsidérer les termes de notre accord.

Au frais à l'ombre des colonnes, j'ôte la poussière de mes genoux. La cour déserte semble encadrer le ciel. La souris a disparu dans les entrailles de ce qui fut la Colonia Julia Augusta Faventia Paterna, en l'honneur de l'empereur Auguste. *Barcino. Barca. Nona. Barkeno.* Ces pierres constituent son reliquaire. Parmi les arrondis corinthiens, je capte les signes de fantômes vivants. Des bribes d'Antiquité surgissent au coin des rues, endormies sous terre. Des fragments remontent à la surface. Je passe en revue l'histoire de Fabregat. *Que vois-tu dans les symboles gravés sur le corps d'une jeune fille de 16 ans pendue à un jacaranda ?*

La réponse me vient, glaciale.

Dans l'alphabet de neuf lettres tracé sur la dépouille de Rosario, qui se balance sous le lampadaire ? Dans le cercle de sang qui entoure le nombril de Roseanne, dans les fourrés, en contrebas du Tibidabo ?

Je vois une traînée de miettes de pain.

Troublante, elle me ramène en arrière.

LIVRE DEUXIÈME

Le reliquaire

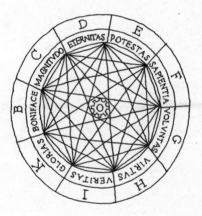

Nous donnons un alphabet de cet art pour pouvoir par son moyen faire des figures, et aussi mélanger les principes et les règles afin de rechercher la vérité. Car, au moyen d'une seule lettre ayant beaucoup de significations, l'entendement est plus général pour examiner ces nombreuses significations, et même pour construire la science. Et cet alphabet, il faut en vérité le savoir par cœur. Sans quoi l'artiste ne pourra bien se servir de cet art.

Raymond Lulle,
extrait de *Ars Brevis*,
(*L'Art bref*, chap. 1) – 1308

Dès que, porté dans la direction, tu auras approché la ville de Cumes, les lacs divins et l'Averne renvoyant le bruit de la forêt, tu verras une inspirée, une folle, dans une grotte au pied du rocher, qui dit le destin et en confie les traces et les noms à des feuilles d'arbre. Toutes les formules inscrites sur les feuilles, la vierge les dispose en bon ordre, puis les abandonne, enfermées dans sa grotte. Elles restent là, immuables, à leur place, sans se désordonner, mais, quand pivotent les gonds et que le moindre courant d'air les bouscule, quand l'ouverture de la porte mélange le mince feuillage, jamais plus elle ne les rattrape, voltigeant çà et là dans la caverne de pierre, ni ne les ramène à leur place, ni ne relie les formules, elle ne s'en soucie pas. On repart sans réponse et on maudit l'antre de la Sibylle.

Virgile, *Énéide III*, v. 441-452 –
29-19 av. J.-C.
(Traduction de Danielle Carlès.)

I

Correspondance de Llewellyn Sitwell

Vol. 1

Barcelone, le 1er novembre 1851

Mon cœur,

Votre lettre est enfin arrivée et me comble de joie !
Je suis tellement reconnaissant ! Mon cœur s'envole,
se gorge du nectar de votre amour, même si vous me
repoussez – Ah, le contact de votre douce main sur le
papier ! Je vous ai imaginée dans les champs et j'ai
été jaloux de votre voilette, car je brûlais de voir votre
gorge, de tendre la main et de vous embrasser ! Car si
vous ne pouviez connaître mes tourments, vous m'avez
envoyé un message dans le ciel sombre. Je vois votre
visage et vos traits comme l'orbe de chance et je pense
à l'amour ! L'amour qui m'envoie en quête de fortune,
loin de vous, et l'amour qui me rappelle à vous ! Il n'y a
pas de plus subtile torture ! Pas de plus grande flamme !
Katherine, vous n'avez pas parlé d'amour directement,
vous êtes trop discrète pour cela, trop élégante, trop
délicate, mais je l'ai ressenti dans l'emploi de termes
tels que sacrifice et amitié. Je suis plus qu'un frère,
qu'un amant, plus qu'un ami, je suis votre dévoué servi-
teur, votre poète en cage, votre amalgame d'homme
en mal d'amour. Bien que vous m'ayez rejeté… C'est
insensé ! Insensé ! Ne doutez pas que je revienne dans

votre giron, deux fois plus amoureux ! Je reviendrai ! Disciple plus riche et plus aimant, si vous m'attendez ! Katherine, je serai à vous jusqu'au jour de ma mort car il n'y a pas de potion plus puissante que l'amour dont je me suis consumé pour vous cet été. Je sais que notre amitié est récente et que mon départ d'Angleterre ne vous inspire pas confiance. Je sais que les hommes sont des monstres volages, que nous sommes faibles face à la tentation, mais j'avais renoncé à l'amour jusqu'à ce que je vous rencontre. Comme je me repens, à présent, mais sans ingratitude. Car mon égoïsme et mon désintérêt pour le sexe faible ne m'ont rendu que plus susceptible à vos pouvoirs remarquables… Je suis transformé ! La religion que, naguère, j'évitais, m'est plus compréhensible. Car ma religion est désormais l'amour ! L'amour de vous ! Dans votre dernière lettre, vous avez écrit que je ne devais pas vous voir comme un idéal, mais une faible femme perpétuellement en quête de lumière. Vous m'avez écrit : « Ne me surestimez pas ! » Katherine, vous êtes parfaite dans vos imperfections (si tant est que vous en ayez). Vous êtes un ange ! Vous êtes l'air que je respire ! Et non ! Il n'est pas terriblement égoïste de votre part d'accepter mon amour ! C'est éclairé ! C'est la vérité ! C'est la passion ! C'est la vie ! Vous m'avez demandé de faire confiance aux lettres, j'accepte volontiers, si vous croyez en les miennes. J'aimerais vous écrire presque chaque jour sur mes exploits, vous garder auprès de moi et dans mes pensées à travers l'écriture. Vous serez une compagne de tous les instants, Kitty Markham ! Ma conseillère, mon amie !

Ce matin à 9 heures, j'ai été accueilli au port de Barcelone par l'émissaire du capitaine Charles Leopold

Ruthven, un homme mince au teint terreux, au visage de rapace et au caractère désagréable, de quelque origine nordique. Comme il refusait de décliner son identité, je l'ai surnommé « Boucle de Cuivre ». Avec ses grosses mains rugueuses, il semblait venir de la montagne sans jamais s'être adapté à la civilité urbaine. Il était luxueusement vêtu pour un homme de sa condition : des boutons de manchette en or, un grand manteau ourlé de castor au col doré, les cheveux courts sous une large casquette. Cet homme m'a accosté assez sèchement, se frayant un chemin dans la foule des voyageurs pour prendre mes bagages avec un hochement de tête un peu brusque, avant de désigner la voiture qui m'attendait. J'avais adressé mon portrait à Ruthven depuis Londres, mais j'étais surpris que cet inconnu me reconnaisse. Dans un premier temps, je refusai de monter dans la voiture au cas où il s'agirait d'une manigance pour me dépouiller de mes biens. Je me suis préparé à ces malhonnêtetés européennes en lisant les livres que vous m'avez prêtés. J'ai porté une attention particulière aux turpitudes contre lesquelles *St Irvyne*[1] met sagement en garde des rosicruciens et alchimistes corrompus (qui sont nombreux, j'en suis certain).

Le domestique m'expliqua dans un anglais approximatif que Ruthven l'avait informé de mon apparence et des effets que j'avais accepté de porter en gage de notre amitié (une cravate en soie que l'on m'avait envoyée à Londres par la poste, ma redingote et un chapeau marron à large bord, une cravate d'un mauve déplaisant auquel je préfère le noir en vogue) mais

---

1. Roman gothique de Percy Bysshe Shelley.

ayant été averti des excentricités de Ruthven, j'avais obéi et la conversation se poursuivit sans heurts. Je finis par me laisser conduire chez ce savant illusoire, secoué en tous sens dans une voiture gravée d'or qui sillonna de merveilleuses rues encombrées aux allures gothiques. Bientôt, je parvins sur une place dominée par un grand pin qui déployait ses branches prodigieuses sur un marché couvert et le frontispice noirci d'une imposante église. Face à celle-ci, je remarquai une impressionnante façade, que je supposai être la demeure de Ruthven alors que la voiture s'en approchait. Je ne m'étais pas trompé. Le cocher me déposa sur le seuil. Le domestique prit mes bagages et m'introduisit sans tarder. La porte ornée de dorures s'ouvrit juste le temps que je me faufile à l'intérieur. Le domestique ferma la grille puis verrouilla la porte derrière moi. Cette entrée furtive m'étonnait autant que le cadre somptueux. Le domestique zézaya quelques mots (je découvris par la suite que Boucle de Cuivre était seul dans ses fonctions). Il me fit parcourir une enfilade de pièces vers l'étage de la bâtisse. Il est à noter que Ruthven est assurément très riche, ayant fait fortune grâce à la découverte, il y a de nombreuses années, alors qu'il était marin au Pérou, d'une quantité d'or qu'il investit avec sagesse dans des entreprises des Indes orientales. Face à l'opulence de son foyer, je peux attester la véracité des rumeurs qui circulent à Londres. Les sols en marbre présentent un dallage de motifs géométriques noir et blanc. Quant aux murs, ils sont tapissés de la plus délicate soie ornée de fruits et d'oiseaux, quand ils ne sont pas marquetés de teck. Le mobilier est essentiellement constitué de pièces indiennes. Dans l'entrée sont exposés épées, pistolets et cimeterres disposés en étoile. Colonnes et statues grecques côtoient de vastes urnes provenant de l'Empire chinois. Il y a des piles de livres à chaque recoin. Les volets des fenêtres étant clos, fort peu de lumière pénètre les entrailles de cette bâtisse. L'ensemble inspire une sensation de confusion et d'isolement au sein du confort luxueux de quelque fumerie d'opium. Après avoir quitté le service de sa majesté la reine (et découvert de l'or), Ruthven a consacré sa carrière à des projets plus aventureux. Les témoignages de ces voyages ornent sa maison. C'est un explorateur professionnel, un aventurier dans l'âme. Son nom est connu grâce à la mise au jour des tombeaux d'Abou Simbel, avant son détachement au Pérou ! Et son travail ultérieur avec M. Jean-François Champollion, traducteur de la pierre de Rosette. Non content de maîtriser la langue des Anciens et de rechercher leur trésor, Ruthven s'est à présent plongé dans l'étude de ma propre passion, la mystique catalane et ses équivalents musulmans des XIIe et XIIIe siècles, dans l'espoir qu'ils améliorent sa compréhension de l'alchimie, la création d'or divin étant sa préoccupation actuelle ! Ce périple jalonné de merveilles lui a rapporté des trésors : pages de manuscrits enluminées dans des cadres dorés, curiosités de l'Empire – déesses indiennes et passages en sanskrit, portraits de Ruthven en compagnie de Moghols oubliés et d'éléphants, chiens chinois sur chaque cheminée, sols ornés de tapis persans, encens brûlant…

Le domestique vêtu de noir m'introduisit dans un salon.

— Sitwell! dit Ruthven en se levant. Vous avez fait bon voyage, je présume?

Ruthven me toisa avant de me tendre la main, puis il fit signe au domestique de nous servir du cognac. La pièce était éclairée de lampes à gaz et d'un unique chandelier russe posé sur la cheminée. Les volets des fenêtres étaient clos et les murs couverts de tapisseries dépeignant une scène forestière, des visages de femmes clignotant dans l'ombre, derrière mon hôte. Lorsque mes yeux se furent adaptés à la pénombre, je me rendis compte que les panneaux étaient également décorés d'une série de quatre diagrammes tracés à la main, encadrés d'or et reproduisant les graphiques illustrés de Rex Illuminatus. Autour de ces images, sur le sol, étaient éparpillés des instruments alchimiques du Moyen Âge. Dans le bois de la poutre située au-dessus de la cheminée étaient gravés un triangle et un œil. Il est donc vrai qu'il partage cette fascination, me dis-je, le cœur battant.

Naturellement! Il est devenu le meilleur spécialiste anglais de l'œuvre d'Illuminatus, publiant des articles sur ses découvertes tout en cultivant des contacts dans les bibliothèques de cette ville et les monastères de Majorque. D'après la légende, il aurait rencontré Illuminatus grâce à sa fascination pour les alchimistes égyptiens et, plus tard, au travers de ses lectures assidues des récits franciscains de la conquête du Nouveau Monde – sans oublier, bien sûr, que c'est l'or des Incas du Pérou qui suscitait au départ son intérêt… Il lui a rapporté une importante fortune qui lui permet aujourd'hui de réaliser des projets moins orthodoxes. Mais je m'égare. Je me demandai brièvement ce que

Ruthven pouvait me révéler que je ne sache déjà sur le philosophe médiéval Rex Illuminatus. Tout un monde ! pensai-je en m'installant dans un fauteuil, en face de lui. Je m'attendais à une conversation, mais nous sommes restés un long moment silencieux. M. Ruthven scruta mes traits, jaugeant ma personne avec une intensité non dissimulée.

Je choisis de faire de même, de sorte que nous nous trouvâmes drapés dans un silence mutuel et gêné. Ruthven n'est pas aussi jeune et séduisant qu'on me l'a dit, mais on ne l'a pas vu à Londres depuis presque trente ans, même si ses écrits circulent de plus en plus dans les universités. Il a le visage ravagé, la mine aussi sombre et lugubre que son domestique, les joues creuses, le regard lourd de tristesse… Ses boucles châtaines sont clairsemées sur le devant et rabattues sur le côté. Ses joues glabres soulignent la dureté de ses traits. Son corps semble affaibli, comme si ses membres étaient trop fins pour son torse, sa tête trop petite pour ses épaules.

Sous son calme apparent, il semblait agité. Soudain, il rompit le silence d'un flot de paroles :

— Quelle est la signification absolue de l'alphabet aviaire BCDEFGHIK ?

Je lui répondis :

— B = Boniface, C = Magnitudo, D = Eternitas, E = Potestas, F = Sapientia, G = Voluntas, H = Virtus, I = Veritas, K = Glorias.

— Et de quoi s'agit-il ?

— Des dignités divines.

— Très bien. À présent, quelles sont les significations relatives ?

193

— D'après le même alphabet, on a : B = Différence, C = Concordance, D = Contraire, E = Commencement, F = Milieu, G = Fin, H = Majorité, I = Égalité et K = Minorité.

— Savez-vous lire les signes ?

— Oui.

— Vous considérez-vous comme un artiste ?

— Je suis logicien et métaphysicien. En ce sens, je corresponds à la conception illuminatienne de l'artiste.

Il cita Illuminatus :

— *Il a un don de l'Esprit saint qui permet de savoir tout de la loi, toute vérité de la médecine, toute découverte de la science et tous les secrets de la théologie.* Prétendez-vous la comprendre ?

— Non, capitaine Ruthven. C'est pourquoi je suis venu vous voir.

Il sourit.

— Une épreuve. Commençons par une épreuve.

Ruthven tendit la main vers la petite table des alcools, à côté de son fauteuil, et fit sonner une cloche en argent figurant une femme en jupe plissée. Le sombre domestique apparut aussitôt.

— Apportez-moi mes notes, ordonna Ruthven.

Boucle de Cuivre disparut par une porte menant (je l'appris plus tard) vers un bureau attenant à mes appartements. De retour, il me remit le dessin d'un cercle doté de trois anneaux extérieurs, divisé en neuf sections égales, et avec en son centre trois triangles entrelacés de façon à former une étoile à neuf pointes alignées avec chacune des neuf sections. La bordure externe du graphique circulaire est divisée en neuf portions contenant chacune une lettre de l'alphabet divin. Autour du

cadran, l'auteur a tracé un encadrement orné de fili-
granes, comme si l'image était montée sur un manuscrit illustré du XIIᵉ siècle.

— Alors? fit Ruthven en croisant les jambes. De
quoi s'agit-il?

— De la figure T de Rex Illuminatus, répondis-je.
Une machine de vérité qui ne peut être interprétée que
par un initié, un individu à même de comprendre les
nombreuses significations de l'alphabet.

— Vous êtes en bonne voie, déclara Ruthven, dont
le regard s'illumina, avant de s'assombrir de nouveau.

Il m'arracha le document des mains.

— Vous n'avez pas réussi à identifier la clé. Toutefois, il fallait s'y attendre.

Sous son regard appuyé, je résistai à l'envie de
vanter mes prouesses dans les domaines de la philosophie et des humanités, de préciser que j'avais lu toutes
les œuvres d'Illuminatus dans leurs versions originales – espagnol, latin et catalan –, à l'exception de
ses œuvres orientales, que j'étais en train d'apprendre
l'arabe, même si ce projet risquait de me prendre le
reste de ma vie. Hélas, une telle assurance ne sied pas
à un jeune érudit et Ruthven semblait être un homme
brusque et arrogant. De toute façon, il devait savoir tout
cela grâce à mes lettres d'introduction rédigées par des
professeurs de l'université.

— Avez-vous lu mes articles sur l'immortalité d'Illuminatus, publiés en juillet de cette année?

Je hochai la tête.

— Avez-vous étudié mon dictionnaire anglais-
catalan à Cambridge?

— Oui, répondis-je.

— Alors vous êtes apte à ce travail.

Je ne masquai pas une certaine confusion. Mes directeurs d'études n'avaient jamais évoqué le moindre emploi…

— J'ai besoin d'un allié. Un gentleman. Vous êtes un homme d'honneur, sans doute ?

Je me redressai et répondis que je l'étais, bien que n'étant qu'un troisième fils. Ruthven sourit.

— Je vous en dirai davantage plus tard. Pour l'heure, connaissez-vous bien cette ville ?

— Pas du tout, admis-je, songeant que cette vérité devait transparaître dans mes lettres précédentes.

Il devait savoir que c'était la première fois que je mettais les pieds à Barcelone.

— Eh bien, il est temps que vous fassiez sa connaissance, marmonna-t-il comme pour lui-même. Mon domestique se chargera de vos bagages. Debout, jeune homme ! Venez. Je vais vous faire effectuer le tour du propriétaire et de notre joli quartier, même s'il a connu des jours meilleurs, il faut bien l'admettre. Quelle heure est-il ? 11 heures. Partons. Nous aurons le temps de déjeuner, de nous promener durant quelques heures, histoire de nous dégourdir les jambes et de nous imprégner de l'atmosphère.

Dehors, le soleil brillait et les rues grouillaient d'humanité. Tout en parlant, il me fit parcourir de nombreuses rues vers la cathédrale.

— Monsieur Sitwell, chaque coin de rue fourmille d'histoires, dans cette ville. Il ne tient qu'à l'érudit avisé d'en démêler l'écheveau pour en tirer la véritable signification, extraire les secrets des récits populaires qui masquent une histoire commune !

Le capitaine Ruthven s'exprimait d'une voix vibrante. Derrière l'église, au détour d'une rue, nous nous engageâmes dans un passage lugubre, jonché de détritus, de boue et d'urine, entre autres. Ruthven s'arrêta devant une maison qui semblait à l'abandon, un taudis médiéval aux fenêtres murées qui dégageait quelque chose de mélancolique et de déplaisant. La bâtisse était sordide avec son entrée condamnée par des planches. Elle était visiblement inoccupée, malgré la pénurie de logements au centre-ville. La maçonnerie m'évoquait étrangement les murs incas que j'avais étudiés, dont la pierre saillait en une pente incurvée depuis le sol.

— Une maison vide au centre d'une ville animée : quelle histoire voyez-vous ici, monsieur Sitwell ? demanda Ruthven.

Lorsque je lui confessai que je ne voyais rien, le regard de Ruthven se mit à luire d'une férocité inquiétante. Du bout de sa canne, il racla les pavés et se lança dans un récit poignant :

— Il y avait un alchimiste juif, un kabbaliste qui vivait dans le labyrinthe de ruelles situées derrière Santa Maria del Pi. Il y travaillait en paix depuis des décennies. Dans le quartier, sa science et ses sorts lui valaient une réputation solide. Ses ennemis étant apparemment morts, il pensait pouvoir se lancer sans crainte dans de nouvelles entreprises. Il aurait pu continuer ainsi pendant des siècles si, un matin, il n'était pas sorti de sa maison pour trouver un nourrisson emmailloté sur le pas de sa porte, accompagné d'un message en hébreu implorant l'alchimiste de prendre soin de cet enfant né hors mariage de la fille d'un marchand juif. En observant le visage de l'enfant, le docteur fut submergé d'une grande tristesse et se demanda avec espoir : s'il emmenait ce nourrisson chez lui, chasserait-il la malédiction qui faisait s'écrouler les piliers du monde et empêchait à jamais les enfants du Livre d'atteindre l'amour ? Il recueillit la fillette et l'éleva avec tendresse, lui enseignant les secrets de son art, les graphiques, les schémas de son cœur, le langage de ses lettres… En grandissant, elle acquit le cœur et l'âme d'une femme. L'enfant adoptive du vieil alchimiste devint la plus belle femme de Barcelone, avec ses longs cheveux noirs qui cascadaient sur ses épaules, sa peau mate et dorée, ses yeux aussi éclatants que l'obsidienne. Son père l'aimait profondément et s'inquiétait de sa sécurité. Il lisait le regard des hommes lorsqu'elle faisait son marché. L'alchimiste tenait à son innocence et à sa beauté. Il l'éleva dans l'idée qu'elle était sa fille, tout en essayant de la protéger des prédateurs, conscient du désir lubrique qu'elle suscitait.

La voix de Ruthven captait mon attention. Il s'exprimait d'un ton ferme, appuyé sur sa canne, me dévisageant pour déceler le moindre doute.

— Un jour de marché, reprit-il, la fille de l'alchimiste fit une chute dans la rue en transportant le pain destiné au souper. L'homme qui lui tendit la main pour l'aider à redresser sa charrette était un séduisant chevalier chrétien du sud rural de l'Espagne venu chercher fortune en ville. Il était blond comme les blés et avait les yeux d'un bleu limpide. Dans sa poche, il avait un poignard orné de rubis d'Orient. Dès que sa peau toucha la sienne, il fut envahi d'un amour comme il n'en avait jamais ressenti et d'un désir irrépressible de la posséder, même s'il devinait son culte. Faisant fi de sa religion, il se promit de la faire sienne le temps d'une nuit de passion. La jeune fille ressentit elle aussi le feu du désir : en croisant son regard, elle sut qu'elle venait de rencontrer son mari. Il la courtisa pendant des jours et des nuits, la retrouvant sur quelque place, à l'ombre des arbres, loin du regard perçant de son père, où ils s'embrassaient gentiment. Chaque baiser ne faisait qu'attiser le désir charnel du chevalier, qui finit par l'implorer de commettre avec lui l'acte d'amour suprême. Se rappelant la sagesse de son père et sa propre histoire, la fille de l'alchimiste repoussa les avances du chevalier, affirmant qu'elle ne partagerait son lit qu'après le mariage. Le chevalier s'esclaffa : jamais il ne prendrait une juive pour épouse ! Pleurant à chaudes larmes, elle déclara qu'elle ne pourrait épouser un homme qui refuserait sa foi ou interdirait à ses enfants d'en hériter. Le chevalier s'emporta et abandonna son amoureuse en sanglots. Au cours de la nuit, en proie aux tourments de son désir charnel pour elle, il sentit l'amour faire place à la haine. S'il ne pouvait la faire sienne, aucun autre homme ne la posséderait. À l'aube, le chevalier se résolut à tuer la jeune fille par la main de son père afin de ne pas être incriminé. Ce matin-là, il se rendit chez l'alchimiste en affirmant avoir besoin d'une potion susceptible de détruire une amante infidèle. Méfiant, l'alchimiste refusa, mais le chevalier insista :

— Vendez-moi un poison ! Cette femme a trahi mon cœur.

L'alchimiste fronça les sourcils et refusa encore.

— Et si je vous offrais une bonne rémunération ? Que voulez-vous en échange ?

— Rien.

Le chevalier l'observa d'un air sournois.

— Vous êtes écrivain, me semble-t-il, dit-il en désignant les livres sur les rayonnages et les instruments éparpillés sur son bureau.

— En quelque sorte…

— J'ai entendu dire que vous étiez maudit, reprit le jeune homme.

— Les rumeurs sont rarement fondées.

— Il paraît que vous êtes un ennemi de Dieu. Un ami m'a affirmé que vous étiez un homme de secrets. Vous êtes vieux, vous devriez être mort…

L'alchimiste sentit une angoisse l'étreindre.

— Vendez-moi un poison et j'oublierai. Je ne suis pas cruel. Je suis simplement un homme malade d'amour et j'ai besoin de votre aide.

Le chevalier continua de la sorte, menaçant l'alchimiste de tout révéler, jusqu'à ce que le docteur accepte un paiement de sept pièces d'or. Pensant à sa fille et à la liberté qu'il pourrait lui acheter, il remit un poison au chevalier, un parfum mortel qui imprégnait un bouquet de roses cueillies dans le jardin de l'alchimiste. Après le départ du jeune homme, il décida que sa fille et lui quitteraient la ville dès le lendemain et réunit ses maigres possessions. Au coucher du soleil, sa fille se rendit à un rendez-vous avec son amoureux qui lui avait envoyé un message dans l'après-midi pour implorer son pardon. Il embrassa la jeune fille et l'informa qu'ils ne pourraient jamais être ensemble, car un chevalier chrétien ne pouvait épouser une juive. En gage de son amour, il lui tendit le bouquet de roses empoisonnées. Elle serra les fleurs contre son cœur, les inondant de ses larmes. En s'écroulant sur son lit, ce soir-là, elle garda le bouquet dans ses bras.

Le lendemain, dès l'aube, l'alchimiste s'absenta pour la journée. À son retour, il s'étonna de ne pas trouver sa fille en train de s'affairer dans la maison. Il l'appela. Pas de réponse. Redoutant un malaise, il l'appela encore, puis monta dans sa chambre. Il frappa deux fois à la porte : toujours pas de réaction. Il entra donc. Aussitôt, il tomba à genoux près du lit et palpa les joues de la jeune fille. Mais il savait déjà. Il savait. Le silence qui régnait était éloquent. Durant la nuit, la Grande Faucheuse avait pris la vie de l'enfant qu'il aimait. Une telle rage monta en lui qu'il s'étouffa. En effleurant les roses flétries dont le parfum avait tourné et qui empestaient la chair en décomposition, il reconnut le poison de son propre jardin. Ce jour-là, l'alchimiste mura les fenêtres et les portes de sa maison et interdit à quiconque d'y entrer, car la malédiction de sa bien-aimée avait empli les murs de souffrance. Toute âme qui y ferait son lit connaîtrait le même sort que sa fille. La maison demeura inoccupée pendant cinq cents ans, conclut Ruthven, devant la porte.

Puis il fronça les sourcils, marmonna dans sa barbe et poursuivit son récit en disant que l'alchimiste avait disparu de la circulation. Il soupçonne ce personnage d'être en réalité le docteur Illuminatus, mon Rex Illuminatus qui, après avoir bu l'élixir de vie éternelle, se rendit à Barcelone pour poursuivre ses expériences sur la pierre philosophale et, touché par Moïse de León, se convertit secrètement à la tradition kabbalistique. Ruthven s'exprimait avec le plus grand sérieux, à voix basse, dans la rue, derrière la cathédrale. C'est étrange, car je n'imaginais pas que ce spécialiste d'Illuminatus puisse être aussi fervent. J'imaginais un universitaire convenable, un éclairé, peu porté à croire aux histoires de fantômes. Lorsque je lui en fis part, il blêmit.

— Monsieur Sitwell, répliqua-t-il, vous ignorez tout du monde, c'est une certitude.

Cela étant dit, il ne m'adressa plus la parole de l'après-midi. Murés dans le silence, nous nous séparâmes après une collation. Il se retira dans ses appartements, tandis que je faisais une sieste avant le souper. Nous dînâmes à l'heure anglaise de 18 heures. J'étais au désespoir. Ruthven ne cessait de froncer les sourcils, agitant sa cloche d'argent pour appeler son domestique muet, qui s'affairait avec une amertume que je n'avais jamais vue chez un homme de son âge. La salle à manger était ornée d'une peinture que je reconnus dès le premier coup d'œil : *Le Viol de Lucrèce*, de Titien, achevé en 1490. Au-dessus de la tête du capitaine Ruthven, Tarquin brandissait son couteau contre une Lucrèce à la poitrine dénudée. Un choix étrange et plutôt embarrassant pour une salle à manger. Après le dessert, au moment du café, Ruthven désigna ma tasse que le domestique remplit sans jamais croiser mon regard. Ruthven et moi bûmes ensemble. Il m'adressa un regard lugubre avant de suggérer que nous nous retirions au salon. Il en fut de même au cours des quatre jours suivants. Nos entrevues étaient gérées par Boucle de Cuivre sans que nous n'échangions une parole. Ruthven dégage une odeur déplaisante que je n'ai pas encore réussi à identifier, une eau de toilette aux notes de muscade et de suie, à la fois douce et amère. Elle est aussi contagieuse que la peur, mais j'ignore pourquoi elle émane de lui. Levant les yeux avec un sourire désabusé, Ruthven sonna pour que l'on nous apporte le porto. Le domestique apparut avec deux verres en cristal. Ruthven me servit et me tendit le verre avec un signe de tête. Je compris que je devais boire et ne me fis pas prier. N'appréciant guère ce petit jeu, j'ouvris la bouche pour m'exprimer, mais le capitaine Ruthven me coupa la parole :

— Que faites-vous ici ? Barcelone n'est générale-ment pas une étape du traditionnel tour d'Europe que vous a sans doute offert votre cher père…

— Pour étudier Rex Illuminatus, bien sûr, répondis-je, éberlué.

— Vous croyez-vous digne de mon aide ?

— Eh bien, d'une certaine façon, dis-je, de plus en plus fâché.

Que cherchait cet homme en me traitant de façon aussi absurde ? Je pris la décision de faire mes bagages pour m'installer dans une pension dont j'avais noté l'adresse en arrivant en ville.

— Si j'abuse de votre hospitalité, capitaine Ruthven, vous n'avez qu'à me le dire et je vous soulagerai de ce fardeau.

Il m'assura que tel n'était pas le cas, puis se mit à me poser des questions des plus étranges, déterminé à jauger ma connaissance du personnage d'Illuminatus, mais aussi pour dresser un portrait de moi. Il voulait savoir ce qui m'intéressait chez cet homme et pour-quoi j'étais venu jusqu'à Barcelone pour évoquer Illu-minatus (des raisons que j'avais exposées dans ma lettre des semaines plus tôt et qu'il connaissait déjà). Il me demanda ensuite ce que je pensais de la littérature apocryphe pseudo-alchimique rédigée sous le nom d'Il-luminatus. Je lui répondis qu'elle m'intéressait mais qu'elle n'était pas au cœur de mon travail, naturelle-ment. Il fronça les sourcils et poursuivit son interroga-toire. Une heure s'écoula ainsi, jusqu'à ce qu'il sourît. J'avais enfin dit quelque chose qui lui convenait.

— Et la signification de l'alphabet BCDEFGHIK en conjonction avec les cadrans astrologiques ABCD ?

Je lui fournis mon interprétation. Il se mit à rire, se servit un autre verre et cria presque de joie, assis au bord de son siège.

— Tout juste ! Tout juste ! s'exclama-t-il. Vous ferez l'affaire.

Après quelques verres, je me retirai dans mes quar-tiers et décidai de lire près de la fenêtre donnant sur la jolie petite place et la rosace de la basilique de Santa Maria del Pi. Sur le petit bureau, j'aplatis votre lettre à l'aide d'une statuette en bronze représentant un sanglier dodu sur un socle en bois noir, serti d'une pierre rouge. Pendant un moment, je fus submergé par une insatisfac-tion opaque. Je n'étais pas certain de ce que je parvien-drais à faire avec le capitaine Ruthven. Pouvait-il être utile à mes projets ? Cet homme est clairement dérangé mais, hélas, c'est un expert dans notre domaine et il parle ma langue, ce qui constitue un avantage supplé-mentaire. Je posai ma chandelle sur une petite étagère, au-dessus du bureau d'où je vous écris actuellement. Sur les rayonnages qui tapissent la pièce, un atlas, une série complète d'encyclopédies, un crâne d'anti-lope, des exemplaires en espagnol du magazine litté-raire *La Source*. À la droite du secrétaire, une feuille de liège couverte d'un plan de la ville parsemée de punaises à tête rouge reliées par un fil bleu. À gauche, une charte chromatique en spirale suspendue à une étagère, rappelant les gravures sur bois imprimées par Sebastian Münster dans sa *Cosmographie universelle*. Par chance, il ne conserve aucun produit chimique dans cette chambre, ce qui m'aurait contraint à dormir à proximité de substances dangereuses.

Dans le premier tiroir du bureau, des élastiques formant une boule, des bouteilles d'encre, un amas de plâtre sale, trois pièces d'or datant du début de la période romaine et une pointe de flèche en obsidienne. Le tiroir suivant est plein de feuilles de papier imprimées et classées dans un ordre que seul le propriétaire des lieux peut déchiffrer. Pour tous les autres, cela n'a aucun sens. Je m'étonnai qu'il n'ait pas déployé davantage d'efforts pour ranger ses affaires personnelles avant de me permettre de m'installer, ne serait-ce que quelque temps. Assis devant ce bureau, à admirer ses ornements, je ne pus m'empêcher d'explorer son contenu. Je voulais vous écrire. En cherchant du papier, je trouvai une lettre, apparemment écrite par une main féminine à mon hôte. La curiosité l'emporta et je la parcourus avidement.

En voici la teneur :

Je veux que vous vous rappeliez cette ville. Dehors, la pluie a cessé, mais le vent est mordant. Il cherche à s'insinuer dans la moindre faille entre le tissu et la peau nue, prêt à geler, à saisir, à ronger. Des filaments de glace gouttent d'humidité. La mousse verte colle aux gueules de pierre des gargouilles, les pavés sentent la faim. La glace s'empare des égouts qui débordent et brise les racines des arbres bordant les boulevards ternes de Barcelone. Respirez. Une place déserte, des oies qui s'ébrouent. Goûtez la fontaine débordante, la cour envahie de feuilles mortes. Vous regardez les lacérations au couteau des chapelles de pierre. Les branches nues d'un arbre, l'écorce exposée, un ciel putride et taché de lumière putride... Voilà où vous m'avez laissée. Vous l'avez vu : une rue sombre et étroite, perpendiculaire à la trajectoire du soleil. La pente abrupte descend de la cathédrale, passant devant l'entrée de Sant Felip Neri. Les marchands de loupes vieillies des colonies, parfois de l'argent et de l'or non polis, des lustres colombiens couchés sur le côté, les bijoux d'une vieille fille jamaïcaine décédée. Pendant un moment, vous avez observé un pistolet pour dame à filigrane, conçu pour un sac à main sans bandoulière. Nous avions coutume de nous arrêter et de coller le nez contre la vitrine, le dimanche, pour admirer les meubles dorés, les cartes vertes et hérissées.

De là, vous êtes allé dans les soirées, vers les musiciens de la place, et avez salué de la main la sainte drapée de rouge, dans sa boîte poudrée, chevauchant une croix. Pleine de fleurs. Vous avez regardé à l'intérieur vers le monde poussiéreux du passé. Voyez ses robes, sa croix tournée sur le côté. Ses yeux d'ébène vides. Ô ! sainte Eulalie ! Sainte patronne de Barcelone ! Elle qui à l'âge tendre de 13 ans, sans doute troublée par le sang chaud de l'adolescence professa sa croyance en Dieu ! Barcelone était Barcino, à l'époque. Son maître, un Dioclétien taillé dans la pierre, s'opposa à la jeune fille, se fiant aux murmures empoisonnés de Rome. Eulàlia del Camp ! Eulalie des champs !

Encore vierge et les seins naissants, elle marcha vers la cour de la tétrarchie romaine. Là-bas, elle exigea que Dioclétien reconsidère le sort qu'il réservait à son Livre. Touché par la ténacité de cette enfant aux joues roses, le Romain lui demanda d'abjurer sa foi. Aveuglée par l'obstination suicidaire de la croyante, Eulalie refusa. Ainsi, Dioclétien déclara qu'il accorderait à la jeune Eulalie treize chances de reconsidérer son hérésie. Eulalie fut dénudée et menée en place publique sous les yeux de tous. Au centre, elle leva les yeux vers le ciel et sourit, les mains tendues. Au milieu du printemps, les nuages grondèrent et il se mit à neiger, de la poudre blanche tombant sur son corps nu. Dieu protège sa nudité ! tonna Dioclétien, furieux. S'ensuivirent des conséquences extrêmement malheureuses. Les quatre premières tortures furent violentes. Eulalie fut fouettée, la chair lacérée par des clous, les pieds brûlés au charbon, les seins tranchés... Elle refusait toujours d'abjurer. Vinrent alors l'huile bouillante et le plomb fondu. Elle commençait à ressembler à un monstre, la poitrine à vif, couverte de chaux. Le visage rongé par le minerai chaud. Et pourtant, elle respirait encore. Elle demeurait silencieuse, pantelante, à terre, jusqu'à ce que Dioclétien, furieux et poussé par les dieux, ordonna qu'elle soit placée dans une barrique remplie de bris de verre, le couvercle scellé, puis qu'on la fasse rouler treize fois le long de la Baixada de Santa Eulàlia, la rue en pente qui relie à présent la cathédrale au Carrer dels Banys Nous. On dit que Dieu l'aurait maintenue en vie jusqu'au bout, ce qui le rend encore plus cruel qu'on ne l'aurait imaginé. En la sortant de son tonneau, on lui aurait coupé la tête pour abréger ses souffrances.

Son esprit s'échappa sous la forme d'une colombe, tel Pégase surgissant du cou de Méduse. Il est certain que les yeux noirs de la jeune fille de 13 ans auraient pu transformer n'importe quel homme en statue de pierre.

Pourquoi sainte Eulalie devint-elle la femme emblématique des marins explorateurs? Pourquoi l'a-t-on choisie pour protéger les pêcheurs de Barcelone et les grands navires de l'Empire qui s'étendait au-delà de Perpignan vers Tunis, la Sicile, la Sardaigne et les Baléares? Cela reste un mystère pour moi. La réponse est aussi nébuleuse que mon désir d'écrire, ce chagrin secret est infini. Que le visage de porcelaine et souriant de la sainte en longue robe qui cache un passé violent, avec dans ses fleurs, un secret aussi important voire encore plus terrible que le mien. Sainte Eulalie est vôtre, après tout, sainte patronne d'une ville qui vous consume.

L'auteur signe du nom de Lucretia. Katherine, que veut-elle dire par « qui vous consume »? Quels mystères recèle l'histoire de cette admiratrice de mon hôte au regard profond? Je revis le capitaine souffreteux me raconter que la ville est en plein chaos, que l'alchimie telle qu'elle a été pratiquée est en déclin, en voie de disparition. Quand je lui ai demandé s'il avait déjà fabriqué de l'or, il a secoué la tête. Non. Dans un soupir, il m'a suggéré de lui demander s'il avait déjà prolongé la vie. Face à mes questions, il a esquissé un sourire, tel un rai de lumière provenant d'une lune en déclin, avant de se retrancher de nouveau derrière le masque d'opacité que j'associe à sa nature perverse, la mine renfrognée et dénuée d'étoiles. Oui, m'a-t-il répondu devant une assiette de rôti de bœuf et de pommes de terre (même la sauce est anglaise, car il refuse d'adopter les habitudes alimentaires de ceux qu'il appelle les barbares espagnols). « De gentleman à gentleman, je vous jure que oui. » Je m'inquiète pour lui, Katherine. Je crains que le capitaine Ruthven, un homme bon au demeurant, ne soit sur le point de perdre son âme. Écrivez-moi, Katherine ! J'ai besoin de votre amour et de vos conseils.

Votre bien-aimé et confiant Llewellyn.

Barcelone, le 11 novembre 1851

Je vous écris furtivement à la lueur d'une unique chandelle. Les volets sont clos et ma porte verrouillée, mais j'entends de temps à autre les pas de Ruthven. Il longe le couloir tel un spectre, s'arrêtant, comme je l'ai déjà vu faire, pour regarder derrière les rideaux. Ses yeux hantent la rue sans jamais se poser. Cet homme est affligé de sautes d'humeur. Les lattes du parquet craquent et j'ai peur qu'il n'entre de force pour en exiger davantage. Je préfère ne pas tout vous dire, car ce sont des horreurs, mais quand je ferme les yeux pour revivre ces moments, les derniers jours sont flous. L'histoire commença il y a quatre jours, pendant la nuit. Le son d'une cloche me réveilla. Groggy, les yeux mi-clos, je cherchai mes lunettes à tâtons de la main gauche. Après les avoir chaussées, je trouvai des allumettes et une chandelle. La lueur de la bougie, sur ma table de chevet, envahit des ténèbres ondulantes. Il pleuvait. Quel était ce bruit ? J'osais à peine respirer. Les volets de la fenêtre donnant sur la place étaient ouverts, humides à cause de la pluie. Malgré le clapotis lourd d'un orage d'été, j'entendis frapper à la porte, en bas. Le bruit traversa le bâtiment, résonnant contre la fenêtre du quatrième étage. Lunettes sur le nez, j'écartai des cheveux de mon front. Non, je ne rêvais pas… J'entendais clairement le son d'un poing martelant la porte, ferme et insistant.

Toc toc toc.

Je me dressai sur mon séant et attendis, me gardant d'aller ouvrir la fenêtre. Quelque instinct animal me portait à croire que je ne reconnaîtrais aucun signe. À cette seconde précise, la cloche tinta de nouveau. Il n'y avait pas d'erreur possible. Elle résonna dans toute la maison. Brûlant de curiosité, j'enfilai mon pantalon de la veille, qui gisait à terre, tout froissé, près de ma chemise et ma veste, avant de mettre mes chaussures. Dans le noir, j'étouffai un juron en me cognant contre l'armoire. J'étais certain d'avoir une ecchymose le lendemain. J'aurais voulu allumer une chandelle dans le couloir, mais le visiteur la verrait d'en bas. J'ignore quel instinct me guidait… Je devais être dans un état de demi-sommeil ou encore en plein rêve, car j'aurais dû alerter mon hôte avant de m'aventurer dans une maison que je ne connaissais pas. Avec mille précautions, je déverrouillai la porte du capitaine et sortis dans le vestibule. Ruthven était-il levé ? Derrière la porte menant à ses quartiers, je ne perçus que le silence. La lueur bleutée des toits de la ville filtrait par une lucarne, projetant des rais de lumière sur l'escalier en ébène. La lune s'était levée. Je dressai l'oreille en quête du mystérieux visiteur. Dans la pénombre, je descendis rapidement trois volées de

210

marches. Il faisait plus sombre. Le monde semblait se complaire dans les ténèbres. Je ralentis le pas, mais mes yeux s'adaptèrent rapidement à l'obscurité. Au bas des marches, j'ouvris la porte vitrée qui donnait sur la loge, puis la porte de la rue, une épaisse barrière en chêne vieillie par l'humidité et dont la peinture s'écaillait autour des gonds. Le silence régnait. Je m'attardai un instant, le souffle court. Calme-toi, nom de Dieu ! me dis-je, avant de baisser les yeux vers la boîte aux lettres. Je vis une enveloppe portant l'écriture bleue et pointue d'un calligraphe, des lettres tracées à la plume.

Per a l'Anglès.

Pour l'Anglais.

Sans réfléchir, ivre de sommeil, j'ouvris la missive, me méprenant sur son destinataire. Le papier était au format de 4 × 6 pouces, du même poids que l'enveloppe, dans le même ton coquille d'œuf. L'écriture était vive, nerveuse, tracée à l'aide de la même plume. *Un porc ple de vicis. Un mal matí ella va trobar el seu sant martiri. Li van deixar la pell per fer-ne botes.* À qui s'adressait ce scribe ? Je traduisis péniblement ses mots : *porc plein de vice, par un matin funeste, elle trouva son martyre sacré. Ils laissèrent sa peau pour en faire des bottes…* Le nom de Ruthven tracé d'un geste précis. Une entaille chatoyante sur le papier lisse. Des pas dans l'escalier, ceux du capitaine, derrière moi ! Il apparut, tout habillé, drapé dans une cape noire, coiffé d'un chapeau à large bord. Il m'arracha la lettre des mains et la parcourut à son tour. Le malaise de la soirée s'était envolé, son visage était presque méconnaissable à la lueur vacillante de ma chandelle.

— Si vous avez envie de voir quelque chose d'intéressant, c'est le moment d'en profiter, monsieur Sitwell !

Sur ces mots, il déverrouilla la porte et sortit vivement sur la place. Je lui emboîtai le pas, comme dans un rêve, en refermant la porte derrière moi. Ruthven devait avoir ses clés. Face à mon balcon se dressait la silhouette imposante de l'église Santa Maria del Pi, masse de pierre noire érigée telle une forteresse flanquée de contreforts soutenant un immense clocher octogonal de cinquante quatre mètres. La façade de l'entrée principale rappelle une falaise. L'arche décorative qui surmonte les lourdes portes forme la pointe d'une lame. Ici, la Vierge tient son enfant parmi une forêt de colonnes. Autour de sa tête, les armoiries de la ville et de la paroisse sont taillées dans la pierre. Quatre bandes catalanes sur un drapeau, avec une croix rappelant celle des Templiers. Au sommet, la couronne des rois de Catalogne et des feuilles de pierre. La fleur aux nombreux pétales d'une vaste rosace domine l'ensemble tel un œil géant accroché au-dessus de la bouche fendue de l'église.

Mes yeux balayaient les ombres tandis que Ruthven accostait une femme qui attendait sous le grand pin, au milieu de la place. Sous une lourde cape noire, elle portait une robe de soirée indigo. La dentelle de son col était à peine visible dans la pénombre. Ses cheveux cascadaient librement sur ses épaules et encadraient son visage très pâle. En voyant le capitaine Ruthven, elle lui prit la main et prononça quelques mots à son oreille. Il grimaça et hocha la tête. La femme ne m'adressa pas la parole et Ruthven ne me donna aucune instruction. Cependant, elle accepta ma présence d'un regard furtif et se mit en route sans tarder. Nous la suivîmes pour nous enfoncer dans un labyrinthe de ruelles. Au bout de dix minutes, nous atteignîmes une porte rouge marquée d'une croix. La femme sortit une clé et actionna la serrure qui émit un grincement assourdissant.

Dans la pièce, un docteur aux joues émaciées se retourna, flanqué d'un policier engoncé dans un uniforme rouge et bleu criard, bardé d'armes, sabre, pistolet, fusil et baïonnette, le front surmonté d'un panache ivoire. Cet homme armé jusqu'aux dents faisait les cent pas sous une lampe à gaz, l'air mécontent. Au centre de la pièce, je discernai la silhouette d'une femme allongée sur le bois d'une table, les bras croisés sur la poitrine. À en juger par son immobilité, il lui était arrivé malheur. On me présenta comme étant un pensionnaire et ami du capitaine Ruthven. Ma présence ne suscita guère de contestation. Ruthven s'adressa avec rudesse au policier, qui ne masquait pas son soulagement de voir arriver le savant, détail que je trouvai troublant jusqu'à la suite des événements que je vais bientôt vous relater. Le docteur fut prié de montrer à Ruthven la bouche de la jeune fille.

— Vous avez l'estomac solide ? s'enquit Ruthven.

Étant militaire, je répondis par l'affirmative. Le policier me toisa, de même que le médecin, qui se dirigea vers le cadavre. Il lui ouvrit la bouche pour révéler à Ruthven la mort effroyable de la malheureuse. Elle avait le corps lisse, délicat comme de la porcelaine, de longues jambes, les hanches larges, de petits seins aplatis par sa position. Son visage avait été angélique et juvénile, encadré de cheveux roux et fins. Les racines de ses cheveux étaient dorées mais, avec la rosée matinale ou la crasse de la rue, les pointes avaient viré à un brun foncé et rougeâtre et collaient à la chair nue de ses épaules, formant une masse noueuse et répugnante à la base de son cou. Elle avait le pubis rasé, ainsi que les bras et les jambes, et pas un poil sur le reste du corps. Sa peau pâle était meurtrie d'ecchymoses sur les avant-bras et les poignets, et une série de piqûres d'aiguille formaient une ligne rouge – pas une entaille, ni une plaie – depuis le bas-ventre vers l'intérieur de sa cuisse gauche jusqu'à sa cheville. Ruthven demanda plus de lumière, maudissant le docteur pour l'absence de lampe à gaz.

Dégoûté, je me détournai en me couvrant les yeux. Le policier expliqua que le cadavre avait été retrouvé pendu à un arbre, à quelques rues de là, par la señorita Andratx, car tel était le nom de notre guide. Elle apporta d'autres chandelles qu'elle alluma d'une main tremblante. Je vis les marques laissées par la corde sur le cou du cadavre, une brûlure rouge d'un peu plus de deux centimètres de large. La señorita Andratx avait été alertée par une lettre déposée sur le pas de sa porte dans la soirée. Le policier tendit la missive à Ruthven, qui la lut, avant de se tourner vers le docteur. Celui-ci rouvrit la bouche de la jeune fille en nous informant qu'elle avait sans doute été étouffée par son propre sang. Sur ses paumes étaient gravés en or les dessins d'un serpent et d'une croix.

Ruthven grommela. De plus près, les lésions étaient plus complexes que je ne l'avais imaginé. Je vous épargnerai les détails les plus sordides de cette bouche, mais je dirai que le plus étrange était la profusion de blessures fines sur la chair de cette femme, les lettres d'un alphabet tatouées sur chaque sein. Les gravures des mains reflétaient les traces roses plus légères des seins, comme grattées, mais pas assez profond pour qu'elles saignent, et remplies d'encre albâtre.

— Vous reconnaissez les symboles ?

Incapable de parler, je hochai la tête. Il s'agissait des premiers dessins de Rex Illuminatus. Trois cercles concentriques autour de chaque mamelon, avec une lettre en son centre, sur la pointe de chair rose. Sur son front, je discernai la lettre B. Sur son torse, sous la clavicule et au-dessus du sein droit, la lettre C, sur le sein opposé, la lettre D. Sur chaque cuisse, les lettres I et K. Sur le postérieur et le bord des reins, les lettres E, F, G et H respectivement.

— *Je vis une femme assise sur une bête écarlate, couverte de noms blasphématoires, et qui avait sept têtes et dix cornes*, marmonna Ruthven à mon oreille. *Sur son front un nom était écrit, mystérieux : « Babylone la grande, mère des prostituées et des abominations sur Terre. »*

— Que diable voulez-vous dire par là ? demandai-je.

— Le moment est venu pour vous de prouver votre courage, Sitwell, répliqua Ruthven. Vous êtes un bon dessinateur. J'ai vu vos illustrations. Prenez note de ses blessures. Je ne supporte pas de les voir !

Il se tourna vers la señorita Andratx avant que je ne puisse lui répondre.

— Apportez à ce monsieur une plume et du papier ! Vite ! Pendant qu'elles sont encore fraîches ! Je veux savoir ce qu'il voit dans ces marques !

Puis il se tourna vers l'inspecteur et se lança dans une conversation animée que j'eus du mal à suivre. Quand j'eus terminé mes dessins, Ruthven me remit ses clés et m'invita à rentrer chez lui, accompagné par la femme silencieuse en indigo. Elle ne prononça pas un mot sur ce que j'avais vu et m'accorda à peine un regard. Le domestique maussade fut prompt à ouvrir la porte. Il me fit monter et m'ordonna de me coucher sans me fournir la moindre explication sur les activités nocturnes de Ruthven en ville. Je ne revis pas le capitaine pendant deux jours. Je pris mes repas seul en compagnie du domestique boudeur qui refuse toujours de me parler à ce jour. J'étais torturé par ce que j'avais vu. Dans un moment de passion, Ruthven avait cité l'Apocalypse de saint Jean. Le parallèle me troublait profondément, car j'ai lu le Livre de nombreuses fois. *Et il me dit : Les eaux que tu as vues, sur lesquelles la prostituée est assise, ce sont des peuples, des foules, des nations, et des langues. Les dix cornes que tu as vues et la bête haïront la prostituée, la dépouilleront et la mettront à nu, mangeront ses chairs, et la consumeront par le feu*[1]. Je n'osais quitter la maison de peur de croiser le criminel capable d'infliger tant de mal au corps féminin. Je regrettais amèrement ma décision de venir seul à Barcelone. Au matin du troisième jour, alors que j'avais renoncé à tout espoir de le revoir, Ruthven réapparut, maculé de boue. Il entra en trombe dans le salon, son domestique à la mine triste sur les talons.

— Dieu merci, vous êtes encore là !

1. Nouveau Testament, Apocalypse 17 :15-16, traduction de Louis Segond, 1910.

Il s'écroula dans un fauteuil, à côté de moi.

— Je suis désolé d'avoir disparu de la sorte, reprit-il, mais l'affaire exigeait une enquête des plus confidentielles.

— Et la victime? Qui est-ce? demandai-je, incapable de chasser la jeune fille assassinée de mes pensées.

— Une engastrimythe d'Akelarre, répondit Ruthven. Une sorcière, une femme possédée. C'est une sale affaire, monsieur Sitwell. D'une violence extrême, mais ce n'est pas rare.

Je lui demandai s'il avait retrouvé le tueur.

— Non, soupira-t-il. Ce n'est pas la première fois que je suis témoin de leur travail, et je les aurai.

— Qui ça?

Ruthven évita mon regard, tant il était en proie à l'émotion.

— Quand j'ai commencé ma traque, je n'avais aucune idée d'où elle allait me mener. Ce n'est qu'après avoir perdu un être cher à Lima et m'être engagé dans une vie d'exil que j'ai juré de consacrer mon existence à la quête de ces documents, quel qu'en soit le prix.

Il avait perdu un ami à Lima? Des documents? *Que diable voulez-vous dire, monsieur? C'est vous qui êtes possédé!* Face à sa mine menaçante, je me gardai d'exprimer mes pensées à voix haute.

— Quel est le rapport avec Illuminatus? demandai-je timidement.

— Vous ne sentez rien? coupa-t-il.

Je rougis.

— Je dégage l'odeur d'un homme marqué. J'en suis conscient et je n'y peux rien. Mais le fil écarlate du destin vous a mené jusqu'à moi. Un fil écarlate ! Monsieur Sitwell, il relie votre cœur au mien. Quand vous avez commencé à m'écrire, j'ai eu l'impression que, dès que vous seriez exposé à ma personne, nos destinées seraient unies à jamais. Naturellement, si vous vous étiez révélé un être inférieur, j'en aurais sans doute cherché un autre. Mais vous êtes fort, Sitwell, et bien qu'inexpérimenté au possible, vous êtes suffisamment intelligent.

Le front soudain moite, je me mis à trembler. Puis je pris une décision en un éclair. Je pensai à vous, à notre bonheur partagé. Je refuse de m'engager dans cette voie !

— Vous commettez une erreur. Je ne possède ni les outils nécessaires pour vous aider, ni la capacité.

— Il n'y a personne d'autre.

Ivre de rage, je me levai d'un bond.

— Je suis venu pour prendre une leçon de philosophie médiévale auprès d'un grand érudit, pas pour être exposé à des meurtres !

Ruthven soutint mon regard, nullement offusqué par mon insolence. Je me rassis. Sa main gauche tremblait sur le coussin de son fauteuil. Il se mit à tripoter nerveusement les plis de son foulard.

— Demain matin, vous me quitterez… en tant qu'ami ou qu'homme vite oublié.

Un peu soulagé, je me mis à bredouiller :

— Je retourne donc à Londres ?

— À moins que ma proposition ne vous intéresse…

Je lui demandai de quelle proposition il s'agissait.

— Accordez-moi encore un peu de votre illustre attention, dit-il en ôtant ses bottes pour poser ses chaussettes rayées sur son repose-pieds, devant la cheminée. J'ai besoin d'un messager, monsieur Sitwell. Votre style attire plutôt la sympathie et vous avez une bonne connaissance des symboles d'Illuminatus. Ce que je vous propose, c'est une sorte d'emploi. Vous avez besoin d'un soutien financier? Je crois savoir qu'une femme vous attend, à la maison?

Comment le sait-il? me dis-je avec consternation.

— Je sens l'amour en vous, jeune homme. Elle est là, dans vos yeux, dans les heures que vous prenez pour lui écrire des lettres. En ma compagnie, vous n'avez pas une seule fois posé un regard lubrique sur une femme. De plus, il est manifeste que vous espérez faire fortune. Sur vos mouchoirs, une main féminine a brodé vos initiales entrelacées avec les lettres KM, celles de votre amoureuse. Je me trompe? Elle n'est pas certaine de votre fidélité. Ne faites jamais confiance à une femme restée à la maison, Sitwell. Elles sont inconstantes, surtout les plus jeunes.

Sidéré par son sens de l'observation, je hochai la tête.

— Si vous acceptez cette mission, je vous paierai généreusement, en argent et en esprit.

— Quelle est la nature exacte de ce travail?

— Suis-je en droit de croire que votre intention de venir à Barcelone avait un rapport avec les secrets alchimiques du docteur Illuminatus?

Ruthven se leva et se dirigea vers une bibliothèque, face à la cheminée.

Je répondis par l'affirmative.

— Dans ce cas, vous aurez à gagner de ce projet. Je vous promets que vous découvrirez des choses qui vous rendront célèbre et assurément riche, monsieur Sitwell, bien plus riche que si vous aviez maîtrisé l'art de transformer des métaux en or, ce qui est, je crois, votre désir inavoué. Si vous vous hâtez, vous me sauverez également la vie. Le temps presse. Vous ayant confié mes secrets, je vous demande cette faveur. Je vous dirai ce que je sais de l'alchimie d'Illuminatus si vous acceptez de porter ceci à un ami, à Majorque, avant de rentrer chez vous. Ce que vous apprendrez de moi sera à votre discrétion. Il ne tient qu'à vous de croire ou de rejeter mon histoire. Sachez seulement que mes jours sont comptés et qu'il ne vous en coûtera pas grand-chose. Ils ont été très clairs sur ce point.

Sur une étagère, Ruthven prit une liasse de feuilles entourée d'un ruban doré.

— Je vous confie ceci, dit-il avec un sourire grave. Ce sont des copies de mes traductions et les notes de mes recherches. Je ne vous connais que depuis quelques jours, monsieur Sitwell mais, à en juger par le destin qu'ont connu ceux qui se sont présentés à moi, nous n'aurons peut-être pas le temps de faire plus ample connaissance. Je pense que vous êtes un gentleman.

— Je ne comprends pas… Que redoutez-vous donc qu'il vous arrive ?

— Mieux vaut que vous n'en sachiez rien. C'est un sujet à éviter. Mais je ne les laisserai pas me vaincre. J'ai pris mes dispositions. Portez ces documents à mon ami le père Lloret de Valldemossa. Je paierai votre passage en bateau vers l'île puis votre retour en Angleterre. Je couvrirai également vos frais d'hébergement. Montrez-lui ces papiers et demandez-lui le récit du docteur, récemment découvert en la possession d'une certaine Maria de la Font. Demain, avant votre départ, je vous remettrai un second objet, mais vous devez me jurer sur votre vie de ne pas l'ouvrir avant de l'avoir livré à une femme du nom de Lucretia. Dites à Lloret que vous avez un message de ma part pour le Rossignol. Il vous conduira à elle le moment venu. Vous trouverez ce que vous cherchez sur Illuminatus et, ce faisant, vous protégerez les secrets d'un autre.

Ruthven ferma les yeux et se reposa un moment dans son fauteuil, la main pendante, le col de sa chemise ouvert, les jambes tendues devant la cheminée. Les paupières lourdes et violacées, il semblait épuisé. Je remarquai alors qu'il avait reçu un coup sur la tempe gauche, à la naissance des cheveux. Il avait une plaie et une croûte que je n'avais pas vues, dans la pénombre. Les traces que j'avais prises pour de la boue étaient en réalité du sang séché. Ruthven fut soudain pris de convulsions et se mit à trembler dans son fauteuil, puis il se leva avec élégance et posa son manteau sur ses épaules. Son visage séduisant se détendit.

Ruthven actionna la cloche d'argent posée près de la cheminée.

— À boire ! Nous discuterons de tout ce soir car, demain, nous nous envolerons. Si je dois vous aider, nous devons convenir de termes équitables en bonne intelligence. Dans le cas contraire, l'échec est assuré.

Nous discutâmes des heures durant, mon amour, sur des questions dont je ne peux vous faire part que de vive voix pour ne pas mettre en péril la vie de mon étrange hôte et ami. Je n'ai pas eu l'occasion d'approuver ou de réprouver, mais j'ai l'impression que je n'ai pas le choix. En tant qu'homme libre, je me dois d'aider une âme captive. Je ferai de mon mieux pour vous en écrire davantage plus tard, lorsque je n'aurai plus le vertige. Le secret du capitaine Ruthven est trop complexe pour être compris par un seul homme.

Votre Sitwell.

II
Le mythe

En me retournant, je remarque une traînée sombre sur mon oreiller. *Une sensation par trop familière.* Je m'essuie la bouche et ma main confirme mes soupçons. *Encore un saignement de nez.* Je porte la taie dans la salle de bains. Sous le jet, je vois le sang se diluer doucement dans l'eau et tournoyer vers le cercle de métal de la crépine. Je me débarbouille lentement. Dans mon sommeil, je rêvais d'un arbre gémissant sous le poids d'une nuée d'oiseaux. Leurs ailes évoquent le bruit de bottes d'une armée de soldats en marche. Les colombes se gavent des figues qui tombent de l'arbre tels des bijoux.

Dans la cuisine, je me prépare une infusion au gingembre et au citron. Je porte un tee-shirt trop grand et une culotte. Je me suis endormie après avoir lu les lettres de Sitwell. Je les récupère sur ma table de chevet. *Tu devrais être plus soigneuse*, me dis-je. J'observe le rossignol aux ailes délicates hachurées de Sitwell. Peut-être est-il sur le point de chanter ? *Il a le bec ouvert.* Les yeux noirs et vitreux. Je pense aux lettres adressées à Fabregat.

À l'homonymie. À ce qu'elle signifie. Hier, en écoutant parler l'inspecteur, je suis arrivée à la conclusion que, durant son enquête, Fabregat s'était fourvoyé en partant du principe que ces lignes concernaient l'identité d'un individu plutôt que l'existence d'un document. *Toi seule peux le savoir*, me dis-je. Les gens sont en quête de sens. Ils voient des énigmes. C'est dans notre nature. Pourtant, si on les considère comme des énigmes, ces lignes posent autant de questions qu'elles apportent de réponses. *N'allez pas croire qu'elles s'adressent à vous*, dirais-je à Fabregat. *N'allez pas croire qu'elles montrent du doigt l'accusé, l'auteur des faits ou un criminel. Lisez-les pour ce qu'elles sont. Partez de zéro, dans un nouveau contexte. Concentrez-vous sur ce qui est connaissable. Sur les faits qui sont à votre disposition.*

Cherchez le point de départ. La source.

Neuf cahiers de feuilles ont engendré la rage d'homme.

Une référence inquiétante aux neuf livres que la sibylle porta à Rome.

Je reviens une fois encore à un texte mémorisé puis effacé, remplacé par des recettes de fabrication de l'or réunies en un livre d'heures ornementé. *Certains trésors sont perdus à jamais. Mais pas celui-ci. Celui-ci, tu vas le trouver parce que tu as reçu un message d'outre-tombe, Anna Verco. Dans un poème en forme d'autel rempli de secrets. Ce soir, on n'allumera aucun incendie. On ne rejettera aucun souvenir.*

Mes pensées vagabondent vers le livre d'heures imbibé et le bibliothécaire de l'abbaye, qui dort bien au chaud dans son lit. *Penses-y de façon rationnelle. Quelqu'un a délibérément extrait le poème caché sous les recettes alchimiques de Rex Illuminatus. Ensuite, il a scellé le livre dans le mur d'une chapelle isolée à*

Majorque, avec les lettres d'un Britannique excentrique apparemment rassemblées par une tierce personne.

Et un os.

N'oublie pas l'os.

Un seul et unique os, luisant dans le noir.

Comme une mise en garde.

⊙

Il est 2 heures du matin. Je m'habille à la hâte. J'enfile un pull sur mon tee-shirt – sans soutien-gorge –, puis un jean et des chaussettes dépareillées. Un manteau vert olive et un foulard noir. *J'ai besoin de marcher*. Mes clés et mon téléphone sont dans ma poche, ainsi que quelques euros. *Même si rien n'est ouvert*. Je descends l'escalier pour atterrir dans la rue. *Les employés boivent un dernier verre. Je coupe par la rue transversale, vers Barceloneta.* Alors, seulement, je serai satisfaite. Alors, seulement, je m'arrêterai.

La nuit, les hôtels sont étranges. Les yeux rouges des navires de marchandises clignotent à l'horizon. Derrière moi, vers les collines, rougeoient les braises du Tibidabo. La lune s'efface derrière les nuages, dans le ciel lourd et hostile. Dans cette lueur orangée, je me sens décalée. La tête me tourne. Assise sur la plage abandonnée, je replonge dans les souvenirs de mon premier été en Espagne. Je revois la fille que j'ai laissée derrière moi. J'ai totalement divorcé de moi-même. *Pour comprendre l'histoire, il faut la mettre en contexte, me dis-je. Reviens sur tes pas.* Tu dois partir de ton propre point de départ, et non de celui des autres. La plage dans la chaleur lumineuse de l'été.

La Revetlla de Sant Joan, en 2003. La veille de la Saint-Jean, la nuit du Baptiste, où les dragons sont terrassés et où dansent les ivrognes. Dès le début de l'après-midi, je réserve ma place sur le front de mer. Les mains croisées derrière la nuque, je vois la grande voile bleue de l'hôtel W et les maisons de Barcelone empilées derrière moi, à l'envers. Chaque fenêtre est comme un carré de Rubik's Cube. Une vie sur une autre. Chaque odeur est distincte. Me viennent des effluves de saumure d'olive, de crabe mariné, de paella, d'huile de poisson. J'ai du sable plein les cheveux. Près de mon épaule traînent une lame de rasoir, des aiguilles, des gobelets en mousse… Quelqu'un que je ne connais pas me tend une timbale de vin rouge. Au fil des heures, de nouveaux fêtards affluent de tous les quartiers de la ville. Un jeune type joue de la guitare. *Al mar ! Al mar !*

La Revetlla de Sant Joan. Aussi appelée la *Nit de Bruixes*, la nuit des sorcières. Pour nous, une soirée de plaisirs, de danse, de feux de Bengale, de feux d'artifice sans fin. Le ciel est parsemé d'explosions. À minuit, la ville luit comme une zone de guerre. En mémoire d'une bataille, la ville célèbre un saint avec une férocité païenne. Les paysans festoient en troupeaux, frappant des casseroles dans les rues, chantant à tue-tête et mettant le feu aux plages ! C'est la nuit de tous les excès. Apparemment, c'est tout ce qu'il reste du saint.

Je suis allongée sur le sable, prostrée, ouverte, sur le dos.

Souviens-toi.
En buvant, tu as effacé tes péchés.

À l'aube, je suis ivre morte. Je regarde les marchands se réveiller, de nouvelles lumières dans les vitrines des magasins. Des boulangers sortent de la coca de Sant Joan, pâtisserie couverte de fruits confits, de pignons de pin. Les pigeons s'ébrouent et roucoulent dans les alcôves de Barceloneta, tandis que je rentre chez moi en titubant depuis les clubs du Port olympique. La plage grise et jonchée de détritus se prépare. Au sein de ce triangle construit pour les pêcheurs chassés du centre-ville, les bars à tapas ouvrent leurs portes pour les livraisons – calamar, poisson-ballon à tête de chien, cabillaud, flétan, poulpe, sans oublier les monceaux de *croquetas y pimientos del Padrón*. Les foules avinées vont bientôt envahir les rues.

En ce matin de la Saint-Jean, les festivités sont interrompues par des sirènes.

D'abord une voiture. Puis deux policiers qui longent la jetée, vers la mer, uniformes noirs contre le sable gris. Je me redresse pour les observer. Arrive une autre voiture, puis une troisième… Les sirènes enveloppent le soleil brûlant comme la sono d'une discothèque. La chasse conduit les voitures de police sur le front de mer. *Un jeune homme a disparu dans l'eau.*

Avez-vous vu quelque chose ? Je réponds que non.

Ils trouvent ses chaussures et ses chaussettes près de la première jetée. Parmi les gros rochers noirs. Il a dû les laisser là puis marcher le long de la côte, traînant les pieds dans l'eau, jusqu'à se retrouver directement face à la ville. Les policiers ferment la zone par un cordon. Ils draguent la mer tels des pêcheurs en quête de homards.

Derrière eux, une femme en robe noire prie, les pieds dans le sable.

Je garde son image en mémoire.

Son regard plus brûlant que le soleil.

En contrebas, les policiers se sentent épiés. Un fardeau difficile à porter. Ils ignorent ce qu'elle veut, si elle leur souhaite de réussir ou d'échouer, si elle prie pour qu'on retrouve un cadavre ou un signe, si elle le croit innocent ou coupable. Ils savent seulement qu'elle les observe.

Un voile noir lui couvre le visage. À côté d'elle, son mari lui murmure à l'oreille. *Nous devons faire montre de notre soutien, Marta. Nous devons leur indiquer que nous sommes inquiets.*

L'indice suivant est un portefeuille tombé de sa poche à une dizaine de mètres de la côte. Ils le rapportent tel un trésor, une mine d'informations. *Il y a sa photo, une carte d'identité – il se nomme Adrià Daedalus Sorra, des bouts de papier déjà en bouillie, une carte de crédit et de la monnaie.* Sa mère resserre son châle sur ses épaules. Dans son cœur, il fait un froid glacial.

Pendant les recherches, les affiches sont décrochées dans la ville, enlevées des murs, arrachées de leurs supports, détachées des lampadaires, sorties des trains et des bus. Sur la Plaça de Margarida Xirgu, dix hommes travaillent d'arrache-pied pour couvrir le visage de Natalia Hernández d'une couche de peinture grise. Au Théâtre national, son metteur en scène observe la place depuis son balcon. Les bras croisés, il assiste à la chute de sa muse. À chaque étage de l'Institut del Teatre, des étudiants préparant leurs examens ou chantant dans les couloirs s'interrompent pour s'approcher des grandes baies vitrées donnant sur le Théâtre national. Ils regardent descendre les trois superbes affiches. En tombant, elle a la bouche qui se déforme, qui ondule en vagues successives. Si les étudiants ignorent pourquoi Natalia Hernández a quitté la façade du théâtre, ils n'en sont pas moins saisis d'un terrible malaise.

Ce matin-là, la curiosité l'emporte sur mon besoin de silence. Je demande au policier ce qu'il s'est passé.

— Lisez les journaux.

Taciturne, il regarde fixement la mer.

Dans la soirée, l'événement est diffusé sur les ondes. J'ai écouté la radio, près d'un feu de camp. Le journaliste interrogeait une vieille femme pleine de vivacité. Les balcons de son immeuble donnent sur la mer. Elle explique qu'à 97 ans, elle n'a pas l'habitude des surprises. *Autrement dit, plus grand-chose ne la surprend.*

— Voilà pourquoi je passe le plus clair de mon temps à regarder la mer, déclare-t-elle.

Depuis son appartement du quatrième étage, sur le Carrer de la Mestrança, elle a une vue directe sur la plage. Je comprends non sans stupeur *qu'elle nous épiait tous.* Sur sa petite chaise, près de la fenêtre, elle a vu les feux de bois, les danseurs allumer des bougies, des torches, tandis que la bière coulait à flots. Elle scrute la cour, en contrebas, les palmiers bordant le Passeig Marítim de la Barceloneta, et au-delà, le sable, puis les vagues. Le monde d'en bas est d'une constance agréable. Elle vérifie le temps qu'il fait, voit les tempêtes arriver du sud. Le matin, elle observe les coureurs, les *paseos* de familles, les bâtisseurs de châteaux de sable venus d'Afrique du Nord, la livraison des marchandises au supermarché… Le soir, tout ce petit monde cède la place aux dealers, danseurs et autres fêtards avec leurs canettes de bière, imposants pitbulls, Pakistanais vendeurs de camelote, jeunes à rollers, cyclistes aux tenues bariolées, adeptes de muscu, enfants barbouillés de crème glacée. Sa voix évoque le *manchego* et les sardines.

Rien ne lui échappe, à cette vieille dame.

Pas même la silhouette d'un jeune homme torse nu, aux longs cheveux bruns, en 2003. Aux premières heures de l'aube, il court et trébuche, halète, à bout de souffle, vers le bord de l'eau.

Voilà qui tombe à point nommé. Elle jouit d'une vue très dégagée.

Quelque chose s'agite dans les recoins sombres de sa mémoire. La vieille dame a déjà vu une telle silhouette, quand elle était jeune, depuis la même fenêtre. Cette maison appartenait à son grand-père et est restée dans la famille pendant la guerre civile, sous Franco, et même après la mort de Franco, puis durant les folles années quatre-vingt, quatre-vingt-dix, jusqu'à ce jour.

Oh, souffle-t-elle. *Oh, le garçon a marché dans la mer vers le large.*

Je la vois cligner des yeux, ses prunelles bleues et humides cachées derrière d'épais verres de lunettes, deux cercles perchés sur son nez et qui reflètent les flammes vacillantes de la plage.

Cette femme possède un don de narratrice. Elle jure ses grands dieux que lors d'une bourrasque de vent, au moment précis où le jeune homme entrait dans l'eau, tous les cierges de la cathédrale Santa Maria del Pi se sont éteints! Le prêtre est surpris par le vent tandis qu'il longe l'allée centrale en comptant les livres de messe pour l'office du matin. Il se couche à terre. *Sainte Marie, mère de Dieu.* Seules les suspensions, désormais électriques, éclairent les lieux. Aucune des 154 bougies n'est restée allumée. Est-ce le fantôme du dément qui s'est immolé lors de la célébration de la Fête-Dieu? L'homme d'Église se signe et prie. Ou bien est-ce une autre âme égarée qui vient frapper à la porte?

✠

Devant moi : une jetée de rochers noirs surgit aux premières lueurs de l'aube, alors que la nuit règne encore. *L'homme disparu a longé cette avenue jusqu'à la mer. À ses pieds filent des rats parmi les rochers. Ils vivent dans les failles et s'y cachent.* Il enlève ses chaussures et poursuit son chemin, frappé par les vagues. Il marche vers le large, si loin que ses pieds ne touchent plus le fond vaseux. Il est soulevé puis abattu par les vagues. Le vent souffle dans ses cheveux. Il marche jusqu'à avoir de l'eau à hauteur de son cou, sans s'arrêter, puis se met à nager, nager, nager encore. Cinquante mètres, puis cent, deux cents, bien plus loin que ne porte la vision de la vieille dame, même par temps clair. Qu'a-t-elle dit? La vieille dame à la radio?

Qu'il n'est pas revenu.

Tel est l'élément qui lui a rappelé une heure sombre de 1937, quand elle a vu un jeune homme qu'elle connaissait et qu'elle aimait nager vers le large et se noyer.

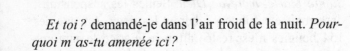

Et toi ? demandé-je dans l'air froid de la nuit. *Pourquoi m'as-tu amenée ici ?*

III

Extraits de
La Vie contemporaine
de Rex Illuminatus

*Compilée par ses alliés
sur l'île de Majorque*

PROLOGUE

Nous avons rédigé ces lignes afin de vous faire découvrir les secrets du docteur et ses travaux magiques. Car quand on comprend les premiers, ces derniers sont plus faciles à appréhender.

▲

PREMIER RÉCIT
Qui traite du retour du docteur à Barcelone par la mer

À travers les fentes de sa cellule de bois pourri et noirci par des excroissances rappelant les cendres d'un feu de chêne, le docteur entend le souffle de l'homme qui est à côté de lui. Cette respiration toute proche est maladive, les poumons sont noyés de glaires pourpres. D'après ses râles et hoquets, le docteur sait que les jours, voire les heures, de son voisin sont comptés. Le docteur n'a pas demandé à être là. Cela ne faisait pas partie de ses projets. Mais le destin en a décidé autrement et, fermant la porte sur toutes les autres possibilités, le docteur a dû se résigner, une fois de plus, aux aléas du sel de mer et de la gangrène, des souvenirs brisés par la compagnie des rats qui se délectent des miettes qu'il laisse sur son bureau, un meuble rudimentaire fabriqué à l'aide de planches provenant d'un seau censé lui servir de latrine. Encore une situation infortunée…

La barbe bleutée du docteur forme comme un foulard dans son cou. Il a les épaules d'un roux foncé, la peau tannée comme du cuir. Son crâne chauve a la forme d'un œuf. Ses yeux sont soulignés de fines pattes-d'oie qui, elles aussi, se nourrissent de tourments, traçant le chemin de son fardeau. À travers une fissure dans le plafond du navire, il distingue une tache de ciel gris et froid, un don du paradis. Le docteur plaque son dos contre le bois pour capter un rayon de soleil qu'il tient un instant dans sa paume.

Ils viennent chercher le docteur et lui enfilent une longue robe d'alchimiste en velours et en soie pourpre. Sur son crâne, ils posent un petit chapeau noir qui épouse la forme de sa crâne et s'arrête juste au-dessus de ses oreilles – sa touche personnelle. Ils lui remettent sa canne. Sa barbe est brossée, coiffée. Au port de Barcelone, ils l'installent dans une charrette. En parcourant les rues de la ville vers la cour du roi, il distrait ses gardiens de quelques récits.

Où il est question d'un sourd-muet

À Barcelone, il y avait autrefois un homme incapable de parler, donc de confesser ses péchés. Depuis sa naissance, il vivait en ermite mais, en entendant l'appel du soleil, il quitta les montagnes pour faire fortune. Voyageant sur les cours d'eau, il dormit dans le lit humide des rivières en buvant dans sa main. Perché sur le bord d'une mare glacée ou d'un sous-bois ombragé, il admira la libellule au-dessus de l'eau, traça du doigt la trajectoire du faucon pèlerin. Il regarda le soleil se lever sur les bottes de foin et rêva de la gloire de l'univers, chaque pas le rapprochant de son destin.

Hélas, quand il bredouilla des sons inintelligibles face aux gardes des portes de la ville, on le hua et lui jeta des pierres car il était pauvre, laid et sale. En pleurs, il erra dans les cimetières, incapable d'exprimer son amour ou sa souffrance dans une langue compréhensible par l'homme. Les prêtres ne l'acceptaient pas car ils considéraient cette lacune comme un signe du diable. Les marchands n'aimaient pas ses grognements et le battaient. Les habitants de la ville lui lançaient des friandises et des restes de leurs repas en riant de le voir fouiller dans la poussière.

— Va donc dormir au cimetière, sur les tombes des défunts ! Tu ne seras jamais plus proche du paradis, raillaient-ils, persuadés qu'un homme incapable de parler dans la maison de Dieu ne pouvait se confesser, et s'il ne pouvait se confesser, il ne pouvait se délivrer du péché et ne pouvait que se retrouver en enfer après sa mort. La nuit, les lamentations du malheureux emplissaient les rues tandis qu'il errait autour de la maison de Dieu. Le jour, il façonnait des paniers remplis de lys et de pêches, offrandes aux disparus, et les vendait pour un sou aux ménagères et aux amants brisés qui venaient pleurer sur les tombes. Le jour où il mourut, on se demanda où l'enterrer. La question fit débat. Un prêtre déclara que, bien que l'homme fût maudit, il avait toujours habité le cimetière et qu'il devait y demeurer par-delà la mort. Le soir venu, ils l'ensevelirent sans cérémonie ni cercueil, car il ne leur avait légué que ses fleurs. Ils espéraient que les vers le mangeraient et ne laisseraient rien de lui afin que les défunts ne soient pas contraints de partager le repos éternel avec un pécheur. Durant de nombreux jours, le silence régna dans les rues. Prêtres, marchands et habitants de la ville se réjouirent de ne plus voir leur sommeil troublé par les plaintes de l'homme incapable de prononcer un mot. Une semaine s'écoula, puis une autre, dans un tel silence que tout semblait paisible, jusqu'à ce qu'un soir retentisse le chant magnifique d'une flûte aux notes dorées et aussi puissantes que celles d'une trompette de guerre. Dans le cimetière, la terre se mit à trembler. Prêtres, marchands et habitants de la ville se précipitèrent aux fenêtres et sur le seuil de leur maison pour voir un conifère surgir du sol, croître par à-coups, donnant des feuilles d'or et d'argent, des pommes d'ébène et de nacre. Il s'éleva vers le ciel, tendant ses branches dorées vers le paradis. Le pin domina bientôt l'église tel un géant, ses énormes racines déchirant la terre jusqu'à ce qu'apparaisse une superbe cage d'or formée par les racines et recelant la dépouille d'un homme mort sans confession.

Il avait la peau pâle, propre, il sentait la cannelle et le clou de girofle. Le chagrin avait quitté son visage jeune et superbe. Ses lèvres esquissaient un sourire mystérieux, les cheveux pleins des fleurs qu'il vendait pour les tombes, tandis que chacune des prières du défunt avait engendré un fruit doré marqué des lettres de son secret, telles les émanations des Sephiroth. Les prêtres se précipitèrent, se signèrent et prièrent tandis que la Main de Dieu replaçait les lettres sur un manuscrit suspendu dans les feuilles d'or : « Je comprends toutes les langues, même celles qui sont inintelligibles pour l'homme. Si une prière est récitée de bonne foi, je l'entends et j'aime la créature qui l'a énoncée et pavera d'or son chemin vers le paradis. »

L'arbre d'or resta illuminé pendant douze jours et douze nuits. Quand son éclat s'atténua, il se mua en un pin géant à l'écorce brune et aux feuilles vertes, aux racines fermement implantées dans le sol marécageux. L'homme sourd s'envola vers le paradis et l'église, pensant qu'un miracle avait touché son misérable terrain, se reconstruisit avec une ferveur gothique et prit le nom de Santa Maria del Pi, Notre-Dame-du-Pin.

Qui traite du retour du docteur à la Cour

C'est sur cette place qu'ils menèrent le docteur dans une lente procession sous les aiguilles de pin. L'émissaire du roi, un homme maussade au nez crochu, le conduisit à la Cour des Rois, au Palau Reial, où le noble capitaine du navire parla du triomphe de ce docteur et de sa déchéance. À l'heure prévue, un soldat se présenta, porteur d'un message de la Maison de Rossinyol, une pièce d'or frappée de la marque du Rossignol, qu'il fit passer dans la bouche du docteur dissimulée dans un morceau de viande provenant de la table royale. Le docteur comprit alors qu'il avait été acheté pour le prix d'un bon cheval et sept effigies d'or. Sur l'estrade, il inclina la tête et déclara :

— Monseigneur, je suis Illuminatus, le docteur maudit qui va vivre mille ans. Vous m'avez arraché aux côtes du Nouveau Monde pour faire plaisir à vos citoyens. Dames et messieurs, courtisans et courtisanes, posez-moi toutes vos questions et je vous donnerai la réponse, car il n'existe pas de mystère des vivants ou des morts qui ne soit résolu dans les secrets d'un autre.

Sur ces mots, l'alchimiste se lança dans le récit de sa rencontre avec le Rossignol, sur l'île de Majorque.

Qui traite du Rossignol

Il y a de nombreuses vies, la veille de la Saint-Jean, lors du solstice d'été, le jour le plus long de l'année, quand s'épanouissent les fougères, le docteur mélangea dans un récipient des plantes médicinales provenant de son champ de Puig de Randa. Il les trempa dans l'eau des neuf sources jaillissant des rochers, sous son ermitage, et laissa le récipient à l'entrée de sa grotte afin de recueillir la rosée lorsque le soleil se lèverait sur les mers d'Orient. Dans la soirée, il alluma un feu afin de chasser les mauvais esprits et s'assit près des flammes pour observer les villages vers le nord, le sud, l'est et l'ouest. À minuit, il éteignit son feu et alla se coucher. À l'aube, il découvrit, non sans irritation, que son récipient avait disparu, ainsi que la rosée et les plantes. Il scruta les champs, soupçonnant un mouton égaré d'être venu dérober son eau sacrée. Puis il le vit ! Sur une butte surplombant son potager, en contrebas, le coupable était profondément endormi ! D'abord, il crut à un loup, tant sa toison était fournie. En regardant de plus près, il reconnut une brebis noire venue mourir parmi ses légumes. Pff, siffla-t-il entre ses dents. File ! Elle ne bougea pas. Avec une agilité surprenante pour un homme de son âge, l'alchimiste dévala la pente rocheuse vers la créature inerte. Brebis ! Réveille-toi ! Dis-moi ce que tu as pris. Alors, l'animal bougea. Abasourdi, l'alchimiste découvrit une jeune fille nue enveloppée dans une peau

243

de mouton, les cheveux et la peau aussi sombres que la Moreneta. Mon Dieu ! Elle était couverte de brûlures de cire ! Sa peau était percée d'aiguilles ayant laissé une marque sur son sein, comme un téton…

Le docteur s'assit sur la terre humide.

— Serais-tu une sorcière ? lui demanda-t-il.

Elle s'évanouit. Rassemblant ses forces, Illuminatus souleva la jeune fille et la porta dans sa grotte. Il lui installa une couche à même le sol, derrière un écran de bouleau pour respecter son intimité. Elle dormit trois jours durant. Au bout du troisième jour, un fier cavalier se présenta à l'entrée de l'ermitage. Il voyageait seul sur un cheval superbe.

— Bon docteur, dit le seigneur, je suis à la recherche de la sœur de ma femme, qui s'est enfuie. Une jeune fille de 16 ans. Elle est sourde et muette, de mauvaise composition, mais ma femme est désemparée et je m'inquiète pour sa sécurité.

Quand le docteur ouvrit la bouche pour lui répondre, la petite voix de son intuition s'éleva dans son esprit. *Ne lui livre pas la fille. Cet homme est cruel. Il porte le sang de la jeune fille sur sa manche.* Rex Illuminatus mentit, ce qui n'était pas la première fois :

— Je n'ai vu aucune fille. Quand l'avez-vous perdue ?

— Pendant la nuit de Jean le Baptiste.

— Je vous suggère d'inspecter la rivière, vers le sud. J'ai entendu une voix humaine parmi mon troupeau, ce soir-là, vers les ravins, avant les plaines…

Le seigneur le remercia cordialement.

— Sachez qu'elle converse avec les esprits des morts. Nous avons tenté de chasser le diable de son corps, mais il reste profondément enraciné. Avez-vous entendu les histoires des Ophites ? Cette fille est de leur sang.

— Je les connais bien, répondit Illuminatus. Je prierai pour elle.

— Au moindre signe, veuillez m'adresser un message et je viendrai la chercher. Nous redoutons qu'elle ne nous soit jamais rendue.

Sur ces mots, le seigneur fit volter son cheval, non sans crier par-dessus son épaule :

— Par la grâce de Dieu, ma femme est une hérétique convertie, mais sa sœur ne se repent pas. Cette fille est une sorcière !

Rex Illuminatus rentra dans sa grotte en proie à une vive inquiétude. Dans la soirée, la jeune fille se réveilla et lui fit signe qu'elle avait faim. En la voyant manger, le docteur comprit l'origine de son mutisme. Une main brutale lui avait arraché la langue, ne laissant qu'un affreux moignon dans sa bouche. Il lui tendit une plume et du papier en lui demandant d'écrire ce qui lui était arrivé. Hélas, elle ne savait pas écrire et repoussa l'encrier. Ayant une idée soudaine, le docteur prit un métier à tisser et cinq couleurs de fil provenant des toisons de son troupeau. Il l'invita à tisser une robe, ce qu'elle fit volontiers. Au fil des jours, elle reprit des forces. Le matin, elle cultivait le jardin du docteur. Ses meurtrissures s'atténuèrent. Elle aida Illuminatus dans ses études ésotériques et prépara les encres pour ses enluminures. Il lui apprit à manipuler l'or et les peintures qui lui servaient à écrire ses livres. Un jour, Illuminatus s'adressa d'une voix douce à la femme assise sur la pierre de sa grotte :

— La création est un acte de Dieu. L'acte de création est sacré. Il s'agit d'obtenir quelque chose à partir de rien. C'est l'alchimie. Dans cet art, neuf lettres d'un alphabet permettent de répondre à toutes les questions et détiennent tous les secrets du monde naturel. L'artiste doit connaître l'alphabet par cœur, ainsi que les chiffres, définitions et règles, de même que leurs dispositions, avant d'avancer dans leur connaissance. L'alchimie dont je parle n'est pas celle qui est perçue, de façon sommaire, comme une pratique.

Le docteur déambula parmi ses fioles et ses instruments en quête d'un livre.

— Cet ouvrage renferme le miroir du monde, déclara-t-il. Je l'ai écrit expressément dans ce dessein. Et donc le monde est un miroir de ce livre. Tel est mon art, et tout art est un acte de création, tout l'univers est contenu dans l'acte de faire et de ne pas faire. L'amant aime sa bien-aimée, le commencement vise le milieu pour atteindre la fin. De même, toutes les réponses sont reliées aux questions par l'échelle de l'intellect, l'imagination et la transmutation. Ainsi, ce livre contiendra dans ses lettres et ses nombres la réponse à ta malédiction. Car si tu as été touchée par le pinceau de son amour, tu ne peux énoncer à voix haute le nom de ce diable. Or avec ce livre, tu peux offrir un indice de son entreprise afin d'être libérée de ton silence.

Il soupira. Lui aussi avait connu le meurtre, lui aussi avait connu l'amour… Sur ces mots, le docteur montra à la jeune femme les détails de son art. Il lui enseigna le latin, le catalan, l'hébreu, l'arabe et les mathématiques, ainsi que le français et l'anglais, afin qu'elle puisse écrire toutes ces langues. Elle lut le Talmud, le

Coran, Platon et Aristote. Quand elle fut prête, il lui apprit le langage de son art ancestral et les moyens de le transcrire sur papier.

— Le K et le 9 comprennent deux parties qui augmentent la portée de cet art véritable, dit-il d'un ton neutre, en glissant le doigt sur la page enluminée. Avec ces signes, tu peux répondre à toutes les questions du monde. Et avec ces nombres, tu amplifies et tu prolonges leur signification.

Sur le perron de la petite maison de pierre et de bois, la femme se tourna. Elle sentit la brise sur ses joues et la chaleur sur son visage, là où ses larmes avaient coulé. Elle entra dans la grotte de l'alchimiste et en émergea vêtue de la robe qu'elle avait tissée. Sur chaque repli figurait une silhouette noire, tel le motif d'une urne grecque. Il en conclut que la jeune fille avait été abusée par le mari de sa sœur. Face à son refus de se donner à lui, il l'avait enfermée dans son pavillon de chasse, au pied de la montagne, en contrebas de la grotte, et violée à maintes reprises. Le mariage de sa sœur était souillé et sa propre fleur brisée. Lorsqu'elle avait menacé de s'enfuir, son beau-frère s'était emporté et, en représailles, lui avait coupé la langue, avant de la laisser pour morte dans la forêt.

IV
Emily Sharp

Ce matin, le professeur Emily Sharp, citoyenne américaine, docteur en littérature anglaise à l'université de Barcelone et à l'université Pompeu Fabra, donne un cours. J'arrive de bonne heure et je m'installe discrètement au fond de la salle avant qu'elle présente ses éléments. Les étudiants entrent peu à peu. La plupart ont mon âge, ils sont en troisième cycle, doctorants, chercheurs rattachés à l'université. Serrée contre mon pupitre métallique, je me fonds facilement dans cette foule amassée comme dans quelque amphithéâtre romain.

Le professeur Sharp n'a pas peur de s'affirmer. Les traits nordiques et juvéniles, le teint radieux, des cheveux blonds noués en queue-de-cheval derrière ses oreilles roses, elle mène son petit monde à coups de consonnes brutales. Elle a de longs yeux très écartés, élégants, et cligne les paupières derrière ses lunettes à monture d'écaille. Elle n'a pas de poitrine, porte une tenue sobre, un élégant pantalon gris, une fine ceinture, un chemisier fluide au col haut. Elle n'expose pas beaucoup de peau, adopte une posture sage, un peu nerveuse, mais sa voix est assurée. Elle s'exprime en anglais pour les étudiants les plus avancés. Le sujet de ce semestre : « L'opposition Art/Nature dans la poésie anglaise », en commençant par l'émergence de l'alchimie en tant que thème littéraire.

— En arabe, *Al* est l'article défini, tandis que *kimia* possède deux origines potentielles, explique le professeur Sharp en affichant une première image. D'abord, *kmt* ou *chem*, qui désigne l'Égypte en égyptien ancien et signifie « terre noire », en référence à la terre d'ébène du Nil, par contraste avec le sable jaune du désert. L'alchimie aurait donc pour véritable nom « de l'Égypte » ou « de l'art égyptien ».

Les étudiants s'agitent un peu. J'observe le professeur. Me distingue-t-elle au milieu de la foule ? Peut-elle me deviner d'après ma posture ? Ou bien mon visage est-il infantile, trahissant une certaine candeur ? Fais-je partie du lot ? Ou bien suis-je en marge ? Les plus assidus grattent leur papier.

Le professeur Sharp parcourt l'assemblée.

Est-ce là l'esquisse d'un sourire ?

— *Kimia* peut aussi provenir de *chyma*, en grec ancien, une thèse qui suggère une orientation plus scientifique. En acceptant la racine *chyma*, qui signifie « fusionner », on comprend qu'*alkimia* ait donné notre « chimie » moderne. Au cours de ce semestre, nous étudierons les répercussions de cette évolution linguistique dans les arts et les sciences, en abordant l'émergence de la révolution scientifique et l'avènement des Lumières à travers le regard de poètes anglais, de Chaucer à William Blake.

Un poème apparaît sur l'écran, derrière elle. Chaucer. *Conte du valet du chanoine.*

— J'aimerais attirer votre attention sur les vers 773 à 777 de votre édition.

Un bruissement de pages.

— En lisant le poème, l'un d'entre vous a-t-il été frappé par quelque chose ? Que pensez-vous de la position de Chaucer sur les arts alchimiques ?

Le professeur scrute la salle.

— Personne ? Des pensées ? Des idées ? Donnez-moi quelque chose.

À la fin du cours, les étudiants se retirent en bavardant tranquillement : on fait des projets pour la soirée, on échange des numéros de téléphone, les rires fusent, on flirte. Qui est ce beau mec, dans le coin ? Cette fille mystérieuse aux cheveux tressés ? Je descends les marches en bois en me frayant un chemin dans la foule.

— Professeur Sharp…

Elle pose sur moi un regard vague.

— Anna Verco, de Picatrix.

Le brouillard se dissipe.

— Ravie que vous ayez pu venir, dit-elle en prenant mes mains dans les siennes. C'est un grand soulagement. Enfin, je vais pouvoir partager mon fardeau, peut-être même m'en libérer totalement.

Elle éclate d'un rire cristallin. Soudain, elle est très, très jolie.

— Vous m'accordez un instant, le temps de prendre mes affaires ?

Le professeur Sharp ouvre la porte de son bureau, range ses notes dans son cartable marron dont la bandoulière cassée a été nouée sur son épaule.

— Bienvenue dans mon antre ! lance-t-elle en s'écroulant dans un fauteuil en velours vert, derrière son bureau. Asseyez-vous. Mettez-vous à l'aise.

La pièce spacieuse est tapissée de rayonnages du sol au plafond, comme dans une bibliothèque. Derrière la porte est encadrée une feuille d'un manuscrit du Moyen Âge. Sur le rebord de la fenêtre, elle a disposé une série de récompenses liées à ses recherches. Le bureau en chêne est couvert de feutre vert. Une agrafeuse, des trombones et une petite statuette de sainte Eulalie en or entourent l'ordinateur. Emily consulte sa montre.

— Aujourd'hui, j'ai un peu moins de temps que je ne l'espérais, dit-elle en ôtant ses lunettes pour me regarder de près. Vous avez rédigé des articles très audacieux par le passé et je suis sûre que si vous possédez le talent que vous attribuent vos éditeurs, vous saurez exploiter ces éléments. Il existe cependant des règles que je vais vous exposer.

Ce n'est pas inhabituel. Elle me propose un café que j'accepte. Je l'écoute parler posément. Elle attend de moi confiance, loyauté, respect, une certaine intimité, et elle refuse d'être citée nommément. Je lui accorde tout cela. Elle exige que les détails personnels que nous allons passer en revue, sa relation avec le jeune homme qui a marché dans la mer, la façon dont ils vivaient et son amitié morte depuis longtemps avec sa sœur ne soient pas évoqués. J'accepte jusqu'à un certain point, car il n'est pas question que je me laisse intimider. Je déclare que je devrai relater tout ce qui fait partie intégrante de l'histoire pour que le tableau soit complet.

J'expose clairement mon point de vue : je ne déballe pas le linge sale en public, sauf quand je n'apprécie vraiment pas quelqu'un. Elle avale la pilule mais, naturellement, elle fulmine.

— Vous ne m'apprécierez peut-être pas.

Je ris, en promettant d'adopter une attitude respectable. La conversation est ensuite plus détendue. Emily Sharp m'explique qu'elle est venue à Barcelone en 2003 pour assister un certain professeur Guifré (décédé depuis) dans la classification et l'analyse d'une mystique majorquin célèbre du nom de Raymond Lulle.

— Dans la vie, les choses ne se déroulent pas comme prévu. Au départ, je visais un poste de recherche à Oxford, mais quelqu'un de mon groupe l'a décroché à ma place et j'ai dû changer mon fusil d'épaule. J'étais en quatrième année de doctorat, je lisais le latin, je parlais catalan et espagnol après avoir terminé une licence de littérature comparée. J'ai postulé pour une bourse d'échange avec l'Espagne afin de travailler avec Guifré et quand mon dossier a été accepté… j'ai sauté sur l'occasion. Certains participants à mon programme ont jugé mon choix incohérent. Personnellement, j'y ai toujours vu une ouverture. En revanche, je ne pensais pas que je me retrouverais professeur ici. Quand j'ai reçu l'appel de l'université de Barcelone, je me suis dit : pourquoi pas ? Je suis revenue ici en 2011. C'est dommage que vous ne puissiez pas discuter avec Guifré. (Elle baisse les yeux.) Il est mort il y a trois ans, juste après m'avoir proposé ce poste dans son équipe. Mais je m'égare… admit-elle en se reprenant. Vous vouliez parler de ces lettres. À l'époque, il n'était pas rare que je reçoive des manuscrits à analyser de la part de Guifré. En tant qu'assistante de recherche, j'avais souvent accès aux sources documentaires. Mais même moi, modeste étudiante que j'étais, j'ai compris que ces documents avaient quelque chose de particulier. J'ai reçu des scans de quatre lettres transmises par

la police. Des pages enluminées dans un style traditionnel… sans auteur ni contexte. Elles étaient troublantes,
inquiétantes, chargées d'un sens délibérément masqué.
Je me souviens… elles avaient quelque chose d'électri-
sant (elle soupire). Cet été-là, je ne me permets pas d'y
repenser, même si, des années plus tard, je vis ici. Mais
rien n'est plus pareil, n'est-ce pas ?

Le matin du vendredi 20 juin 2003, à la bibliothèque,
Emily consulte ses e-mails et télécharge les fichiers que
lui a envoyés Guifré. Elle compile une série d'images.
Couleurs, teintures supposées, significations symbo-
liques associées… Elle est étonnée de voir que les
graphiques de la deuxième page de chaque lettre sont
reconnaissables immédiatement. Chaque cercle tracé
dans un autre, divisé en neuf sections, créant trois
fins anneaux autour de trois triangles entrelacés. Les
chiffres 3 et 9 sont des nombres magiques revêtant une
signification très importante. *Trois pour la Trinité, le
Père, le Fils et le Saint-Esprit, et neuf pour les éléments
de Dieu de Raymond Lulle.*

Il n'y a pas de méprise possible. Elle informe Guifré
par e-mail qu'il s'agit de reproductions exactes de la
Figure T du philosophe médiéval Raymond Lulle. *Je
suis tout aussi certaine que ce sont des copies.* Guifré lui
répond. Emily examine le cercle externe du dessin, elle
fixe le serpent à deux têtes enroulé autour de lui-même.
Elle s'attarde sur les courbes de son double abdomen.
Puis agrandit l'image. Un serpent doré se mordant la
queue chatoie sous ses yeux. *Intéressant.* Elle écrit au

professeur Guifré : *C'est même un peu trop. Sans aucun doute une référence aux arts hermétiques. À l'ouroboros. Une référence qui n'est pas difficile à trouver. Bien joué.* Il répond : *Vous avez raison. Pouvez-vous rédiger un compte rendu des ouvrages sur cette référence pour midi ? J'aimerais que vous participiez à une réunion avec la personne qui m'a envoyé ces fichiers. Venez un quart d'heure plus tôt. Nous en discuterons à 11 h 45.* un frisson de plaisir parcourut la jeune femme. *Un ouroboros.* Symboliquement, il est similaire à un dragon. Il en est même souvent synonyme.

Emily quitte son bureau pour s'entretenir avec la bibliothécaire austère des archives des collections spéciales. Elle lui remet une série de numéros de téléphone. L'ensemble sera prêt dans la salle de lecture sécurisée dans trois quarts d'heure ou une heure. *Les livres seront mis de côté pour le reste de la journée. Vous pouvez revenir à n'importe quel moment*, précise l'employée avec un froncement de sourcils. *Mais vous n'avez pas le droit d'apporter quoi que ce soit avec vous.* Stylos, crayons et autres objets personnels doivent être déposés au poste de sécurité, à l'entrée. Emily la remercie avec profusion et retourne à ses notes.

C'est à ce moment précis que la sonnerie furieuse du téléphone posé près d'elle vient perturber sa tranquillité.

— Tu peux rentrer à la maison ? lui demande Núria Sorra, à bout de souffle.

— Non. Je suis occupée, murmure Emily en se couvrant la bouche pour plus de discrétion. Je suis à l'Athénée.

— Ah…

— Pourquoi?

— C'est Adrià.

— Qu'est-ce qu'il a fait…

Núria l'interrompt :

— J'ai vraiment besoin de toi. Tout de suite !

— Appelle ton oncle, réplique Emily.

L'oncle de Núria vit tout près de chez elle, dans un appartement somptueux, derrière le musée Picasso.

— Emily, j'ai besoin de ton aide…

— J'ai une réunion. Je ne peux pas m'absenter.

— C'est plus important qu'une réunion.

— Plus important qu'une réunion ?

Le surveillant arque les sourcils.

— Sérieusement, il faut que tu viennes ! Et vite ! insiste Núria.

— Tu sais bien qu'il a besoin d'aide !

— J'ai besoin d'aide, moi aussi.

— Appelle ta mère. Ou ton père.

— Je n'arrive pas à les joindre.

Emily se réfugie dans les toilettes. Núria semble au bord des larmes.

— Il faut que tu viennes tout de suite !

— Tu comprends à quel point ce travail est important, j'espère.

— J'ai tellement peur !

— De ton frère ?

— J'ai peur.

— Je n'ai pas le temps…

— Capitaliste ! s'écrie Núria avant de raccrocher.

Dans les toilettes de la bibliothèque, Emily allume la lumière et observe son visage dans le miroir. Son maquillage a coulé. Les vestiges de son mascara soulignent ses cernes violacés. Cela fait plusieurs nuits qu'elle dort mal, même avec des bouchons d'oreilles, et cela commence à se voir. Elle se dégoûte, elle sent la transpiration à cause du soleil qui tape dès le matin. Sa robe marron est trop petite. Elle l'a achetée en solde chez H&M pour douze euros. Elle porte un collier en métal bon marché. Ses seins débordent de son décolleté comme des pommes qui auraient la chair de poule. Elle les remet en place, puis passe les doigts sous l'eau froide pour nettoyer ses coulures de mascara.

Un peu plus tard, quelqu'un frappe trois coups à la porte de Guifré. Il s'essuie les mains.

— C'en est fini de mon précieux silence, marmonne-t-il en se levant.

Emily voit sa bedaine trembler tandis qu'il va ouvrir la porte.

— *Bon dia*, Jorge, déclare l'inspecteur Fabregat en l'étreignant. Je te prends en flagrant délit ? *Hòstia !* Qui est cette ravissante jeune femme ?

Il soulève son chapeau en regardant Emily, qui rougit violemment. L'inspecteur entre dans le bureau.

— Il y a quelque chose à boire, dans cet établissement, Guifré ? demande-t-il.

Le corpulent professeur se hérisse. Emily trouve l'inspecteur séduisant, désarmant. Bien loin des universitaires. Incapable de se concentrer, elle triture les peaux mortes de son pouce. L'inspecteur Fabregat s'installe dans un fauteuil en velours.

— Je suis fatigué, déclare-t-il d'une voix puissante. Toute cette histoire est pesante pour le moral, je pense même à prendre une retraite anticipée.

Il pose les pieds sur une *Histoire des Baléares*, sur la table basse.

Guifré grommelle. Emily réprime un gloussement.

— Je voudrais savoir ce que tu penses de ce que m'a envoyé ce salaud ! Si tu étais venu sur les lieux, mon vieux…

— Tu es bien conscient que je travaille gracieusement pour ton service, marmonne le professeur. Tant que nous n'aurons pas décrypté le texte, nous ne te servirons pas à grand-chose. Je t'en prie, ôte tes pieds de la table ! Ce repose-pieds que tu as réquisitionné se trouve être mon dernier livre.

Fabregat obéit et se redresse sur son siège, engoncé dans son uniforme. Il tripote nerveusement sa casquette.

— Tu as vu les fichiers ? Non, pas de sucre…

Il lève une main vers Emily, croise son regard et lui fait un clin d'œil.

— Sans sucre. Un peu de lait.

Le professeur ajuste ses lunettes sur son nez et fronce les sourcils. Emily sert le café, puis Guifré prie la jeune femme de placer les fichiers sur le projecteur. Les enluminures sont sombres, d'un indigo proche du noir. Fabregat étudie le cadran compartimenté.

Face à l'impétuosité du policier, Emily peine à se rappeler l'analyse qu'elle souhaite lui soumettre. L'une des lettres se distingue par sa seule beauté, la délicatesse du trait, l'authenticité des caractères – *des heures de travail minutieux pour chaque trait*, songe-t-elle. *Une vie dévouée de calligraphe*. Dans la lettre B, Emily est fascinée par le dessin du diable aux pattes de chèvre portant un oiseau – elle reconnaît ici un rossignol, imbriqué dans une unique consonne –, accompagné d'un lion vert tenant une carte de Barcelone, la vieille ville, le quartier gothique, avec les flèches des églises surgissant de la masse de toitures en chaume. Les lettres sont parsemées de combinaisons de consonnes et de nombres créant un étrange charabia. Le diable est toujours associé à un oiseau en plein essor, un rossignol dont le bec projette les vers d'une poésie. Avant tout, elle admire le serpent d'or de la taille d'une petite pièce ou d'un cachet de cire, qui revient en guise de signature dans le coin de chaque page.

Les notes d'Emily orientent l'inspecteur Fabregat vers le *Libro di Biadiolo*, conservé à Florence, et le *Bréviaire de Belleville*, de la Bibliothèque nationale de France, à Paris. Il est surtout question de l'illustrateur royal Jean Pucelle, qui faisait appel aux fleurs, aux libellules, aux hirondelles, ainsi qu'à des musiciens miniatures dans ses bordures, de sorte que du texte semblent jaillir pétales et feuilles, lierre et roses, comme la musique des diables qui jouent de la flûte d'un air menaçant, les feuilles de vigne surgissant de terribles illustrations de vengeance contre des jeunes femmes. Des mises en scène de la vie de martyrs, se dit Emily, qui s'entremêlent aux combinaisons absurdes de lettres et de mots. *L'artiste est visiblement très expérimenté dans l'art de l'enluminure et son histoire, qui dépeint des références de l'époque.* Toutefois, au-delà de cette remarque (et d'une explication détaillée des significations caractéristiques d'une série de symboles classiques), Emily ne peut fournir que peu d'informations sur la nature des écrits. « *Tempera à l'œuf et feuille d'or* » et, pour ce qui est du papier, « *parchemin traditionnel* » sont des commentaires descriptifs. L'auteur anonyme a manifestement une raison d'écrire, mais qu'est-ce qui le motivait ? La folie ou l'excentricité ? Que recèlent ces lettres ? Emily et Guifré l'ignorent.

Fabregat et Guifré discutent de ce mystère pendant un long moment, en termes détournés qu'Emily ne comprend pas. Plus tard, elle déclare que les vers étaient peut-être mêlés à un texte s'inspirant directement des manuscrits illustrés des XIIIᵉ et XIVᵉ siècles (d'où les dates médiévales au bas des deux vers). Son téléphone se met à sonner dans la poche de sa robe, niché bien au chaud contre sa cuisse. Emily propose du café dans une cafetière en inox posée sur le bureau de Guifré. Fabregat accepte.

— Vous voulez prendre cet appel ? lui demande-t-il.

— Non, répond-elle en rougissant de plus belle. Désolée. Je vais l'éteindre.

— Venons-en au fait, reprend le policier plus sèchement. Les lignes de poésie. Avez-vous une idée de ce qu'elles peuvent signifier ?

— Non, admet Guifré en s'empourprant, le souffle court. T'a-t-il adressé autre chose ? As-tu reçu d'autres éléments ?

Fabregat secoue la tête, suscitant l'intérêt d'Emily.

— Dieu nous vienne en aide ! gémit Guifré. On sait de quoi il s'agit, Fabsy, je te l'ai dit, mais qui les envoie et pourquoi ? Je ne suis pas un savant. Je ne peux connaître ces choses.

— Donc il n'y a rien dans aucune de ces lettres qui puisse nous donner une idée de leur signification ? s'exclame Fabregat.

— Ah… la signification… Qu'est-ce que ça veut dire? se lamente Guifré. On peut continuer. Individuellement, les illustrations sont traduisibles. Les graphiques appartiennent à Raymond Lulle, philosophe catalan du Moyen Âge. Le serpent est un ouroboros, vraisemblablement une signature de l'expéditeur. Les dates inscrites sous les vers (il désigne l'écran) nous relient également à Raymond Lulle. D'abord, 1312-1317, en supposant qu'il s'agit de notre ère. Cette période correspond à la mort de Raymond Lulle. Nous n'avons aucune confirmation historique de l'événement, qui, selon les estimations, est intervenu entre 1315 et 1316 apr. J.-C. Est-ce une coïncidence? Je ne crois pas. Les dates 1182-1188 sont plus mystérieuses. On ignore à quoi elles font référence dans la vie de Raymond Lulle… Emily a émis des hypothèses et la plus solide semble être une bulle pontificale de Lucius III en 1184, *Ad Abolendam*, née d'un désir grandissant d'éradiquer les diverses hérésies d'Europe occidentale, notamment les cathares. (Guifré cherche ses mots, respire profondément et reprend en bougonnant :) Raymond Lulle ayant été victime d'une bulle antihérétique similaire deux siècles plus tard, il y a peut-être un lien…

— Et qu'en conclus-tu?

— Que notre auteur admire Raymond Lulle, peut-être, répond Guifré en haussant les épaules.

Dès qu'Emily commence à me parler de son implication dans cette affaire, ça me saute aux yeux. Ce n'était pas de leur faute. Guifré n'a pas mal interprété les signes…

Non. Pas du tout. Dans une certaine mesure, l'hypothèse était juste. *Mais ce n'est pas pareil. Le langage est différent. Et voici la clé. Une traduction précise est essentielle dans un jeu de symboles. Si l'on interprète mal la référence, on est voué à l'échec.* Guifré n'aurait pas voulu voir la solution, même s'il avait établi le parallèle. Et il n'aurait pas voulu voir la différence parce qu'elle n'aurait pas constitué une suite *logique*, au vu des informations dont il disposait.

Existe-t-il un doute ?

Je me pose la question.

Peux-tu te tromper ?

Non.

Guifré t'aurait contredite, s'il était en vie.

Oui.

Il aurait dit : le tombeau vénéré de Lulle, à Palma, présente des armoiries en vitrail, dans la basilique Saint-François. Un croissant de lune doré sur un blason écarlate, courbé vers la terre, face à l'abîme.

Il aurait dit : n'est-ce pas la lune gravée entre les seins de trois filles ? N'est-ce pas le divin alphabet sur sa clavicule, sa joue, son ventre, sa cuisse, son mollet ? Ces lettres ne correspondent-elles pas exactement à Raymond Lulle ? Les symboles ne s'alignent-ils pas ?

Oui et non.

Je griffonne dans mon calepin.

Une exquise méprise. Personne d'autre ne me suivra.

Il est vrai que Raymond Lulle est né en 1232 à Majorque. En 1315, à l'âge vénérable de 83 ans, après une carrière qui le mena de l'université de Paris jusqu'au cœur de la papauté, Lulle embarqua sur un navire génois vers Tunis en tant que missionnaire. En décembre 1315, il rédigea ses ultimes travaux officiels, consacrés au sultan Abou Yahya ibn al-Lahyani. D'après la tradition chrétienne, le docteur fut lapidé par des infidèles et mourut en martyr. Il fut plus vraisemblablement contraint de fuir la ville, avant de tomber malade à bord du navire génois qui le ramenait chez lui. Il succomba avant d'atteindre son île natale. À la suite de témoignages contradictoires, les spécialistes ne savent pas précisément où et quand Lulle est décédé. Après une vie par ailleurs consignée avec soin, il disparut de l'histoire. Aucune date de fin, de mot de conclusion, de point final. Toutefois, il se déroula quelque chose de très intéressant après la mort de Llull.

Il devint à titre posthume l'un des plus importants alchimistes de l'Europe de la Renaissance. Tout le monde lut ses traités sur les métaux de base et l'*ammoniac*. Son *Secret des Secrets*. De Giordano Bruno (dont les tendances lui valurent une fin précoce) à Jean Pic de La Mirandole (qui enseigna à Michel-Ange), à Paracelse et Athanase Kircher, aux poètes John Donne voire peut-être John Milton, à Montaigne et Voltaire, jusqu'aux plus éclairés des Lumières. L'avaricieux Newton et son fervent ennemi Leibnitz possédaient des exemplaires des œuvres de Llull dans leurs bibliothèques. Bien que Raymond Lulle n'ait jamais écrit en faveur de l'alchimie, il devint une étoile montante, une légende, l'un de ceux qui connurent la réussite, qui frappèrent des pièces d'or. Et comme son homologue Nicolas Flamel, Lulle est connu pour avoir vécu éternellement.

À qui doit-on ce changement ?

Quelqu'un qui prit son nom ou qui le reçut par accident, dit-on, un véritable alchimiste, un génie de cet art. Un homme dont les écrits apparurent en 1332, un alchimiste catalan vivant à Londres. Dans les études contemporaines, nous appelons cet homme – ou ces hommes – pseudo-Raymond Lulle, et ses œuvres des manuscrits pseudo-llulliens. Les spécialistes s'accordent désormais à dire que l'alchimiste catalan anonyme qui rédigea *Des Secrets de la nature de sa quinte essence* (*Liber de secretis naturae seu de quinta essentia*) et le célèbre *Testamentum* n'était autre que Rex Illuminatus. Ce qui change tout. Des dates surgissent à ma mémoire. Des archives de Castille et León nous montrent que, le 2 décembre 1572, Rex Illuminatus fut rapatrié de la colonie péruvienne, accusé de sorcellerie. Des allégations situent l'âge de l'alchimiste à 343 ans, élément remarquable généralement considéré comme erroné. *Il avait toutes ses dents*, stipule le compte rendu, *et le visage d'un jeune homme, alors qu'il soutenait être né à Majorque en 1229*. Le rapport conclut qu'il est immortel, âgé de bien plus de 300 ans. Son nom – *Llum*, la « lumière » –, se confond aisément avec Llull ou Lulle, du fait qu'ils ont tous deux adopté en même temps le titre de *Dr Illuminatus*. Du fait de sa lignée très inhabituelle, Rex Illuminatus fut immédiatement soupçonné. « Tout est un et un est tout » était le mantra proclamé de l'alchimiste, mais dans les paroles accablantes du Grand Inquisiteur : *Rex Illuminatus n'appartient à personne.* (*Qu'ils m'appellent comme ils veulent*, dit Illuminatus, *ils n'auront jamais mon âme, que je ne donne qu'à une sensation éternelle d'amour, l'amour sans restrictions, l'amour sans limites, l'amour fertile de la création.*)

Là, devant moi, je relie les pièces manquantes d'une erreur fondamentale.

Je le leur aurais dit. Si j'avais été là. Vous regardez sans voir. Vous rampez dans le noir. Vous refusez de voir ce que vous avez sous le nez.

Je me rends de temps à autre sur la tombe de Raymond Lulle, ne serait-ce que par curiosité.

Pour comprendre ce qu'il n'était pas.

Emily me ramène vers le passé. Dans le petit bureau, en compagnie d'un Fabregat de plus en plus morose, le professeur Guifré évoque d'un ton monocorde la période médiévale qui a inspiré l'œuvre de Llull. Emily reste silencieuse, scrutant les dessins. Elle a étudié tous les documents avec soin, pris des notes dans un calepin à l'aide d'un crayon dont elle a mordillé la gomme. Enfin, après avoir reçu l'aval de Guifré d'un hochement de tête, elle s'exprime avec assurance, le bas de sa robe voletant sur ses genoux.

— Eh bien, vous voyez ces anneaux... Ce ne sont pas des cercles, ce sont des roues. Si vous imaginez ces figures circulaires en trois dimensions, vous obtiendrez quelque chose qui évoque une boussole, des cadrans distincts tournant autour d'un axe posé sur une surface plane. C'est ce que l'auteur nous fournit : une sorte de « machine à changements ». Et chacune de ces lettres, ici vous avez K B E H C F I D G, aura une multitude de significations au sein de la même famille d'extrêmes. Quand on fait tourner les roues, lettres et nombres s'alignent pour former des combinaisons ayant une certaine signification. Un langage codé, inspecteur. Regardez les lettres. Lulle a inventé un alphabet de neuf lettres dont chacune représente une famille de mots : Ici, vous avez B : Boniface, C : Magnitudo, D : Eternitas, E : Potestas, F : Sapientia, G : Voluntas, H : Virtus, I : Veritas et K : Glorias. Bref : Dieu et toute création divine sont constitués à partir de *bonté, grandeur, éternité, puissance, sagesse, volonté, vertu, vérité* et *gloire*. Fondamentalement, Lulle a construit l'une des premières versions d'un langage de programmation. Ce que les universitaires considèrent aujourd'hui comme une machine de « vérité médiévale ». Hélas, il n'a jamais disposé de la technologie nécessaire pour mener à bien ses projets.

Fabregat hoche la tête.

— Et qu'est-ce que c'est ?

— Un tableau de symboles, répond la voix suave de Guifré. Conçu pour répondre à toutes les questions que l'on peut se poser sur le monde. Un ouvrage rival de la Bible destiné à donner un éclairage sur les travaux de l'Église dogmatique, un système logique impossible à corrompre par l'Homme. La véritable voix de Dieu sur Terre, les mathématiques pures de l'univers, la genèse de l'ordinateur.

Fabregat se met à tousser.

— Comment utiliser le cercle pour poser des questions ?

— Chaque lettre – BCDEFGHIK – représente aussi une interrogation comme « quoi ? » ou « où ? ». On peut ainsi poser une question à travers une combinaison de trois lettres au centre desquelles se trouve une question.

— Ça me semble bien compliqué…

— Ça l'est, répond Guifré, qui s'interrompt, hésitant. Mais pas plus que le langage utilisé pas les programmeurs de nos jours. On pose une question au système et ensuite, en imaginant que ce dessin est une machine, on fait tourner les roues. Une combinaison de nombres et de lettres apparaît. Elle contient la réponse à la question. Cette réponse consiste en un nombre limité de variables (l'alphabet de neuf lettres), qui à son tour produit un ordre logique de sens dans ladite combinaison. Tautologie de base, inspecteur Fabregat, avant que ces notions n'aient été exprimées de façon systématique.

— Cette combinaison produit donc un code lisible?

— Un langage, inspecteur Fabregat. Un langage divin infaillible. Ce que tu as sous les yeux est issu de l'embryon de la science informatique moderne. Un système logique complet. À cet égard, l'œuvre de Raymond Lulle est pionnière.

— L'inspecteur sort une cigarette de sa poche et l'allume face aux dessins projetés sur l'écran.

— Je suis venu chercher des faits. Avons-nous ici quelque chose qui puisse nous aider à trouver l'auteur?

Le professeur Guifré émet une série de grognements exaspérés. Il se crispe, soulignant son double menton.

— Crois ce que tu veux! scande-t-il. Comme je l'ai dit, il faut comprendre cette poésie par rapport aux dessins avant de pouvoir appréhender une signification! Assurément, ces vers sont étranges.

Fabregat plisse les yeux.

— Ce qui veut dire ?

— On ignore pourquoi ces lettres ont été écrites et comment elles te parviennent. Si l'auteur signait d'un nom ou d'une écriture quelconque, on le saurait peut-être. Il est certainement catholique, c'est un calligraphe instruit. On peut le déduire... avec une certaine prudence. Dis-moi si je me trompe, mais une traduction erronée serait une catastrophe...

La voix de Fabregat résonne :

— Gordito ! Je t'adore, mais je n'ai pas le temps pour ça. Pour l'amour du ciel, dis-moi ce que ça signifie, ou bien si tu ne peux pas... Bon sang, si tu ne peux pas, je veux aussi le savoir !

Furieux, Fabregat donne un coup de pied dans la table basse. Guifré bougonne, puis lui propose un autre café que le policier refuse. Le professeur consulte l'horloge posée sur son bureau.

— Je suis désolé, déclare l'inspecteur, plus calme.

Le professeur pince les lèvres d'un air grave.

— Ton cryptologue a cherché un code secret... mais je crains qu'il n'y en ait aucun, pour le moment. Ces lignes sont un véritable charabia ! C'est de la folie ! Tu devrais les montrer à un psychologue, pas à un spécialiste du Moyen Âge. Le problème... c'est la disposition des informations. Elle est troublante dans ce qu'elle suggère vis-à-vis du sens.

Fabregat est intrigué.

— Du quoi ?

— Du sens, répond Guifré en désignant le texte sur l'écran, comme si c'était évident. La stratification suggère que les lettres sont destinées à être analysées par un initié, quelqu'un qui puisse comprendre les vers et dont la compréhension serait grandement facilitée par un rapprochement de cette poésie avec ces graphiques.

— Pourquoi me les avoir envoyés, alors ?

— Ah, tu as mis le doigt dessus, mon cher. Telle est la question ! Tu es en présence d'un mystère, inspecteur ! tonne Guifré en traversant la pièce d'un pas traînant. Un vrai mystère des plus extraordinaires. Si tu nous accordais un an ou deux, je suis sûr qu'on y arriverait. Hélas, en une matinée… Le temps est un bien précieux, inspecteur…

— Un an ou DEUX ? Explose Fabregat avec une bordée de jurons.

— Il est clair que nous ne pouvons rien faire de plus, conclut Guifré en éteignant l'écran de projection. À présent, c'est l'heure du déjeuner. Tu veux te joindre à nous ? La cafétéria est formidable. On y sert une soupe délicieuse et, si l'envie t'en prend, des *croquetas* ! Mon Dieu, parmi les meilleures *croquetas* de Catalogne. Un vrai plaisir de manger là-bas. On est loin des salons d'Oxford, mais c'est un plaisir quand même !

Fabregat se redresse, s'éponge le front avec son mouchoir, puis se lève pour serrer la main du professeur.

— Allons, inspecteur ! Garde le moral ! On t'enverra nos idées éventuelles, promet Guifré en prenant la main de son ami entre ses grosses pattes. Emily va continuer à travailler là-dessus. N'est-ce pas ? Pour l'heure, c'est un mystère, un terrible mystère…

Emily se lève pour dire au revoir, sa robe glisse sur ses jambes. Son téléphone bourdonne dans sa poche.

Elle s'en saisit, lit le message et s'arrête. Sous le regard de l'inspecteur, elle a la chair de poule. Il s'en rend compte d'un simple coup d'œil, puis revient à son visage.

— Tout va bien, mademoiselle Sharp ?

Emily s'excuse. Dès que la porte du bureau se referme derrière elle, elle relit son message, puis se met à courir. Elle quitte la bibliothèque, franchit le tourniquet, croise des enseignants qui ne masquent pas leur réprobation. Une fois dans la rue, elle traverse le parc, mue par l'adrénaline, les muscles brûlants. Elle se lance dans une course contre la montre.

Dans le bureau, Emily Sharp fait les cent pas. Elle semble flotter dans les airs.

— Vous le connaissiez bien, n'est-ce pas ? demandé-je doucement.

Étrange coïncidence.

— Adrià ? murmure-t-elle en jouant avec le capuchon de son stylo. Je le connaissais aussi bien que quelqu'un avec qui l'on vit.

Son regard perçant me met mal à l'aise.

— Vous essayez d'intégrer un schéma logique dans tout ça ?

— Peut-être.

— À qui d'autre avez-vous parlé ? demande-t-elle.

— Pour le moment ? À vous seulement.

— Pourquoi ?

— Je pensais que vous pourriez m'éclairer sur le personnage.

— Le personnage ? répète-t-elle en examinant ses ongles. Il y a toujours eu débat… L'a-t-il fait ou non ? C'est lassant d'entendre toujours la même question. Avant, ça m'empêchait de dormir.

Elle tripote le premier bouton de son chemisier. Une certaine froideur perce dans sa voix. *Tends-lui la main.* Elle rougit, se sert un autre café, les yeux dans le vague. Elle réfléchit.

— Que pouvez-vous me dire sur cette journée ? demandé-je.

Commencez par le début. Quel est votre début ? Le vôtre. Voilà ce que je cherche. Votre premier souvenir. Nous avons une conversation ouverte. Je souris, je prends des notes. Puis il se produit quelque chose d'intéressant : je pose une question qui confine à l'intimité, et elle franchit la ligne. C'est une tactique, car la confession est addictive. Quand on a gardé un secret pendant longtemps et qu'on le divulgue enfin, on subit une poussée d'adrénaline et les mots surgissent dans une explosion sensuelle de sérotonine. Enfin… quand la personne est sincère, ce qu'il ne faut jamais considérer comme acquis…

À 13 h 27, ce vendredi 20 juin, soixante-douze heures avant sa disparition, Adrià Daedalus Sorra, jeune citadin branché, disc-jockey et étudiant en philosophie, monte l'escalier au pas de course, son skateboard sur l'épaule. Au premier étage, il essaie de défoncer la porte bleue à coups de skate, faisant voler des débris de bois autour de la serrure. Il frappe encore. Sa planche se casse en deux. Il la jette derrière lui. Les morceaux dévalent les marches. Par deux fois, Adrià donne un coup d'épaule dans la porte, puis il se rue de toutes ses forces contre la serrure.

— Núria! hurle-t-il. Núria!

Il martèle la porte de son poing.

Dans le salon, la jeune femme est recroquevillée à terre, en larmes. En cette chaude journée, la porte-fenêtre donnant sur le Passeig del Born est ouverte. Le brouhaha de la foule s'élève de la rue et semble s'accrocher aux rideaux. Un petit orchestre d'étudiants se produit au pied de la cathédrale. En bas, les gens applaudissent, s'esclaffent. Une mouche entre et vient voleter près de l'oreille gauche de Núria.

Secouée de sanglots incontrôlables, elle replie les genoux sur sa poitrine. En contrebas, sur les marches de l'entrée de l'église gothique Santa Maria del Mar, une femme chante au son métallique de l'orchestre d'étudiants, un chant obscur pour qui ne fait pas partie de la communauté locale. À travers ses larmes, Núria la Catalane, Núria de Barcelone le reconnaît immédiatement : *Se'n Va Anar*, écrit par Salomé pour le Festival de la chanson méditerranéenne de 1963, sous Franco. Núria hoquète, redouble de sanglots.

— Ouvre ! vocifère Adrià. Laisse-moi entrer ! Laisse-moi entrer ! Laisse-moi entrer !

À chaque secousse, la peinture bleue s'écaille davantage.

La voix féminine s'insinue dans la pièce.

Je le déteste. Núria serre les dents, tandis qu'Adrià martèle toujours la porte.

Je le déteste. Je le déteste. Je le déteste.

Douze mois plus tôt, Núria Sorra a perdu un appartement dans le quartier gothique à cause de la vie dissolue de son frère, et elle refuse de revivre l'expérience. Terrifiés par les personnages douteux qui fréquentaient le *saló* d'Adrià, les voisins avaient fini par unir leurs forces pour se débarrasser des Sorra. Après plusieurs appels à la police et un débat animé avec le propriétaire, les riverains du Carrer d'Alemagne avaient orchestré leur expulsion avec succès, ce dont Núria fut mortifiée. Et voilà qu'Adrià recommençait ses frasques ! Mardi dernier, en fin de soirée, en rentrant de l'Institut del Teatre, où elle fait ses études, Núria s'arrêta au Bar de Choco pour boire quelques verres, avant de regagner son domicile en passant par le Raval. Arrivée devant la porte bleue de son appartement, elle entendit le rire tonitruant d'Adrià. La musique – percussions et basses – se déversait par le balcon. Au troisième étage, une fenêtre s'ouvrit et une vieille dame en chemise de nuit à carreaux scruta la rue, en contrebas.

— Pour l'amour du ciel! lança-t-elle à tue-tête à Núria. Faites-les taire!

Le cœur battant, la jeune femme gravit les marches jusqu'à l'appartement 2B. Elle fut accueillie par un nuage de marijuana nimbant de sombres silhouettes aux mouvements incohérents qui gagnaient la cuisine d'un pas vacillant pour remplir leurs gobelets de vodka bon marché. Deux ombres titubaient dans le couloir, les mains du garçon dans le jean de la jeune fille. La musique envahit les oreilles de Núria, les pulsations d'une basse résonnèrent dans sa tête.

Au cœur de ce chaos, Adrià trônait tel un roi. Assis en tailleur, il observait la cour de son anarchie. Rejetant la tête en arrière, il éclata de rire, un joint négligemment glissé entre ses doigts. Il était superbe, au milieu de ses courtisans : un prince aux traits aussi délicats que ceux de sa sœur. Ses cheveux noirs ondulaient jusqu'à ses épaules. Avec ses sourcils fins, son long nez aquilin, il ressemblait à quelque portrait de saint du Greco. Il avait la posture d'un aigle royal, avec des mains trop grandes pour son corps et des yeux en amande enfoncés dans leurs orbites. Près de lui, sur le canapé, Mark le Suédois était affalé, le chat blotti autour de son cou. Vernon, un Américain plein de piercings, portant des dreadlocks, ingénieur en informatique de formation, racontait ses prouesses sexuelles. Son ex-petite amie (une Française exubérante avec qui il lui arrivait encore de passer la nuit) était assise sur ses genoux. Un Pakistanais, vendeur de canettes de bière à la sauvette, était en grande conversation avec Tree, un étudiant néerlandais qui dealait de la coke sur le trottoir, près du club Genet Genet.

Optant pour la tactique la plus simple, Núria se plaqua contre le mur, ferma les yeux et actionna l'interrupteur. Une lumière crue inonda la pièce, si éblouissante que les fêtards au regard vitreux eurent un mouvement de recul. Les amants du couloir se couvrirent le visage. Dans la salle de bains, une fille vomit.

Adrià se leva d'un bond, sur la défensive, et lâcha une bordée de jurons. Mark se cacha les yeux de ses mains tandis que Daisy, la chatte, totalement défoncée, glissait tranquillement de ses épaules.

— Où est Emily ? s'enquit Adrià.

— Le fête est finie ! annonça Núria. Il est 3 heures du matin. C'est l'heure d'aller en boîte ou ailleurs.

— Rien à foutre, des boîtes ! décréta Adrià.

— Je ne plaisante pas, insista la jeune femme.

Mark la salua de la main. Adrià fulminait.

— Tant pis ! reprit Núria. Je vais me coucher.

Adrià riposta :

— Allez ! Ce sont des potes ! On prend du bon temps, tu envahis mon territoire, là !

— Calme-toi, mon vieux, calme-toi, intervint Mark en tirant Adrià par la chemise.

Celui-ci se rassit sur le canapé.

— Salut Núria, dit Vernon, qui avait couché avec elle quelques mois plus tôt.

Il posa sur elle un regard lubrique. Elle l'ignora.

— Il faut que vous partiez tous ! déclara-t-elle en désignant la porte.

Adrià foudroya sa sœur jumelle du regard. Dans la cour, un ivrogne chantait faux une vieille chanson en catalan, résonnant dans chaque recoin de la cathédrale et s'insinuant par le balcon. Les cloches sonnèrent trois coups lourds et tristes.

Un téléphone portable sonna. Une fois. Deux fois. Núria éteignit la musique.

— On s'en fout! explosa Adrià en faisant voler le verre posé à côté de lui, qui se brisa en mille morceaux.

Dans le couloir, la fille se mit à crier, prisonnière des bras de son amant. Adrià vociféra de plus belle, prit un gobelet de vodka sur la table basse et le jeta aux pieds de Núria. Mark s'écarta vivement, puis il prit Adrià par le bras et le fit asseoir sur le canapé.

— Tout va bien… Tranquille, fit-il en rangeant son portable. Il caressa Daisy et la posa délicatement sur ses genoux.

— Pas de problème, Adrià, reprit-il. On peut y aller. Lola est au MACBA[1]. Après, ils vont au squat d'Alejandro.

— Cool, répondit Adrià, le souffle court.

— Allez, les gars, on y va! lança Mark, prenant les choses en main.

Après l'exode, Núria tenta de ranger la cuisine et ramassa les débris de verre, dans le salon. À 4 heures du matin, désabusée, elle baissa les bras. Elle se prépara une tasse de thé et alla se coucher. À 8 heures, elle fut réveillée par Adrià, toujours saoul, défoncé, ivre de vengeance. Lola était là, avec ses boucles d'oreilles dépareillées et ses longs cheveux noirs. Adrià n'avait de temps que pour Lola. Au bout du canapé bleu, lové contre elle, il lisait des extraits de son roman pornographique en lui expliquant

---

1. MACBA : musée d'Art contemporain de Barcelone.

les subtilités de son art, tandis que Tree coupait de la coke par terre. Adrià voulait déclencher une révolution, créer une « communauté autonome catalane de l'anarchie et de l'amour libre où personne ne travaille et tout le monde baise ». Lola, qui n'avait jamais rien entendu d'aussi beau, plongea son regard rêveur dans les yeux injectés de sang d'Adrià. Núria détestait cet univers « barcelonaute » de corps fébriles et de mauvaise musique. Ces jours-là, en rentrant chez elle, elle avait l'impression de se retrouver en pleine décadence, dans un univers sombre d'impuissants et de révolutionnaires frustrés. Les femmes avaient des piercings et se montraient élégamment lubriques, des dreadlocks jusque dans le dos, tenant des propos chargés de désir charnel. Excités par la présence de belles femmes, les garçons recherchaient en permanence ce lieu sans foi ni loi où le cannabis et le manque d'argent déliaient les mains et les langues. Lola sourit et proposa un joint à Núria.

— Profite, *maca*, dit-elle, l'extrémité rougeoyant entre ses doigts. Que les Mossos aillent se faire foutre !

Elle ponctua son commentaire d'une moue de mépris envers la police.

— Il est malade ! s'écria Núria. Il est malade !

— Non, je suis pas malade, bordel ! C'est ça, la liberté ! T'as pas la moindre idée de ce que c'est, la liberté !

Núria eut un geste de dédain et, de guerre lasse, alla s'enfermer dans sa chambre.

Plus tard dans la matinée, en partant pour l'Institut del Teatre, elle enjamba les corps endormis des « Barcelonautes ». Elle s'arrêta un instant pour examiner le roman pornographique d'Adrià puis, arrachant l'objet de culte à son autel, elle le glissa dans son sac. Elle se sentit coupable, mais ne rendit pas le livre à son propriétaire pour autant. Elle le cacherait dans son casier à l'université. En regagnant son appartement, après ses cours du matin, Núria fit une découverte déterminante sous un recueil défraîchi de nouvelles, un paquet de tabac vide et un stylo sans capuchon : les clés d'Adrià. Il était parti à un cours sur Schopenhauer à l'université autonome de Terrassa en oubliant son trousseau. La jeune femme s'en empara et le serra dans son poing, réalisant qu'elle ne voulait plus voir son frère dans l'appartement. Pas avant qu'il lui ait demandé pardon. Pas avant qu'il arrête d'inviter du monde. C'était on ne peut plus clair : *Il ne doit pas gravir les marches quatre à quatre pour franchir le seuil. Il ne doit pas défoncer la porte, il ne doit pas lever la main sur elle.*

Hélas, Adrià ne se gênait pas pour faire tout ça, ne serait-ce que pour l'énerver. Il la giflait, la traitait de traître à la révolution de l'indépendance, du sexe et de la société. À 15 heures, quand les médecins vinrent enfin le chercher, leur oncle, qui fumait une cigarette dans le salon, appela les parents Sorra pour leur dire qu'Adrià avait fait une nouvelle crise, qu'il valait mieux qu'il l'emmène loin de la ville, dans sa maison de campagne. Et si tout le monde y allait, histoire de rabibocher les enfants ?

— Les médecins lui ont administré son traitement. Ils vont le garder pour la nuit. Ensuite, l'air de la campagne lui fera peut-être du bien, déclara son oncle avec espoir tandis que Núria sanglotait dans un coin en montrant les ecchymoses que son frère avait infligées à Emily Sharp.

Ce vendredi soir, dans le train au départ de Barcelone, Emily était affamée, fatiguée. Elle se réjouissait de disparaître, de pouvoir manger un peu, boire quelques verres au bord de l'eau, avant de passer une soirée dans la ville endormie de Gérone. Les jeunes filles étaient assises côte à côte, dans le sens de la marche, Núria près de la fenêtre, une main posée sur la vitre, l'air pensif.

— La maison est agréable, déclara-t-elle. On s'y rend tous les étés. Adrià et moi, on adorait y aller quand on était enfants.

En regardant défiler les champs jaune vif, Emily était un peu agitée. Elle ne voulait pas lui confier ses pensées quand elle avait gravi quatre à quatre les marches vers leur appartement. Elle se souvenait du sang qui maculait le sol, là où Adrià avait brisé de son poing le panneau de verre doré de la porte d'entrée.

— Il va se remettre ? demanda-t-elle.

— Je n'en sais rien, avoua Núria en haussant les épaules. Mes parents l'amèneront demain.

Une amie d'enfance de Núria vint les chercher à la gare de Gérone. Elle avait accepté de les héberger pour la nuit dans un appartement donnant sur les eaux calmes du fleuve, avant que Joan passe les prendre, au matin. Cette amie avait eu un pressentiment qu'elle s'efforça de confirmer durant toute la soirée, abreuvant Emily d'alcool et de questions. L'idée lui était venue en observant Adrià avec la jeune Américaine. *Il y a quelque chose entre eux.* L'amie de Núria était la reine des déductions. *Quelque chose de scabreux, de sexuel.* Elle suçota une mèche de ses cheveux d'un air pensif. *Entre Adrià et Emily, l'attirance est palpable, il faudrait être* tonta *pour ne pas s'en rendre compte.*

— Núria, ils se plaisent, avait-elle un jour murmuré à la jeune femme.

Celle-ci l'avait ignorée, à l'époque.

— Ne dis pas de bêtises. Elle sait qu'il n'attire que des ennuis.

— Des bêtises ? C'est toi qui dis des bêtises. Allons, Núria ! C'est évident.

Je ne veux pas qu'elle sache.

Núria prit Emily par l'épaule. Une soirée, c'était supportable, à leurs yeux, mais pas très réjouissant. Elles iraient danser jusqu'au bout de la nuit et, si possible, avec un peu de finesse et d'astuce, elles repéreraient de nouveaux amis susceptibles de les distraire au cours de cette escapade nocturne. En décolleté et bras nus, les filles agitèrent leur corps au rythme de la nuit. Des pistes de danse dans les bois, le ciel illuminé de projecteurs colorés, la vibration de la musique ! Vite ! Bouteilles vertes et vodka bleue ! Emily ondula vers la piste, un pas en avant, deux pas en arrière, mais elle n'était pas encore assez ivre pour oublier. Ah, la piste de danse ! Les bras en l'air, elle s'imprégnait du rythme, oubliant minuit à Gérone. Allez, viens ! Núria dansait sous le regard féroce d'Emily, *mais elle ne va pas vers elle, non, pas encore*, jusqu'à ce que, cachées dans les bois, elles se retrouvèrent nez à nez et s'embrassèrent à pleine bouche. Il n'y eut alors plus de ténèbres, rien que de la lumière, de la musique, des corps ! La danse ! La foule se rendit vers de grandes tentes, remplaçant les bars bondés de l'hiver par des pistes en plein air. Les arbres se dressaient, les feuilles bruissaient au rythme de la musique, tanguant avec des basses palpitant de désir. Le désir de la nuit, du monde, du baiser volé désespéré devant les sanitaires en béton du côté sud des tentes. Une femme hagarde surveillait ses petites piles de papier-toilette. Vêtue de violet, elle fumait sa cigarette d'un air morose, des coups de 23 heures jusqu'aux premières lueurs de l'aube…

Ce matin-là, la Jeep filait sur les routes planes de la vallée. De l'or de toutes parts, des cyprès, de grands noyers feuillus… Au loin, les Pyrénées se muaient en géants prostrés dont les coudes et les genoux se dressaient vers le ciel infini. Les filles s'étaient peu à peu adaptées au rythme trépidant de l'été. Le vent venait leur chatouiller les oreilles. Núria chassa mollement une mouche tandis que le véhicule roulait dans une ornière. Joan se mit à rire et désigna une maison en pierres, au loin.

— C'est là que commence Fontcoberta. *Molt maco*, dit-il en catalan. *Molt, molt maco*. Des villages de style roman, expliqua-t-il en pointant du doigt. Construits au XIe siècle, avec une pierre dorée comme les champs. Nous avons une église superbe. Un petit bijou d'art roman ! cria-t-il vers le siège arrière. Vous allez vous régaler.

Homme corpulent aux épaules larges et voûtées, Joan Sorra était exceptionnellement grand, comme ses jumeaux, mais avec des bras de bûcheron ou de vieux *campesin*, le nez cassé, une bedaine de boxeur sur le retour, la peau tannée, les joues mal rasées, les cheveux grisonnants coupés court. Il avait aussi de grosses mains aux doigts épais mais minutieux. Outre sa stature, Emily ne retrouvait en lui pas grand-chose de ses jumeaux. Quand il était plus jeune, peut-être, plus mince, avant que les années et le vin ne le rattrapent, elle aurait peut-être détecté une ressemblance. Néanmoins, il avait quelque chose de Núria dans les yeux. Oui, il devait y avoir quelque chose dans ses yeux…

À l'entrée de la propriété, La Marta, la mère de Núria, accueillit les jeunes filles à bras ouverts, en poussant des cris de joie. Ses boucles teintes en blond cendré dansaient autour de son visage plat et lunaire. Elle était molle comme une pêche trop mûre, trahissant les mêmes signes de vieillissement que son mari. Les joues rubicondes, le cou épais sous son collier de perles, des bracelets en or autour de ses poignets adipeux, elle arborait un chemisier corail. Elle avait quelque chose de désagréable, de dérangeant… Ses doigts ornés de tourmalines brassaient de l'air.

— *Alors, comment allait-il, chérie ?* demanda-t-elle à sa fille, comme s'il était normal d'avoir un fils sadique.

Emily fulminait de rage, mais nul n'y prêta attention. La Marta leur donna des serviettes avant de les escorter dans la partie réservée aux invités, dans l'ancienne grange à foin. Autrefois, les ânes dormaient à l'étage inférieur. Les murs jaunes de la bâtisse étaient robustes, rassurants. Le traditionnel *llar de foc* – le foyer – se dressait dans les entrailles de la salle de séjour telle une niche sombre autour de laquelle les membres de la famille avaient dû se réunir pendant des siècles pour chanter, réaliser des travaux d'aiguille ou affûter leurs armes. Le mobilier était design : fauteuils en velours jaune conçus comme de petits trônes anciens, tapis à motifs des années soixante, rideaux en dentelle. Épaule contre épaule, Núria et Emily longèrent le couloir. Elles partageraient une chambre blanche, dans les combles aux poutres apparentes. Une fois à l'intérieur, elles se jetèrent l'une sur l'autre, s'enveloppèrent de la peau de l'autre, se blottirent comme dans un nid, les doigts dans les cheveux, s'embrassant sur les yeux. Ensuite, elles dormirent enlacées. La fenêtre de la salle de bains donnait sur la rue, à l'arrière de la ferme, parmi les éboulements de pierre et la poussière. Au loin, six colonnes vacillantes, des cyprès flirtaient avec le ciel. De l'autre côté de la rue, un voisin avait placé des drapeaux de méditation au-dessus de la porte de sa maison. Plus tard, Emily s'assoupit sur une chaise longue de la terrasse avec vue sur les montagnes bleues. Les bras blancs et maigres dénudés, les joues empourprées. Une bretelle de sa robe d'été lui tombait de l'épaule. Autour d'elle, des roses pourpres, un champ de blé doré… Tout était calme et détendu, délicieux et tranquille.

En arrivant à la ferme, Adrià ne salua personne. Il s'assit sur une chaise en bois, sur la terrasse, face à la montagne. Dans la chambre d'amis, Emily l'observa par la fenêtre. Il avait le visage dissimulé par la vigne vierge enroulée autour d'un citronnier. Pendant le reste de la journée, Emily évita de lui parler, une décision mutuelle face au malaise. Plus tard, Adrià coinça Emily dans le jardin, derrière un mur de pierre invisible depuis la maison. Il plaqua son corps contre le sien et la mordit dans le cou. *Je veux la même chose que ma sœur.* Emily demeura immobile. Lui dit-elle qu'elle le détestait ? Il ne lui ferait pas de mal. Cela, au moins, elle le savait. *Je te déteste*, voulut-elle lui dire. Et au lieu de cela, que dit-elle ?

Rien.

Adrià lui remit un bout de papier froissé, sur lequel il avait écrit :

> *Mes péchés*
> *Sont des pensées indicibles.*
> *Je dois expier.*

— Vas-y, montre-leur, dit La Marta lors du dîner.

Dédaigneuse, royale, la mère d'Adrià agita la main en direction de son fils. Bovine, trop maquillée, elle avait tout déballé ; une grande crevasse descendait de sa gorge à la soie corail de son décolleté. Ce soir-là, la lune tarda à se lever. Derrière eux s'étendaient des citronniers. Une glycine dégoulinait d'un treillage en bois. Adrià était torse nu, les épaules humides de sueur. À la lueur des bougies, sa poitrine se gonfla comme si ses poumons allaient sortir de son corps. Il s'excusa et quitta la table, puis gravit vivement les marches de pierre pour regagner l'intérieur de la maison. Sa silhouette se profila contre la porte-fenêtre. Un vent vif soufflait de la vallée, en contrebas. Dans l'air nocturne flottait un parfum de lavande, une odeur lourde et entêtante de terre chauffée par le soleil. Les rideaux voletaient par la fenêtre ouverte, sous le chant des cigales.

Adrià réapparut avec un objet enveloppé dans une toile épaisse qu'il serrait contre sa poitrine comme un nourrisson. Sa mère ouvrit les bras.

— Allez ! Allez ! s'écria-t-elle. Raconte-leur ! C'est une histoire merveilleuse, Joan. Vas-y, raconte, Adrià, comme tu nous l'as racontée dans la voiture !

Il serra plus fort son paquet.

— C'est une drôle d'histoire, admit-il en riant. J'étais à une fête…

— Tu es toujours à une fête, coupa son père.

Adrià lâcha son paquet qui tomba sur la table avec un bruit sourd.

Il tenait mollement une cigarette entre ses lèvres. Emily fulmina.

— Oui, papa, j'étais à une fête. Avec Max, en fait. Vous le connaissez. Nous avons pris un train de Barcelone à Sitges. Max avait entendu dire qu'il y avait une *rave*, un truc comme ça, vous savez, une de ces soirées, au bord de la mer, dans une grande maison. C'était un manoir abandonné repris par des squatters en avril. Ils avaient été découverts une semaine plus tôt par la police (Adrià cracha avec emphase) et étaient sur le point d'être expulsés. Alors ils ont décidé de donner une fête.

« En arrivant là-bas, j'ai compris que c'était un endroit spécial. Colonnes de marbre, miroirs, marqueteries, la perfection dans les moindres détails. Certaines portes donnaient sur le lac, il y avait des œuvres d'art partout, d'immenses toiles, des portraits d'hommes à jabot, la mine sombre. Le grand luxe, quoi! De la musique à fond sur des platines, une piste de danse dans le jardin, c'était…

Adrià secoua la tête et recula brusquement sa chaise. Il agita les bras en l'air.

— C'était la folie! La musique était à fond, et moi je dansais…

Il se mit à tournoyer dans la cour.

— Il y avait tellement de monde, là-bas! Ils dansaient comme ça, comme ça…

— Adrià, intervint son père, *deixa de fer això*.

Il saisit son fils par le poignet et le ramena à table.

— Assieds-toi.

Il refusa. Sa mère lui adressa un sourire peiné.

— Adrià est un bon danseur, n'est-ce pas? commenta-t-elle, posant ses doigts boudinés sur ses lèvres. C'est une danse charmante, Adrià.

Celui-ci resta debout près de sa chaise, les cheveux en bataille après sa démonstration.

— Je n'ai pas terminé mon histoire.

Il fit tomber la cendre de sa cigarette sur la table, près de l'assiette de son père.

— Continue donc! ordonna sa mère en cherchant du regard le soutien de Joan.

— S'il te plaît, Adrià, renchérit ce dernier. On voudrait savoir ce qui s'est passé ensuite.

— C'était la folie, répondit le jeune homme en haussant les épaules. Et je dansais.

Il s'interrompit pour poser une main sur l'épaule de son père.

— Et tout était un peu flou…

Le corps d'Adrià prit soudain possession de l'espace.

— Les gens se bousculaient à l'intérieur. J'ai adoré. Au bord du lac, ils avaient installé un barbecue. Les gens dansaient et buvaient. Max et moi on n'en connaissait que quelques-uns, mais vous savez ce que c'est… On a rencontré un gars de Grenade, un petit à lunettes, aux cheveux courts, mais un anar de première…

Le père d'Adrià toussota.

— Ce type de Grenade m'a demandé si je voulais bien oublier la musique une minute pour visiter la maison. Je lui ai répondu oui, d'accord, on y va. Il m'a dit que le propriétaire était mort soudainement et que son cadavre se trouvait encore dans son lit. On est allés à l'étage, on a longé le couloir et ouvert la porte de la chambre. Tout était doré, superbe, dingue et, au beau milieu du lit, sous les draps, il y avait ce type. MORT. Pâle, gris, dur comme la pierre. Et j'ai dit, ben oui, mec, tu m'avais pas menti.

On a quitté la chambre et cet Andalou m'a proposé de prendre tout ce que je voulais dans la maison, qu'il m'offrait ce cadeau pour lui avoir fait confiance, pour avoir été cool, et pour avoir accepté de ne répéter à personne ce que j'avais vu.

Adrià entreprit de déballer l'objet enveloppé dans la toile. Les yeux rivés sur son frère, Núria blêmit.

— Qu'as-tu choisi ? s'enquit Joan, hilare.

Adrià dévoila son trophée : un long couteau en inox doté d'un manche en bois. Un canif disproportionné qui ressemblait plus à une machette. Adrià s'en saisit et fit pivoter le manche pour bloquer la lame. Puis il le tint entre ses paumes, la lame vers la table.

— Fais voir, ordonna son père.

— Non.

Il prit la lame entre ses doigts. La lueur des bougies se reflétait dans le métal. La Marta s'étouffa, cachée derrière sa serviette.

Le père d'Adrià s'esclaffa de plus belle, éclatant cette fois d'un rire forcé et puissant.

— *És maco, no?* fit La Marta. Allez, montre-le à Joan.

C'était une stratégie de sa part.

La confiscation de l'objet.

Adrià tendit le couteau à son père, qui s'en empara et le garda sur ses genoux pendant le reste du repas.

Après le dîner, Emily suivit Joan dans la cuisine, où il cacha le couteau derrière le placard.

— C'est pire que je ne l'imaginais, dit-il à voix basse.

Ne sachant que dire, Emily hocha la tête.

— Quelqu'un t'a raconté ce qu'il s'est passé il y a deux ans?

— Non.

— Rien? Pas un mot? soupira Joan. C'était une honte, vraiment…

— Que s'est-il passé?

— Il a pété les plombs.

— Que voulez-vous dire?

— Demande à Núria. Essaie de ne pas te laisser embarquer dans les ennuis.

Ils retournèrent dans le jardin où les festivités se poursuivaient. En descendant les marches menant à la terrasse, Joan effleura l'épaule d'Emily et lui murmura à l'oreille :

— Ferme ta porte à clé, cette nuit…

Le lendemain, après que l'oncle d'Adrià fut venu le chercher pour le ramener à l'hôpital, à Barcelone, Emily demanda qu'on la conduise à l'arrêt de bus du village. Núria l'implora de ne pas partir, de passer la journée avec elle à la montagne. C'était sa maison familiale, après tout, et Emily y était la bienvenue.

— Nous rentrerons tous ensemble demain, nous irons voir Adrià à l'hôpital, ce serait dommage d'interrompre ce week-end, mes parents étaient si contents de te recevoir ! Je veux leur dire, je veux leur dire avec toi.

Mais Emily était déterminée. Elle en avait assez vu. Elle voulait rentrer chez elle.

Une fois arrivée à Barcelone, Emily décida de marcher un peu, histoire d'oublier ce week-end. Elle flâna le long du Passeig de Gràcia, vers la Plaça de Catalunya, puis la cathédrale, et le long du Carrer dels Comtes, jusqu'au cœur du quartier gothique. Le soleil descendait derrière les nuages, tandis qu'à l'ouest la pénombre commençait à envelopper les rues. Les ruelles étroites étaient éclairées par des lampadaires orange, en cette soirée humide, dans l'air lourd chargé de secrets nauséabonds. Les pierres de la ville ruisselaient d'urine. Dans le vieux quartier s'élevaient des notes de musique. On dansait sur la Plaça del Rei ?

Le roulement d'un tambour ? Les notes d'une fanfare en plein défilé ?

Le battement régulier de semelles de cuir sur les pavés. La clameur de la foule qui enfle. Emily tourna au coin de la Plaça de Sant Just. De la basilique jaillit une véritable cacophonie. La police montée apparut à la tête d'un rassemblement immense. Les sabots des chevaux foulèrent les sépultures de martyrs chrétiens enfouies sous la place. De sombres trompettes résonnèrent sur la ville : la première vague d'une procession religieuse. Emily se soumit à la horde et se fit engloutir par les uniformes rouges. Revers incrustés d'or, glands et baïonnettes…

— Que se passe-t-il ? demanda-t-elle à un passant.

— C'est le défilé de la Fête-Dieu.

Emily se joignit à la frénésie, les bambins aux yeux écarquillés, les mères grondant leurs enfants. Confettis et serpentins explosèrent dans le vacarme exubérant et les rires !

Ensuite vinrent les *Cavallets Cotoners*, huit hommes et femmes en costume traditionnel : tunique blanche, gilet de velours rouge, bottes blanches montant jusqu'aux genoux.

Ils dansèrent sur des chevaux bâtons évoquant les destriers du Moyen Âge.

La parade était enjouée, extravagante. Emily ressentait la sourde vibration des pas, le tintement métallique de casseroles. Arrivèrent l'Aigle et le Lion de Barcelone ! La lueur rougeoyante du soleil couchant baigna les bouquets de fleurs jaunes. Et voici les personnages dansants ! Des géants en argile et en fibre de verre, connus des initiés. Un lion royal, une couronne de tournesols entre les dents. Ailes noires et diadèmes dorés, trompettes royales et fières…

Le lion s'inclina, une fois, deux fois, trois fois, puis se mit à danser en titubant !

Ta ra ta ta ta ra ta ta ta ra ta ta !

Les *capgrossos*, énormes têtes de paysans catalans portées sur les épaules par des danseurs costumés de jaune, d'orange et d'or, se pavanaient devant les *Gegants de la Ciutat*. Bienvenue aux royaux géants de Barcelone ! Rois et reines de la ville ! Tenant un sceptre et un orbe, le roi Jaume dominait la foule de son pas guilleret. La reine semblait féroce avec ses tresses noires en spirale, sa robe bleue ourlée d'or. La fécondité jaillit de ses poings. La foule chantait :

El gegant del Pi,
ara balla, ara balla ;
el gegant del Pi,
ara balla pel camí.

El gegant de la Ciutat,
ara balla, ara balla ;
el gegant de la Ciutat,
ara balla pel terrat.

Le géant du Pin danse sur le chemin, le géant de la Ville danse sur le toit ! Dans le tumulte, Emily cherchait son souffle, coudes et genoux meurtris. Le sang battait contre ses tempes. Les flèches des églises tournoyaient, la pierre pâle scintillait au soleil.

Géraniums et bégonias ! Une odeur de soufre ou de fumée ? Et la musique ! La musique partout ! L'éclat métallique des cuivres ! Le martèlement des percussions ! La Mulassa de Barcelone dansait, une couronne autour de l'encolure. Bou, le taureau, puis les dragons, la Vibria au plastron métallique, le serpent démon, ailes déployées, le regard féroce, la gueule festonnée de fleurs ivoire. Marguerites et lys ! Seins dressés aux tétons de fer ! Les tambours, les tambours, les tambours ! *Faaaan-farron !* La foule hurlait. *Olé ! Olé ! Olé ! Olé !* Les écailles métalliques de la Vibria scintillaient d'or. Sous la coquille en fibre de verre, Emily aperçut les jambes du danseur. À côté d'elle, un homme finit sa cigarette et jeta le mégot par terre. Emily voulut s'échapper, laisser ce défilé derrière elle.

— Reste ! lui ordonna l'homme en lui barrant la route de ses bras.

— *Jo sóc l'Esperit Sant.*

Une voix s'éleva dans la foule, noyée par la musique, les flûtes, les tambours. Une voix stridente retentit de nouveau.

— *Cos de Crist !* Corpus Christi !

D'autres géants s'avancèrent : un roi et une reine maures, les géants babyloniens de Santa Maria del Mar, le roi barbu avec sa cape rouge et le drapeau catalan, suivi de sa femme, coiffée d'un panache, parée des atours d'une impératrice. De délicates étoiles ornaient ses supports. Derrière ces géants cheminait lourdement la Tarasque de Barcelone, la plus terrifiante des créatures, dragon antique ou diablesse, gueule béante, articulée par un mécanisme intérieur, des dents humanoïdes étincelantes, une carapace hérissée de piques en fer, quatre mains griffues, une silhouette macabre et serpentine, des yeux exorbités balayant la foule. Quatre femmes, des tarascaires, manipulaient le dragon, drapées de leur cape pourpre. La Tarasque ondulait en rythme, serpentant sur la place, montrant les dents, les lèvres rouges et pleines de bave.

Un homme se détacha de la foule, maculé de la crasse des rues, des poubelles, des tas d'ordures, le corps frêle. Il avait 75 ans, peut-être. Une veste de paysan, les cheveux filasse plaqués en arrière par de l'eau ou de la brillantine, un long visage émacié. Dans une main, il tenait un flacon couvert de cuir, débouché, et dans l'autre, un briquet rose vif, de ceux qu'on achète dans les bureaux de tabac, les magasins d'alcool et les hypermarchés.

— *Sóc el cos de Crist !*

Encore cette voix implorante, faible et menaçante à la fois. Il bondit en avant et esquissa deux pas de danse avec la Tarasque. Le monstre s'éloigna en gambadant.

Puis, sans crier gare, l'homme s'embrasa. Sa veste prit feu, les flammes se propagèrent de ses épaules à ses cheveux. Il empestait le kérosène, la chair brûlée. La Tarasque s'écroula et quatre femmes se précipitèrent à son secours. Un garde à cheval sauta à terre et se rua sur lui. Il arracha la toile de la Tarasque et la jeta sur les épaules de l'homme pour le cacher de la foule. Les enfants se mirent à crier, les bébés à hurler, mais l'orchestre jouait encore tandis que la police montée étouffait les flammes. Des hommes apportèrent des seaux d'eau puisée dans la fontaine de la chapelle de Sant Just, à l'angle de la place. Emily s'avachit contre le mur de pierre, à demi évanouie. Les sirènes retentirent. Des motards fendirent la foule, des hommes coururent vers la silhouette noircie cachée sous la cape de la Tarasque, portant l'emblème bleu et or du dragon. Emily prit la fuite et fendit la foule : des visages plus complexes les uns que les autres, des enfants sur les épaules de leurs parents, des grands-pères portant le chapeau rouge traditionnel du paysan catalan, symbole de l'indépendance. Que de drapeaux ! Que d'or et de vermillon sur les fenêtres gothiques, les volets noirs, les balcons couverts de lierre. Elle chemina désespérément vers le port, loin du chaos, des *capgrossos* et des dragons. La nuit commençait à tomber. Les lumières de la ville se multipliaient, formant une aurore boréale urbaine, hallucinations enivrantes de couleurs qui s'insinuèrent sous sa peau. Les devantures de magasins rougeoyaient dans les ruelles sombres tachetées d'illuminations vertes. Emily était comme une bête en quête d'eau. Elle foula le sable en direction de la mer, croisant les garçons et leurs bouteilles, puis ôta ses chaussures et resta les pieds dans l'eau, à regarder l'horizon, les lumières minuscules de géants flottants, au loin, et elle eut soudain très froid.

Elle se sentit vide.

Derrière elle, des rires fusaient.

Une jeune femme s'esclaffa. Son rire se propagea sur la Méditerranée, amplifié par la nuit. Emily fut engloutie par la sensation douloureuse de l'eau entre ses orteils.

Le soir du 24 juin 2003, plusieurs jours avant que le cadavre d'Adrià n'apparaisse à Sitges, sa mère marcha, grave comme un aspic, vers le bord de la jetée, avec ses barques en bois colorées. Núria portait le pain, une bougie plantée au milieu de la croix. Elle l'alluma et ferma les yeux. Au soleil couchant, il faisait sombre et l'eau était froide. Le marin noueux ouvrait la marche. *Attention, attention.* La Marta posa son séant à l'avant de l'embarcation, sur des petits coussins, et dissimula son visage derrière son voile. Le dos bien droit, elle regarda les vagues par-dessus la proue. Derrière elle, les nuages baignaient l'horizon d'un indigo profond, dans le ciel meurtri par la chaleur de la journée. Núria était assise à côté d'Emily, qui avait les mains sagement croisées sur ses genoux et regardait des ultimes lueurs du soleil s'évanouir contre la statue de Christophe Colomb, fièrement dressé au-dessus de la ville, le doigt tendu, menaçant. Dès qu'il entendit le signal, le pêcheur déroula sa corde, puis la barque se mit à glisser sur l'eau. Les pieds humides, éclaboussés par les vagues, ils s'éloignèrent vers le large.

La Marta était dissimulée sous un voile noir en dentelle ouvragée. Le mari absent. Núria portait une longue robe qui lui arrivait aux chevilles. Une mèche de cheveux vola sur ses lèvres et y resta accrochée. Elle protégeait la flamme de ses mains tandis que le moteur du canot ronronnait pour les conduire vers un lieu arbitraire que le vieil homme jugeait adéquat grâce à ses connaissances de ces choses-là.

Ici.

La Marta désigna les eaux. La bougie vacilla. Sa flamme avide brûlait les doigts de Núria et projetait de longues ombres sur la mer. Dans le panier, le pain était marqué d'une croix. *Le pain du noyé. Du pain pour trouver l'homme à la mer.* Le *Pan d'Ofegat*, cuit et bénit le jour de la Saint-Pierre. L'offrande de La Marta, bénite par le prêtre dans la solitude, un moyen jugé fiable de retrouver les disparus. *Ofegat.* O Fe Gat. Emily tourna les syllabes dans sa bouche telles des billes. Le noyé, en catalan. Une seule identité, un seul sens. Elle sentit l'eau envahir sa propre gorge et menacer de l'étouffer tandis que La Marta tendait la main, invoquant le pain planté de son cierge, que Núria lui porta en suivant son regard. Ensemble, elles le jetèrent à la mer. Le pain tomba avec un léger clapotis et resta à proximité de la barque, comme s'il refusait de s'éloigner.

Un simple mot, un nom, recèle parfois un destin. Adrià. Issu du vieux vénitien... *Adrià,* ville de vénétie, sur la mer Adriatique, du mot *adur,* l'eau. *La mer.*

Emily s'en voulait de laisser libre cours à ses pensées alors que le pain se gorgeait d'eau et dérivait tranquillement, croisant l'embarcation et sa petite lumière avant de sombrer, de tournoyer dans les vagues apathiques. Une voix surgit des méandres de sa mémoire et énonça avec la clarté d'un carillon :

Oublie tes yeux de merlan frit. Regarde, la pince du crabe te saisit l'oreille et le serpent a élu domicile dans ta bouche, là où il y avait une langue, naguère. Déshabille-toi et danse pour moi. Montre-moi ta poitrine lisse et soyeuse. Ta peau cuivrée a pris l'éclat de la nacre, les escargots ont dévoré tes callosités. Ton sexe est enflé, boursouflé, gorgé d'eau.

Tu le dissimules sous les algues. Je prononce ton nom.

Être mort, disparu. Danse pour moi. Car tout ce qui est arrivé est vrai. Était vrai et le demeure. Je le jure sur ma vie. Je le jure sur sainte Eulalie, sur l'église Sainte-Marie-des-Sables, à présent Sainte-Marie-de-la-Mer, sainte patronne des marins et de tous ceux qui demeurent au bord de l'eau pour respirer.

Une bougie pour l'âme, du pain pour le corps.

Emily riva les yeux sur la lueur qui s'éloignait. Puis elle ralentit. Le pain imbibé demeura un moment immobile à la surface jusqu'à ce que, dans un gargouillis imperceptible, la flamme s'éteigne.

V

L'appel à l'inspecteur

En émergeant de la station de métro, Plaça de Catalunya, je suis assaillie par une pluie noire. Le ciel s'écroule, c'est le déluge. Je me réfugie à l'entrée d'un café, puis j'ouvre mon parapluie et je fonce. De gros nuages grondent, arrosant la ville de trombes diluviennes et glaciales. Un vent morne et humide arrive de la mer en hurlant, évoquant la gelée blanche, les bateaux de pêche chavirés. Durant les mois d'hiver, la ville est morose comme une pierre qui ne voit jamais le soleil. Nus et mouillés, les arbres de La Rambla semblent se recroqueviller sur eux-mêmes. En été s'opère une véritable mutation des couleurs. Les rouges tapis dans l'ombre explosent près des ocres au parfum d'anarchie, féroces, implacables, et une chaleur torride plane sur la ville. Les tempéraments s'embrasent et les drapeaux catalans flottent au-dessus des manifestations qui font rage sur la Plaça de Catalunya, le long du Passeig de Gràcia et de la Via Laietana. La Rambla éclot, les feuilles surgissent sur les arbres nus, les fleuristes sortent leurs parasols, leurs marchandises chatoyantes. Des statues vivantes saluent les passants. Hommes et femmes au corps peint en or ou en argent se donnent en spectacle pour quelques euros. Telle est la Barcelone imaginaire, idyllique. Pour l'heure, rien

301

de tout cela. À 16 heures, les rues sont désertes. Les statues humaines brillent par leur absence et les foules se replient vers les portes d'entrée. On s'emmitoufle dans des manteaux et des écharpes noirs. *L'orage descend.* J'avance d'un pas régulier, je croise les rangées de taxis, je longe La Rambla vers La Boqueria, le marché de la vieille ville. Fabregat m'a demandé de le rejoindre là-bas, près du commissariat.

À l'entrée de la halle, je suis accueillie par une mosaïque de couleurs : fruits confits, marrons glacés, amandes enrobées de chocolat, meringues roses, mangues et fraises importées. Champignons, fromages affinés, olives de toute la région. Têtes de poissons, oreilles de porcs. Miel des Pyrénées, Filet de bœuf et graisse de rognons. Tortilla préparée sur commande. Des étals de victuailles à perte de vue, dans ce véritable labyrinthe de saveurs. Je me dirige tranquillement vers les bars à tapas, près du parking. Dans des cageots trempés, les salades sont maussades, puis les cris :

« *Hola ! Tío ! Pescado !* Qui veut goûter ? » Une corne d'abondance d'écailles. Relents de sang frais et d'eau salée. Je me détourne. Au cœur de tout cela, au-dessus d'un petit bar, des lampes joliment peintes pendent d'une structure en bois. De chaque côté du comptoir sont alignés des tabourets, face à deux étroites vitrines de tapas. *Pintxos* du Pays basque, charcuterie, piles de sandwichs, poivrons verts salés et frits, frais en bouche, *albóndigas*, boulettes de viande hachée dans une sauce délicatement épicée. Portions de fromage de brebis sec, gelée de coing… Ils sont trois à assurer le service, proposant bière et café à des hommes et femmes d'affaires qui se repaissent. Je choisis un tabouret et j'ôte mon chapeau et mon manteau. *Il n'y a pas plus de quinze places. On mange sur le pouce.* Je garde un siège pour Fabregat. *Il est en retard. On n'est pas censé s'attarder, ici.*

— *Bona tarda!* Qu'est-ce que vous voulez?

Je patiente dans la chaleur des grils et des corps tandis que le patron, un vieil homme ridé dont les mains ressemblent à du vieux cuir, me sert une bière. De mon perchoir, je regarde défiler le monde. Les carcasses de camions et de voitures jonchent le parking de La Boqueria. Des promeneurs. Des étudiants. Des hommes à la démarche nonchalante. Le quartier du Raval fait le dos rond. Une femme capte mon regard. Belle, le visage tendu, marbré par le soleil d'hiver. Une peau brune sur une ossature fine, des pantoufles bleues déchirées. Un enfant en haillons erre à son côté et elle porte un bébé contre sa poitrine dans une écharpe noire. Vêtements en lambeaux, mains tendues, ils se frayent un chemin dans la foule.

En mendiant.

— *Hola*, fait une voix derrière moi en imitant mon accent.

Fabregat se hisse sur le siège voisin du mien. J'observe ses mouvements fluides. Il a une faim de loup. L'inspecteur à la retraite est en civil : jean gris anthracite, foulard en lin gris sur les épaules, gouttes de pluie sur son manteau… Le front lisse, les traits détendus, il interpelle le patron :

— *Bona tarda! Amic!*

— Une assiette de *patatas bravas* arrive sans tarder. Sauce tomate au piment et paprika, un peu de persil et de la mayonnaise. *I pernil! Pata negra sisplau!* une assiette de jambon, bandes rouge foncé, striées de gras blanc.

— Une autre? me propose Fabregat en désignant mon verre vide.

J'acquiesce. Il lève le bras, deux doigts tendus.

— *Dues cerveses!*

— *El Llop!* crie le barman. Tout ce que tu voudras, mon vieux!

Quand il a terminé, il s'essuie la bouche du dos de la main et pose quelques euros sur le comptoir.

— *Anem*, dit-il en se penchant vers mon oreille. Partons.

Il salue le barman et je lui emboîte le pas. Dans le labyrinthe du marché, il marche d'un pas vif, déterminé, zigzaguant parmi les étals, puis emprunte une sortie latérale pour longer les ruelles parallèles à La Rambla. *Fine avenue creusée dans la pierre.* Nous émergeons à l'extrémité sud, où les jeunes prostituées arpentent le Carrer Nou de la Rambla et où l'ambiance est électrique. La statue de Christophe Colomb est à peine visible dans le brouillard. Au moins, il ne pleut plus. Il allume une cigarette qui pend à la commissure de ses lèvres.

— Vous en voulez une?

Je secoue négativement la tête.

— Vous ne fumez pas?

— De temps en temps, mais pas maintenant.

J'attends qu'il termine. *Il est étrangement nerveux. À la fois posé et énergique. Insatisfait.*

À l'entrée du commissariat, je suis frappée par la simplicité de la bâtisse en pierre nichée entre la façade ornementale d'un hôtel et une série de petites boutiques. L'extérieur est trompeur, car l'édifice compte plusieurs étages et de nombreux bureaux. Pourtant, il semble petit, fragile. On ne le remarquerait même pas sans la présence de l'agent en faction. *Il surveille la rue.*

Le policier reconnaît Fabregat.

— *Hola*, inspecteur ! lance-t-il. Vous vous souvenez de moi ?

Fabregat sourit.

— Bien sûr ! Bien sûr ! assure-t-il avec une tape sur l'épaule.

— Alors, qu'est-ce que ça fait de mener la grande vie ? poursuit l'agent.

Nous sommes introduits dans l'antre de la bête, un passage étroit destiné aux véhicules, vers une cour intérieure plus large bordée de fenêtres. Des ascenseurs, des codes d'entrée…

Une série de vérifications et de signatures plus tard, j'y suis. Au bout de longs couloirs impersonnels, une salle vide. Un agent et trois boîtes d'archives. Fabregat échange quelques mots à voix basse avec lui. Une poignée de main, un remerciement. *Il y a eu des coups de fil en haut lieu. Des autorisations, des passe-droits. Rien que pour cette fois.* On nous impose des gants fins en latex. L'agent observera notre travail. *Restez aussi longtemps que vous voudrez.*

— Comment va la famille ? demande le jeune homme à Fabregat. Votre petit garçon ?

— Bien, bien, répond-il. À présent, au travail.

Je perçois une tension dans sa voix.

Pour lui, tout cela est pénible.

Ces choses-là le mettent en colère.

Fabregat aligne les lettres conservées sous une fine couche de plastique. *Cinq enveloppes, cinq membranes.* Assis, visiblement mal à l'aise, le jeune policier me regarde fixement. L'ex-inspecteur fait les cent pas autour de la table étroite sous une lumière crue. *Couleurs délavées. Fais appel à tes sens.* Sensations atténuées. *Tâtonnantes, floues. Remets un peu d'ordre. Analyse.* Les feuilles de parchemin sont petites, aux mêmes dimensions, sans doute découpées en même temps. *L'intention était donc de créer cinq documents simultanément. Un poème entier. Un message complet.* Un procédé méthodique. *Les lettres ont été écrites sur le même bureau, avec la même encre. Rédigées à l'avance, puis livrées au moment voulu.* en prenant la première, je regarde Fabregat.

— Je peux la sortir du plastique ?

Il hoche la tête. Je déballe peu à peu le parchemin. Je sens la peau entre mes doigts, ma chair contre la chair. Je prends mon temps. Je ne m'attends à aucune révélation. Une petite impulsion suffit, un élément rassurant, un signal correspondant à la voix que j'ai entendue dans la chapelle, des notes pourpres portées par un vent étranger. Une chanson puissante et sincère. *Un lien.* En général, le contact déclenche une réaction. En général, je ressens les manuscrits en vert ou en jaune, souvent poussiéreux, comme à travers un écran sale. Parfois, ils résonnent comme des trompettes d'argent, de sombres flûtes ou le cri le plus atroce. Parfois, je touche des couleurs terreuses, des ocres, de riches étendues automnales. D'autres ouvrages me laissent un goût salé dans la bouche, comme des oignons au vinaigre. Mais je ne me suis pas préparée à la vitesse, au son et au volume de cet accueil.

Ohé !

La voix me parvient, désincarnée. Vive, affolée.

Ohé !

Terrifiée, j'ai un mouvement de recul.

Pas plus d'une fraction de seconde. Le temps se cabre. Respire doucement, examine la page. *Elle se déverrouille.* Pas encore, dis-je. Elle se referme. Je lève la lettre à la lumière. *Là encore, le parchemin d'un distributeur moderne. Fabriqué dans la pure tradition. D'excellente qualité. Une peau de Pergame.* Très propre et brillant, une exécution habile. De légers coups de pinceau de martre sur le parchemin. Des lignes fines, acérées, précises, formant les nœuds d'une boussole, un réseau de lettres surgissant du centre. L'écriture me rassure. La formation du réseau, chaque couche des anneaux, neuf sections, neuf lettres. *Elles sont résolument illuminatiennes. Tu es en terrain solide. Il y a l'ouroboros d'or, que Rex Illuminatus interprète comme le serpent de la connaissance, porteur de langage.* Je retourne la feuille sans la sortir du plastique. *Quelques mots superficiels. Trouvez-moi dans l'expression des oiseaux.* Je la montre à l'ex-inspecteur. Fabregat est incapable de regarder. Non. Il secoue la tête. Pas maintenant. Je prends les lettres les unes après les autres. Le signal m'interpelle bruyamment. *Une signature à l'encre d'or. Un serpent qui se mord la queue. Un colophon assorti à celui de ta mère, l'estampille d'une famille de scribes. Et là ? Au-dessus des lettres, une marque que nul n'a remarquée. Un pictogramme, presque une tache, représentant*

un oiseau en vol, la panique exprimée par un symbole.
Trois petits coups de plume. J'ai l'esprit en ébullition.
Tout scribe travaille à partir d'un exemple, d'un texte
qu'il copie. Je connais ton point d'origine, ta source. Je
t'ai pris la main dans le sac.

Natalia Hernández.

— Et les photos des victimes ? demandé-je.

Jamais je n'aurais pu m'attendre à la réalité de ces
images jetées comme un paquet de cigarettes vide sur
cette table. *Pas très joli*, commente sèchement Fabregat. Un cadavre pendu à un réverbère, inerte, une vie
volée, une âme aspirée. *Violée, torturée. Des plaies*
violacées et boursoufflées, la peau grêlée de trous. J'ai
mal aux bras. Dans ma bouche, ma langue est gonflée.
Voilà ce qu'il fait à des femmes comme toi, Anna.

— Qu'est-ce que vous voyez ? murmure Fabregat à
mon oreille.

— Votre première victime est une fille de 16 ans,
membre d'une chorale, bredouillé-je face à l'évidence.

L'ex-inspecteur pose sur moi un regard teinté d'ironie. Le mot « victime » sonne un peu faux dans ma
bouche. Il ne m'appartient pas. *Tu es en train de te*
laisser submerger. Je cède à la panique. *Ne perds pas*
contenance. Reste calme. La voici, Rosa Bonanova,
allongée sur la table, à la morgue. Catholique. Vierge.
À peine adulte. Violée, la langue tranchée. Quelqu'un
grave avec soin neuf lettres et quatre symboles sur son
corps. Quand je lève les yeux, les morts m'attendent.
Je vois un uniforme bleu. Des barrettes retiennent ses
cheveux auburn de part et d'autre de sa raie au milieu.
Debout près de l'inspecteur, je scrute la scène. *Quel*
est votre nom ? me demande-t-elle, ouvrant la bouche.

Elle veut me traverser. *Je veux parler à travers vous*, dit-elle. Non, pas ici. *Pourquoi ? Pourquoi être venue, alors ?* J'hésite. *Vous êtes comme les autres. Vous êtes égoïste. Vous n'en avez rien à faire.*

Je suis prise au piège. Je tremble de tout mon corps. L'agent jette un coup d'œil vers Fabregat.

— *Nena*, chuchote ce dernier en se penchant vers moi pour ne pas être entendu du policier. Et si on faisait une pause ?

Il m'entraîne hors de la pièce. Je m'adosse au mur du long couloir. *Je compte. Je décide de ce que je vais faire. Je me force à redescendre.*

— Ça fait beaucoup de choses à encaisser pour une seule personne, me dit Fabregat en me tendant un verre d'eau. Vous êtes sûre de vouloir continuer ?

Dix minutes. Il me faut juste dix minutes.

— Où sont les toilettes ? dis-je d'une voix faible.

Il tend vaguement la main.

— Vous voulez que je vous y conduise ?

— Non, ça ira.

Tu es stupide, Anna. Enfermée dans la cabine, je sors ma dose et une aiguille hypodermique de mon sac. Je la fixe sur la seringue en plastique. Je déballe les lingettes désinfectantes. J'enlève mon pull, mon chemisier. En soutien-gorge, je pince le gras de mon ventre entre deux doigts. *Les médecins me recommandent de piquer chaque jour à un endroit différent. Il y en a sept, un par jour, par rotation. Sinon, une cicatrice apparaît. Des nœuds se forment dans le muscle. Et provoquent des dégâts. J'insère l'aiguille, vite, mais calmement. Respire. Respire. Compte jusqu'à sept. Mille. Deux mille.* Et ainsi de suite, encore et encore.

À mon retour, Fabregat m'observe. Je ne toucherai plus ces feuilles. Il se penche vers moi en souriant. La fille fantôme a disparu.

— Ne vous en faites pas. On n'en a plus pour très longtemps, ici. Faites-nous plutôt part de vos impressions, histoire d'en finir rapidement.

— D'accord.

Je m'étouffe, je tente de me ressaisir.

— Bien sûr.

— Guifré vous a dit que ces graphiques (je désigne les dessins figurant au recto du premier parchemin) représentaient les caractéristiques d'une célèbre machine de vérité inventée par Raymond Lulle. C'était faux. En réalité, vos lettres font référence à un ouvrage moins connu d'un alchimiste du Moyen Âge du nom de Rex Illuminatus.

— D'accord, répond posément Fabregat.

Contrôle-toi. Ne t'aventure pas trop loin. Ne sois pas malade. Ne montre pas ta peur.

— Il y a le serpent sur la main gauche, la croix sur la droite. Le cercle qui entoure le nombril et le croissant entre les tétons, sur la poitrine. Ces stigmates sont reproduits sur les deux victimes suivantes.

— Exact.

— Guifré a affirmé qu'il s'agissait de symboles alchimiques. Le cercle représente l'or, le croissant l'argent…

— En effet.

— On peut admettre que c'est exact.

Fabregat hoche la tête, concentré sur un point invisible, au loin.

— Mais il existe d'autres significations. Rex Illuminatus voyait le monde à travers les textes grecs et romains. Pour lui, l'or est étroitement associé au dieu solaire Apollon, l'argent à la déesse lunaire Artémis. Vos victimes sont donc tatouées de symboles liés à l'alchimie et aux cultes mystérieux d'Apollon et d'Artémis… Cela devrait nous aider à comprendre les neuf lettres… (Je lui donne de faux espoirs.) Ils doivent être lus en tant que langage spécifique de divination. Un langage aviaire, même. Voilà le sens de « Trouvez-moi dans l'expression des oiseaux ».

Mon regard plane au-dessus de la lettre B gravée sur l'épaule de Rosario. *Un serpent sur sa paume. Le porteur de serpents, le langage aviaire. L'alphabet des oiseaux. L'or sur le ventre, mais aussi le jeu sur les mots. Comptez les grains de sable et mesurez la mer : là encore, une référence à la sibylle – voir aussi « déplacement ». Sorcière. Sur sa poitrine, la lune représentant l'argent, et l'occulte, une déesse à cornes, le domaine d'une antique terre nourricière. Chaque lettre de l'alchimiste est considérée comme une hérésie païenne, une expression interlope de divination.* Mais les marques de la main droite ? Elles sont différentes. La peur résonne en moi. Si j'écoute assez longtemps, je pourrais les saisir, les suivre. Les situer. Fabregat veut savoir qui est cet *il*. Il ? *Il y en a beaucoup. Il y a beaucoup de mains, là-dedans.* C'est une certitude, même si je ne possède pas le vocabulaire pour l'expliquer… Je le sais intimement. Je reviens aux marques tatouées sur les victimes : *un serpent et une croix. Sur la main droite pour la conversion, sur la main gauche pour la transgression.* Respire. Recommence.

— À la quatrième ligne…

Évitant les photographies, les plaies sur les corps, je puise ma force dans les lettres. *Une base théorique.*

312

— ... il y a une référence directe au célèbre oracle de Delphes relaté au Ve siècle av. J.-C. par l'historien Hérodote. Celui-ci nous apprend que Crésus, roi de Lydie, avait décidé de mettre à l'épreuve la véracité des oracles afin de désigner une pythie. Dans tous les lieux du monde antique connus pour leurs oracles, il a envoyé des ambassadeurs porteurs d'une question inhabituelle : « Que fait actuellement Crésus, roi de Lydie ? » L'oracle de Delphes a fourni une réponse exacte et a remporté le concours : « Le roi Crésus fait bouillir une tortue et un agneau dans une marmite en bronze. » Mais la pythie a également admonesté le roi en affirmant avec audace : « Je connais le nombre de grains de sable qui couvrent les rivages de la mer ; j'ai mesuré l'immense étendue de ce vaste élément. J'entends le muet et celui qui ne sait point encore parler. »

Un terrible doute m'envahit : Natalia Hernández était-elle la chasseresse ou la proie ? Si elle était la proie... qui était le chasseur ? Je pense à Ruthven et Sitwell, seuls dans cette maison du quartier gothique...

Non. Mieux valait se concentrer sur la sibylle.

Je me rappelle une légende de Rex Illuminatus selon laquelle il se réveilla un jour au chant des oiseaux et émergea de sa grotte. Philomèle lui tournait le dos et observait les plaines, vers la mer. Dans la main gauche, elle tenait un bol de nourriture. À la stupeur d'Illuminatus, un serpent mangeait dans ce bol. Le docteur se précipita : « Le serpent est une créature du mal ! reprocha-t-il à la jeune fille. Le serpent est un messager du diable ! »

Non. Le serpent est une créature de la terre. Il n'a pas d'oreilles pour entendre, pas de voix pour parler. Il

313

est sourd-muet. C'est mon frère, nous sommes parents. Vous m'avez nommée Philomèle le Rossignol, mais je suis née Hygie, fille d'Asclépios. Je suis le Serpentaire, le porteur de serpents. Mon silence connaît un langage divin. Quand je vous l'enseignerai, vous ressusciterez les morts. Vous transformerez le plomb en or et vous vivrez mille ans. Ensuite, vous aussi, vous dénombrerez les grains de sable, vous mesurerez la mer, vous connaîtrez les secrets du créateur, vous entendrez le muet et celui qui ne sait point encore parler.

Dans cette histoire, Philomèle posa le serpent à terre et se leva pour affronter le docteur. « J'ai pensé à votre aleph-bet. Vous dites qu'il est parti d'une flamme dans les ténèbres, la flamme dans l'infini, l'étincelle d'une idée. » elle agita ses mains brunes. « Je reconnais que le grand mystère réside dans le silence. Dans l'inconnu, au-delà du connu, dans l'être au-delà de l'apparence, c'est la pensée créatrice plus forte que les mots. Le silence est la racine du langage. C'est la pensée avant la parole. Regardez. » Elle remua les mains et ramassa le serpent. « La langue du serpent est fourchue. Un côté recèle des pouvoirs de guérison, l'autre enseigne un langage prophétique. » Selon les Grecs, lorsqu'un serpent embrasse une pythie, la nuit, il lui transmet à la fois l'expression des oiseaux et le pouvoir magique de guérir.

— Et alors ? demande Fabregat en désignant les lettres. Celui qui me les a envoyées voulait que je traduise le poème ?

— Oui et non. Il n'écrivait pas forcément *pour* vous. Il voulait faire de vous un messager. *Un porteur de serpents*. Que vous le livriez à quelqu'un qui comprenne son message.

— À « quelqu'un qui arrive », ajoute l'ex-inspecteur. *Quelqu'un comme moi.*

— Et « les neuf cahiers de feuilles » ? « la rage d'homme » ?

Il y a des choses que je vois mais que je ne veux pas partager. Pas encore. Pas avant d'être sûre. Mal à l'aise, je m'interromps. Puis je m'y remets. Cette fois, je ne regarderai pas les morts. *Un serpent d'or qui s'enroule sur lui-même. Qui mord.* Mon cerveau percute :

— Je ne crois pas que vos victimes soient mortes à cause de ce qu'elles étaient en tant d'individus : elles ont été choisies pour ce qu'elles représentaient en tant que symboles.

— Vous jouez aux devinettes, là.

— Ces trois femmes, qu'ont-elles en commun ? Une vierge, une infirmière et une sage-femme ?

— Elles ont connu le même destin funeste, répond Fabregat, la mine sombre.

Je lui raconte qu'en 1297 une dénommée Philomèle fut brûlée vive à Barcelone. On lui trancha la langue et l'on grava sur son corps les lettres de l'alphabet de son maître. En 1851, la capitaine Ruthven et Llewellyn Sitwell furent témoins des suites d'un crime identique. En 2003, les meurtres de Rosa, Roseanne et Rosario reprirent une tradition d'écartèlement associée à la mortification des païennes, notamment les voyantes et les médiums, communément désignées comme des *sorcières*.

Ma gorge se noue. *Allez, fais un effort. N'aie pas peur.*

Quelle est sa marque ? Ici, il s'agit d'avoir une emprise sur la victime, de définir qui elle est devenue.

D'abord, il lui a pris sa langue. Ensuite, il l'a souillée. Il a marqué son corps de lettres et de symboles. Il a fait d'elle une chose qu'il voulait détruire, il a gravé du sens dans sa peau, il a remodelé sa victime pour renforcer l'acte de couper la langue, pour lui donner du sens. Et le palimpseste? On cherche un miroir, un reflet déformé. Égal et opposé. Massacreur de livre, tueur de langue. Suivant les mêmes pistes, il l'a trouvée le premier. Il a posé sa marque et elle la sienne. Je sens venir le délire. *Une violence si proche qu'elle en est troublante. Des lettres laissées dans des cloîtres, cachées dans des confessionnaux. Des allusions aux prophètes, aux porteurs de serpents et aux catins de Babylone. Les lettres de Llewellyn Sitwell et le palimpseste de Ruthven nichés dans la pierre. Les choses ne meurent pas du jour au lendemain. On ne peut brûler les livres, proscrire la foi, mais le langage évolue sous la surface, en sous-sol, sur le bout de la langue. Alors comment tuer quelque chose qui est transmis oralement? Quelque chose comme le chant du serpent? L'expression des oiseaux? On prive le porteur de la parole.*

Je cligne les paupières et je regarde à nouveau.

Sur leurs corps, il y aura un signe qui n'appartient qu'à lui. *Regarde mieux.* Après en avoir terminé avec les trois premières victimes, il les a marquées du jugement de la croix sur la main droite. Pourtant, il n'a pas pris le temps de le faire avec Natalia Hernández, parce qu'elle n'avait pas besoin d'être réécrite. Elle était déjà le symbole. *L'objet de la chasse.*

Avance pas à pas. L'*Histoire alchimique des choses* date du début du XIVe siècle. Elle comprend quarante-huit feuilles numérotées de 32 par 24 cm. Il y a soixante-douze feuilles de texte et vingt-deux miniatures chatoyantes exécutées à la gouache. Dans ce manuscrit, Rex Illuminatus décrit sa rencontre avec la sibylle Philomèle et, plus tard, le livre qu'elle lui a remis. La provenance de ce manuscrit – que les savants de la Renaissance appellent *tabulae serpentis*, la tablette du serpent – est de tout premier ordre. Au début du XVIᵉ siècle, Rex Illuminatus l'immortel relia des pages de la *tabulae serpentis* de la sibylle pour constituer un livre d'heures qu'il confia à ses alliés de Majorque afin qu'ils le gardent à l'abri dans leur monastère. Au début du XIXᵉ siècle, le capitaine Ruthven découvrit ce livre d'heures et en coupa une page qu'il envoya à Londres. Ses notes de travail relatent l'événement en 1829 : « Un simple livre d'heures recèle de façon très inhabituelle une révélation merveilleuse appelée processus des philosophes. J'ai vu le grand élixir de l'alchimiste, représenté sur des miniatures diverses & incomparables, & une partie de ce discours éclipse une main grecque en perpendiculaire sur la page, sous l'or, en deux divines colonnes. » Puis le livre d'heures disparut pour ne ressurgir que lors d'un orage à Majorque, violemment dépouillé des pages capitales. Une dénommée Cristina Rossinyol copia le signe de Philomèle du colophon et reproduisit les enluminures de l'alchimiste. Sa fille cita le texte caché du palimpseste dans ses ultimes lettres et suggéra qu'il y en avait d'autres.

Tout porte à croire que Natalia Hernández était détentrice d'un secret, un secret que son assassin a sans doute reconnu. *Et si ce secret était à l'origine de sa mort ?* Ma curiosité est piquée au vif : pourquoi ?

Quelle peut être cette révélation si cruciale ? Y avait-il vraiment de la magie là-dedans ?

Je frémis en pensant aux pieds fendus dressés dans l'air enfumé. *Quelqu'un a pris la peine de mettre le feu à notre chapelle à Majorque. Quelqu'un est allé jusqu'à mutiler des femmes à Barcelone, en 1851 et en 2003, toutes dans un lieu improbable. Un lieu où Picatrix n'aurait jamais songé à regarder. Natalia Hernández. Et si quelqu'un d'autre l'avait traquée, courtisée, tout comme je suis en train de suivre sa piste ?*

Fabregat m'écoute avec attention :

— Des faits, mon petit. Je veux des faits.

— Vous vouliez savoir qui vous avait écrit ces lettres. Je peux vous aider à être au plus près de cette personne.

Que lui révéler ? Le minimum. Le strict minimum. Retiens-toi. Ces racines qui poussent dans ta gorge, ne les laisse pas sortir.

— Ce qui fait l'intérêt de ces lettres, c'est qu'elles ont une très bonne connaissance d'Illuminatus. C'est très inhabituel. Nous sommes une petite équipe, inspecteur. Traçable, localisable.

Fabregat crispe le poing, sans m'interrompre.

— Je connais tous ceux qui lisent Illuminatus. J'ai eu entre les mains tous les éléments qui existaient à ce sujet.

Fabregat assimile lentement cette information. Il encaisse le coup.

— Les textes que vous avez reçus en 2003 citent un document que Rex Illuminatus a sauvé à la fin des années 1200. Un poème grec qui était peut-être caché depuis presque deux millénaires. Seul un exemplaire du poème de la « langue de serpent » est répertorié et il nous est parvenu il y a trois ans. Ce poème fragmenté a passé pratiquement un siècle au fond d'une boîte d'archives à l'université d'Oxford. Et qui sait combien de temps il est demeuré enfermé dans un vieux monastère majorquin. Il n'était pas disponible à l'époque des meurtres.

— *Val*.

— Donc, soit l'auteur avait accès à une autre édition du poème, imprimée, soit il en connaissait une version orale… Une chanson qui aurait quitté la transmission populaire il y a plus de sept siècles. Ce qui le place dans une catégorie plutôt restreinte. Tellement restreinte que je peux vous dire avec quasiment cent pour cent de certitude qui elle est.

— Elle ? s'étrangle Fabregat.

— Natalia Hernández.

Comme un goût de déception, d'impuissance. *Je m'excuse presque.* Je m'attendais à voir Fabregat pester, crier, taper du pied. Au contraire, il se montre tout en retenue, professionnel, posé. *Natalia Hernández ?* Je ne sais pas très bien par où commencer. Autour de nous, je sens des ombres envahir les murs blancs, s'accrocher aux poignées de portes, scruter la photo et les documents. *Toujours en colère.* Je m'exprime franchement car je ne peux faire autrement. J'évoque Cristina Rossinyol, les livres que j'ai trouvés, mais pas ce que je cherche. Je parle à Fabregat de colophons, de signatures de scribes, je lui révèle que l'ouroboros est l'estampille familiale de Natalia Hernández. Les ombres m'écoutent : le choix des mots est essentiel. *Un ordre, une invective, une place dans la mythologie, comme un panneau de signalisation, un nom de rue.* J'emmène l'ex-inspecteur avec moi. *Telle mère, telle fille, je reconnais l'écriture que partagent les scribes.* Les faits viennent à ma rescousse. Les lettres que Fabregat a reçues, écrites en 2003, citent *verbatim* la feuille unique du palimpseste de Ruthven. Or l'équipe de recherche de Harold Bingley n'a découvert le palimpseste de Ruthven qu'en 2011. La traduction du sous-texte grec est survenue un an et demi plus tard. Même si quelqu'un avait vu la page de Ruthven, s'il avait ouvert la boîte scellée dans les archives poussiéreuses d'Oxford, lu les notes de travail de Ruthven pour trouver la feuille de parchemin découpée, il n'aurait rien récolté. Le sous-texte grec est illisible à l'œil nu. Nul n'aurait pu deviner le contenu des poèmes de façon aussi précise sans connaître l'original. Cette incohérence temporelle est précieuse. J'analyse les lignes de Natalia en les traduisant à ma sauce. Elle voulait que vous compreniez, Fabregat. *Si vous faites certaines choses, vous me trouverez. Ensuite, vous deviendrez Serpentaire, le porteur de serpents. Celui qui arrive ! La voie sacrée qu'ils ont appelée connaissance vous appartiendra. Vous devez entendre le muet et celui qui ne sait point encore parler, voir celui qui est réduit au silence.*

Assis à la table, dans cette salle du commissariat, Fabregat regarde fixement ses mains.

— Ça change tout. Mais vous ne pouvez encore rien prouver.

Il pose sur moi un regard féroce. Combatif.

J'hésite, je m'efforce de m'exprimer plus clairement.

— L'expression des oiseaux, le muet, les cahiers de feuilles : tout cela fait référence à un langage universel qui, selon Rex Illuminatus, était capable de traduire les éléments les plus infimes de la vie. Pour lui, c'est une forme de magie fondamentale, une force élémentaire que l'alchimiste a codifiée sous la forme de l'alphabet gravé sur les cadavres des victimes…

— Pourquoi êtes-vous la seule à voir ça ? me coupe-t-il.

— J'ai un certain domaine d'expertise. Je ne peux vous dire que ce que j'ai déduit grâce à mes connaissances.

Fabregat fait signe à l'agent. *Remettez tout ça dans les boîtes.*

Remportez-les dans les contenants scellés, dans les rayonnages. Emportez-moi ça !

À la nuit tombante, Fabregat me conduit d'un pas assuré. *Le guide touristique de l'inspecteur.* Fort de toute une vie d'enquêtes, il débite une série de faits en filant le long du Carrer Nou de la Rambla, tandis que je peine à rester à sa hauteur.

— À 11 heures, dimanche matin, Adrià Sorra descend de la voiture de ses parents et entre dans la gare de Gérone avec son oncle. Il prend le train de 11 h 23 vers Barcelone, dont l'arrivée est prévue à 13 h 26, mais fausse compagnie à son oncle à Mataró sous prétexte d'aller aux toilettes. Refusant tout contact avec ses parents et son oncle, il monte dans le train suivant, à destination de Barcelone. À 14 h 40, il achète une bouteille d'eau au café de la gare, Passeig de Gràcia, ainsi qu'un *bocadillo* au chorizo. Ses déplacements dans la gare sont enregistrés par les caméras de surveillance.

Ensuite, il disparaît des radars pendant vingt-quatre heures, dans un squat situé en dehors de la ville, avant de ressurgir pour une fête organisée le soir de la Saint-Jean. Le 23 juin 2003, à 18 heures puis à 18 h 07, Adrià téléphone à Lola Jiménez, 22 ans, étudiante en littérature comparée à l'université autonome, et Sjon de Vries, 26 ans, résident étranger d'origine anglo-néerlandaise, dealer de son état. Sjon (*alias* Tree) et Adrià Sorra ont rendez-vous dans un bar, La Rosa del Raval, à 22 heures. Adrià arrive vers 22 h 30. De Vries est également en retard. Les deux hommes boivent quelques verres – d'après le barman, plusieurs bières, des Voll-Damm. Ils font la connaissance de Kike Vergonoya, acteur austro-vénézuélien habitant le raval, qui les convie à une fête au club de la Plaça Reial. Manifestement pour dealer de la drogue.

Fabregat s'arrête dans le Carrer de l'Hospital et pointe le doigt vers le sommet du long rond-point ovale qui constitue la Rambla del Raval. Nous retournons en direction de La Rambla.

— Sjon et Adrià Sorra quittent La Rosa vers 0 h 45, le 24 juin 2003, relate-t-il en s'engageant dans une allée bordée de détritus.

Dans la pénombre, l'air est lourd. Au loin, la nuit chante, inondée de voix féminines et suaves provenant d'un bar voisin. Il tourne encore à droite, dans une rue affreuse dont les bâtiments sont délabrés.

Fabregat esquisse une moue, passe une main dans ses cheveux et s'arrête.

— Cigarette ?

— Non merci.

Avec vous, je fumerais trop.

Nous restons silencieux un bon moment.

Nous atteignons un tripot qui a eu son heure de gloire sur la Plaça Reial, une vaste place aux tons jaunes et crème parsemée de palmiers, avec en son centre une fontaine noircie. *La fontaine des Trois Grâces. Filles de Zeus*. Les arcades regorgent de cafés et de restaurants, de boîtes de nuit et d'ivrognes. Malgré le froid, Fabregat préfère s'asseoir dehors. Le vent balaie les palmiers trempés et mornes. Les habitués du bar le reconnaissent et esquissent des hochements de tête, promesses tacites de bien se tenir. Fabregat est en terrain connu. Il commande deux Voll-Damm.

— Vous avez un petit ami ? me demande-t-il, assis à côté de moi, en scrutant les alentours.

— Oui.

— Il est au courant de ce que vous faites ?

— Pas totalement.

— Vous devriez le lui dire.

— Pourquoi ?

— Vous ne lui racontez pas tout ce que vous faites ?

— Non.

— Et cela ne le dérange pas ?

— Je crois que si.

— Mais ce n'est pas un problème pour vous.

— Mon travail est plus important.

— Hum, fait Fabregat en me regardant avec attention. Et moi ? Vous me dites tout ? Je peux vous faire confiance ?

Autrement dit : *Qu'est-ce que cela représente, pour vous, tout ça ?*

Vous traquez un homme, Fabregat, mais moi ? Je traque un livre. Et je ne vous aiderai que dans la mesure du possible.

— Bon, reprend l'ex-inspecteur. D'ici, on voit l'entrée du club privé Eufòria, à l'angle. Le bar n'est pas indiqué par une enseigne. Il faut sonner pour pénétrer dans ce qui ressemble à un immeuble d'habitation. L'entrée se trouve là-bas (il désigne une porte noire, sur le trottoir d'en face). Natalia Hernández y a assisté à une fête en compagnie d'Oriol Duran, acteur de charme, la petite quarantaine, un garçon impétueux mais inoffensif. Duran, Natalia Hernández, Villafranca, Sánchez, Joaquim Espuma, Alejo Castelluci et plusieurs autres membres éminents du monde théâtral étaient présents…

Il marque une pause.

— À deux pas de l'endroit où je travaillais. Cinq minutes à pied, soupire-t-il. On le voit presque depuis le commissariat. *Tout s'est déroulé pratiquement sous mon nez.* Je tenais à vous montrer l'endroit avant que vous ne vous mettiez sérieusement à l'œuvre. Voir toute cette merde de vos propres yeux est toujours mieux que de lire vos bouquins, je vous le garantis.

Il vide son verre et interpelle le barman. *On peut manger ? Du calamar.* Fabregat a faim.

— Adrià Sorra et Natalia Hernández se sont rencontrés ici. Rien ne prouve qu'ils se soient croisés avant cette fois-là.

— Vous avez des images des caméras de surveillance du bar ? Des photos ?

— Oui. Les paparazzi nous ont rendu service.

Il fait glisser vers moi une autre série de photos : l'intérieur du bar de l'Eufòria pris par un appareil placé en hauteur et qui observe la foule en contrebas depuis un balcon. Natalia Hernández a les coudes appuyés sur le comptoir, les mains croisées sous son menton. Oriol Duran, cheveux auburn, longues pattes, mèche sur le front, un corps de gymnaste. Il est séduisant et il le sait. Fabregat effleure les muscles d'Oriol de son index :

— Un beau salaud.

Duran commande un whisky. Natalia le prend par l'épaule, lui murmure à l'oreille. Non, deux whiskies. Elle se retourne, car elle a vu quelqu'un qu'elle connaît. Elle commande un troisième whisky. Pour qui? Trois verres entre deux mains qui forment un triangle. *Toma.* Duran tend une consommation à Natalia. Les caméras du bar captent bien ce premier signe : trois verres mais pas de troisième larron en vue, pas encore. Natalia rit. Elle porte un chemisier en soie noué d'un ruban rose. Nette, précise, discrète, malgré l'esquisse d'un soutien-gorge sous le chemisier, un chignon noir, presque pas de maquillage, outre la couleur caractéristique de ses lèvres et le teint ambré, parfait. En parlant, elle agite nerveusement les mains, mais j'ai l'impression que cette énergie est liée à sa personnalité et non à une quelconque anxiété. Elle n'a pas peur de lui. Pas Oriol. Elle sourit. Oriol rit, les mains tendues dans un geste intime. Il règle les consommations. Le barman lance une plaisanterie. Ils s'esclaffent. L'épaule de Natalia effleure celle d'Oriol. La foule enfle, mais ils sont dans leur monde à eux. Vous avez remarqué? Elle a touché son épaule. Ensuite, ils sont partis? Eux ou lui?

— Et Natalia, quand quitte-t-elle le bar? demandé-je.

— Définitivement? On n'en est pas sûrs.

— Donc on sait où elle se trouve de minuit à 4 heures du matin environ.

— Oui. Le personnel le confirme.

— Et qu'elle réapparaît morte, au pied de la cathédrale, dans les bras d'Adrià Sorra, qui la quitte juste avant l'aube, là où son corps est découvert par un balayeur.

— C'est cela, dit l'ex-inspecteur.

— Bien. Revenons aux photos du bar. Le troisième verre ?

— Il est pour un jeune homme aux longs cheveux noirs.

— Adrià Sorra ?

Fabregat hoche la tête.

Cette information tourne dans ma tête tandis que j'observe la boîte de nuit fermée.

— Ils se rencontrent au bar, c'est sûr ?

— On dirait bien.

— Où se rend Sorra, ensuite ?

— Ça n'a jamais été clairement établi.

— Quand est-il arrivé ?

— Il a franchi la porte à 1 h 23.

— Accompagné ?

— Avec un ami.

— Qui ?

— Un dealer. Un Néerlandais. Une petite ordure connue de nos services. On l'a déjà arrêté plusieurs fois. Sjon de Vries. Il est retourné en Hollande il y a dix ans.

— Quand Oriol est-il parti ?

— Plus tôt que Natalia.

— Il l'a laissée seule là-bas ? À sa propre fête ?

Mon visage exprime sans doute ma curiosité.

— Apparemment, ils se sont disputés. Il était contrarié.

Fabregat se retourne et fait signe au serveur.

— Vous en voulez une autre ? me propose-t-il.

— Non. Je n'arrive pas à suivre.

Il rit.

— *Senyor!* Un verre d'eau pour la jeune fille ! Ça fait beaucoup de choses à digérer, admet-il. Le compte rendu de notre légiste suggère que Natalia a absorbé la drogue entre 1 heure et 1 h 30 avant d'être agressée dans le quartier gothique. Les barbituriques ont commencé à faire sérieusement effet alors qu'elle quittait le club. Son débit de paroles était déjà traînant et elle titubait. Elle était dans les vapes. Tout le monde a cru qu'elle était ivre. Très, très ivre. Nul ne se souvient avec précision de l'heure à laquelle elle est partie, mais on estime qu'il était entre 3 h 30 et 4 heures du matin. Nous pensons qu'Adrià l'a suivie de loin, qu'il s'était pris d'intérêt pour l'actrice. Elle a traversé la place par la rue transversale, là-bas.

Il désigne l'arcade qui se trouve face à nous, à l'angle nord-est de la Plaça Reial.

— Ensuite, elle disparaît des caméras pendant un moment, reprend-il sombrement. Elle descend le Carrer dels Tres Llits.

Je suis l'inspecteur dans le labyrinthe, dans une ruelle proche du Carrer d'en Rauric. Quelqu'un l'a rencontrée ici, mais elle s'était peut-être déjà écroulée à cause de la drogue.

— Contrairement aux autres, le crime n'était ni systématisé ni propre. C'était un acte impulsif, passionnel. Brutal. L'agresseur lui a percé la carotide à l'aide d'une lame fine et acérée avant de la poignarder à plusieurs reprises, puis de lui couper le bout de la langue. Il en aurait peut-être enlevé davantage, mais il semble avoir été interrompu. Tout s'est déroulé à une vitesse incroyable. Elle n'a pas eu le temps de crier. Les voisins affirment n'avoir rien entendu. Adrià a dû la trouver dans cet état. Peut-être même qu'elle est morte dans ses bras… J'ignore pourquoi il ne nous a pas appelés. Trop ivre ou défoncé, je suppose. Il était couvert du sang de Natalia. Les taches trouvées sur les chaussures d'Adrià correspondent toutes. Il l'a portée dans les rues qui serpentent jusqu'à la cathédrale, où il l'a déposée sur les marches avant de mettre fin à ses jours.

— Quand on a enfin réussi à retracer ses mouvements jusqu'ici, les services de nettoyage avaient déjà effacé la plupart des traces. Qui sait ce que nous aurions découvert, sinon ? (Fabregat pose un regard noir sur le mur.) Elle s'est montrée stupide. Si c'est elle qui m'a envoyé les lettres, elle était intimement au courant de ce qui se passait. Si c'était vraiment elle, pourquoi n'est-elle pas venue directement me voir ? Si elle savait ce qui se passait…

Sa voix s'éteint, puis il reprend, d'un ton plus dur :

— Le silence est un choix, une décision. Si elle le connaissait, elle savait ce qui se passait. Si c'est elle, eh bien, il faut en tenir compte. Mais si l'on suit le cheminement de votre pensée, on sait qu'elle avait accès à des informations. Elle connaissait chacune des victimes, ainsi que mon nom. Si elle était assez proche des meurtres pour être impliquée…

Il frémit et se tait.

— Mon échec n'est est que plus douloureux, admet-il.

Tout en marchant, il passe en revue les détails. Adrià a porté Natalia par là, vers la Plaça de Sant Josep Oriol, puis vers Sant Felip Neri et la cathédrale. Il est passé devant les églises avec elle. En écoutant l'ex-inspecteur, je me sens dériver. C'est alors que ça se produit.

Oui ?

Le geste qui attend une réponse, d'une intensité à la fois claire et brumeuse. Pas plus de quelques secondes, mais ça me semble davantage. *Repose-toi, suis-le, garde les yeux ouverts.* Une fille au visage lumineux qui achète des boissons dans un bar. À minuit : les joues roses, le teint ensoleillé, le jean sale. Ses taches de rousseur sur le nez dessinent un croissant de lune. Quand elle rit, je vois des vallées et des rivières pleines de vie. Un tintement de pièces dans sa poche. *Vodka ? Gin ? Cervesa ?*

À toi de choisir.

Je la suis au cœur de la foule.

La douce ondulation de ses hanches, la souplesse de ses pas… Les hommes se retournent sur elle, enivrés par le spectacle. Elle est la reine de la salle. La fumée de cigarette semble porter la musique. Son foulard paraît maculé d'une suie qui s'insinue dans ses cheveux. C'est alors que je le remarque, debout dans un coin de la salle. *Il l'observe, il la traque, il la choisit.* Difficile de discerner la vérité dans le brouillard. *À quoi ressemblait-il ?* demandé-je à ma vision. Mais je ne connais pas son nom. Je ne peux l'appeler. Ma vision se trouble. Comment se tenait-il ? Sa silhouette, l'inflexion de sa voix ? *Détourne les yeux.* Je me ressaisis. Danse. Transfère ton poids d'une jambe à l'autre, abaisse ton centre de gravité, les orteils qui s'écartent dans les sandales, jambes nues et bronzées. Chaque mouvement est lent, le souffle au rythme de la *nu cumbia.* Je m'arrête. Un inconnu se tient devant moi. Le visage dans l'ombre. Un souvenir flou.

— Qui êtes-vous ? demande-t-il en me reniflant les cheveux.

Je recule d'un pas. Je ne discerne pas son visage, mais c'est lui. Je suis sûre que c'est lui. Elle a disparu dans la ménagerie de corps, une masse informe de bras, de jambes, de lèvres qui se frôlent, un millier de cœurs qui ont le même objectif, qui implorent un baiser, une union. Je ne peux chasser son regard. Il a quelque chose de déstabilisant. Je distingue chaque parcelle de lui, sa joue mal rasée, le fin tissu de son col sur sa clavicule, une boucle qui frôle sa tempe… Et pourtant, je ne le reconnais pas. Je ne trouve aucun nom.

— Vous n'avez pas à répondre, déclare-t-il. Dites-moi si c'est trop personnel.

Au plus profond de moi, une force sombre s'ébranle, une main ouvre ce livre et me montre le passé, un sentiment plus fort que les mots. Je vois Natalia Hernández avec la silhouette ombrageuse d'un homme. Ce n'est pas Adrià. Ce n'est pas la nuit où elle est morte. C'est un soir bien plus ancien. *Nous sommes faits l'un pour l'autre.*

En fermant les yeux, voici ce que j'entends : deux mots murmurés avec douceur.

Suivez-moi.

Les rues de plus en plus étroites m'oppressent. Fabregat et moi partons vers le nord, dans le vieux quartier juif, avec ses portes en bois couvertes de graffitis, sur les traces de Natalia. Deuxième ombre : l'homme qui a embrassé sa main, qui a marché avec elle vers un lieu situé à plus d'un kilomètre au-dessus de la ville. C'est un chemin de terre qui serpente dans la montagne surplombant la mer. La Carretera de les Aigües. *On ne voit pas son visage, mais on sent ses doigts, sa peau fragile et nue.* Il y a un banc. Un point de vue proche d'un citronnier et d'une vigne vierge. Elle s'est assise sur le banc, les genoux serrés. *Hume l'odeur des pins. Le doux parfum d'agrume des eucalyptus.* En contrebas, la ville râle, endormie, léthargique, elle s'étire dans une torpeur envoûtante. Il cueille un citron, sort un canif de sa poche et lacère la peau du fruit. Il découpe une tranche de citron et lui fait goûter l'écorce. « *Querida, Maca*, chérie, tire la langue. » Il dépose la pulpe au milieu, les doigts dégoulinants de jus. *Elle a deux feuilles de vigne vierge derrière les oreilles.* Il coupe deux autres tranches, une pour lui et une pour elle. Les lumières s'allument au-dessus des flèches des cathédrales. Plus tard, ils sont toujours silencieux quand ils longent la route de terre vers la voiture, à la gare située au pied du Tibidabo. *Encore. Regarde encore.* À présent, ils dansent. Il passe les mains le long de ses bras, il ne quitte pas son visage des yeux. Je ne sais rien de lui. *Je ne le vois pas nettement. Ni son histoire, ni ses convictions, ni son origine. C'est un fantôme né de l'éther de cette nuit chaude au bord de la mer. Je veux te montrer.* Elle sent son cœur s'ouvrir. *Je veux te montrer l'amour ! Te dire que quand il est entré dans mes rêves, il s'est assis au pied de mon lit pour me regarder. Je bouge en sentant le poids de son corps contre mes jambes, à travers les couvertures, m'obligeant à lever légèrement le bassin. Je ne dors plus. Tends la main et caresse ma joue.* Regarde-la remuer, onduler comme un poisson rouge, ses cheveux noirs, collés, emmêlés, qui cascadent. Petits pieds sur un sol carrelé et froid. Nus et gelés. Je vois sa vacuité, son absence. J'ai l'estomac noué d'appréhension. Dans la vision, je trébuche sur les carreaux mais je capte le regard de cette femme. Elle me traverse sans me voir. Elle le cherche. « *Maco? Maco?* Où es-tu? » Une fille-fleur qui va bientôt mourir. Natalia Hernández. Je cligne les paupières. Nous tournons dans une rue. Elle s'éclipse.

— Ça va, *nena*? me demande Fabregat, en posant une main sur mon épaule.

Nous venons d'émerger sur le vaste parvis de la cathédrale.

— N'oubliez pas de respirer, me dit-il.

VI

Correspondance
de Llewellyn Sitwell

Vol. 2

À Llewellyn Sitwell
du
capitaine Charles Leopold Ruthven

Mon cher Sitwell, faites fi des balivernes ! En consultant les archives des moines de l'abbaye de La Real, les écrits historiques, les biographies, les récits & autres journaux des scribes religieux, n'oubliez jamais ceci : partout où la torture & les femmes sont associées au pouvoir, vous trouverez des traces de l'Ordre. En Angleterre, nous avons fait l'expérience d'une version dissolue de ces horreurs, inspirée par le travail d'hommes tels que le duc de Wharton, en 1719, qui abandonna le club pour devenir franc-maçon... Ces organisations ont infiltré l'Europe & permettent donc à des hommes d'excellente réputation de mener une double vie & d'évoluer dans leur sphère publique comme des dieux tandis que, la nuit, ils servent l'œuvre du diable, se font débauchés & bouchers, & sadiques... Pourtant, ils ont l'audace, la témérité de se réclamer de Dieu. Comme de nombreux zélotes, ils n'avaient aucun sens du paradoxe. Au départ, je pensais que c'était à cause d'une fascination vulgaire pour les mécanismes de torture de l'Inquisition, mais j'ai fini par comprendre que les Assassins de Mots sont violemment antipaïens & particulièrement hostiles au regain d'intérêt pour nos antécédents d'adorateurs de déesses. Ils me détestent car je suis gnostique par conviction. Pis, j'ai une profonde affection pour Rex Illuminatus. Leur principe fondamental repose sur l'éradication de la sorcellerie. Leur fondateur, que je ne connais que sous le nom de « Duc », était un pionnier dans ce domaine. Il n'y a jamais eu de listes de membres des Assassins de Mots. Toute preuve de leur existence a été détruite & les rares vestiges mènent à une organisation secrète comme la franc-maçonnerie. Toutefois, je suis sûr que ce groupe remonte au haut Moyen Âge. Celui-ci jure de détruire deux choses : la divination féminine & l'alchimie, des formes de transmutation proscrites par la Bible. Au risque de vous surprendre, sachez que dans le célèbre manuel du chasseur de sorcières, le *Malleus Maleficarum*, le Marteau des sorcières, les odieux Henri Institoris & Jacques Sprenger ouvrent leur diatribe contre la sorcellerie par une attaque souvent ignorée contre l'alchimie & je vous en cite une traduction :

Les démons ne travaillent qu'à travers l'Art. Mais l'art ne peut conférer une forme véritable. Il est donc indiqué dans le chapitre sur les minéraux que les auteurs d'alchimie devraient savoir que les espèces ne peuvent être transmutées.

& j'attire votre attention sur le Canon Episcopi (xe siècle), dans le décret de Gratien, qui rejette la croyance selon laquelle certains membres du sexe faible sont capables de transformation, mais suggère que des femmes adorent secrètement la déesse Diane, commettant ainsi des actes d'hérésie & que ces femmes se réunissent en vastes assemblées & croient pouvoir se transmuter en animaux comme un alchimiste transforme le plomb en or & interdit ainsi la foi païenne en la métamorphose. L'explication de ces cérémonies ramène toujours à des pactes supposés avec le diable et des démons qui permettent la « transformation » ou la « transmutation ». Ils sont contre la science & contre l'art, deux choses qu'en tant que patriote & gentleman, j'ai juré de défendre avec noblesse – je m'empresse d'ajouter les seules que j'aie envie de défendre – & j'espère que vous vous sentez tenu par votre honneur d'en faire autant. J'attire également votre attention sur le *Margarita Decreti* de Martin d'Opava (mort en 1278) & son traité sur l'alchimie : « L'alchimie semble être un art dépravé car celui qui croit pouvoir transformer une espèce en un objet autre ou similaire, outre par la main du Créateur, est un infidèle, bien pis qu'un païen. » Autre élément étrange dans la rhétorique du *Fortalitium Fidei*, d'Alphonse de l'Espine (1459) : « De nombreux alchimistes chrétiens pervers se méprennent, pactisent avec les démons, croyant que leur art transforme le fer en or. »

La suite prochainement.

Bien à vous,

Capitaine Charles Leopold Ruthven

P.-S. : retrouvez-moi à Londres. Je serai à mon club sous peu. Si je suis encore en vie, naturellement.

⊙

19 novembre 1851, Valldemossa, Majorque

Katherine, mon amour ! Ma curiosité me condamne au destin du plus misérable des fantassins. Mes enseignants de Cambridge m'avaient prévenu que, lorsque je commencerais à comprendre Rex Illuminatus, ses omissions et ses côtés obscurs risquaient de me rendre fou. Ce n'étaient peut-être pas des paroles en l'air. Si l'on ajoute à cela les informations délibérément obtuses que j'ai reçues de Ruthven, je me trouve en pleine confusion. Ma vie est devenue l'un de ces romans que j'aimais tant lire. Katherine, vous m'avez dit que si je cherchais des monstres, je finirais par en trouver, mais je n'y ai pas cru, au début. Comme vos paroles étaient justes ! Car depuis mon départ de Barcelone, il y a quinze jours, je suis affligé par la malchance et les mauvaises humeurs. Le matin lamentable de mon départ, le domestique, Boucle de Cuivre, m'a conduit au port et m'a fait embarquer sur un bateau bondé en partance pour Majorque. Ruthven ne m'a pas accompagné car il a peur de quitter la sécurité de sa maison, mais il a veillé à ce que je porte ses documents sur ma personne. Je lui ai assuré que je ferais de mon mieux pour l'aider et que je déploierais tous les efforts nécessaires à l'assistance et la protection d'un ami. Quant aux hommes qui le harcèlent, si ce que Ruthven me dit de leurs méthodes est exact, je suis certain que leur élimination est une cause utile et je suis ravi de m'y atteler. Pour ce faire, j'ai porté une lettre du capitaine Ruthven à son ami et allié le père

Lloret, prêtre du village de Valldemossa, à Majorque. Fidèle à sa parole, Ruthven a réglé mon passage dans une superbe cabine de première classe et m'a envoyé là-bas en tant que messager, non sans m'avoir embrassé et moi, lui avoir serré la main. En revanche, son regard était hanté, désespéré. Plus tôt dans la matinée, il avait multiplié les remarques funestes sur le fait qu'il s'agissait de nos ultimes adieux. Contrairement à son maître, le domestique n'a ressenti aucune tristesse de me voir partir. Il émanait de lui une impression d'animosité, de brutalité, lorsqu'il m'a salué d'un ton bourru, me laissant en proie à de terribles doutes. En m'éloignant, j'ai vu son visage se fondre dans les rochers, puis le continent ne fut plus qu'une tache sombre à l'horizon. Je me suis alors mis à ruminer de sombres pensées sur la tristesse des voyages. Katherine, je ne l'aurais pas cru possible, mais je ne connais rien de plus déprimant qu'un paysage qui s'éloigne, le spectacle d'une terre qui disparaît et se perd dans la brume. Mon cœur fut envahi de mélancolie. Dieu que vous me manquez ! Ce maître ne m'a pas appris ce que je souhaitais. Barcelone s'est révélée différente de ce à quoi je m'attendais. Pis, j'ai souffert de votre absence, mon amour, bien avant de succomber au mal de mer.

J'ai passé la majeure partie de cette pénible traversée dans la souffrance et le malheur, ballotté de toutes parts par les intempéries. De gros nuages noirs ont surgi, suivis de pluies torrentielles et d'éclairs zébrant le ciel. Les vagues venaient s'écraser sur la coque du navire, battant les voiles. Pendant un moment, j'ai bien cru mourir au cœur d'une tempête telle que je n'en avais jamais connu. Mon trajet fut marqué par des vents contraires violents et pénétrants. Mes compagnons de cabine tremblaient comme des feuilles. La pluie tombait encore dans le port de Palma, où j'ai loué un boghei pour me rendre à Valldemossa, à une journée de route de la capitale. Je ne m'imaginais pas un paysage aussi montagneux et d'une beauté aussi ravageuse.

Dieu a sculpté Majorque en forme de hache et ses femmes, dit-on, se délectent, à certaines périodes de l'année, de rats d'eau, un mets de choix dans les contrées plus rurales. L'île est parée d'une nature sauvage, les routes presque délibérément irrégulières et rocailleuses. Tandis que mon pauvre cocher s'efforçait bravement d'atteindre le sommet de la sierra sous des trombes d'eau, les chevaux avaient peur des éléments déchaînés. Le chapeau du pauvre homme dégoulinait. Pour passer le temps, je regardais par la fenêtre. Au pied des collines, je vis des champs parsemés de malheureux moutons trempés. Une fois arrivé à Valldemossa, je suivis les instructions de Ruthven pour me rendre à la Chartreuse. Le village est petit et les gens amicaux pour la plupart. À la porte de mon hébergement, je fus accueilli par une femme plantureuse qui me demanda mon nom et encaissa le prix de mes appartements. Lorsque je m'enquis du père Lloret, elle rougit et s'adressa à un jeune garçon qui jouait dans une antichambre. L'enfant disparut aussitôt. J'étais perplexe. La femme m'invita à patienter et m'offrit une tasse de chocolat chaud que j'acceptai avec gratitude. Une demi-heure plus tard, un homme apparut sur le seuil, en tenue de paysan, une casquette sur la tête et un bâton de berger à la main. Il ôta sa cape et accrocha son chapeau trempé de pluie sur une patère, puis il vint à ma rencontre.

— Monsieur Siiitweellll! s'exclama-t-il avec un enthousiasme dépassant toutes mes attentes.

C'était un homme chaleureux au visage buriné, avec des yeux en amande et une bouche rustique prompte à sourire. Je comprends pourquoi cette femme s'est empourprée lorsque j'ai prononcé son nom : jamais je n'avais rencontré de prêtre plus coquin. Son visage viril, orné d'une barbe noire taillée avec soin, ses yeux pétillants… Je lui donnai environ 35 ans. Quand je lui dis que j'avais rencontré Ruthven, Lloret sourit. Je me sentais étonnamment à l'aise en sa compagnie. Il était jovial, chaleureux, bien loin des ombres vampiriques de Ruthven. J'avais peine à imaginer comment cette amitié s'était forgée tant ces deux hommes semblaient opposés. Quand la pluie fut calmée, Lloret m'invita à le suivre dans ses appartements, me priant de quitter la Chartreuse. Nous avons flâné dans le village, croisant quelques fermes. Ici, les maisons ne disposent pas d'une cuisine intérieure. Ce sont de petites cabanes, de l'autre côté de la rue, de sorte qu'à l'heure des repas mères de famille, épouses et sœurs foulent les pavés pour cuisiner à distance du bétail qui peuple le rez-de-chaussée des habitations (une pratique plus hygiénique que dans nos fermes anglaises). Les gens du village m'observaient telle une bête curieuse.

— Vous êtes un étranger, dit Lloret en riant tandis que nous progressions dans un bourbier de plus en plus profond. N'ayez crainte. Maintenant qu'on vous a vu marcher avec moi, nul ne vous souhaitera du mal.

À sa table, il m'offrit un verre de vin rouge et apporta un bol en terre cuite contenant des olives.

— Ce sont celles de la saison dernière, m'expliqua-t-il fièrement, suggérant que ses amis les moines les avaient cultivées.

Lorsque je lui remis la lettre de Ruthven, il me demanda de lui accorder quelques instants pour prendre connaissance de son contenu. Le prêtre parcourut la missive avec attention avant de la poser avec un soupir. À en juger par l'émotion sur son visage, c'était un brave homme.

— Que savez-vous au juste ? me demanda-t-il.

Je lui fis part de mes observations. Puis un interrogatoire s'ensuivit : quelqu'un d'autre m'avait-il vu en compagnie du capitaine ? Quelqu'un était-il au courant de l'endroit où je me trouvais ? Avais-je confiance en le domestique, Boucle de Cuivre, comme je le surnommais ? En vérité, non, admis-je. Lloret fronça les sourcils. Avais-je écrit des lettres, fait des confidences à des proches ? Je ne lui avouai pas, Katherine, que je vous confie tous mes secrets. Une retenue inhabituelle de ma part, car je me considère comme un homme honnête à outrance, mais il me semblait capable de me reprocher cette faiblesse et d'imposer le silence entre nous, une perspective qui m'était intolérable.

— C'est bien, me dit Lloret lorsqu'il eut terminé. Vous vous en sortez avec une réputation intacte.

Il me déclara ensuite que j'avais été avisé de rester à l'intérieur.

— Dieu fut avec vous. Plus vous serez innocent, mieux cela vaudra, déclara-t-il d'un ton sinistre. Je répugne à vous révéler quoi que ce soit, même si Ruthven m'a demandé de vous faire part de ce que je sais. Voilà. Le capitaine s'est fait un ennemi d'une catégorie de personnes très puissante et diabolique. Je m'inquiète pour sa sécurité et, par conséquent, pour la vôtre, *Anglès*. Il vous a rendu plus vulnérable que vous ne pouvez l'imaginer.

Derrière la vitre, un ciel orageux plombait les champs. Les arbres tremblaient, se libérant de leur fardeau. En entendant le grondement du tonnerre, je resserrai ma cape sur mes épaules.

— Et qu'en est-il des hommes qui harcèlent Ruthven ?

— Il s'agit d'une organisation anonyme qui opère en Catalogne et à l'étranger, dont le chef de file est surnommé l'Assassin des Mots. Elle est constituée de membres dévoyés du clergé et de la haute société qui se consacrent à l'extermination de livres interdits. Pendant un moment, nous avons cru qu'ils avaient disparu dans les méandres de l'histoire, comme tant d'autres diables avant eux, pour devenir des légendes bonnes à alimenter les contes de fées. Vous avez sans doute entendu parler du loup-garou et des vampires ?

— J'ai lu les ouvrages de Dom Calmet.

— Certaines vérités sont plus violentes que les mythes. On ne peut rechercher le feu sacré sans croiser son égal et contraire, monsieur Sitwell.

Je frémis à la pensée des dessins que j'ai faits dans mon journal de la femme que j'ai vue avec Ruthven.

— Mais quel est le rapport avec Rex Illuminatus ? demandai-je d'un ton plaintif.

— Comme de nombreux penseurs de son époque, Illuminatus s'est fait des ennemis féroces, dont le plus illustre fut l'inquisiteur général de la province d'Aragon, Nicolas Eymerich de Gérone. Ce nom vous dit quelque chose, monsieur Sitwell ?

Je répondis que non. Lloret se signa par deux fois.

— Ruthven m'a demandé d'en parler avec vous, et je vais lui accorder cette faveur. Eymerich était des nôtres… pas de notre ordre, mais de notre… tendance. C'était un berger de Dieu, un monstre pour les hommes, qui détestait notre Illuminatus. Il considérait le docteur comme un sorcier et un hérétique ayant une influence néfaste sur la société. Eymerich était connu pour sa façon de transpercer d'un clou la langue des héré- tiques afin qu'ils ne puissent plus parler. Il avait étudié les pratiques de torture, la meilleure température pour brûler une sorcière, les variations raisonnables de la douleur. Dois-je poursuivre ? me consulta-t-il, les sour- cils arqués, en me regardant.

— Oui, répondis-je d'un air grave, en imaginant le spectacle d'une langue de femme plantée d'un clou.

— En 1376, le Grand Inquisiteur publia ce qui deviendrait un *Manuel des inquisiteurs*, le *Directorium Inquisitorum*, de sinistre mémoire. Il y exprime sa forte réprobation de l'alchimie. Mais ce n'est que vingt ans plus tard qu'il publia son *Contra Alchimistas*, un traité contre les alchimistes.

— J'en ai entendu parler, répondis-je.

— Je puis vous assurer que cet ouvrage est révol- tant. Dans ce traité, Eymerich souligne les héré- sies des philosophes alchimistes qui avaient soulevé les passions de la Catalogne et du monde. Une fois achevé, l'ouvrage fut promptement adressé à Rome. L'Inquisiteur exigeait l'éradication des œuvres illu- minatiennes. J'ai ici une copie du document. Rex Illuminatus était un artiste, ce qu'Eymerich détestait par-dessus tout.

Lloret se dirigea d'un pas lent vers une étagère et sélectionna un fin volume qu'il ouvrit à une page marquée d'une bande de tissu.

— Lisez, me dit-il en désignant le texte en latin. Je vais vous le traduire : « Bien que l'art ou les artisans susnommés imitent l'objet naturel dont ils reproduisent la silhouette et l'image, ils n'imitent pas à la perfection toutes leurs caractéristiques, notamment le visage. C'est encore plus vrai en ce qui concerne le mouvement, le chant, les actes et les passions, comme le gazouillis, le vol et le chant des oiseaux, ainsi que les odeurs et saveurs des arbres et des plantes, des fleurs et des fruits, ou les lectures, les débats, les vertus et les défauts des hommes. »

— Ah, dis-je, faisant mine de comprendre.

Le prêtre dégusta lentement une olive avant de m'informer de ce qui suit :

— J'ai rencontré Ruthven lorsqu'il est venu consulter nos archives en quête d'un livre de magie interdit par Eymerich en 1396. Votre capitaine Ruthven est arrivé armé d'une carte gravée sur de l'émeraude, une relique entrée en sa possession lors de la guerre d'indépendance du Pérou. Avec mon aide, cette carte nous a menés à la découverte d'un palimpseste sacré sur lequel Rex Illuminatus avait écrit. Je l'ai aidé à l'extraire d'un livre d'heures que j'ai ensuite dissimulé dans le mur d'une chapelle située au nord-est de notre monastère.

Lloret marqua une pause pour souligner son effet.

— Cette vérité n'est connue que de moi-même et de votre maître, reprit-il en serrant fortement ma main. Et Ruthven m'a demandé de vous la révéler. Monsieur Sitwell, Illuminatus a imprégné son écriture d'une grande sagesse, un langage qui n'est accessible qu'à un érudit, un langage sacré qui permet à un esprit mortel de communiquer avec Dieu.

Le visage du prêtre s'illumina :

— Un langage qui aurait privé l'Église de pouvoir en plaçant l'Esprit saint dans la bouche de tout un chacun, en dehors des structures des bulles du pape. Ce langage fait du locuteur un réceptacle vivant de la créativité divine. Les miracles… En avez-vous entendu parler, monsieur Sitwell ?

J'opinai.

Lloret esquissa un sourire pour lui-même.

— Avant de quitter cette île, vous verrez des merveilles à la fois superbes et terribles, je vous le garantis.

Le prêtre se mit à tapoter la table de ses doigts.

— Vous devez trouver cela bizarre, monsieur Sitwell, que les écrits d'un alchimiste mort depuis longtemps guident votre destin.

Sur ces mots, il prit ma main dans la sienne et je ressentis sa chaleur, son sang qui coulait dans ses veines. Je comprends à présent que l'aventure est une chose aussi imprévisible que l'homme. On ne peut que la vivre comme elle vient, quand elle vient. En écoutant Lloret, de nombreuses idées me vinrent sans que je les exprime à haute voix. J'eus peine à capter tout ce qu'il s'est passé entre nous, mais je m'efforcerai d'être aussi précis que possible. Ma chère Kitty, Lloret m'a soumis une interprétation des événements de ces dernières semaines. Il m'est impossible de répéter ici l'horreur des plus troublantes que recelaient ses paroles. Je vous épargnerai ces détails sordides et vulgaires pour vous résumer les faits.

Lloret baissa le ton :

— Le capitaine Ruthven vous a chargé de livrer un objet. Un objet qui va lui sauver la vie. C'est là une expression très « ruthvenienne ». Ce qu'il veut que vous livriez, c'est la *gnose*, monsieur Sitwell. La « connaissance ». Il vous a prié de donner cette connaissance à une femme, une femme qui sauvegardera ce secret, mais qui n'a aucun pouvoir sur le destin de Ruthven. Ce que vous allez sauvegarder, c'est son héritage. L'héritage de l'objet que vous transportez.

Je hochai la tête. Nous en avions déjà discuté chez lui.

— Il m'a chargé de partager avec vous son savoir. Êtes-vous certain de vouloir vous aventurer sur cette voie ? s'enquit Lloret.

Je fis amende honorable, démontrant ma loyauté, même si, secrètement, je trouvais tout cela déstabilisant à l'extrême.

— Des paroles audacieuses, admit-il avec admiration. Ruthven croit qu'Illuminatus et l'Ordre sont liés à la fois par les circonstances et le malheur. Il faut que vous le compreniez. En 1376, un mystérieux acolyte d'Eymerich, surnommé le Duc, fonda une organisation secrète, un réseau souterrain d'espions qui traquaient les hérétiques et les brutalisaient. Un pogrom contre Illuminatus donna lieu à une bulle papale pour bannir cent vingt de ses livres, tout en interdisant ses enseignements par l'Église. Une deuxième vague d'attaques s'ensuivit, attisée par le succès du Duc à Rome. Flavius Clemens, étudiant à la faculté de théologie de l'université de Paris, orchestra la condamnation officielle des œuvres d'Illuminatus par les théologiens, interdisant l'étude des écrits de ce brave homme à l'université. Les conséquences furent désastreuses.

« En 1396, deux factions apparurent, poursuivit Lloret d'un ton solennel. Il y eut ceux qui gardaient les arts secrets d'Illuminatus et ceux qui cautionnaient les pratiques du Duc, l'ami d'Eymerich. Leurs disciples nous ont combattus férocement. Les anti-illuminatistes ont entravé toute publication des textes d'Illuminatus, brûlant les manuscrits quand c'était possible, allant jusqu'à inventer de faux livres afin de le discréditer. De ses 277 œuvres préservées, au moins 273 sont perdues. C'est un combat qui se poursuit à ce jour, monsieur Sitwell. Des partisans d'Illuminatus, tels que moi-même, luttent sans relâche pour protéger ses écrits. Ses ennemis sont encore parmi nous. Ils reviennent.

Une larme apparut au coin de l'œil de Lloret. Il la chassa en espérant que je n'aie rien remarqué.

— Je suis certain que le capitaine vous a parlé de ses théories sur l'immortalité du grand Illuminatus.

Je hochai la tête. Lloret soupira :

— Rex Illuminatus, comme vous le nommez, a bu un élixir de longue vie philosophique, et non physique. C'est en cela que Ruthven et moi avons des avis divergents. Je crois que ses idées sont immortelles, et donc que son âme survit, mais pas son enveloppe corporelle. C'était un médecin de l'âme, monsieur Sitwell, et non un alchimiste des métaux. Ne croyez pas en cette histoire d'élixir de vie. Illuminatus vit en nous, nous le portons ici.

Il désigna son cœur d'un geste théâtral.

— Qu'est-ce qui vous a attiré, chez Illuminatus ? s'enquit le prêtre.

Je lui dis que j'avais commencé à lire ses œuvres lors de mes études à Cambridge et que sa mystique m'était apparue en rêve. Je me gardai toutefois de préciser que je me débattais dans l'hellénisme romantique, à l'époque. Cela ne me semblait pas approprié. Nous avons longuement discuté de l'importance de ces rêves, que je vous ai confiés et que je ne répéterai donc pas. Je me sentais très à l'aise en compagnie de cet homme, dont le visage m'évoquait la plus grande honnêteté et dont la passion pour son Dieu semble des plus sincères. Nous avons bu ensemble, discutant de son parcours religieux et de sa vision de l'avenir de Majorque. Il était très hospitalier, curieux du monde, alors qu'il n'avait jamais quitté son île.

Une heure plus tard, je lui demandai où il avait appris l'anglais. Entièrement dans les livres, me répondit-il, ce qui explique son accent si particulier. À la tombée du jour, la pluie cessa. Lloret me proposa alors une promenade à pied dans la campagne.

— Avec moi, vous ne risquez rien, assura le père Lloret.

Le campanile luisait devant nous. Le *padre* tendit la main pour toucher un crucifix de pierre en m'encourageant à en faire autant.

— Il est probable qu'Illuminatus soit passé par ici, en contemplation, dit-il. La vie peut être bien laide quand on ne la mène pas bien. Tant de gens ont des regrets… et la violence est à éviter, si Dieu nous en accorde la possibilité.

Il s'interrompit et perçut ma mauvaise humeur.

— Venez, dit-il en me faisant signe.

Nous sommes entrés dans la forêt, revenant sur nos pas vers les alentours de la ville. Après l'orage, j'étais enfin soulagé d'avoir atteint ce refuge.

— Demain, dit Lloret en me laissant à la porte de la Chartreuse, j'irai chercher de la Font et sa *Vita Coetanea*.

Je me retirai dans mes appartements et me mis à vous écrire à la lueur d'une unique chandelle malodorante. Vous me manquez terriblement, même si ce lieu procure une certaine forme de sérénité. Qu'ai-je fait pour mériter ce purgatoire ? Même si je l'ai souhaité, je regrette le jour où je vous ai quittée. Ne cessez pas de m'écrire, car j'ai grand besoin de votre force et de vos conseils.

Votre bien-aimé, plus proche que jamais, Sitwell.

6 décembre 1851, Valldemossa, Majorque

Katherine, je n'ai toujours pas reçu de réponse de votre part ! Je dois sans doute incriminer les perturbations de la poste et non celles de votre cœur. Néanmoins, je vais vous narrer mes aventures ! Aujourd'hui, je me suis réveillé avec le soleil. Tandis que l'astre brillant se levait, à l'est, j'ai quitté mes appartements en pantoufles pour m'installer dans le jardin privé. Cette expérience fut un ravissement. Le ciel s'éclaira et les oiseaux se mirent à danser dans les branches nues d'un bouleau argenté. Je sentis alors le poids des angoisses de la soirée quitter mes épaules et je décidai d'aller me promener sans attendre. Muni de quelques pièces de monnaie, je me dirigeai vers le chemin de terre menant à Deià, m'arrêtant pour acheter un morceau de pain de patate douce et du fromage de brebis. J'ai beau avoir lu l'œuvre d'Illuminatus... et passé tant de temps dans les bibliothèques, les bureaux, les cloîtres, à étudier ses traités sur l'amour, sur Dieu et l'homme, je ne compris sa signification qu'en cet instant, en regardant la mer, le ciel, en m'arrêtant pour casser la croûte sur les racines d'un olivier. Ô ! *Olea europaea* ! Je vous chanterais bien ses louanges ! Son écorce noueuse et sinueuse, ses fruits d'hiver humides et serrés, verts et pourpres, enrobés d'une fine poudre blanche… La terre argileuse d'un superbe rouge sang autour de ses racines ! J'ai croisé une oliveraie peuplée d'arbres très âgés dont les branches majestueuses étaient chargées de feuilles argentées et très déployées, ceints de murs de pierre qui s'effritent… Et je le jure devant Dieu, les olives que j'ai trouvées sont aussi anciennes que les œuvres d'Illuminatus, voire davantage. Je franchis à nouveau un portail et me voici sans horloges, ni édifice, ni ordre, libre de simplement respirer, dépouillé de toute mauvaise pensée. Toute trépidation reste sur le chemin qui m'a conduit vers cette église perdue ! Pas étonnant que la vérité vienne à l'ermite dans sa grotte, face à une telle majesté ! Il ne peut y avoir aucun doute dans son esprit : il communie avec quelque nébuleux créateur ! Et si je suis chaque jour en lutte avec ma propre capacité de persuasion, ma confusion quant aux véritables raisons de ma présence sur cette île, je dois admettre, chère Katherine, que je suis soutenu par ma foi indéfectible dans le monde et mon ardeur intense pour celle à qui j'ai donné mon cœur.

Bien à vous, avec amour et admiration,
Sitwell

8 décembre 1851, Valldemossa, Majorque

Je venais de commencer ma traduction de l'œuvre de l'alchimiste quand le père Lloret m'interrompit grossièrement. Il entra en trombe dans mes appartements, vêtu d'un pardessus sur sa redingote, une tenue inhabituelle pour un prêtre.

— Nous devons partir sur-le-champ ! s'exclama-t-il en m'attrapant brutalement par les épaules. Dieu merci, vous êtes sain et sauf !

Avant que je ne puisse répondre, il sortit deux pistolets dissimulés sous son manteau.

— Levez les bras, Sitwell ! m'ordonna-t-il en attachant une arme sur chacune de mes hanches.

Il me remit ensuite un sabre à porter dans le dos.

— Savez-vous tirer ? me demanda-t-il. Le chemin protège des coups de feu, mais vous devrez tirer, au besoin.

Je ris nerveusement et répondis que l'on risquait de me prendre pour un hors-la-loi, armé jusqu'aux dents comme je l'étais. Le prêtre posa une main sur mon épaule.

— Il va falloir cesser de vous laisser marcher dessus, Sitwell.

— Pardon ? balbutiai-je.

— Faites vos bagages, m'ordonna Lloret d'une voix tremblante. Vous rencontrerez le Rossignol ce soir. Elle répondra à toutes vos questions.

Je me trouvai réduit au silence, très perturbé par sa façon si latine d'exprimer ses émotions. *Mon Dieu, Sitwell !* me dis-je. *Il s'est passé quelque chose de terrible !* Sur ce, nous quittâmes mes appartements, faisant jurer à de la Font de garder le secret. Dès que la femme posa les yeux sur les armes que je portais à la ceinture, elle se mit à hurler et s'écria que le chemin était dangereux, la nuit. Lloret ignora ses protestations et me fit monter sur un cheval attaché à l'entrée de la Chartreuse, tandis qu'il enfourchait sa propre monture. Le bruit des sabots résonna sur les pavés. Nous partîmes rapidement de Valldemossa, « la vallée de Moïse ». La lune n'était pas encore levée dans le ciel noir parsemé de millions d'étoiles. Pour me rassurer, je levai les yeux afin d'admirer le scintillement des astres. Soudain, Lloret fit arrêter son cheval. Saisi d'une appréhension, je portai la main sur un pistolet. Je n'avais entendu aucun bruit, mais le prêtre avait peut-être senti quelque chose.

— Regardez! souffla-t-il en pointant du doigt.

Je vis les ténèbres cimmériennes s'ouvrir dans le sillage d'un brouillard vaporeux qui s'épaissit peu à peu. La poussière chatoyante fit place à un éclat radieux d'or blanc qui émergea telle une déesse sacrée de l'orbe d'automne ourlé de noir qui consumait le ciel. Les étoiles furent éclipsées tant elles étaient touchées par sa présence !

— Nous sommes bénis, Sitwell! s'écria Lloret tandis que la lueur céleste de la lune se reflétait dans les yeux humides de la jument.

La bête avait le dos brillant de sueur. N'ayant pas monté depuis des mois, j'avais les muscles en feu. Bien que jouissant d'une bonne santé, je ne suis guère habitué à parcourir à vive allure un terrain aussi abrupt. Néanmoins, je gardai le rythme et la jument était habile, prenant soin de ne pas trébucher. Nous cheminâmes ainsi pendant plusieurs heures, grimpant plus haut dans la montagne, jusqu'à une vaste clairière. À l'extrémité d'un plateau rocheux, je discernai la flamme vacillante d'une bougie. De la fumée s'élevait de la cheminée d'une petite maison en pierre. Dans la cour, des poules dormaient dans un poulailler. Un chien de berger aboya deux fois dans une grange tandis qu'un chat miaulait plaintivement. Lloret mit pied à terre avec souplesse. Je fis de même et lui confiai mes rênes. Il attacha les deux montures en nage à un piton, près d'un abreuvoir. Les chevaux burent avidement pendant que nous leur ôtions leurs selles avant de les bouchonner à l'aide d'une couverture afin de réchauffer leurs muscles fourbus. Ensuite, Lloret les mena dans une grange délabrée pour la nuit. Alors que nous traversions la cour, la porte de la ferme s'ouvrit sur le plus beau spectacle qui m'ait été offert au cours de mes voyages. Ne m'en veuillez pas, mais c'est la vérité. Elle avait une épaisse chevelure noire aussi ondulée que la mer, glissée derrière ses oreilles, de grands yeux enfoncés aux paupières lourdes, comme sur les portraits de saints. Elle portait un fin fil d'or autour du cou avec, en pendentif, un petit oiseau dont les ailes délicates se déployaient sur sa poitrine. Sa robe était rustique, ses manches en coton brut lui arrivaient aux coudes et, sous sa robe, ses jupons étaient crottés. Elle n'était pas élégante ni frêle, mais franche et forte, avec une posture altière que je n'avais jamais vue chez une femme.

— Bienvenue ! lança-t-elle. Lloret ! Senyor Sitwell, soyez les bienvenus !

Sur le pas de la porte, illuminée par un feu de cheminée, elle me fit l'impression d'une seconde lune surgie des entrailles de la montagne. C'était une déesse sévère et inquiétante. Fasciné, je suivis Lloret à sa rencontre. En tant qu'homme, je ne pus m'empêcher de penser que c'était pour elle que le prêtre acceptait de rendre ce service à Ruthven. Il est amoureux de cette femme, Kitty, de façon aussi certaine que je le suis de vous. Car quel prêtre, quel homme résisterait à une beauté aussi flagrante ? Mais je chassai vite cette pensée pour la reléguer au domaine de l'intellectuel, du malveillant et du faux, car j'ai toute confiance en la foi chrétienne de Lloret, même si je ne la comprends pas. La tendresse que je perçus sur son visage, dans le contact de sa main sur le bras de cette femme, me porta à croire, une fois de plus, que je venais de pénétrer un territoire où les règles de conduite n'étaient pas telles que je les imaginais.

À l'intérieur régnait une pénombre déplaisante. Les fenêtres étaient petites, les volets fermés, et la cuisine dominée par la présence d'un chaudron dont le contenu mijotait sur le feu. Lloret et la femme se lancèrent dans une conversation en tête à tête, au point que je préférai m'éclipser et reprendre mes esprits à l'extérieur. Je m'assis sous la lanterne pendue au-dessus de la porte et j'observai la lune ronde, son voile tellement lumineux que je discernais chaque pierre de la vallée, chaque feuille de chaque buisson. Ce paysage accidenté et luisant comme un miroir d'obsidienne m'apaisa. Depuis l'entrée, je remarquai l'emplacement de la source du serpent, *la font de sa serp*, non loin de la maison. Très vite, Lloret ouvrit la porte et m'ordonna d'entrer. J'en vis davantage. Des toiles et des parchemins étaient empilés contre les murs, des herbes séchées pendaient de la charpente. Ils avaient installé un bureau, une planche à dessin, des loupes et une multitude de plumes, deux canifs, une pierre à aiguiser, une règle et des crayons. Il y avait aussi du papier imitant la toile, un encrier, de l'encre et des roseaux dans un récipient. Sans doute taillait-elle ses propres plumes. Je vis aussi des fioles et des potions. *Sitwell*, me dis-je, soudain apeuré. *Cette femme est une sorcière.*

— Vous avez faim ? demanda-t-elle s'approchant de moi.

Mon estomac se mit à gargouiller. Je bredouillai que oui, même si j'étais peut-être un peu écœuré à l'idée de manger. Lloret demeurait silencieux. La femme s'approcha du fourneau et souleva le couvercle d'une marmite d'un potage avec des morceaux de viande. Dès que Lucretia posa devant moi une assiette de potage bouillonnant, je fus révulsé. *Lloret vénère cet être !* me dis-je. *Son âme a peut-être été transfigurée !* Je refusai de porter la moindre nourriture à mes lèvres, car j'étais persuadé que Lucretia était magicienne, comme Circé ou la fée Morgane. Si je mangeais son plat, je me retrouverais peut-être pris au piège dans sa cour, sous la forme d'un cochon, ou pis, je deviendrais son disciple, comme Lloret qui se languissait d'amour.

— Je vous fais peur, senyor Sitwell ? Vous avez trop lu. Je ne suis pas une fée. Lloret, montre à cet homme que je peux saigner.

Elle releva une manche de sa robe, exposant une cicatrice qui descendait jusqu'à sa paume. Lloret approcha une bougie pour éclairer le sillon boursouflé.

— Vous croyez qu'une fée peut saigner ? demanda-t-elle.

Je repoussai l'assiette : depuis la nuit des temps, tous les démons et sorcières affirmaient la même chose.

— Vous êtes bien impoli pour un gentleman. Ruthven m'a écrit que vous étiez impoli, et vous l'êtes assurément.

Elle fit signe au prêtre et ils se mirent à converser rapidement dans leur dialecte catalan. Lloret annonça que j'avais apporté un paquet, un cadeau auquel la femme s'attendait. Il se leva et se dirigea vers nos sacoches, puis revint avec l'objet en question. La femme s'en saisit et le posa sur la table avant d'en écarter la toile. Elle découvrit un reliquaire en or, au couvercle scellé, incrusté d'émaux raffinés. Le coffret était décoré d'un motif complexe de feuilles de figuier dorées orné d'oiseaux délicats.

— Ouvrez-le, ordonna-t-elle.

J'obéis, actionnant le loquet métallique. Le coffret recelait plusieurs feuilles de parchemin pliées et entourées d'une ficelle. Je reconnus aussitôt l'écriture d'un maître. Je tendis la main vers les documents, mais Lucretia me retint.

— Il ne faut pas y toucher. Vous vous brûleriez. Ce document va vous parler de mille voix. Il s'agit des Pages du Serpent, Sitwell. Ces feuilles sont rédigées dans la langue divine, qui ne ressemble à aucune langue sur cette terre.

— Connaissez-vous ce langage ? demandai-je.

— Vous pourriez l'apprendre, Sitwell, mais vous seriez dévoré par sa puissance.

Lucretia prit mes mains dans les siennes et les baisa.

— *À vous de déchiffrer ce qui en émane, de résoudre ce mystère.*

Ses lèvres ne bougeaient pas. Pourtant, je jure avoir entendu sa voix résonner dans tout mon corps. Je voulus me dégager de son emprise, mais elle me retenait fermement.

— Écoutez-moi bien, monsieur Sitwell, déclara le prêtre. Elle accomplit de nombreux miracles, elle est le trésor ultime que nous nommons Rossignol. Ruthven a souhaité qu'elle vous montre ce qu'elle est, dans l'espoir que vous compreniez la nature du secret que vous allez garder.

Tandis qu'il parlait, Lucretia s'inclina face à chaque coin de la pièce. Elle baissa la tête vers le nord, le sud, l'est et l'ouest, avant de brandir le reliquaire au-dessus de sa tête.

— *Je t'appelle Mystère !* clama-t-elle en levant le coffret vers les cieux. *Je t'appelle Mensonge de la rouge Érythrée, né d'Idas dans les vallons boisés, dans les boues de Marpessa souillée ! Je suis le fleuve Hadès de plus en plus profond, plus vieux qu'Orphée, mais tous l'ont appelée Folie ! Mes sœurs ! Venez à moi ! Car je suis le néant liminal ! Je franchis le vide !*

Chaque nom était suivi d'une bourrasque de vent qui éteignit les bougies, de sorte que nous fûmes plongés dans le noir. Sa silhouette fut alors secouée de convulsions. Elle changea de couleur, ses cheveux se dressèrent. Je sentis la chaleur d'une centaine de mains tirer sur mes vêtements et mes cheveux. Les yeux de Lucretia se voilèrent d'un néant dur et froid tandis qu'une voix féminine étrangère pénétrait sa bouche.

— *En tant que vierge, j'étais vêtue de fer, menottée par la force du destin, je n'ai pas perdu ma souveraineté*, scandait la voix.

360

Je sentis une chaleur sur ma peau, un bourdonnement dans mes veines.

— *Vous m'avez appelée trois fois grande, aux deux visages, à la langue fourchue.*

Ensuite, Lucretia se mit à chanter dans une langue que je n'avais encore jamais entendue, d'abord gutturale et aspirée comme le sifflement d'un serpent, puis profonde et douce comme le roucoulement d'une colombe. Alors que Lucretia chantait, les feuilles du coffret doré se mirent à luire et je vous jure, Katherine, que sous mes yeux, un flot de lumière s'éleva du parchemin et inonda la pièce d'un éclat éblouissant, une effervescence monstrueuse qui nous brûla le visage et les mains, envahissant les poutres sombres et les volets fermés, avant de couler dans le sol en terre battue, tandis qu'elle chantait dans cette langue indéchiffrable. Et ce son ! ô, ce son ! Il restera gravé dans ma mémoire jusqu'à la fin de mes jours. Un battement puissant parsemé de doux appels cristallins qui me brisèrent le cœur ! Avec chaque syllabe mystérieuse, mes sens enivrés avaient l'impression qu'une feuille d'or se déployait et que des branches d'or croissaient, jusqu'à ce que la lumière forme une véritable tonnelle au-dessus de nous.

— C'est de l'alchimie ! m'écriai-je en me levant d'un bond parmi les feuilles dorées. Voici donc le miracle dont parlait Rex Illuminatus ! La fabrication de l'or !

Devant moi, Lucretia était pantelante. La lueur qui jaillit de ses lèvres, ses yeux et ses oreilles se mua rapidement en une lumière merveilleuse, plus éclatante qu'un millier de bougies vacillantes, un or grisant comme le soleil levant. Elle se déversa de sa gorge et de sa poitrine, soulevant son corps de terre. La lumière projetait des racines vers le sol. Soudain, sa silhouette entière parut s'effriter comme une feuille d'or sous la main de l'enlumineur, explosant en une poussière luminescente jusqu'à ce qu'il ne reste plus rien que cette chanson suave et profonde. De la poussière et de la chanson émergea un arbre de lumière, de la taille de Lucretia, fendu en quatre branches. Au sommet des branches, à la place des feuilles, pendait un croissant de lune. La silhouette vacilla dans la lumière. Quant à moi, je me retrouvai muet, frappé de stupeur. Kitty, je n'avais pas la force de parler, tant j'étais terrifié par ce spectacle ! Chaque seconde me semblait interminable. La femme émergea de l'arbre d'or et me montra ses mains.

— *Ce langage vous permet de tout créer, monsieur Sitwell. C'est l'alphabet indicible de l'imagination. Le son du flux, de l'esprit. Grâce à lui, vous pouvez lire l'univers, conjurer des histoires, voir tous les avenirs, vivre éternellement. Mais si vous l'utilisez de façon grossière, avide, inhumaine, il vous brûlera, vous dévorera jusqu'à ce que vous soyez emporté par le vent.*

Puis, plaçant les mains au-dessus de sa poitrine, elle se frotta les paumes, de plus en plus fort, de plus en plus vite, le front emperlé de sueur. Je fus parcouru d'un frisson glacial et eut envie de tout abandonner, de m'enfuir très loin, très vite dans la vallée, loin de tout cela ! Bientôt, les voix revinrent, plus féroces, plus fortes. Portes et fenêtres s'ouvrirent sous les bourrasques d'un enfer hurlant. La lumière jaillit des doigts de la femme jusqu'à ce qu'ils soient tous encerclés. La lumière se mit à tournoyer autour d'elle, puis explosa avec fracas et me couvrit les yeux, m'arrosant la peau d'or ! Je me jetai à terre, tremblant de peur !

— Lloret ! m'écriai-je, horrifié. Quelle est cette diablerie ?

Après une ultime bourrasque, l'assaut prit fin. La lumière quitta Lucretia et son regard s'éclaircit. Elle essuya la bave de ses lèvres puis s'écroula lourdement sur une chaise.

— Souvenez-vous de moi, Sitwell. Souvenez-vous bien de moi, murmura-t-elle. Je suis en vous, désormais. J'ai uni votre sang au mien.

Le prêtre peu orthodoxe baissa la tête et s'agenouilla près de moi.

— Dis-lui, ordonna-t-elle avec vigueur. Mikel, tu dois lui dire, maintenant.

Lloret me regarda dans les yeux.

— Si je vous ai amené ici ce soir, monsieur Sitwell, c'est parce que j'ai reçu l'ordre de le faire, en certaines circonstances, que je ne pouvais révéler qu'après les faits. Il ne faut pas retourner à Valldemossa. Le capitaine a pris des dispositions pour assurer votre sécurité. Il vous a tout légué : sa richesse, son héritage, sa bibliothèque. Vous êtes un homme riche. Il souhaite que vous retourniez à Londres, où ses juristes vous remettront vos possessions.

— Que voulez-vous dire ? demandai-je d'une voix rauque.

— Le capitaine m'a prié de vous en informer ainsi, et non par le biais des papiers.

Sur ces terribles paroles, Lloret me remit une enveloppe froissée et me regarda prendre connaissance de son contenu.

Je ne puis en écrire davantage, chère Katherine. Autant vous l'annoncer de but en blanc : le capitaine Ruthven est mort. Assassiné ! On l'a retrouvé pendu au bout d'une corde à Barcelone, le cœur cruellement arraché de sa poitrine, le corps brûlé. Il s'est sacrifié à ses ennemis ! Ce faisant, il m'a confié tout ce qu'il redoutait que le monde ne trouve. Étant son unique bienfaiteur, je dois porter ce fardeau. Je détiens la totalité de son patrimoine. Et je ne sais que faire de ce savoir terrible ! Car la mort de Ruthven m'a menotté à son destin… Mon Dieu, cette lettre met peut-être votre vie en danger en plus de la mienne ! Vous devez agir promptement. Réunissez mes lettres, même mes messages d'amour, chaque mot que je vous ai écrit depuis mon départ d'Angleterre, et placez le tout dans un lieu des plus secrets. Ne répétez pas ce que je vous ai raconté. Désormais, vous ne devrez dire à personne que je vous ai écrit ! Ne commettez aucune imprudence, il faut être forte ! Surtout, ne cherchez pas à détruire ou brûler mes lettres, car elles serviront à prouver ce dont j'ai été le témoin au cas où je porterais les meurtriers de Ruthven devant la justice ! Je suis en perdition ! Ma chérie, vous devez conserver mon secret comme si votre vie en dépendait, ce qui est certainement le cas, désormais. Pardonnez-moi, je vous en prie ! Pardonnez-moi ! Car puisque vous savez ce que je sais, plus moyen de revenir en arrière, mais n'ayez pas peur. Attendez que je vous contacte et protégez-vous. Mon Dieu, Katherine ! Au moins, une chose est claire…

LIVRE TROISIÈME

L'holographe d'un prophète

— *La divination est la fiction appli-*
quée à la vie pour prédire l'avenir.
— *La fiction? demandai-je. Qu'est-*
ce donc?
— *Une nouvelle forme d'écriture.*
— *En dehors du canon? Il ne peut*
exister un livre qui ne soit lié à Dieu,
dis-je.
Je pensais ardemment à mon livre
d'heures.
— *Vous ne rêvez donc pas sous*
forme d'histoires? s'enquit Philomèle
en agitant les mains.

Rex Illuminatus,
*Histoire alchimique des chose*s
(1306)

Que celui qui affirme :
« L'âme est une feuille blanche »
dise plutôt Un palimpseste, l'holo-
graphe d'un prophète…

Elizabeth Barrett Browning,
Aurora Leigh
(1856)

I
FACE À FACE

Lorsqu'il arrive au bar, avec presque une demi-heure de retard, pour notre rendez-vous vespéral, Ferran Fons m'interpelle depuis le trottoir d'en face. Il assume totalement.

— *Hòstia Anna !* Tu t'es fait couper les cheveux ! On dirait un garçon.

Chemise en lin, dont les trois premiers boutons sont défaits, poils épars sur le torse, mais présents. Une tache de café sur la poche droite…

— Cela fait combien d'années que tu as obtenu ta licence ? s'enquiert Fons. Je n'arrive plus à suivre. On te remet un diplôme et tu files sans demander ton reste pour ne jamais réapparaître. Et moi ? Tu ne penses donc pas à moi ! Je suis abandonné ! Trahi ! C'est le ciel qui t'envoie ! Allez, on prend un verre !

Fons éclata d'un rire joyeux.

— Anna, je meurs de faim ! Tu veux une bière ? Du vin ? Des *pintxos ?* Qu'est-ce qui t'amène ici ? Dans ton message, tu as cité Hernández.

— Oui…

Il m'interrompt pour faire signe frénétiquement au *camarero*.

— *Maestro !* s'exclame le serveur, qui s'incline en soulevant un chapeau imaginaire. Où Votre Altesse souhaite-t-elle s'asseoir ?

Fons esquisse un geste royal. Tandis qu'on nous conduit vers notre table, il pose une main paternelle sur mon épaule.

— Dans les débits de boissons de cette ville, déclare-t-il tout sourire, Ferran Fons est le roi, le seul ! C'est mon ultime satisfaction. L'un des rares plaisirs de ma vie. Alors ! Oriol Duran sait que tu es à Barcelone et ce que tu y fabriques ? murmure-t-il trop fort.

On nous installe au fond de la salle, dans un coin séparé des autres clients par une élégante frise en bois.

— Vas-y en douceur, avec lui, reprend Fons. Il l'aimait profondément et sa mort l'a bouleversé. Dix ans ont passé et il se remet à peine. C'est un écorché vif. La situation est délicate et je suppose que tu as envie de foncer dans le tas.

— Qu'est-ce qui vous porte à croire que je ferais une chose pareille ?

Un serveur se présente à notre table. Fons sourit, puis commande à ma place et demande une bouteille de cava. Je le laisse faire.

— Notre milieu est fragile. Tu n'as pas vécu ça avec nous, donc tu ne peux pas savoir, déclare-t-il d'un ton acerbe. Tu es partie. Tu as tout abandonné pour te plonger dans tes bouquins.

Il frémit.

— Je dois m'excuser ? On en a déjà parlé.

— Non. Toutefois, cette histoire m'inquiète. Elle ne me plaît pas…

Ses paroles restent en suspens, créant un malaise. La mine soucieuse, Fons plie sa serviette en triangle de ses doigts épais. Il me fait de la peine. Son pouce droit est taché d'encre noire.

— Tu as pensé à notre communauté? reprend Ferran, troublé. Nous avons souffert! Pour Villafranca et pour nous, Natalia Hernández est une affaire réglée, emballée. Et toi, tu reviens en affirmant mener des recherches universitaires, tu interroges les gens sur sa vie pour écrire un livre… Et toute l'enquête redémarre.

J'hésite un instant :

— Je ne cherche pas à rouvrir une enquête. Ce n'est pas pour cela que je suis là.

— Tant mieux.

— Mais je dois vous demander une chose, Fons. Dix ans plus tard, vous êtes satisfait?

Je le regarde droit dans les yeux.

— De quoi? Tiens, bois un peu de cava.

Le serveur débouche la bouteille et remplit deux verres. Comme à son habitude, Fons demeure évasif.

— Les récits dont vous avez eu connaissance… ils vous dérangent?

— Je suis en paix, maintenant.

— Comment cela?

— J'ai tourné la page.

— Je ne vous crois pas.

— J'ai l'air d'un homme qui souffre? (Fons se mordille le pouce.) Comment veux-tu procéder? Une séance de spiritisme? Une résurrection au sommet d'une montagne?

— Je veux écrire un livre là-dessus. Tout revisiter.

Fons émet un son guttural qui ressemble à un grogne-ment. Un grognement réprobateur.

— Très bien. C'est un récit personnel?

— Un témoignage.

— Sur quoi ? Sur ce soir-là ? Tu veux en savoir plus sur cette nuit épouvantable ?

— Je veux revenir sur le déroulement des événements, avec la clarté du recul, le souvenir des gens.

— Tu ne connais pas assez intimement sa carrière.

— Je veux l'étudier.

— Pour prouver quoi ?

Nos plats arrivent. Deux copieux bols de soupe. *Pa amb tomàquet*. Du pain. Je demeure immobile, à scruter mon plat. *Botifarra negra. Escudella i carn d'olla.* J'ai appris à aimer ça. Fons mange avidement, bruyamment. Les morceaux de viande nagent dans un épais potage aux haricots.

— Quant à ce mauvais garçon qui l'a transportée, j'ai eu sa sœur comme élève. (Fons fronce les sourcils.) Núria. Une fille à problèmes. (Il se tourne vers moi.) Il faut prendre garde à ce que l'on raconte, dans cette ville. Tout le monde se connaît, on s'est tous croisés, on... (Il tape des mains.) On se bouscule comme de petits atomes, on se heurte. Ici, les coïncidences sont des collisions. Mais... je pense parfois à ce qui est arrivé, cet été-là... quand je me l'autorise.

— Bien sûr, Fons ! Vous êtes un sentimental. C'est le pays qui veut ça.

— Natalia est un mythe.

Ferran Fons recule sa chaise et fait signe au serveur de nous apporter du vin.

— Un mythe très dangereux, crois-moi, reprend-il. Il vaudrait mieux pour nous tous que tu la laisses reposer en paix. Mais tu as sollicité mes services et je t'admire ! Donc je ferai de mon mieux. Je contacterai quelques relations pour t'obtenir un entretien. Ça, je peux le faire. Toutefois, sois prévenue : je m'intéresse davantage aux vivants qu'aux morts. Et je tiens à ce que cela reste ainsi.

Il tapote la table du doigt.

— Ne regarde pas ton assiette comme ça. C'est impoli.

Fons me commande un café et une crème catalane.

— La meilleure de la vieille ville, précise-t-il.

Pour moi, Ferran Fons est un peu un mystère. Il jure comme un charretier, mais est d'un naturel doux, étrangement émouvant, et il a tendance à parler pendant des heures sans s'arrêter. En cours, il a la critique facile mais ne note jamais sévèrement, ce que ses étudiants reconnaissent et apprécient. Quand on l'interroge sur son passé, il se mure dans le silence. Il accepte des rendez-vous à des heures normales mais arrive toujours en retard. S'il fallait réunir les informations glanées par ses étudiants, les ragots échangés au restaurant universitaire, les conversations entre dramaturges entendues par hasard à la bibliothèque, les fois où on l'a vu accompagné d'une jeune femme au Grand Théâtre du Liceu, et j'en passe, on n'obtiendrait guère que des bribes de renseignements décousus et flous sur lui : âge indéterminé (environ 55 ans ?), marié à Aurora Balmes, actrice récompensée (source d'excitation parmi les plus jeunes), séparé depuis six ans, jamais divorcé officiellement. Une fille de 25 ans avec qui il est brouillé (une dispute à laquelle ont assisté deux étudiants en master, à la cafétéria). Des difficultés dans ses rapports avec les femmes (une tendance remarquée à sous-noter les devoirs des filles). D'un romantisme torturé (surpris en train de pleurer lors d'une représentation de *La Cerisaie*, de Tchekhov).

C'est à un étudiant britannique qui faisait des recherches sur l'émergence d'un art populaire catalan dans les années quatre-vingt que l'on doit la découverte la plus cruciale : une vieille photo cornée en noir et blanc, dans la collection privée d'un journaliste, intitulée *Ferias traditionnelles dans le nord de la Catalogne*. On y voit un groupe de jeunes hommes tenant des masques à côté d'un magnifique dragon en métal. Au milieu, Ferran sourit, les cheveux en bataille. À son apogée, il était membre d'une troupe de comédiens militants, les « mangeurs de feu » ou *Tragafuegos*. Ainsi, cet étudiant britannique dévoila sans le vouloir le passé de Ferran. Il avait fait partie des *Rurals*, danseurs du feu venant d'un village du Nord proche des Pyrénées. Seuls les critiques les plus cruels le décrivirent – à juste titre – tel qu'il était. Comme le déclara une Sévillane amère, une nuit, lors d'une rixe au Bar de Choco : « La critique est aisée mais l'art est difficile. »

En insistant un peu, on arrive à lui faire dire que son bureau se trouvait près de la bibliothèque, cet été fatidique de 2003, un placard à balais situé au deuxième niveau de l'école de théâtre. Il le partageait avec un collègue anglais d'un certain âge, le professeur Tums. En ce vendredi précis, le dernier avant la mort de Natalia, Tums était absent, une fois de plus à cause de sa tendance à la boisson (Ferran a un jour trouvé une collection de mignonnettes de whisky dans le troisième tiroir du bureau du traducteur). Tums travaillait notamment sur les adaptations en catalan de pièces d'Oscar Wilde (*L'Importance d'être Constant* fut représenté au Teatre Goya). Il avait acquis une certaine notoriété en affirmant dans les journaux nationalistes que Wilde « se lisait mieux en catalan que dans sa langue natale ». À l'autre extrémité de la pièce, face au mur du fond (grâce à leur âge et leur rang, ils jouissaient de la vue sur l'extérieur) se trouvait le bureau d'un jeune doctorant de Madrid qui enseignait la *commedia dell'arte* à des étudiants de deuxième année. De temps à autre, quand personne ne le regardait, Ferran feuilletait les papiers du Madrilène pour voir s'il défendait des théories rivales à ses propres essais critiques si controversés. Une fois rassuré sur le fait que Marco n'était pas un de ces crétins dénués de talent que l'Institut del Teatre employait pour honorer les enfants fortunés de l'élite barcelonaise, Ferran cessa de lire ses documents. Il avait néanmoins déniché une lettre d'amour insipide adressée à la superbe Maria, qui servait le café au monde entier, en bas. Elle était déjà fiancée et, songeait Ferran non sans plaisir, totalement inaccessible au jeune Marco.

Satisfait, Ferran Fons se préparait tranquillement pour son cours de l'après-midi. D'après ses notes, Stanislavski était un génie du théâtre russe, et sa méthode le fruit de mauvaises traductions américaines, une théorie très courante et en plein essor. Ferran y pensait souvent. S'il déteste les mauvaises traductions américaines, il hait avant tout la commercialisation américaine de l'Art, qu'il considère comme sacrosaint. Il espérait exprimer cette conviction lors des trois heures de cours que lui accordait l'Institut del Teatre mais, ce matin-là, en quittant son lit douillet, il n'était pas très inspiré.

Donc il était en retard, comme souvent.

Cet après-midi-là, il était distrait. Il y avait une affiche du Théâtre national de la libération sur le mur ocre, à côté du Café du Théâtre. Depuis son bureau, il pouvait voir l'esquisse d'un sourire sur le visage de Natalia, sur le coin de son œil droit, les ombres qui voilaient sa pommette, la tache noire du pli de sa mâchoire et de son cou.

Ferran Fons s'installe dans son fauteuil. Soudain, quelqu'un frappe à la porte, deux coups légers. Silvia, grogne-t-il intérieurement en reconnaissant le geste maniéré de sa supérieure, dont il se prépare à endurer les foudres.

— Tu es en retard, déclare-t-elle dès qu'il lui ouvre la porte.

— Je le suppose.

— Il est 14 h 30.

— Oui.

Silvia pince les lèvres.

— Suis-moi.

Le bureau de Silvia Drassanes, directrice du département spectacle, se trouve au sixième étage de l'Institut. Elle partage cette pièce bien plus prestigieuse avec son assistante, Caridad, et l'artiste résidente (une actrice aux doigts fins mais au caractère exécrable). Maussade, Ferran suit Silvia jusqu'à l'ascenseur, regrettant de ne pas être malade, lui aussi, ce jour-là, de ne pas être resté chez lui, à sa place : au lit.

Silvia pousse Ferran vers son bureau et se racle la gorge.

— Ferran, je voudrais te parler d'Alexei. Il semble que tu aies envers lui un comportement déplacé.

Alexei est un Moscovite élancé, large d'épaules, formé à l'Académie des arts du théâtre russe. Son arrivée à l'automne précédent agace Ferran, aversion amplifiée par des rumeurs selon lesquelles ce Némésis universitaire serait un descendant direct du *grand homme*. En représailles, Ferran s'est mis à appeler Alexei « Ivan Vassilievitch » en public, référence au personnage de Boulgakov, que très peu de ses étudiants trouvent amusante. La responsable au visage sévère, perspicace et aux lunettes à monture pointue, exprime son agacement.

— Nous essayons de moderniser la structure des cours. Alexei a déjà un séminaire sur Stanislavski et, sans vouloir te manquer de respect, Ferran, il est notre spécialiste russe.

Ferran déchiquette une cigarette dans sa poche.

— Nous réorganisons l'emploi du temps des enseignants.

Un avion survolant le Tibidabo capte l'attention de Ferran, qui suit des yeux sa trajectoire vers l'ouest, au-dessus de Barcelone.

— Ferran? dit Silvia, interrompant sa rêverie. Accorde-moi ton attention, je te prie. Cela me fait de la peine de devoir m'exprimer de façon aussi directe, mais le comité d'académie veut que tu changes de comportement. L'Institut évolue. Il faut que tu trouves une nouvelle place en son sein.

Le téléphone de Ferran bourdonne dans sa poche. Il croise le regard de Silvia avant de vérifier le message qui clignote sur son écran. Toute rébellion, quelle que soit son ampleur, donne un certain pouvoir. L'esquisse d'un sourire apparaît au coin de ses lèvres.

✠

En quittant le bureau, Fons la revoit par la fenêtre. Les affiches de Natalia Hernández sont en place depuis trois semaines (Ferran a noté la date dans son agenda en la soulignant deux fois en rouge). Désormais, elles le suivent partout : cent cinquante-quatre exemplaires pendent des lampadaires de Gaudí qui bordent La Rambla et le Passeig de Gràcia. Vingt-sept sont placardées sur les horribles palissades de chantier, à gauche de son appartement du quartier gothique, la moitié étant déchirées et décolorées. Il ne peut prendre le bus ou le métro sans être confronté à son visage. Ferran évalue leurs dimensions à 80 par 120 cm, fond rouge foncé, texte tout en capitales, Euphemia UCAS, une police dynamique. Papier de soie standard en couleurs, brillant, contrasté, surexposé. Une seule photo. Parler d'engouement serait inexact. C'est plutôt une idée fixe. Selon les termes de Guillermo, son ami et psychothérapeute amateur (fervent lecteur de Žižek), cette fille incarne le « désir subconscient de la perfection » de Ferran. Sa fixation sur le portrait de Natalia est un acte de « sanctification non sexuelle » (Guillermo a pris soin de souligner ce point) et non de la démence ou du désir.

Pourquoi ?

Pourquoi exerce-t-elle ce pouvoir sur lui ? Ferran se mord la lèvre inférieure. Pendant des jours, il a désespéré, dans son bureau, à la regarder, à se préparer pour l'inévitable. Plus tôt dans la semaine, le manque était si intense qu'il a dû quitter l'école de bonne heure pour chercher le répit auprès du thérapeute Guillermo. C'était si violent que Ferran a eu peur. Je ne suis pas moi-même, a-t-il pensé en rangeant ses papiers dans sa serviette. Il a ensuite quitté le bâtiment pour se réfugier entre les bras de la chaise longue de Guillermo, Passeig de Sant Gervasi.

— Je n'en peux plus ! Elle me hante.

— Recadre ton énergie. Décris-moi tes émotions.

— Elle voit tout ce que j'ai perdu, tout ce à quoi j'ai renoncé.

Guillermo l'encourage à continuer. Dans la semaine, en rentrant chez lui, Ferran a été entraîné dans une *vaga* (« Il y avait tant de passion, dit-il à Guillermo, une véritable ferveur nationaliste ! »). La manifestation l'a projeté au cœur d'une foule de cheminots en grève et de conducteurs de wagons-bennes, avec leurs enfants, leurs tenues colorées et leurs drapeaux. Toujours le drapeau. Les cinq rayures rouges de la Catalogne et le jaune vif, l'or vibrant de l'indépendance.

— Tu aimes l'été, lui dit Guillermo. Tu te sens plus… (Il leva les mains au ciel pour souligner ses propos.) Tu te sens plus léger, plus libre. L'hiver pèse sur ton esprit. Je te dis cela en ami (ils décident de prendre une bière sur la Plaça del Sol) et non en médecin, d'accord ?

Ferran s'explique : c'est le cauchemar qui complique les choses. Sans ce cauchemar, la vie aurait été bien plus simple. À présent, Ferran est perplexe. Le cauchemar est de retour, les mêmes notes épouvantables, la même insistance bizarre sur le soldat, le garçon aux yeux noircis et aux mains pleines de membres et d'organes. Vêtu d'une veste militaire trop grande pour son corps maigre, il déambule au milieu des ruines d'une vieille ville, portant le carnage vers un tombeau situé dans une cathédrale gothique incendiée. Des colonnes à l'effigie de Ferran sont renversées, énormes, couvertes de mousse et de lierre rouge. Le marbre veiné de vert est ferme au toucher. Quand il atteint le tombeau, il pose son fardeau ensanglanté à terre et fait deux pas en arrière. Ferran regarde le soldat se signer et pleurer.

Ferran se garde de parler à Guillermo du second cauchemar, si sombre, si épouvantable et si secret qu'il ne saurait être partagé. Celui dans lequel il se livre à des actes qui lui donnent la nausée au point de vomir dans la salle de bains au réveil. Ce sont les meurtres des journaux, dit-il à Guillermo, les filles nues qui réapparaissent dans le quartier du Raval, les cadavres anonymes que la police retrouve – *la ville est malade*, répète-t-il, *ma Barcelone*. Quelque chose ne va pas. Guillermo hoche la tête. Ferran bougonne – *et Barcelone y prend goût comme un vieil ami.* Sa voix se brise, ses pensées sont décousues – *les rues de mes rêves* –, il frémit, la sueur qui perle sur son front tombe sur la chaise longue tandis que le docteur prend des notes. D'un geste théâtral et nostalgique, Ferran fait allusion à une pulsion terrible.

Guillermo affirme que les choses seraient plus graves si Ferran avait rêvé qu'il perdait ses dents, ce qui annonce soit des difficultés financières, soit une mort imminente, deux perspectives peu souhaitables. Ferran s'offusque. Comment le fait de perdre ses dents peut-il être plus important pour le psychisme qu'un soldat portant des restes humains vers un autel effondré? (Ou la vision d'une actrice assassinée, la peau luisante, dans une rue?) Ferran en vient à se demander si Guillermo a reçu une formation.

— Tu n'es qu'un imposteur argentin, dit-il.

Guillermo claque la langue comme face à un enfant borné. Offensé, honteux, Ferran parle de la fille de l'affiche, de Tchekhov, d'ambitions inassouvies.

Les rêves ressurgissent. Ferran pense que c'est parce qu'il s'est assoupi les yeux rivés sur l'affiche de Natalia Hernández. Il y en a désormais une immense (au moins 250 par 350 cm) sur l'échafaudage, à l'extérieur de la fenêtre de sa chambre. Si le rêve est identique, il se déroule cette fois sur le quai d'une gare. Il y a une jeune fille, petite, les cheveux auburn, les yeux ronds, la mine grave, portant un trench-coat militaire trop grand pour elle, de l'époque de la guerre civile, peut-être, la date n'est pas claire, avec un chapeau abîmé. Autour d'elle, tout est moderne. Les femmes, en chemisier à col beige, avec d'élégants sacs en cuir, sont accompagnées d'enfants sages. La fille ne croise le regard de personne. Elle fixe le sol, le plafond, le vide. Mais on la regarde en permanence, comme hypnotisé, tandis que le train arrive à quai. Les portes automatiques s'ouvrent. Elle monte à bord avec précaution. Dans la rame, les choses se compliquent. Elle cache son bras gauche sous les plis de son trench-coat et on essaie de le voir, tandis que le train gronde dans le tunnel. Soudain, la jeune fille bouge. La rame fait une embardée sur le côté. Le manteau s'ouvre, révélant un moignon au bout de son bras gauche. La main a été arrachée. La coupure est nette, mais la plaie béante, exposant du sang et la moelle blanche de ses os.

Guillermo conseille à Ferran d'écrire ses rêves dès son réveil, chaque matin.

— Un journal de rêves, précise-t-il. Un récit détaillé.

Guillermo pense que Ferran vit peut-être une résurgence artistique provoquée par la vitalité et l'érotisme de Natalia Hernández. Serait-il tombé amoureux de la danseuse? lui demande-t-il. Dans l'intimité de son bureau, Ferran ressent le besoin urgent de se confesser :

Guillermo, tu as raison. Tout ce que tu dis est vrai. Je suis amoureux de l'affiche de Natalia Hernández.

Ferran fixe l'écran mais ne clique pas sur « envoi ». Il sauvegarde le brouillon, ferme son ordinateur portable et le glisse dans sa besace. Puis il descend à la cafétéria. Il commande un *cafè amb llet* avec un sucre à Maria, la serveuse, et le boit lentement. Pas une fois il ne consulte sa montre.

Ce vendredi après-midi fatidique, en retard de vingt minutes à son propre cours, Ferran découvre que tous ses étudiants sont absents. Il décide de se rabattre dignement sur le bar Xirgu. L'heure du déjeuner est trop proche pour faire cours à des étudiants de quatrième année sur Stanislavski. *Laissons-les au moins digérer*, peste-t-il. *Après le déjeuner, ils somnolent, de toute façon. Ils sont dans le coma!*

Ses quelques étudiants arrivés à l'heure étant partis boire un café, fumer une cigarette, faire quelque chose d'utile, il n'y a personne en salle S2 P1 pour l'écouter. Hélas. Il griffonne un petit mot sur le tableau. *Rendez-vous à Xirgu*. Et s'en va.

Quarante-cinq minutes et deux *cortados* plus tard, les étudiants de Ferran se regroupent autour de lui au Xirgu, un café mal famé situé tout près de l'entrée de service de l'Institut del Teatre. Quand il y a du soleil, c'est-à-dire la plupart du temps, la patronne sort des tables sur le trottoir. Les étudiants s'y installent pour fumer entre les cours. Elle vend des sandwichs tout simples prisés des jeunes, des *embutits* à base de pain sec et de jambon cru.

Satisfait d'avoir perdu la moitié de ses trois heures de cours à xirgu, Ferran décide qu'il est temps de retourner à l'intérieur. Il mène ses ouailles au-delà de la grille en fer forgé de l'Institut del Teatre – ce bastion de l'enseignement supérieur –, croise le concierge au rez-de-chaussée, puis descend dans les entrailles du bâtiment de verre, sous les studios de danse aux magnifiques plafonds, vers les salles dénuées de fenêtres, ateliers destinés aux cours de théorie et de gestuelle : Stanislavski et sa Méthode.

Après avoir évoqué la pertinence de Stanislavski dans le Zeitgeist contemporain, Ferran juge nécessaire de faire jouer son passage favori de Tchekhov. Les auteurs catalans et espagnols n'ont jamais réussi à capter cette intensité, songe-t-il amèrement. Sur une impulsion, il ouvre sa serviette et en sort une photocopie usée de l'acte I, scène VI de *La Mouette*.

Il la tend à une jolie Française rousse assise au premier rang. Naguère, il fondait de grands espoirs sur elle, mais il a vite déchanté. Elle n'a aucun talent. Désormais, il se complaît simplement à la tourmenter.

— Relis, dit-il.

La jeune fille bredouille :

— *Je suis seule. Une fois tous les cent ans j'ouvre la bouche et ma voix résonne tristement dans ce désert, et personne ne m'entend. Vous non plus, pâles lumières, vous ne m'entendez pas. Les marais pourrissants vous engendrent tous les matins, et…*

— Davantage d'émotion ! coupe-t-il en tendant les mains vers l'assemblée. Est-ce là la bonne réaction à ce texte ?

Dans le silence, l'âme de Ferran s'évade de la salle S2 P1 pour se réfugier entre les seins de la serveuse du Xirgu. Ces étudiants sont des bons à rien. Ennuyeux, insipides, tout sauf stimulants ! Ils sont creux, ils sont creux, ils n'ont que leur jeunesse, et encore, ils refusent de la partager avec lui ! Même Núria est absente, songe-t-il tristement en scrutant la salle. L'unique étoile montante de ce gouffre d'apathie.

La jeune fille trébuche encore.

— Je recommence ? demande-t-elle.

— Non ! Non ! Non ! s'écrie Ferran. Je ne veux pas que vous recommenciez. Quelqu'un d'autre ! Je vous en prie ! Pour l'amour du ciel, qu'est-ce qu'elle raconte, d'après vous ? Qu'est-ce qu'elle ressent ?

Il arrache le texte des mains de la jeune fille et l'impose à un garçon dégingandé assis au premier rang.

— Vas-y ! ordonne-t-il en se rasseyant pour l'écouter.

Où est passé le temps ? Les grands projets ? Dans les rues, les banderoles proclamant l'avènement d'un nouveau stanislavskisme – une évolution catalane du réalisme – sont dépassées par le psycho-babillage moderniste qui envahit les théâtres barcelonais. La tristesse enfle dans sa poitrine tel un épais liquide pourpre bien plus cruel que le malaise gris qu'il y croise généralement. Non! Assez! Le garçon est tout aussi incapable de jouer la comédie. Elle, si.

Natalia Hernández en est capable.

Et cela représente tout, pour lui.

Toujours le même tourment incontrôlable!

Son cœur brûle d'être sauvé, mais son esprit se rue en avant, revient vers les longs membres, la peau mate, la commissure des lèvres, loin des images des rues, vers le portrait gravé à jamais dans son cerveau – Oh! Oh! Oh! Cette première vision toute-puissante de l'actrice Natalia Hernández sur scène.

Un projecteur éclaire un unique fauteuil des années mille neuf cent très abîmé, près d'une table ancienne. Ce soir-là, il y a une machine à écrire et un vase en porcelaine bleue, un porte-plume et un crâne. Le professeur de théâtre griffonne les détails dans son journal. Une simple note retentit dans l'orchestre. La critique assise à côté de lui murmure un secret illicite à l'oreille de son mari. Elle glousse. Vient le soupir prolongé d'une flûte. Sur le plancher, une silhouette remue dans la pénombre. Ferran bâille, vérifie l'heure sur son téléphone portable, tout en coupant le son. Rien de pire qu'une distraction oppressante au début d'une représentation d'avant-garde. « Émotion facile », note Ferran en s'agitant sur son siège.

Dans une heure et quinze minutes, il profitera de l'entracte pour s'éclipser, regagner son bureau et terminer son article à l'Institut. S'il parvient à bien gérer son temps, il pourra ensuite revenir ni vu ni connu pour la fin du spectacle, saluer ses collègues lors de la réception, en leur adressant les compliments d'usage. Sa présence pendant la première partie de la représentation est inévitable. Il a des étudiants sur scène, il se doit d'être là. Toutefois, Augustí s'est extasié, affirmant que cette prestation valait le déplacement. Ferran s'installe. *Naturellement, Augustí a des goûts discutables*.

Dans l'ombre, la silhouette bouge. Un geste parfaitement exécuté, une tension délicate des doigts et des orteils. La forme voûtée se penche vers le sol, tel un serpent. Le soupir de la flûte revient, emplissant le dôme du théâtre d'un désir apollinien et sombre.

Dans le noir, la créature se retourne. Prudente, mal à l'aise. Mains, jambes et pieds apparaissent. Elle se lève et titube en direction du halo lumineux, de la table, la machine à écrire. Ses longs doigts pénètrent le faisceau avec précaution. Féminine, presque féline, elle a quelque chose d'animal et de naïf, songe Ferran qui se cale sur son siège. Le corps se déploie dans la pénombre, les traits encore dissimulés. Il trouve le spectacle superbe, élégant, lent, introspectif.

La symphonie enfle. Une note furieuse de violon, menaçante, vient rompre le calme tel un coup de poignard.

La silhouette esquisse deux pas gracieux, chancelle puis trébuche, s'écroulant à terre, à présent désespérée, en partie aveuglée, en partie affamée de lumière. Le cœur de Ferran fait un bond dans sa poitrine. La silhouette fait onduler ses hanches rondes vers la lumière, puis écarte vivement les bras. Elle plane un moment, avant de tendre ses pieds nus dans la lumière, puis la poitrine, les épaules, les hanches, les jambes, révélant une femme d'une clarté éblouissante. La poussière de la scène tournoie autour d'elle comme une nuée de lucioles. Elle a les yeux écarquillés, peints en noir. Les cheveux emmêlés, sales, la lèvre inférieure teinte en violet. Des traînées de terre maculent sa fine robe blanche. Elle souffle, une fois, deux fois. Ferran voit sa poitrine se soulever, *en haut, en bas*. Les bras frêles se tendent vers le centre du cercle de lumière.

En la regardant, Ferran sent son corps se détacher de lui-même. Il est suspendu, telle une pensée qui attend d'être dévoilée.

La prestation de Natalia Hernández est brève. Elle n'est pas le premier rôle, ni même le second. Elle incarne un type d'énergie, une force malveillante de tristesse qui détruit le monde au sein du cercle de lumière. Elle soulève la machine à écrire et la jette à terre où elle se brise en mille morceaux. À l'aide du porte-plume, elle écrit dans le vide, puis se tortille sur le sol, ses jambes tressautent, comme prises de convulsions, tandis qu'elle se heurte encore et encore à la scène, avant de chanter et de regagner la pénombre. Le contact de son corps sur le plancher surprend Ferran à tel point qu'il sursaute et agrippe les accoudoirs en velours. Il avait envie de crier, de l'appeler par son nom, de la sauver des ténèbres, du monde entier ! Il se retrouve les joues ruisselantes de larmes, quand elle se lève et traverse le plateau en courant, en faisant des bonds, des pirouettes de plus en plus frénétiques, comme un papillon de nuit, une créature aveugle rendue folle par la chaleur de la lumière.

Le professeur regarde ses étudiants. Peuvent-ils comprendre cette vision ?

— Le théâtre, c'est l'art d'être vivant. Ou de communiquer... le fait d'être vivant.

Les doigts écartés, le professeur appuie sur le col de sa chemise en jean.

Il respire lentement. Délibérément.

Sa poitrine se soulève, un peu agitée.

En haut, en bas. En haut, en bas...

Intriguée, l'assemblée réagit. Il continue de respirer. L'étudiant de Saint-Pétersbourg qui était en train de se curer les ongles lève momentanément la tête. Le bruit du souffle de Ferran résonne doucement, amplifié par l'angle des parois de la boîte noire qu'est la salle. Le *Valenciano* capte l'attention du Russe qui hoche vaguement la tête depuis l'extrémité de la pièce. Le professeur respire plus fort. Il ferme les yeux et lève un doigt vers le plafond. Il ouvre la bouche. Un filet de salive reste en suspens à la commissure de ses lèvres avec une énergie statique. Quelqu'un tousse, ensuite c'est le silence. La main du professeur se déplace lentement puis, sans crier gare, il écarte vivement les bras, rejette la tête en arrière et se met à hurler.

On lui a demandé de prendre un congé, ce soir-là.

— Ne fais pas cette tête, ma fille ! s'exclame Fons quand il a terminé. Ça s'arrose, non ? Tu es revenue au bercail ! Tu nous as manqué, à l'Institut. J'ai toujours espéré que tu deviendrais metteur en scène. Mais tu ne t'es pas lancée dans le théâtre, n'est-ce pas ?

Je secoue la tête.

— Pourtant, tu veux écrire un livre sur Natalia et le théâtre ?

— Oui.

— Donc tu es toujours dans le milieu, insiste Fons. Tant mieux. Indirectement, au moins. Et si tu écris, c'est que tu galères. Tu n'as pas vendu ton âme au commercial. Tu es des nôtres. Je peux être franc. Quant aux ragots…

Fons murmure d'un air cérémonieux :

— Àngel Villafranca est devenu directeur artistique du Théâtre national de la libération. Tu veux le rencontrer ?

— Oui.

— Et Oriol ?

— Vous pouvez m'arranger ça ?

— Si je peux t'arranger ça ? Si je peux t'arranger ça ? Naturellement ! Oriol est un vieil ami, même s'il recherche moins ma compagnie, ces derniers temps. Ma chère, je peux le faire, mais seulement si tu me promets d'être très délicate, très bien élevée. Pas de grossièretés ! Ce sont des collègues ! Des frères d'armes.

Quand nous avons terminé, Fons m'invite à me promener avec lui dans le Raval. Je lui demande ce qu'il sait de cette fameuse nuit, s'il a assisté à l'ultime spectacle de Natalia.

— Non ! s'exclame-t-il. Il n'y avait pas de billets ! J'étais *persona non grata*. Une tragédie du destin.

— Vous les avez vus, cette nuit-là ? En train de boire un verre ? Vous rappelez-vous quelque chose ?

Fons verdit.

— Non. Il m'est douloureux d'évoquer cet affront. Ils m'ont laissé tomber. Ils ne voulaient plus entendre parler de moi. Ils m'ont interdit d'approcher Natalia. Une mauvaise politique. On a tous tourné la page, maintenant. *Atenció ! Caminem !*

Il marche d'un pas vif, affirmant que cela va calmer ses nerfs.

— J'ai le cœur fragile, bougonne-t-il en secouant la tête.

Je me détends dans la fraîcheur familière de la pénombre hivernale. Une marche nocturne à travers la ville, un *cafè amb llet* à La Central, la librairie située derrière l'université de Barcelone.

— Vous rappelez-vous si Natalia Hernández avait des livres ou des documents auxquels elle tenait ? J'aimerais beaucoup mettre la main sur ce genre d'éléments.

— Des livres ! s'écrie-t-il. Les déesses ne lisent pas de livres ! Elles les incarnent !

Il s'interrompt et semble ruminer.

— Il faut que tu viennes visiter mes archives.

— Quand ?

— *Ara*, grommelle Fons, soudain agressif. Maintenant.

Je consulte ma montre. Fons opine, bougonne. J'accepte. Il s'illumine.

— Natalia Hernández représentait cette ville, à mes yeux. Elle en était constituée, elle était faite pour elle…

Nous sommes à l'angle du Carrer de l'Hospital et de la Rambla del Raval. Nos souffles dessinent des dragons dans l'air. J'observe Fons du coin de l'œil. Soudain, je le sens terriblement mal à l'aise. Ses pensées vagabondent vers les salles de spectacle, les opéras, sur les dalles rouges du Mercat de Les Flors... Des pensées oppressantes et obscures.

— J'ai fait de ma maison un sanctuaire de la modernité pour les futures générations d'acteurs. Mon thérapeute m'encourage à m'exprimer à travers cette forme non sexuelle d'adoration. Il affirme que ces autels sont importants pour le bien-être tel qu'on le conçoit aujourd'hui et que notre culture de l'anxiété est le résultat de la déification des intérêts de l'individu au détriment de l'esprit collectif de la communauté.

Ferran Fons me précède dans l'escalier qui mène à son appartement dans le quartier du Raval.

— J'ai emménagé ici il y a cinq ans. Je voulais être plus proche de l'action. Avoir de l'espace. Tu vas sans doute trouver l'endroit un peu spécial.

Il ouvre une porte à double battant peinte en bleu-vert.

— C'est très festif, très coloré.

À notre entrée, mes yeux s'adaptent à la pénombre sépulcrale.

— Attends ! Attends ! s'exclame Fons en allumant les lumières. Et voilà ! *Así nació el teatro !*

Quatre murs tapissés de visages humains – jeunes, vieux, masculins, féminins, des histoires, des convictions, une centaine de portraits, peut-être. Des piles de livres, deux grandes fenêtres donnant sur un balcon, des rideaux rouge vif. Un salon aubergine trône au milieu de la pièce, des fauteuils ouvragés et baroques, bien rembourrés. La table basse en verre est jonchée de monographies d'architectes, de brochures sur le design, en police Sharp.

— Prends ton temps, me dit Fons. Mon salon est dédié au souvenir.

Sur le plus grand mur de la pièce à vivre, au-dessus d'une cheminée au carrelage noir, chargée d'orchidées violettes un peu desséchées, la pièce maîtresse de sa collection : une affiche, sans doute récupérée sur un panneau d'affichage ou au bureau de presse du théâtre, représentant ce visage gravé dans les replis subconscients de la ville. Les grands yeux écarquillés, l'ombre telle une rupture, le long du nez, du front et de la mâchoire, jouant sur les traits de son visage, les lèvres purpurines entrouvertes, la langue humide contre les dents… elle attend, elle appelle. *J'ai un secret.* Le titre de sa pièce, l'ultime pièce, invite le lecteur, en lettres capitales. 20 JUIN-10 AOÛT 2003… *Le spectacle dont Natalia Hernández n'a jamais joué la dernière.* Combien de ces affiches ont été jetées, arrachées, dans le sillage de sa mort ? Fons a fait encadrer celle-ci dans le style d'une gravure d'Andy Warhol, fascinante et envahissante. *On ne voit qu'elle.* De part et d'autre se déversent de luxuriantes fougères en pot. Au milieu de l'affiche, sous la bouche de Natalia, une petite table en bois perchée sur un seul pied. Dessus, une figurine un peu kitsch de la Vierge Marie et un cierge rouge. Il a fixé des fleurs roses et orange sur la bordure de l'affiche, qui rappelle un autel hindou en l'honneur de Ganesh.

Fons affiche un sourire radieux.

— Je garde la flamme éternelle de Natalia Hernández allumée quand je suis à la maison. C'est compliqué. J'aimerais qu'elle brûle en permanence, mais nous avons eu un accident lorsque j'ai accroché l'affiche. J'en ai brûlé le bas. J'ai dû la remplacer. J'ai eu beaucoup de mal à en trouver une autre. Un vrai désastre artistique. Une catastrophe sur toute la ligne. Désormais, il faut plutôt parler de la flamme éternellement surveillée de Natalia Hernández, l'autel central du « salon du souvenir », l'élément principal de mon « musée des gloires disparues ». Elle est bien accompagnée – il ouvre grands les bras – par les trésors de ma passion pour le théâtre que j'ai accumulés au fil du temps.

— Elle ne vous met pas mal à l'aise ?

— Oh non ! s'exclame-t-il, atterré. Bien au contraire. Elle m'aide à me sentir en vie.

Les murs sont tapissés de photographies et de gravures encadrées.

— Rien que des originaux, gazouille-t-il dans mon dos en entrant dans une cuisine, derrière un rideau de soie. Je l'entends ouvrir un robinet.

— J'ai Federico García Lorca, trois semaines avant qu'il ne soit abattu, en 1936 ! lance-t-il. Un cliché rare de Margarida Xirgu, l'actrice catalane, en tournée en Amérique du Sud. Gandhi en 1948 ! Oscar Wilde à Paris ! Et j'ai les anarchistes – Émile Henry ! Sans oublier notre cher Santiago Salvador, qui prenait tellement la cause à cœur qu'il jeta deux bombes dans le Grand Théâtre du Liceu !

Il passe rapidement sur une série de visages que je ne reconnais pas.

— Cette exposition plus petite est dédiée aux « poètes assassinés sous les régimes nazi et soviétique », m'explique-t-il en tenant deux verres d'eau en cristal. La deuxième collection immortalise les républicains espagnols tués par les forces fascistes lors de la guerre civile.

— Et les femmes ?

Je reviens sur mes pas vers le milieu du salon pour regarder le mur qui fait face à Natalia Hernández.

Des photographies tapageuses. Modernes.

— Le troisième mur est dédié aux femmes agressées. J'ai intitulé cette exposition : « Victimes de l'assassin inconnu ».

Quatre rangées de trois. Douze photographies en tout. Cinq vulgaires et vives, réalisées dans un studio de photographe bas de gamme, avec des roses criards et des jaunes nucléaires. Âmes cachées derrière un épais maquillage, cheveux blond platine, moue provocante, regards désespérément creux. Je parcours les visages jusqu'à en trouver un, au milieu du rectangle, qui regarde l'affiche de Natalia Hernández dans les yeux, un cadre rose vif parmi les dorures bon marché.

— C'est la mère de Natalia, dis-je en désignant le portrait – fait par un professionnel cette fois – de Cristina Rossinyol.

— En effet, en effet, répond Fons en fermant les volets derrière moi tandis que j'observe les visages.

— Et qui sont les autres ?

— Les victimes d'un même meurtrier. Du moins selon moi. À mon avis, ce que j'ai là pourrait t'intéresser. La police manque totalement de créativité. Seul un conservateur citadin est capable de déterrer ces beautés, toute une vie de dévouement. Tu as vu le Raval ?

Tu crois que les maîtres d'hôtel des meilleurs établissements parleraient du meurtre d'une clandestine? Ferran Fons, dit-il en pointant son doigt vers sa propre poitrine, est un homme du peuple. Un homme en qui les dames du Carrer de Sant Ramon ont confiance.

— Mais seules trois femmes ont été assassinées à part Natalia.

— On en a retrouvé trois, déclare Ferran d'un ton détaché. Trois femmes, c'est vrai...

Il est fou. Il est en pleine théorie du complot.

— Mon art, mon musée des gloires disparues, allie la théorie et l'image. Mes amis plus infréquentables doivent rester anonymes dans l'intérêt de nos *relations* de travail, une attitude diplomatique, si tu me saisis. Mes *amis*, donc, m'ont fourni leurs portraits, même s'ils ne sont pas certains de leurs véritables noms. Ici, tu as cette chère *Roseanne* et la pauvre *Rosa*.

Il désigne deux filles qui entourent Cristina.

— Ce sont les femmes trouvées par la police cette semaine-là. Mais j'ai relevé la mort de bien d'autres. Ou plutôt leur disparition troublante. Mais que font la plupart des gens quand une fille qui n'existe pas disparaît? Elle n'a ni papiers, ni documents, peut-être même n'est-elle jamais née. Que fait la société quand une fille qui n'a jamais existé disparaît des rues d'une ville? Elle l'oublie. Les gens ne sont jamais au courant. Mais pas Ferran Fons. Non, lui, il n'oublie pas. Il rassemble les images de ces vies et les conserve ici, parmi les grands, les artistes décédés qui ont également disparu dans l'histoire.

Les jeunes filles sont disposées au-dessus d'une commode en acajou ornée de fleurs en émaux.

— Mais les véritables joyaux de la collection, pour le travail dans lequel tu t'embarques…

Il ouvre un tiroir. Je recule, abasourdie.

— … se trouvent ici.

Des milliers de coupures de journaux. Des photos jaunies, découpées avec soin et empilées. Il les sort lentement.

— Tu peux revenir, si tu veux. Il y en a pour plus d'une heure de lecture.

Ma nervosité monte d'un cran.

— C'est moi avec les cracheurs de feu. Là, c'est Cristina et là Villafranca.

Il retourne une autre photo.

— Ici, on voit toute la troupe. Ils ont publié cet article dans le journal local. Il y a Oriol, Villafranca, Cristina et moi. On ne trouve pas ça dans les archives classiques. Le journal a été tiré à peu d'exemplaires et peu distribué.

La coupure jaunie comprend un portrait de groupe. Fons bien plus jeune, avec d'épais cheveux noirs. Affichant un large sourire, il tient la tête d'un dragon en papier mâché.

— Quel rôle jouiez-vous ?

— *El Diablo*, répond-il en marquant une pause. J'interprétais le diable… Mais les choses sont devenues…

Il se tait et fronce les sourcils.

— … dangereuses. J'ai laissé tomber après la première tournée.

— Pourquoi ?

— J'étais possédé par un mal cruel.

Il chasse un souvenir douloureux d'un geste de la main. Mon cœur s'emballe.

— Pourriez-vous m'en parler ?

Il hésite, se mordille la lèvre. Son visage reflète ses pensées.

— Je t'en prie, assieds-toi, dit-il.

Je me dirige vers le canapé en regardant fixement Natalia Hernández. Derrière moi, il approche une chaise et se racle la gorge.

— Cet été-là, Àngel Villafranca a conclu un pacte avec le diable.

Fons se tait et me jauge.

— Il n'en dira rien, non, bien sûr qu'il n'en dira rien, mais la vérité, c'est qu'il nous a vendus en échange du succès. Il voulait qu'on joue certaines choses, qu'on aille au-delà des limites du comportement humain.

Je hoche la tête.

— Je n'ai pas écouté les rumeurs tout de suite. J'étais un jeune acteur, en début de carrière. C'était un honneur de travailler dans sa compagnie, mais quand le diable est venu à moi, j'ai pris les choses plus au sérieux. D'abord, il s'est insinué dans mes rêves. Au départ, c'était un jeune homme saisissant aux cheveux noirs, aux yeux bleus, très bien habillé, on aurait dit un gentleman anglais du XIXe siècle. Il me regardait, me parlait… me disait quoi faire. Je l'écoutais, parce que je croyais que c'était une manifestation de mon subconscient qui m'aidait dans mon rôle, que j'étais en train de construire mon personnage, et non…

Il toussote et se racle la gorge.

— … et non de communiquer avec un genre d'esprit.

— La police ne vous a jamais parlé de tout ça ?

— À moi ? Non, répond-il, perplexe. Pourquoi cette question ?

— Simple curiosité.

Il est intrigué.

— Je suis allergique à l'autorité.

— Quand j'ai parlé avec l'officier chargé de l'enquête, il m'a dit qu'il n'existait aucune caractéristique commune à ces meurtres.

Pur mensonge. Voyons comment il va réagir.

Fons s'empourpre et bredouille.

— Je vois à qui tu fais allusion. L'inspecteur Fabregat est un abruti qui a l'instinct de survie. Il y avait une sacrée « caractéristique », comme tu dis. Une signature. Le meurtrier a réfléchi… Il était obsédé par… les langues… Personne n'aime en parler parce qu'à en croire les soupçons, les faits, c'est quelqu'un de l'intérieur. *L'un d'entre nous*. Il les a prises. Toutes (il désigne le mur de femmes, devant nous), à l'exception de celle de Cristina. Les autres ont toutes perdu leur langue. Voilà pourquoi j'ai décidé de les immortaliser, de les sauvegarder pour l'éternité.

L'atmosphère devient étouffante dans la pièce aux volets clos.

— Vous permettez que je prenne des photos ?

Il hoche la tête.

— Je t'en prie.

Je sors mon appareil. Tandis que j'appuie sur le déclencheur, il pose sur moi un regard intense. *Clic.*

Le sourire de Ferran s'élargit.

— Je suis un artiste, tu sais.

Je croise son regard intense. Les bras croisés, il se tient devant la gravure de Natalia Hernández, surhumaine, déesse adorée dans la solitude.

— Il ne faudra parler à personne de ce que tu as vu. Je tiens à rester une source anonyme, me dit-il d'un ton formel, en me raccompagnant à la porte. Je souhaite que l'on me surnomme « le conservateur des gloires disparues ».

J'accepte sa requête. Troublée. Je descends dans le métro. Des yeux invisibles rivés sur mon dos. Des carreaux couleur chair, des bandes vertes. Une rame large émet un sifflement sourd. Un homme fait la manche en jouant du ukulélé. Parmi la foule, je ressens une présence. *Fons m'a-t-il suivie depuis l'appartement ?* Des épaules voûtées, des silhouettes sombres. Je descends à la station suivante pour changer de wagon. J'avance. Une fois encore, j'ai l'impression d'être suivie. Je sens un contact qui s'attarde. Dans le labyrinthe souterrain, les idées se bousculent dans ma tête. *Personne. Il n'y a personne avec toi.* Pourtant, je suis persuadée d'être observée.

Tournant le dos à la porte du théâtre, Oriol Duran fume tranquillement une cigarette, un gobelet de café dans la main droite. Ses boucles d'un blond caramel lui tombent sur la nuque, séparées par une raie sur le côté, comme le veut la tendance, avec des favoris courts qui partent de l'oreille jusqu'à la ligne de la pommette. La coiffure est soignée, les yeux noisette tachetés d'éclats mordorés… Tant de femmes en mal d'amour se sont noyées dans la profondeur de ce regard ! Mais Oriol n'y peut rien (la vraie beauté se trouve à l'intérieur) et, malgré sa horde de fans, la présence orgiaque de sa splendeur sur les écrans de télévision espagnols, il garde dans le regard une certaine innocence ourlée de longs cils de biche. Oriol a les joues glabres et fermes d'un soldat romain. S'il n'était pas aussi fluet, il pourrait servir de modèle pour une statue de David ou Marc Aurèle.

Il n'a pas vieilli, me dis-je, sidérée. *Il n'a pas pris un an, une ride. On lui donnerait dix ans de moins.*

— Duran, ravi, me dit-il en me tendant la main.

La poigne est chaude. Je sens mes joues s'empourprer et je me maudis. *Ne rougis pas. Il n'y a rien de plus humiliant.* Il semble attendre une réponse.

— Désolé d'arriver par surprise. Je suis toujours en avance. Fons m'a dit que vous seriez peut-être là. Je me suis renseigné et… (il hausse les épaules) je me suis dit que je passerais vous voir…

Il rive les yeux sur moi.

— Nous répétons Oscar Wilde. Vous connaissez *Salomé*?

Je discerne le décor du nouveau spectacle, les toiles de fond, les rideaux, les structures en bois. Les voyants verts indiquant les sorties constituent l'unique éclairage au-dessus des rangées de fauteuils en velours, avec deux ampoules nues de part et d'autre de la scène. *Le repos, le silence.* Il y a quelque chose de triste dans un théâtre plongé dans le noir. Quelque chose de fantomatique. *Ce qu'il y a de plus proche d'une expérience de mort imminente.* Oriol arpente les cintres et allume les lampes. *Clac! Clac! Clac!* une terrasse en bois géante, derrière moi, au-dessus d'une salle de banquet, à la gauche d'un imposant escalier et d'une cuve vieillissante engloutie par un mur d'un vert bronze éclatant. Oriol tapote l'escalier de ses doigts.

— Vous connaissez la pièce?

Je secoue la tête. Il rive de nouveau sur moi son regard perçant. Sans vergogne. Une étrange vulnérabilité. *Une œuvre saisissante, la plus bizarre de Wilde et sa meilleure.* Son visage se transforme imperceptiblement.

— Comme la princesse Salomé est belle, ce soir!

D'abord intriguée, je me rends compte qu'il cite le texte.

— *Regarde la lune. Comme elle est étrange, comme une femme qui surgit de sa tombe.*

Oriol s'approche.

— J'incarne saint Jean-Baptiste.

Il trace une ligne sur son cou et émet un sifflement.

— Sa tête finit sur un plateau. J'espère que vous n'avez pas l'intention de m'infliger le même sort. Les auteurs ont une propension à la violence.

Debout à mes côtés, il est plus grand que je ne l'imaginais. C'est un peu troublant. *Si proche de ma peau!* Je passe une main dans mes cheveux, je maîtrise mon souffle, je m'efforce de ne pas scruter ses traits, même si mes yeux sont irrésistiblement attirés par l'éclat de sa peau mate, son teint aussi lisse et parfait que du grès poli, mais je m'égare. *Que porte-t-il?* Un sweat-shirt gris clair, un pantalon ample. Mon regard se retient de dessiner la courbe de son biceps, les veines saillantes sur le dos de ses mains délicates. Des ongles impeccables. Je me présente. Il m'écoute avec attention.

— Je suis ravi d'apprendre que quelqu'un écrit sur Natalia.

Son regard s'adoucit.

— Je n'avais pas parlé à Fons depuis des années, reprend-il. Mais je suis d'accord : cela faisait trop longtemps que nul n'avait prêté attention à elle. Fons affirme que vous êtes quelqu'un de bien. *Une érudite américaine.* Vous publiez chez Balmes and Sons? C'est très chic pour une jeune étrangère.

Il me toise, puis son regard s'arrête sur mes seins. Je sens à nouveau la chaleur monter en moi.

— Je peux vous parler tout de suite. Si vous me plaisez, vous en saurez davantage, mais plus tard.

— Bien sûr, je balbutie. Je suis à vous.

Oriol me mène à l'extrémité de la scène.

— On s'assied ?

Sans attendre ma réponse, il s'installe par terre avec grâce, penché en arrière, appuyé sur ses mains, les jambes pendantes. Il sort ses cigarettes et son Black-Berry de sa poche et les pose délicatement à côté de lui, l'un sur l'autre. Oriol aborde cet entretien comme un professionnel. Il s'exprime d'un ton posé, à l'aise. Je n'énonce aucune question. Il commence par la famille. *Il révèle un peu de sa propre histoire.*

Les parents d'Oriol, des politiciens locaux, sont morts lors d'un attentat à Madrid... On a dit que les auteurs étaient un groupe issu – ou plutôt inspiré – de la bande à Baader, la Fraction armée rouge. Un front de libération anarcho-communiste disparu à Cuba ou en Union soviétique. Une bombe a détruit leur voiture lors d'un défilé militaire dans la capitale.

— Natalia était plus qu'orpheline. Elle a perdu son frère, sa sœur et ses parents. Elle a dû quitter sa maison, et elle n'avait ni famille, ni fortune familiale, alors que j'ai bénéficié de mes origines aristocratiques et que j'ai grandi dans l'opulence et l'excès. J'étais trop jeune, quand j'ai perdu mes parents, pour me rappeler grand-chose d'eux. Natalia, elle, gardait le souvenir des siens. Si elle était bien plus abîmée que moi, un lien nous unissait quand même.

D'un geste ample, Oriol désigne les fauteuils vides, l'avant-scène, derrière lui.

— *Le théâtre.* Mon grand-père était très dur. Il voulait que je sois athlète. Il m'a obligé à devenir escrimeur professionnel « pour perpétuer la tradition familiale ». Ce que j'ai fait.

Il agite la main avec grâce.

— À 15 ans, j'ai commencé la danse classique, dans un but un peu thérapeutique, pour apprendre à me contrôler. J'étais trop âgé pour devenir danseur professionnel, mais je m'y suis consacré avec une passion féroce. Je suis allé à l'Institut. On m'a envoyé ici. J'avais 17 ans quand j'ai intégré le théâtre de Villafranca. Natalia était une enfant qui se cachait dans les cintres. Elle m'observait et je l'observais aussi. Pendant des années, je n'y ai guère accordé d'importance. J'avais huit ans de plus qu'elle, voyez-vous. Mais elle a grandi et je suis resté le même. C'était notre secret. On pouvait être n'importe qui ! Se faufiler hors de ses souvenirs et essayer une autre voix, se laisser au vestiaire et disparaître dans l'adrénaline, l'élan de la représentation. De la *fabrication*. Pour cette raison, je ne peux jouer que si je *deviens* totalement autre. Natalia comprenait mon sens de l'isolement. Après la mort de ses parents, nous avons partagé…

Il s'interrompt pour chercher ses mots.

— C'était plus qu'une relation. Comment vous dire ? Une conception… Oui, une conception de la perte. Une immense envie de s'oublier et d'être embrassé par l'amour. *Elle me comprenait.* À l'époque, je ne pouvais pas en parler. Nous voulions garder le secret. Mais nous sommes tombés amoureux. Elle avait 16 ans et moi 24. Pendant des années, je n'ai rien fait. J'ai attendu. Ensuite, nous n'avons pas pu garder le secret. Ensuite, elle est morte.

Je lève les yeux. Il affiche un air tragique.

— Natalia serait devenue l'une des plus grandes actrices que ce pays ait jamais connues.

La pupille ourlée de sombre, tachetée de vert, et la lumière, la lumière infinie.

Je tends la main, je cherche à sentir. Rien.

Il est vide.

Propre.

— J'ai décroché mon premier rôle professionnel juste après la mort de mon grand-père.

Oriol relève une manche. Il remarque mon regard qui se porte sur son tatouage et tend le bras. La peau pâle est gravée d'un petit chien noir tenant dans sa gueule une flamme.

— Je l'ai fait faire quand j'étais gosse. Un acte précoce de rébellion, dit-il en souriant. Chaque soir, il faut le cacher sous le maquillage. Villafranca me demande sans cesse pourquoi je ne m'en débarrasse pas, mais je l'aime bien. Parfois, on fait des bêtises. Il est bon de se les faire rappeler.

Il regarde dans le vague. Je me recroqueville sur moi-même. *J'écoute.*

— Je n'ai jamais compris pourquoi elle n'était pas venue à moi. Pourquoi elle ne m'a jamais confié ce qu'elle vivait. C'était comme si elle avait peur de m'impliquer. Je ne sais pas... Je suis convaincu que c'était quelqu'un qu'elle connaissait. Je voyais des dangers partout, qui l'assaillaient, qui voulaient des morceaux d'elle. Admirateurs, amants, fans. Je les détestais tous. (Il se met à rire.) Je me comportais en imbécile.

Écoute mieux. Est-ce l'homme que j'ai vu ? L'homme que je cherche ? C'est tout ce que je veux. Un réflexe. Un écho. Mais je ne reçois aucune confirmation. Pas de réaction. *Rien.*

Le vendredi 20 juin 2003, l'Institut del Teatre s'éclaire devant lui, un ouvrage design en verre de six étages. Le temps s'écoule. Le soleil commence à tomber sur l'horizon. De longues ombres se projettent sur la place telles de fines rayures. La Plaça de Margarida Xirgu est somptueusement vide. Le cirque itinérant qui l'a occupée pendant les premières semaines de sa tournée est parti, *Dieu merci*, emmenant avec lui les ours savants russes, les nains et l'incontournable femme à barbe. Pendant longtemps, le chapiteau jaune avait bloqué la vue d'Oriol sur les arbres bordant la place. Il en est désormais libéré. L'acteur aime avoir l'espace pour lui, inspirer lentement, puis souffler la fumée chaude hors de ses poumons, dans le calme que seuls un skate-board ou un chien errant viennent troubler. Derrière lui, le Théâtre national brille de l'assurance de son pouvoir. Un théâtre en trois strates, une solide bâtisse ocre soulignée de rouge terracotta et décrivant un arc de marches ondulantes.

Oriol se tient près de l'entrée des artistes. Adossé au mur, il contemple l'étendue de son royaume. Il est arrivé au théâtre avec une bonne demi-heure d'avance. C'est un genre de rituel. D'abord, il se lave les mains dans les toilettes pour hommes du rez-de-chaussée. Il asperge ses cheveux, éponge son front perlé de sueur, se cure les ongles. Une serviette chaude et humide, un moment de silence, intense, seul, assis en tailleur sur les planches du plateau, à l'abri derrière le rideau fermé. Ce n'est pas de la méditation, c'est de la contemplation, dira-t-il à de futurs biographes imaginaires, une évaluation de l'espace, une façon de s'approprier les odeurs du théâtre poussiéreux, chaque craquement des planches, d'examiner chaque angle mort, chaque recoin sombre et mystérieux.

Ensuite, il prend un café au distributeur de la loge. Un gobelet d'expresso marron clair, un peu de mousse. Puis une cigarette, la première d'une longue série, fumée en solitaire sur la Plaça de Margarida Xirgu, à écouter le chant des hirondelles de ce début d'été. Il attend Tito, le producteur, en regardant chacun de ses partenaires acteurs traverser la vaste place, en pleine mutation intérieure, puis entrer dans le royaume accueillant du théâtre. Depuis son poste d'observation, Oriol voit Ferran approcher. Les deux hommes se font signe, séparés par l'étendue de bitume déserte, l'acteur et le professeur émergeant de leurs foyers respectifs. Oriol voit l'enseignant dévier de sa trajectoire pour se diriger droit vers le banc. Il se lève lentement, après avoir éteint sa deuxième cigarette, remet son âme en place, cherche son centre. La répétition va bientôt commencer, l'une de ces répétitions éprouvantes pendant lesquelles les techniciens lumière mettent au point le moindre changement d'ambiance. Natalia n'est pas encore arrivée, mais elle viendra, Oriol en est certain. Ensuite ce sera l'habillage, la coiffure, le maquillage, la présence pesante du régisseur. Fini le silence, songe-t-il tristement. Oriol s'attarde un instant dans la douceur vespérale de la place. En regardant Ferran s'approcher, l'acteur songe aux avantages d'un repli stratégique, une retraite polie derrière les épaisses portes vitrées du Théâtre national. Mais quelque chose le retient. Peut-être est-ce le silence de ce moment? Une règle tacite qui interdit les mouvements brusques? Ou une tendresse plus profonde pour Ferran. Il l'ignore. Les deux hommes s'étreignent.

Ferran embrasse Oriol et lui tape sur l'épaule. Ils s'expriment en catalan, avec le même accent du Nord.

— Ils étaient comment, aujourd'hui ? s'enquiert Oriol.

— Horribles.

— Personne qui ait du potentiel ? Pas une étincelle ?

— Ils sont dénués de toute créativité.

Oriol se met à rire :

— Tu en aurais dit autant de moi, à mon époque.

— Non. Tu étais différent. Tu es différent. Depuis le départ.

Oriol rougit et écarte ses boucles dorées de son front. C'est l'une de ses caractéristiques les plus charmantes. Pour le premier rôle dans *Le Paradis perdu* de Milton, il s'est laissé pousser une moustache blonde qu'il entretient avec soin. Oriol considère qu'elle lui donne l'air d'un pédéraste. Autrefois, Ferran a détecté chez Oriol une fausse innocence fascinante chez un jeune homme, un vide troublant qui semble traduire la recherche d'autres mondes. (« Son énergie tire sur les coutures de son corps, a relevé Ferran, lors d'une représentation à Gràcia, des années plus tôt. Le travail corporel d'Oriol Duran exprime un entrain difficile à contenir. ») Avant que la notoriété et la gloire ne le trouvent et ne l'éloignent davantage du monde des simples mortels, c'était un sportif. À 37 ans, il demeure souple, musclé, sec.

Formé aux cascades de combat, Oriol participait à des compétitions nationales d'escrime lorsqu'il a intégré l'Institut en tant que danseur. Il est ensuite passé au théâtre sur la recommandation de Ferran et d'un vieux collègue disparu depuis peu et a rejoint les *Tragafuegos*,

410

la troupe de Ferran qui tournait dans les villages pour donner des spectacles traditionnels. C'est alors que le metteur en scène Àngel Villafranca l'a découvert, lors d'un *Petum* à Sant Cugat. Il se livrait à la danse du dragon. Très inspiré par la méthode américaine, Oriol Duran insista pour devenir le personnage, ce qui allait à l'encontre de l'approche plus traditionnelle adoptée par ses collègues catalans. Cela impressionna Villafranca, qui cherchait quelque chose de plus enjoué, de plus brut, de plus audacieux chez un acteur, avait-il confié à Ferran. Àngel Villafranca déclara à voix basse : « Je veux qu'ils se mettent en danger sur scène, qu'ils se donnent corps et âme, qu'ils repoussent leurs limites, enfin tu vois, et lui le fait. Il y a ça en lui, Ferran. Il a le succès dans la moelle. »

— J'ai besoin de ton aide, Oriol. Ils essaient de me mettre dehors, dit Ferran, en cheminant maladroitement dans sa propre rêverie.

— Qui ? Silvia ?

— Tout le monde. Je ne sais pas. Silvia a fait passer le message. Je devrais avoir une liaison publique avec une étudiante et m'en sortir avec noblesse.

— *Molt bé !* répond Oriol, impressionné. Tu n'oserais jamais. Tu es un homme trop carré pour ça.

— Oriol, je suis désespéré. Ils ne seront pas capables de me chasser s'ils voient à quel point je suis connecté. J'ai tout appris de toi. J'ai donné à la Catalogne une nouvelle communauté d'acteurs.

— Laisse-moi y réfléchir, dit l'acteur, perplexe. J'en toucherai deux mots à Tito.

— Tito est de retour ?

Ferran a déjà rencontré une fois l'Argentin lors d'une soirée caritative pour l'université. Il semblait très proche d'Oriol. Un homme puissant. Agréable, aussi. Le cœur de Ferran s'emballe.

— Il est arrivé ce matin. Il vient à la soirée de presse, ce soir. Tu y seras ?

— Je n'ai pas d'invitation.

Oriol hoche la tête.

— Dommage. C'est complet. Sinon, je t'aurais trouvé une place. Ferran passe à autre chose :

— Je suis en mauvaise posture, avoue-t-il. Usé.

Une jeune femme surgit sur la place, poussant un vieux landau depuis le Carrer de Lleida. Une fillette en robe rose court autour de sa mère. Dans le landau, le nourrisson pleure.

— Ne te soucie pas de tout ça. Tu es une institution, Ferran, assure Oriol en souriant.

— Avant, peut-être. Mais plus maintenant.

Ferran pose les yeux sur l'affiche de Natalia Hernández.

— Elle est bien ?

— Tu sais parfaitement qu'elle est bien.

— Non, je veux dire : elle se métamorphose ?

— Tu l'as vue dans le *Tennyson* de Casas ?

— Oui.

— Elle est encore mieux que ça.

Ferran émet un long sifflement.

— *Mare meva.*

— Cette pièce va tout changer, affirme Oriol. Natalia va nous faire de l'ombre.

Les deux hommes fixent l'affiche.

— Tu n'as jamais été son prof, n'est-ce pas ?

— Non. Non. Elle n'a pas été formée à l'Institut, avoue Ferran avec un voile de nostalgie dans les yeux.

Oriol consulte sa montre.

— Presque 7 heures, annonce-t-il, pensif.

Réglée comme du papier à musique, l'assistante du régisseur, une fille ordinaire à la coiffure exubérante, franchit l'entrée des artistes.

— Oriol, ça va être à toi, dit-elle en foudroyant Ferran du regard.

L'acteur prend congé avec affection, serrant la main de Ferran dans la sienne.

— Je ferai de mon mieux, promet-il.

Ferran remercie avec effusion et embrasse son ancien élève, qui s'éloigne en direction de l'Institut. Depuis l'autre extrémité de la place, Ferran lui fait signe. L'acteur écrase sa cigarette. Comme la brume sur un lac, la phrase d'adieu du professeur plane au-dessus de la place :

— Elle a un don, Oriol ! Cette fille est notre avenir !

— Je lui ai obtenu les coulisses, ce soir-là, relate l'acteur, l'air troublé. Par pitié ou par respect, je ne sais pas. Je regretterai toujours cette décision. Il la mettait mal à l'aise. Je sentais son regard rivé sur elle et je le détestais. J'étais incapable de contrôler cette rage. Plus tard dans la soirée, Natalia et moi nous sommes disputés…

Son regard se porte au loin.

— À une époque, j'ai eu la foi, soupire-t-il. En rencontrant Natalia, j'ai commencé à croire en quelque chose de plus grand que moi. C'est fini, tout ça.

Son attention s'éloigne encore, vers la scène, derrière moi.

— Vous étiez avec elle, ce soir-là, n'est-ce pas ?

— Oui.

J'attends. *Il n'a pas envie d'en parler.*

— Je crois qu'elle savait qu'elle allait mourir, reprend Oriol avec un long soupir. Mais je ne l'ai pas compris… Je n'ai pas compris ce qu'elle disait.

Son regard erre sur les fauteuils, la salle.

Oriol se fait silencieux. Ses jambes sont molles, son énergie est concentrée dans son ventre. Il examine ses mains, tend les doigts, puis se tourne vers moi.

— Je ne peux pas vous dire qui elle était parce que je ne le sais pas vraiment, et je crois que je ne le saurai jamais…

— J'ai été ravi de vous rencontrer aujourd'hui.

Chaque voyelle est énoncée avec soin. Je me redresse, surprise par cet appel.

— C'est Fons qui m'a donné votre numéro.

— Ah…

— Qu'est-ce que vous faites demain ?

Je fais un geste vague en direction de mon travail – une journée aux archives.

— Venez assister à la répétition, histoire de voir ce que nous fabriquons.

Je me sens rougir.

— Vous êtes sûr que cela ne posera pas de problème ?

— Certain. Vous serez parfaitement à l'aise. Retrouvons-nous au théâtre, après le déjeuner. Vous vous joindrez à nous pour l'après-midi.

Oriol Duran me laisse perplexe. *Fragile*. Je réfléchis. *En dépit de sa force physique, il se sent fragile.* Plus tard, je consulte des vidéos sur YouTube, en quête d'un mauvais enregistrement, une version que j'ai déjà vue. Le lendemain de la mort de Natalia, Oriol Duran s'est exprimé à la fin du journal télévisé. La police était d'accord et l'acteur a eu le droit d'adresser un message au monde. Il n'avait pas répété son discours afin que l'émotion semble plus naturelle, que ses paroles ne soient pas entravées par une trop grande familiarité. Il voulait être brut, vrai, il voulait aider. Il a donc opté pour quelque chose d'« historique », ou encore, avec sa voix traînante, à la fois travaillée et tendue, d'« épique ».

Ils annonceraient la nouvelle au public alors qu'on nettoierait les plages des feux de joie à l'issue de la fête de la Saint-Jean. Oriol Duran lancerait un avis de recherche à l'échelon national pour retrouver le tueur. Oriol Duran ferait un discours à la fin de sa pièce. Une fois toute l'actualité évoquée, ils reviendraient sur Natalia. La nouvelle fait grand bruit. Oriol récite son texte tel un homme qui pleure une femme qu'il a aimée. Il lance un appel au peuple de Barcelone, au peuple d'Espagne, aux gens du monde entier afin qu'ils livrent des informations sur les déplacements de cet Adrià Sorra, qui reste au cœur de l'action tel un oracle d'espoir. La voix d'Oriol surgit de mon écran d'ordinateur pour envahir ma cuisine, Oriol hypnotisant les masses grâce à l'opium ultime qu'est un meurtre, bien meilleur que la pornographie, le sexe, meilleur que tout, l'apothéose du mystère, de la mort, du mal. Et je l'écoute, le cœur battant, ouvert, les veines palpitantes et crépitantes. En 2003, l'affaire est diffusée sur toutes les ondes. Oriol Duran sait alors que c'est énorme. Les caméras seront braquées sur lui, on va le faire entrer et le spectacle va commencer… Car il s'agit bien d'un spectacle : et maintenant, mesdames et messieurs ! Devant le fond vert, Oriol Duran regarde la caméra mobile droit dans les yeux. Il a la posture d'un homme politique. Il respire lentement et ouvre le col de sa chemise crème – il ne porte pas de cravate –, ce qui renforce son aura de mélancolie tourmentée, le regard mielleux teinté de stress, les boucles dorées plaquées sur son front. Il a les bras ballants, ne porte pas les mains à son visage. Il s'affaisse légèrement, respire, ouvre la bouche et parle. Sur les plages, on débouche des bouteilles de vin et on remplit des gobelets en plastique transparent. Les ondes diffusent son message. J'observe le visage d'Oriol Duran qui se durcit et se froisse pendant qu'il implore, qu'il supplie, qu'il exige des renseignements !

L'information à l'ère de la consommation !

Dans les rues, on se rassemble et on pleure les festivités de la veille.

Le sable est chaud et sec sous les pieds nus.

Les rites de la Saint-Jean sont simples : ils sentent la poudre et la cendre, les coups de soleil et le vin rouge bon marché.

Mais ce soir, les gyrophares de la police ont remplacé les feux traditionnels. Ils allument les phares de leurs voitures et se déploient en unités médico-légales face à l'endroit où il est entré dans la mer.

La mer est plus noire que du pétrole brut. Plus lisse et sombre, et plus absurde que le vent qui n'a rien à dire.

— Au départ, il y avait le théâtre et rien que le théâtre.

Tito Sánchez, félin, sanguin, souriant, bras ouverts, une haleine de fumeur de cigare. Son dos large est collé aux coussins en cuir du restaurant.

J'ai atterri dans un quartier huppé de la ville, au nord de La Rambla.

— Les hommes qui se sont réunis pour organiser l'Exposition universelle de 1929 ont décidé que le théâtre serait construit avec une arche en avant-scène, dans le style des théâtres antiques, et doté d'une spécificité architecturale permettant à la scène d'être submergée d'eau ou de se lever vers le public grâce à des plateformes mobiles. Un chef-d'œuvre inspiré des grands théâtres en plein air de l'Empire romain, comme les ruines du Colisée à Tarragone, qui surplombent la mer. Il accueillerait 3 500 spectateurs mais, contrairement au théâtre grec qui était construit plus haut sur la colline et était taillé dans la pierre, ce théâtre symboliserait les excès de l'ingénierie moderne : une toiture incrustée de coques en métal doré, des lustres en cristal au-dessus de la salle, qui varieraient en intensité lumineuse en fonction du spectacle grâce à une infrastructure de pointe de fins câbles métalliques porteurs de courant. Déterminés à obtenir les meilleurs espaces de spectacle pour recevoir les troupes de danseurs, d'acrobates, de chanteurs et d'orateurs nécessaires pour les écoles de théâtre russes, ils ont construit la scène avec de vastes coulisses derrière l'avant-scène, équipées de câbles et de poulies pour porter les parois acoustiques et le velours rouge du rideau. Ce système offrait la machinerie la plus rapide du monde, avec l'installation de seize toiles de fond, de sorte que les changements de décor étaient possibles en sept secondes ! Il y avait aussi un plateau rotatif installé au centre, sur lequel trois univers distincts pouvaient être présentés et tourner rapidement. Des personnages multiples pouvaient évoluer simultanément sur scène. Les ingénieurs, metteurs en scène, producteurs et architectes ont conçu le théâtre le plus extraordinaire de l'histoire.

Il marque une pause. On nous apporte des olives et du pain.

Les serveurs vont et viennent, formels, répondant aux appels des clients, costumes bleus, gilets et cravates, maîtresses vêtues de chamois, les oreilles ornées de perles, sacs Chanel et montres en or. Enfants en uniforme, chaussettes remontées jusqu'aux genoux éraflés. Cheveux nattés ou ébouriffés. *Tortilla pour un, tortilla pour tous.*

— En 1929, quand le théâtre est achevé, poursuit gravement Sánchez avec son accent argentin à couper au couteau, au pied des jardins de Montjuïc, il y avait des fontaines et un mur en mosaïque, ainsi qu'une série de décors peints par Picasso. Le premier ballet présenté le soir de l'inauguration de l'exposition est *Giselle*, dans le cadre de la tournée russe. Pendant sept ans, le théâtre de l'Exposition universelle de 1929 de Barcelone est le meilleur du monde, ses lumières étincelantes constituent le plus bel élément architectural de la Plaça de Margarida Xirgu. Puis, le temps se gâte et, au cœur d'une histoire plus sombre, Montjuïc oublie ses jardins et redevient une forteresse. Le théâtre tombe dans l'oubli avant d'être ravagé par un incendie, en 1939, et à moitié détruit.

Une bouteille de vin apparaît sur la table avec deux verres.

— Je suis venu à Barcelone en 1975, pour le théâtre. Un chez-moi loin de chez moi. À l'époque, j'avais d'autres activités, mais le théâtre ! c'était ma passion. Aujourd'hui, je suis fier de dire que je suis le plus vieux mécène et le plus grand producteur. *Maintenant.*

Il croise les mains sous son menton et se penche vers moi.

— Je n'aime pas les journalistes. Je ne les ai jamais aimés. Mais je n'aime pas non plus ce qui s'est passé sous mes yeux. Cette histoire me rend malade. Donc on mange, je parle, vous m'écoutez. Cette nuit-là, c'est tout ce que je vous donnerai.

Et ensuite ?

— Écrivez ce texte, et écrivez-le bien. Ensuite, vous pourrez aller vous faire voir.

Cette nuit-là, dans la gloire reconstruite du Théâtre national de la libération, Tito Sánchez s'installe dans sa loge privée, les lèvres pulpeuses comme celles d'une femme, délicates et tendres. Sur son visage rond, ses yeux vifs ont une couleur terre de Sienne. Il arbore une veste bleue décontractée, cintrée sur sa chemise violette à boutons en émail et ornée d'un motif floral à peine discernable. Un jean gris souligne des cuisses de rameur. À son poignet gauche, une montre en chrome et un bracelet en peau de serpent. Il se sert une coupe de champagne dans la bouteille posée sur la table, à son côté, en regardant la presse entrer peu à peu dans la salle. Il y a cette journaliste suffisante, qui est accompagnée de son mari maussade, ainsi que le critique un peu véreux du journal *El País* (c'est toujours utile). Les photographes envahissent les allées, leurs appareils autour du cou. Àngel Villafranca capte le regard de Tito au balcon et le salue. Le metteur en scène le rejoindra pour le spectacle. C'est ce qu'ils ont prévu. Pour l'heure, Villafranca scrute la foule. Poignées de main de rigueur, quelques salutations… On tamise les lumières. L'orchestre commence à jouer. Une main se pose dans le dos de Tito. Villafranca se glisse à côté de lui. À près de 80 ans, il porte des lunettes à fine monture métallique sur son nez imposant. Il a les joues longues et creuses, barbues, un corps mince et des cheveux blancs qui lui tombent sur le front. Le metteur en scène a perdu son calme. Il tremble de nervosité.

— Je suis soulagé que tu sois là pour me tenir compagnie, souffle Villafranca.

Tito décèle une légère odeur de transpiration mêlée à son parfum.

— Regarde-moi ces harpies, maugrée Villafranca en désignant les femmes de l'assemblée. Elles veulent mon sang, Tito !

— Elles ne l'auront pas, répond ce dernier en lui offrant du champagne. *Bois.*

Un accord parcourt l'assemblée et le silence se fait.

Sur scène, elle porte une robe de soirée noire dans le style XIXe siècle, et ses cheveux sont relevés en un chignon. Des perles pendent à ses oreilles. Une guirlande de pensées orne sa coiffure, des boucles s'échappent autour de ses oreilles, sur sa nuque et ses tempes. Tito ne l'a jamais vue aussi sombre. L'effet est saisissant. Il est attiré par sa silhouette, ses petites mains, ses petits pieds, son visage radieux et grave qui s'efforce de dissimuler sa lumière derrière un sourire austère. Le haut de sa robe moule sa poitrine, avec un décolleté plongeant qui laisse deviner ses épaules et ses seins nacrés.

— Superbe choix, murmure Tito à l'oreille de Villafranca. Un style magnifique, très russe.

Puis Natalia ouvre la bouche. *Elle chante !*

Tito a la gorge sèche, la langue pâteuse. Elle n'a pas la voix d'une mortelle. C'est une iridescence divine. Il l'a déjà entendue – en répétition – mais, ce soir, devant le public rassemblé, devant les journalistes et les écrivaillons, les critiques et leurs journaux, elle est surnaturelle, elle est Dieu ! Un vitrail au plafond de l'univers. Son cœur s'emballe et s'arrête à la fois. Il sent une chaleur contre sa peau tandis qu'il se noie dans la musique de sa voix. Chaque morceau est une vague qui déferle dans sa poitrine. Aucun oiseau n'a un chant aussi doux ! La dureté, la douleur, rossignol dans la nuit, elle vogue dans les airs, sa voix monte, monte, puis elle chante comme une femme perdue, comme une hirondelle appelant un mâle et le cœur de Tito se brise. *Oh, pour la douleur de cette femme, cette fille, cette enfant…* Un élan de conscience le porte, comme si l'atmosphère elle-même l'incitait à sauter de sa loge, mais gentiment, en douceur, la voix de Natalia étant une promesse enivrante d'envol. Elle lui fait dresser les poils sur la tête ; un courant monte de ses chevilles, serpente autour de ses genoux, lui chatouille l'arrière des cuisses… Tito Sánchez se retrouve en plein été lorsqu'elle entonne *Agua Dulce*, son ultime chanson. *Mon Dieu !* C'est de l'or qui coule de sa langue, des rubis, des escarboucles, et l'âme de son imagination prend forme, créature éthérée, *force de la nature* ! Les montagnes s'inclinent et la terre s'ouvre sous les pieds de Tito dans un fracas de vagues rugissant à l'horizon. Grottes et ravines, falaises découpées dans la pierre, cratères profonds, vert ondulant… Le sol tournoie, plonge, se cambre, envahit la vision de Tito. Le souffle de la voix de Natalia se prend dans la gorge de Tito, qui a le vertige. Le soleil explose dans ses yeux et irradie au point que le ciel d'azur devient blanc. Il est aveuglé par la férocité de Natalia Hernández. Follement excité, son corps lui prouve qu'il revit. Son cœur bondit dans sa poitrine, cherchant à s'en échapper. Pourtant, l'air est immobile, merveilleusement serein, unique. Quand a-t-elle changé ? Ou bien ce côté sauvage a-t-il toujours été présent sous la surface, sans qu'il en ait conscience ? Sans qu'il ait jamais compris ?

Le public réagit avec Tito. Il respire, soupire à l'unisson. Le metteur en scène veut que le monde entier l'aime. Il consent ce sacrifice à sa propre célébrité. Il veut prend part à cette œuvre de grandeur. Il observe les visages, les bouches béantes et fronce les sourcils. Changement de scène. Un homme se présente sur le plateau en costume. Tito a l'estomac noué. Oriol entoure Natalia de son bras. La façon dont elle le regarde fait partie du spectacle, non ? De son rôle ? Leurs bouches se frôlent pendant qu'ils dansent. La main d'Oriol sur la gorge de Natalia, sur ses cheveux… Il fait tournoyer le rossignol en robe noire. Elle pirouette, il la soulève, elle retombe, ses doigts sur sa gorge… cette tendresse… La jalousie ronge l'estomac de Tito, comme tous les hommes et femmes de la salle, il ne supporte pas de voir ces doigts toucher le cou du rossignol de Barcelone ! Tito chasse ces pensées, transcendé par la pièce. Le théâtre.

— Qu'est-ce que tu en penses ? souffle Àngel à son oreille, lorsque le rideau tombe pour l'entracte.

— Tu tiens un chef-d'œuvre, bredouille-t-il, à peine capable de parler. Une œuvre de génie.

Après le spectacle, le tout dernier de Natalia, Tito et les critiques se retrouvent au bar. Clara de *La Vanguardia* s'approche. Elle empeste le rosé. Tito fulmine.

— Seigneur, monsieur Sánchez ! s'exclame-t-elle. Barcelone a besoin d'un homme de votre trempe en ces temps difficiles ! En voyant votre nom sur la liste des producteurs, j'ai cru défaillir. Vive les investisseurs privés ! Vous êtes content du résultat ? (Elle s'écroule sur un siège, à côté de lui.) Villafranca est un vieux renard. Elle sera une star, cela ne fait aucun doute.

Tito opine en scrutant l'assemblée.

— Nous la mettons en première page, demain.

— Formidable, répond Tito, qui n'en a que faire.

— Cela dit, elle n'a pas besoin de ça. Elle se débrouille très bien toute seule. Je parle de son talent, bien sûr, qui est incroyable, poursuit Clara.

— Natalia Hernández est une jeune femme extraordinaire… J'ai toujours su que ce n'était qu'une question de temps.

— Oh ! Attention, monsieur Sánchez ! Vous avez tout d'un adolescent transi d'amour, souffle-t-elle. Vous avez parlé à Oriol, dernièrement ?

— Pardon ?

— Il y a des rumeurs… Je brûle de savoir !

Tito manque de s'étouffer avec une amande. *Quelle garce.*

— Oh, regardez ! roucoule-t-elle, les vedettes du jour ! Àngel ! Oriol !

Clara se lève et embrasse les deux hommes.

— Cela fait quel effet d'être les stars de la soirée ?

— C'est magnifique ! s'écrie Oriol, qui tient une bouteille de vin. Buvez, les amis, buvez !

Clara frappe dans ses mains.

— Sans vous, ma chère, nous ne serions rien ! Nous ne serions que poussière.

La voix de Villafranca est grandiloquente, sucrée comme le miel. Il s'assied à côté de Tito et murmure à son oreille :

— Pardon d'avance, mon vieux. On pourra s'échapper bientôt.

Tito sourit. Pas la peine. Pas encore.

— Clara Solana, promets-moi de dire du bien de nous ! Lance Oriol, radieux. Le succès est tellement plus doux quand tu es là pour le partager avec nous.

Il la prend dans ses bras et l'entraîne dans une danse autour de la table. Il est plus irrésistible que jamais. Ils s'arrêtent, essoufflés, et s'écroulent en riant à côté de Tito.

— Alors… Oriol Duran…

Elle joue avec son verre vide en observant l'acteur.

— Je veux des ragots.

Oriol semble intrigué. Tito est de plus en plus nerveux.

— Tu peux me demander n'importe quoi, chérie.

— De façon officieuse, bien sûr, précise Clara en se penchant sur lui d'un air complice. Elle est sublime, Oriol. Bien trop jeune pour toi, naturellement, vieux bouc, mais comment ne pas reconnaître une telle beauté ?

— Je commande encore à boire ? demande Oriol à ses convives. Une vodka, Tito ? Du rhum ? Qu'est-ce qu'on prend ?

— Mon petit doigt m'a dit que vous sortiez ensemble, coupe Clara.

Tito avale une longue rasade de vin. Oriol sent son cœur s'emballer.

— Seulement sur scène, répond-il en souriant. Quant au reste, ton imagination fait bien ce qu'elle veut.

Villafranca capte le regard de Tito. Il secoue la tête. *Je n'ai rien vu.*

— Où est-elle ? demande Tito.

— Oriol Duran, je ne te crois pas, insiste Clara en le giflant d'un coup de serviette. Tu nous la caches. Allez ! Quelle est ta méthode ? On veut savoir ! On veut tous savoir, dit-elle en désignant la tablée.

— Clara… intervient poliment Villafranca.

Il pose doucement une main sur la sienne et se penche pour lui murmurer quelque chose à l'oreille. Elle se calme. Oriol quitte la table. Tito le suit vers le bar.

— Qu'est-ce qui se passe ? s'enquiert Tito en s'efforçant de masquer son mécontentement.

— Rien.

Oriol soutient son regard.

— Natalia et moi sommes amis de longue date, dit Tito.

— Tu ne devrais pas écouter les ragots…

Oriol désigne Clara, à l'autre extrémité de la salle, en grande conversation avec Villafranca. L'acteur tombe le masque du charmeur, soudain maussade.

— Surtout les siens, reprend-il. Elle est capable de tout déformer, juste pour s'amuser.

— Tu marches dans son jeu.

— Peut-être.

— Natalia m'a dit que vous vous étiez disputés.

— Mais non, assure Oriol, les lèvres pincées, l'air entêté. Fais-moi confiance.

— Je ne veux pas qu'elle souffre, c'est tout, affirme Tito d'une voix brisée, avant de se pencher sur l'acteur pour lui souffler à l'oreille : Tu me connais.

Il voit la gorge du comédien se nouer, il sent son pouls s'emballer.

Oriol hoche la tête.

— Bien, fait Tito en souriant. Comme toi.

☽

Une serviette glissée dans le col de sa chemise, Tito découpe élégamment la tortilla et en commande une autre au serveur. *On n'est jamais trop propre.* Il me sourit.

Ce soir-là, Tito arpente le lobby, près du bar. Natalia a disparu. Elle n'est pas à l'une des tables privées, sur un fauteuil en cuir. Elle n'est installée avec personne. Elle a pu se rendre aux toilettes, à moins qu'elle ne soit sur le balcon… Non, elle n'y est pas non plus. Il fait les cent pas. Il se rappelle l'endroit où elle aimait se cacher, au théâtre, quand elle était plus jeune : en coulisses, derrière les poulies du rideau. Il appelle une ouvreuse. A-t-elle vu Natalia? L'employée hoche la tête et désigne une porte menant à la scène. Il s'engage dans la pénombre, gravit les marches vers les coulisses. Natalia est là. Assise là où il l'avait trouvée la première fois, quand elle avait 17 ans, adossée au mécanisme métallique des câbles. Elle a troqué son costume contre un chemisier ample et un jean foncé. Elle est pieds nus, mais sa coiffure n'a pas changé. Elle a ôté l'épais maquillage de son visage mais a conservé la guirlande de pensées et les boucles sur son front. Son long cou est parfumé. Dans la pénombre, elle penche la tête.

Tito ne dit rien et s'assied à côté d'elle.

— Tout est en train de changer, murmure-t-elle.

Tito la prend par les épaules. Elle est menue comme un moineau. Elle ne pèse rien. Où a-t-elle puisé sa force, sur scène? Son âme doit être immense, si vaste…

Il sent son cœur se gonfler et l'attire vers lui.

— Ce soir, tu les as tous tués.

— Ça n'a aucune importance, affirme Natalia. Ce n'est pas la réalité.

Tito tressaille en l'écoutant.

— Viens boire un verre avec nous.

— Je préfère rester ici.

— Natalia, il y a des gens qui veulent te rendre hommage.

Non. Elle secoue la tête. Non. Il l'observe avec un sentiment d'impuissance. Dans sa poche, il cherche un mouchoir. *Elle a pleuré.*

— Ne te mets pas dans cet état, Natalia. Quoi qu'il arrive. Je veux dire… si quelque chose ne va pas, si quelque chose te dérange…

Elle pose un index sur les lèvres de Tito.

Tais-toi. Quelqu'un vient d'entrer. *Quelqu'un les observe.* Natalia tremble et repousse son bras. Il ne sait pas. L'ombre passe, s'éloigne. *Était-ce Oriol ?* Non. Natalia secoue la tête. *Quelqu'un d'autre.* Elle embrasse Tito sur la joue.

— Je sais très bien m'occuper de moi-même, déclare-t-elle. Je l'ai toujours fait.

⚕

Tito me pousse dans le taxi, remet quelques billets au chauffeur, donne un coup sur le capot et se penche à l'intérieur. *Veillez sur elle.* Le chauffeur opine. Puis il se tourne vers moi : *Au revoir. J'espère que tout se passera bien.* Formel. Brisé. Le taxi file vers le théâtre, empruntant des raccourcis, fonçant le long des rues quadrillées de l'Eixample, des grandes terrasses enso- leillées à midi. Il bifurque vers la Plaça Espanya, les fontaines, la folie, avant de descendre vers la mer. La radio joue de la musique classique. Ai-je posé assez de questions ? Non, me dis-je encore et encore. Ils sont en train de t'échapper. *Où sont-ils allés, ensuite ?* Question idiote.

— Natalia s'est excusée et a regagné sa loge, a-t-il continué. Je voulais qu'elle se couche de bonne heure, qu'elle soit en forme pour la première. Oriol et moi avons discuté brièvement. Il voulait que je passe boire un verre, histoire d'arroser ça. Vous connaissez les acteurs…

— Vous y êtes allé ?

— Non.

— Pourquoi ?

— Je ne sais plus. J'étais fatigué. J'aime bien me tenir à l'écart de la vie privée des acteurs, ne pas boire avec eux. Tous ces excès, sont… de mauvais goût. De très mauvais goût. Et puis, ce n'était pas la première, mais la répétition générale. Le public a bien réagi, les critiques ont aimé, il y a même eu une ovation debout. Nous savions que la presse serait élogieuse. C'était une grande réussite. J'ai perdu beaucoup d'argent en remboursant les places… (Il était au bord des larmes.) Pour célébrer l'événement, je préférais attendre d'avoir vu l'effet du spectacle sur un vrai public. J'avais raison. Finalement, je suis allé à un enterrement.

Tito a appelé un serveur et a désigné la table. *Café con leche*, a-t-il dit. Fin de notre conversation.

Devant le Théâtre national, des gens rient. À l'intérieur, dans les salles de répétition, danseurs et acteurs s'échauffent. En jogging, ils courent, longeant les murs de la scène, encore et encore. Une nymphe élégante à la musculature spectaculaire lui court après et le rejoint. Ils courent ensemble, par à-coups, démarrages et arrêts, ils soufflent… Je les sens respirer. Le cuir usé des chaussons de danse polit le plancher noir. Il flotte une odeur de saccharine et de transpiration. Clac clac ! Crac ! On se baisse ! Les bras au-dessus de la tête. Les muscles se déchirent. Un pied se pose. *Respirez*. Le bois craque, la poussière vole. Les fauteuils vides affamés, admiratifs. Tandis que je regarde la troupe s'échauffer, le metteur en scène Àngel Villafranca discute avec sa Salomé, côté jardin. Sa queue-de-cheval pend sur le côté, elle a de la craie sur la joue, le front en sueur. C'est la première fois que j'observe Villafranca : gris comme un héron, barbu, lunettes agressives perchées sur le nez.

— Quand tu l'embrasses, je veux voir le désir, un pur désir charnel, c'est ta conquête, tu es en train de détruire sa virilité… Ondule ton corps… tu es un serpent, dit-il en gesticulant. Tu es un rayon de lune, l'incarnation d'une déesse agressive !

À 18 heures, les acteurs marquent une pause. Oriol me présente au metteur en scène, qui me regarde fixement pendant une longue minute sans me dire bonjour.

— Elle te plaît, Oriol? s'enquiert-il vivement en catalan. On lui fait confiance?

Oriol sourit et hoche la tête.

— Parfait, alors au travail! lance Villafranca en me faisant une petite tape sur l'épaule. Le verdict est favorable. Oriol est mon meilleur juge. Allez, venez. Rencontrez le monde! Kike! Lydia! Javier! Venez saluer la femme qui va raconter notre histoire! Réunion de famille! Nous sommes une famille! Ce n'est que lorsque vous l'aurez compris que vous nous comprendrez vraiment. Nous pouvons vous aider à faire de ce théâtre l'histoire de Natalia!

Le metteur en scène s'essuie les lèvres.

— Vous voulez un autre café?

Villafranca repousse ses cheveux blancs en arrière. Il ne cesse de froncer ses sourcils broussailleux. Ses mains s'agitent pour souligner ses propos ou jouer avec la pointe d'un stylo à plume noir posé à côté de sa tasse vide.

— Vous êtes sûre que vous ne voulez rien boire? insiste-t-il dans un anglais parfait, fluide.

— Non merci.

— *Cafè amb llet*, commande Àngel. Un seul.

Il me regarde, se tourne de nouveau vers le serveur et demande deux verres d'eau.

— Laissez-moi vous offrir quelque chose, m'explique Villafranca avec un sourire. Je me sentirai ridicule, sinon.

Le café arrive. Villafranca prend un long sachet de sucre et le casse en deux pour vider son contenu dans sa tasse, puis il le remue lentement.

— Je suis accro, avoue-t-il avec un sourire.

Il porte délicatement sa tasse à ses lèvres.

— J'ai créé son dernier spectacle pour elle, reprend-il en montrant la photo. Je voulais qu'elle explore ses talents d'artiste, ses peintures et ses visions sur scène. C'était une erreur.

Il s'interrompt et pose sur moi un regard intense.

— Si nous devons poursuivre cette discussion, je vous demande simplement de respecter sa mémoire.

— Naturellement.

— Comme vous le savez, elle est devenue mon enfant en plus d'être mon actrice-vedette.

Le regard de Villafranca se voile.

— Je l'ai élevée dans ce théâtre, alors qu'il sortait à peine de terre. Ses parents travaillaient ici, avec moi. Natalia est née de la scène et pour la scène. Elle est née de la lumière. Elle était si radieuse ! Quand elle entrait sur un plateau, dans la pénombre, chaque recoin prenait vie, se transformait. Un corps, éclairé par un seul projecteur… Il était impossible de détourner son regard de Natalia. Et quand elle dansait… oh, quand elle dansait, le monde s'arrêtait.

— Elle était à l'aube d'un succès retentissant, sans doute.

— Elle était promise à une carrière de star, oui ! me répond Àngel en buvant une autre gorgée de café. Mon spectacle aurait bouleversé sa vie, sa carrière. Ces derniers temps, j'ai peur de l'avoir poussée trop loin. J'ai le cœur gros. J'ai peut-être été cruel en tant que père de substitution, car je lui en demandais beaucoup. Parfois trop, je le crains.

— Que voulez-vous dire ?

— On ne peut rien tirer du néant. Croire que l'on peut obtenir une interprétation comme par enchantement est un leurre. Jouer la comédie n'est pas facile. Un talent tel que le sien est une forme de transmutation. Par le passé, j'ai parlé d'alchimie. Sa forme particulière d'énergie créative était un fardeau… à mon époque, j'ai rencontré très peu d'acteurs dotés d'une telle grandeur.

Villafranca me regarde d'un air perplexe.

— Vous comprenez ce que j'entends par « grandeur », n'est-ce pas ?

⊙

Natalia Hernández est née en août 1981 dans le village de Valldemossa, sur la côte nord de l'île de Majorque, dans une vallée menant à une gorge qui elle-même descend sur trois cents mètres vers la mer. C'était l'été et, pour sa malchance, elle n'est pas venue au monde à l'hôpital. Avec presque quinze jours de retard sur son terme, sa mère s'écroula soudain dans leur maison, située en dehors du village. En entendant ses cris, son mari accourut depuis le jardin. La route était bloquée à cause d'une collision ; un camion d'ordures s'était renversé en travers de l'autoroute menant à Palma. On appela l'infirmière du village, qui courut sur les chemins, à travers champs, dans les oliveraies et les vergers. Dans la maison, Joaquim Hernández avait installé sa femme sur la table de la cuisine, avant de fondre en larmes. Les pieds de la table ruisselaient de sang et d'eau. Natalia était leur premier enfant. Dans cette cuisine rustique, avec des fourmis courant le long de l'évier, de la viande séchée aux fenêtres, la sage-femme se présenta en compagnie du prêtre, qui se mit à prier, comme la moitié du village. La sage-femme expliqua qu'une voiture était partie chercher un médecin au village voisin et qu'il viendrait aussi vite que possible. On posa une compresse froide sur le front de Cristina tandis que son corps se tordait de douleur. Plusieurs heures plus tard, Natalia Milagros Hernández-Rossinyol vit enfin le jour. Le prêtre n'avait cessé de prier. L'enfant sortit avec le cordon ombilical enroulé autour du cou. Le médecin le coupa et la sage-femme apporta de l'eau bouillante tandis que le prêtre marmonnait toujours dans sa barbe, comme les moines de l'ermitage voisin réunis derrière la porte de la cuisine, sous le soleil d'été et les oliviers. Ils méditaient sur cette enfant issue de la lignée féminine des Rossinyol.

Du moins c'est ce que je comprends de l'histoire que me raconte le vieux metteur en scène : l'abondance de prières au moment de sa naissance, affirma plus tard le prêtre, ainsi que son patrimoine génétique, l'avaient rapprochée de Dieu. Au cours des étés suivant la mort des siens, Natalia retourna sur l'île en compagnie de son tuteur, Villafranca. Ils ne séjournèrent pas dans la maison des Hernández, mais louèrent un petit appartement au village, près du sanctuaire de sainte Catherine Thomas. C'est dans ce village, la veille de son seizième anniversaire, dans le cloître des moines capucins, qu'elle eut sa première vision. Elle traversait le jardin du cloître, quand elle s'approcha d'un puits situé sous la statue d'un saint. Posant les mains sur la pierre froide, elle pencha son visage juvénile vers le fond du puits. Derrière elle, une voix prononça son nom. Elle se retourna pour découvrir un vieil homme à la barbe bleue, coiffé d'un chapeau noir, les épaules drapées de fourrure. Il était assis sur le muret ceignant le jardin clos. Il était très âgé, les joues striées de rides. Elle était certaine d'avoir déjà vu ce visage, peut-être dans ses rêves ou dans les histoires que lui racontait sa mère. Lorsqu'elle l'eut rejoint, le vieil homme lui montra le livre doré qu'il tenait entre ses mains, un volume relié et doté de larges fermoirs en cuivre. La couverture était également cuivrée et gravée d'étranges symboles et de lettres dans une langue inconnue. Les pages n'étaient pas en papier ou en parchemin, mais dans un matériau rappelant l'écorce. Plusieurs heures plus tard, Àngel Villafranca trouva sa protégée inconsciente au milieu du jardin, face au carré des Capucins.

— Natalia est un réceptacle… en quelque sorte. C'était une enfant étrange, qui semblait venir d'un autre monde. Je n'arrive pas à l'expliquer. Elle possédait une capacité hors normes à jauger notre conscience collective. Pour une personne aussi petite, elle portait le poids de l'univers sur les épaules.

— Mais vous dites qu'elle était heureuse ?

Il émet un rire amer.

— Le bonheur, c'est compliqué, pour les acteurs. Comment dire ? Enfin, elle était satisfaite. Tout comme il lui arrivait d'être très triste, parfois. C'était une orpheline. Elle avait perdu ses parents et souffrait de crises de paranoïa. Elle voyait des choses qui n'existaient pas et qui étaient pourtant reconnaissables dans notre environnement. C'était une artiste. Un kaléidoscope d'émotions. Quand un enfant apprend ce qu'est la mort de façon aussi violente, la mort ne le quitte plus jamais.

— Perdre sa famille si jeune a dû être dévastateur.

Villafranca fronce les sourcils.

— C'est une bien triste affaire. Leur voiture est tombée du col de Sant Cugat. Ils ont tous péri dans l'accident : sa mère, son père, sa sœur, son frère. Elle était seule au monde, ensuite.

— Comment a-t-elle survécu ? Rien n'indique qu'elle se trouvait à bord au moment de l'accident.

— Elle s'était cachée dans ce théâtre, m'explique Villafranca en esquissant un sourire. Elle s'y perdait toujours. Sa mère me la confiait, le matin… Ce jour-là, la famille est allée rendre visite à un ami à Sant Cugat. En apprenant la nouvelle, je ne savais pas quoi faire. Je l'ai trouvée dans les coulisses, endormie sur les cordages de la machinerie. Elle s'était fait un lit dans le noir. Je l'ai serrée dans mes bras en comptant les minutes pendant lesquelles je pouvais prolonger son insouciance, avant de la réveiller pour lui annoncer que son univers venait de s'écrouler.

Villafranca affiche un regard perçant.

Je soutiens ce regard.

— J'aimerais en savoir davantage sur sa mère, monsieur Villafranca. Elle se nommait Cristina Rossinyol, si je ne me trompe pas.

Il se renfrogne.

— C'est une longue histoire, répond-il en consultant sa montre. Je vais vous donner la version courte. Un autre café, s'il vous plaît. Non, deux, précise-t-il au serveur. Même si vous ne le buvez pas. Vous allez me trouver vieux jeu, mais je trouve impoli de boire seul.

Villafranca se penche en avant. Il a choisi une table tout au fond de la salle, près des vitres donnant sur la place. Les cafés arrivent. Villafranca s'exprime tranquillement :

436

— Mieux vaut commencer par le début, je suppose. Cristina Rossinyol est née dans un village situé à cent cinquante kilomètres au sud de Barcelone, sur l'île de Majorque. Elle était fille unique. Son père était le dernier d'une lignée de fabricants de dragons. Vous savez ce que c'est ?

— Non.

— C'est un forgeron qui façonne les structures destinées aux fêtes du feu, les *Correfocs*, en plus de ses ouvrages habituels. Sa mère était peintre religieuse. Avant la guerre, la famille de sa mère était plus nombreuse. Entre le soulèvement du village en 1936 et les élections des années quarante, tous les grands-parents sont morts, peu importe comment et quand. C'est arrivé, voilà tout. C'était ainsi, à l'époque.

Cristina est née en 1950. À l'époque, notre langue catalane était interdite. On ne pouvait la parler qu'à la maison. Il était impossible de la lire dans les journaux, l'étudier à l'école. Nous étions privés de nos livres, de notre théâtre, de notre art, notre histoire. Vous n'imaginez pas l'effet que cela fait de ne pouvoir prononcer un mot dans sa langue intérieure ! La langue de ses rêves ! C'est une véritable prison. La plupart des enfants de la génération de Cristina ont complètement perdu le catalan. Toutefois, la famille de Cristina l'a sauvegardée dans sa cuisine, en transmettant les poèmes et les extraits de pièces qu'ils avaient mémorisés. C'est ainsi qu'elle a appris le catalan grâce à la répétition, grâce au théâtre du foyer, aux vieilles chansons et histoires du folklore. Même cela, c'était un passe-temps dangereux. À ma connaissance, elle était seule au monde quand elle est arrivée dans cette ville, même si elle a bénéficié d'une aide à l'église Santa Maria del Pi. Un jeune prêtre du nom de Cançó. Je l'ai vu en passant par la Plaça del Pi. C'est un vieil homme comme moi, maintenant.

Cristina Rossinyol avait un talent artistique naturel. À Barcelone, elle a étudié la restauration et l'enluminure. C'était une médiéviste, une calligraphe et une peintre passionnée. Je l'ai découverte à ce moment-là, je ne me rappelle ni où ni comment. C'est arrivé, comme ça. Je m'étais installé pour boire un café, comme avec vous, et elle est apparue, telle une vision de l'avenir. Encore plus belle que sa fille, croyez-le ou non. Je suis tombé amoureux d'elle instantanément.

Il affiche un sourire triste et son regard se voile de nostalgie. Son esprit vagabonde.

— Hélas, je n'étais pas le premier, ni le dernier à qui cela arrivait. D'abord, nous avons été amis. Cristina apportait les talents du dragon dans notre communauté militante, réalisant des costumes et sculptant des masques en bois pour les acteurs, comme elle l'avait appris dans les montagnes. Nous donnions des spectacles dans les gares désaffectées, les squats, les anciennes usines… toujours en catalan, reprenant les vieilles histoires. Pour nous, le théâtre était le symbole de la résistance non violente ! Quand nous nous produisions, la nouvelle se répandait oralement aux membres des organisations souterraines catalanes. Les gens venaient individuellement, souvent avec plusieurs heures d'avance pour ne pas être suivis. Nous leur faisions emprunter des itinéraires tortueux. Grâce à Dieu, nous ne nous sommes jamais fait prendre. Nos spectacles étaient d'inspiration folklorique, à budget modeste, avec peu d'artifices. Cristina s'occupait à la fois des décors, des costumes, des affiches. Elle fabriquait plein de choses de ses mains. C'était une époque formidable et nous l'avons vécue avec enthousiasme. Cette ville était en train de se libérer des entraves de Franco et le théâtre s'est attelé à cette tâche. En 1974, je rêvais de remplir la scène de mots que les acteurs pouvaient déplacer comme les arbres d'une forêt. En 1975, avec l'aide de Cristina Rossinyol, ce rêve est devenu réalité. D'abord, nous avons construit notre théâtre de fortune. Le succès est arrivé rapidement. À la fin des années soixante-dix, nous sommes venus ici. Tout ce que vous voyez, nous l'avons conçu nous-mêmes. Avec l'aide d'ingénieurs et d'architectes dévoués, Cristina et moi avons ramené cet espace merveilleux à la vie.

— Et son mari, Joaquim ?

Villafranca agite la main avec désinvolture.

— Joaquim Hernández était un membre de la troupe comme un autre. Il était bien plus jeune, séduisant et doué de ses mains, mais c'était un imbécile. Il ne la méritait pas. Après qu'il a épousé Cristina, nous nous sommes éloignés. Il n'arrivait pas à la cheville du génie de sa femme…

Villafranca soupire et boit une gorgée de café.

— Mais cela n'a pas d'importance. Regardez autour de vous. Les hommes qui ont posé les fondations de ce théâtre le voyaient comme le meilleur du monde. Nous devions tenir notre promesse. Il en allait de notre honneur. Cristina voulait que notre travail ne perde jamais ses liens avec les racines populaires de la langue catalane. Pour notre premier spectacle – vous n'imaginez pas la foule ! –, ce fut comme si les Barcelonais avaient trouvé leur Mecque. Nous répondions à leur appel par des mots. Cristina avait peint des *Noms de Choses*, les arbres de ma forêt, en élégantes lettres gothiques. Ce fut un succès énorme. Par la suite, Cristina et moi sommes devenus inséparables. Puis on est devenus amants. Je ne vous dis cela que parce que je suis vieux et que tous les autres sont morts. Je crois que Joaquim ne l'a jamais su.

Il me regarde d'un air sournois.

— J'ai toujours pensé que Natalia était mon enfant. À la mort de sa famille, le destin me l'avait confiée. Elle est devenue ma pupille légale. À sa mort, j'ai tout perdu. Cristina n'aurait pas dû mourir à ce moment-là. Si vous avez lu les rapports, vous savez qu'un second véhicule a fait tomber la voiture dans le vide. Je suis persuadé que ce n'était pas un accident, que quelqu'un cherchait à faire taire la famille. Ce fut le coup de grâce d'une série noire qui avait frappé le théâtre, cette année-là, et nous étions très secoués. J'ai décidé de protéger Natalia. Je voulais que cette histoire reste secrète. Elle n'avait que 15 ans. En janvier 1997, j'ai quitté mon poste et nous sommes partis à l'étranger. J'ai travaillé un moment à Londres, puis à Paris, puis à la Biennale de Venise…

— Et le théâtre ?

— Je l'ai confié à quelqu'un, répond-il en regardant sa montre. Vous avez faim ?

Je secoue la tête.

— Non, mais ne vous gênez pas pour moi, surtout.

— Eh bien, il me reste une demi-heure. Vous voulez entendre la suite ?

— Oui.

— J'ai la réputation d'être intarissable. Une très mauvaise habitude. Je parle, je parle… Enfin ! je vais m'efforcer d'être bref, car je veux que vous *compre-niez. Il est essentiel que vous compreniez. C'est de l'or.* Or vous ne pouvez la comprendre sans savoir ceci : à la fin des années quatre-vingt, ma troupe a entamé une tournée dans les petits villages de Catalogne. Nous voulions relancer les traditions populaires, travailler avec les *tragafuegos*, explorer les *Petum*, les fêtes du feu. Vous avez dû en entendre parler. On nous appelait les « mangeurs de feu ». Ce vieux Fons était des nôtres, au début, une période formidable pour le théâtre, très sauvage. Les meilleurs articles de ma carrière. Nous figurons dans les manuels scolaires, ma chère ! On appelait cela « l'interprétation viscérale ». La troupe qui tournait était réduite. Elle comptait douze acteurs, le responsable de la lumière, son assistant, un régisseur, un producteur, deux manutentionnaires, moi-même, Cristina et son mari. Vingt et une personnes au total. Nous sommes partis en automne, pendant les mois doux qui précèdent l'hiver. C'était très bohème, très brut, très créatif. Le premier mois ? Le bonheur. Mais au fil de la tournée, les choses ont commencé à dégé-nérer.

— Que voulez-vous dire ?

— La mort me poursuivait comme une malédic-tion. À la fin des années quatre-vingt, en tournant dans les villages situés au pied des Pyrénées, au nord, nous avons subi une série d'actes de violence. Ils se produi-saient toujours le soir de la représentation, après les feux. Nous avons acquis une assez mauvaise réputa-tion.

Cela a commencé par des animaux. Le soir du vingt et unième spectacle... je ne l'oublierai jamais ! On a trouvé le cadavre d'un cochon le lendemain matin, coupé en quatre et enfoui, les pattes en l'air, devant l'église… J'en garde un souvenir très vivace. C'était affreux, répugnant. Cela a continué lors des cinq représentations suivantes. D'abord, nous avons cru à une référence à quelque coutume locale, un admirateur déséquilibré. De nombreux villages perpétuaient des traditions païennes et notre travail évoquait des rituels de sacrifices et de magie. Au bout d'un mois, le massacre a cessé. Mais nous sommes partis jouer en haute montagne. Un soir, Cristina est venue me voir en me disant que la tournée devait s'arrêter. Je lui ai répondu que nous ne céderions pas à la pression d'un cinglé. Nous sommes allés dans un autre village pour jouer. Après le spectacle, un fermier du coin a trouvé le cadavre d'une femme. Une jeune femme gisant dans la neige.

Je sens mon estomac se nouer.

— Les villageois sont venus nous poser des questions. *C'était une guérisseuse locale. Elle avait assisté au spectacle. On l'avait vue pour la dernière fois autour des feux.* Nous avons fait nos dépositions auprès de la police, puis nous avons continué, plus que secoués, je dois l'avouer. Cristina a craqué. Elle ne supportait plus la pression et a insisté pour que nous annulions les représentations. Mais face à la notoriété grandissante de notre troupe, j'ai voulu, plusieurs années plus tard, revisiter les mêmes thèmes. J'étais obsédé par la notion d'authenticité, de magie populaire. Au début du printemps 1996, nous avons commencé une tournée nationale avec l'équipe et la distribution d'origine, et parmi eux, les parents de Natalia…

En l'écoutant parler, j'entends presque le crépitement des feux de joie, les villageois réunis autour, sur la place centrale du village, les acteurs sur leur estrade de fortune, vêtus en nymphes ou en lutins, presque nus, poitrine dévoilée, le corps couvert d'encre. Ils arborent les vieux masques d'esprits des bois et de sorcières. Il y a un bon saint et un mauvais diable, un homme devenu dragon qui terrorise les danseurs, des nymphes, des filles superbes. La pièce est simple : une interprétation des anciennes danses de sorcières de la Saint-Jean, les danseurs du feu, qui se livrent à la danse des anciens fêtards. Elle est de plus en plus frénétique et met les villageois dans un tel état d'exaltation et de joie que toute la ville saute, bondit, crie, la peau nue et luisante. Les langues se mêlent, les bas-ventres s'enflamment jusqu'à ce que, sous la direction experte de Villafranca, le spectacle se mue en une explosion sexuelle et que le seigneur des Bacchantes fonde sur la foule pendant que le diable danse dans les flammes qui grondent. Je sens la chaleur sur ma peau, les cendres, le raisin foulé et la vapeur…

— C'était censé être une libération, explique Villafranca, pensif. Une célébration dionysiaque des excès et de la liberté. C'est devenu un cauchemar. Lors de la première représentation, au bout de dix jours, une autre fille a été tuée et déposée dans un arbre, au bord de la route. Mes acteurs étaient dans un état de panique absolue. Nous avons dû annuler du jour au lendemain malgré les…

Il pousse un long soupir mélancolique.

— Malgré les critiques très élogieuses, et nous avons regagné Barcelone.

— Et la fille ?

— J'ignore qui elle était, répond-il, désinvolte. Je n'ai jamais posé la question.

Vous n'avez jamais posé la question? Vous êtes un homme étrange.

— Ces meurtres avaient-ils des particularités?

— Pas que je me souvienne. Je n'aime pas m'attarder sur ces choses-là. Mais je suis très vieux. Pendant un moment, j'ai soupçonné des membres de ma propre troupe.

Villafranca marque une pause, puis chasse cette idée de la main.

— Mais c'était insensé. J'étais devenu paranoïaque. Mes acteurs sont des gens bien, très bien. Ils n'auraient pas fait de mal à une mouche. Mais comme vous l'imaginez, c'était très perturbant. Cristina était profondément bouleversée. Elle voulait absolument savoir qui commettait ces meurtres sadiques. C'était une obsession. J'ai tenté de la dissuader de fouiner, mais elle tenait à poser des questions, retourner dans les villages après notre départ. Elle y restait plusieurs jours et parlait avec les femmes. Elle emmenait souvent sa famille. Je lui disais que c'était de la folie, mais elle affirmait vouloir défendre certains principes. Finalement, je crois qu'elle a été très proche de découvrir qui était le meurtrier et qu'il s'est débarrassé d'elle. Je doute que la police ait établi le lien. À l'époque, nous étions catalans et contre l'*establishment*, un mélange qui ne plaisait pas vraiment aux autorités, qui nous considéraient comme des anarchistes. Je crois que le gouvernement national voulait voir notre théâtre s'écrouler et voyait cette histoire comme une bénédiction. Quant aux meurtres, ils étaient survenus dans des zones rurales où la police n'était pas très présente. Ce n'est pas rare. Vous me semblez être une femme sensible. J'espère que vous serez plus intelligente que notre Guardia, qui n'a rien fait pour Natalia.

Villafranca remue sa cuillère dans le fond de sa tasse.

— À l'époque, je me sentais extrêmement coupable. Après la naissance de Natalia, les choses étaient devenues plus difficiles pour Cristina, au théâtre. J'ai sans doute compliqué la situation plus qu'il n'était nécessaire. Je voulais qu'elle quitte son mari pour vivre avec moi. Au lieu de ça, elle a fait de moi le tuteur de sa fille en cas de décès. Je lui ai dit que c'était une idée morbide. Selon elle, il fallait être paré à toutes les éventualités. Finalement, elle a bien fait. J'aimais Natalia autant que j'aimais sa mère. Elle a changé ma vie.

« À une période, Cristina voulait que Natalia soit artiste peintre. Quand elle était petite, elle était très douée, une sorte d'enfant prodige. Cristina lui a enseigné l'art de la calligraphie et sa fille y excellait. C'était sans doute normal, au vu de ses origines…

Villafranca dérive. Je le regarde s'attarder dans ses souvenirs. Je consulte ma montre et j'essaie de contrôler ma nervosité.

— J'ai apporté certaines de ses œuvres pour vous les montrer, reprend-il. Ce ne sont que des croquis. Ses pièces plus importantes sont dans les galeries. J'en ai quelques-unes chez moi, mais je crois que vous trouverez celles-ci plus intéressantes…

Il sort une enveloppe kraft de sa mallette et la pose délicatement sur la table. Puis il prend un mouchoir en papier dans sa poche pour s'essuyer les doigts avant d'ouvrir l'enveloppe avec précaution. Elle contient une liasse de feuilles qu'il pose devant moi.

— Faites attention, vous risquez de les abîmer en les manipulant.

Il dispose les feuilles sur la table en veillant à ce que la surface soit propre et sèche.

— Elle a réalisé la plupart de celles-ci à l'âge de 19 ans.

Des traits délicats au fusain noir sous des touches de gouache d'une couleur nacrée, comme un ciel de rêve lilas. *Vivant.* Images du théâtre, portraits d'acteurs, clocher qui se dresse au-dessus d'une ville.

— Qui est-ce ? demandé-je en m'attardant sur la feuille la plus loin de moi, le dessin d'un homme d'environ 35 ans au sourire chaleureux et au regard vif. *Un appel. Je sens un appel.*

— Je ne sais pas, admet Villafranca, perplexe. Un ami. Un homme né de son imagination. Il est très bien dessiné. Le trait est clair, sensible.

Il pousse le dessin vers moi.

— Je peux ?

— S'il le faut, dit-il, distrait, les yeux humides.

Je manipule délicatement le papier. J'observe le fusain. *Elle a signé et daté : 15 juin 2000. Elle avait chaud. Il faisait chaud. Une libellule s'est posée sur l'étang et a pondu un millier d'œufs minuscules. Un rire d'homme, fort, exubérant, de plus en plus fort. Il résonne dans la montagne. La neige profonde, quelque part, en altitude, au loin. Une nuit infinie sur une peau nue. Le bonheur. Certainement le bonheur.* L'image suivante représente l'église d'un village avec la montagne en arrière-plan, avec des touches légères d'aquarelle, une peinture inachevée tachée de brun, comme si elle avait été exécutée en plein air. Il y en a une autre dans la série, une maison, cette fois, basse, avec des murs blanchis à la chaux et un jardin méditerranéen dans des gris argentés. Devant la maison, un homme est affalé sur une chaise, le visage caché par un chapeau à large bord. Il lit un livre. Avec, au-dessous : *Capileira. 18 juin 2000*. Villafranca désigne l'inscription.

— Capileira est le dernier village de la route de montagne qui traverse les hautes montagnes de Grenade. Le bout du monde, vu d'ici. Pourquoi elle est allée là-bas… (Il secoue gravement la tête.) Dieu sait qui elle y a rencontré…

Villafranca me regarde prendre des photos de chaque peinture en les alignant tels des soldats. *Clic, clic.*

— Je vous obtiendrai des scans, promet-il. De bonne qualité.

Inutile de demander qui conserve les originaux. Il fouille de nouveau dans sa mallette et en sort un carnet de cinq centimètres sur cinq, lettres en or sur cuir noir.

— Je me suis dit que vous devriez avoir ceci, déclare-t-il d'un ton neutre. Ma gouvernante l'a trouvé sous une armoire dans la chambre d'été de Natalia, à Majorque, quand nous avons vendu la maison, il y a deux ans. Natalia rédigeait ce journal quand elle était adolescente. Qui sait combien de secrets il recèle ?

Villafranca range les peintures dans l'enveloppe.

— Mais ne gardons-nous pas tous quelque chose en nous ? reprend-il avec un long soupir. Il ne faut pas nous faire confiance. Ne faites confiance à aucun d'entre nous.

Les voix résonnent en moi. Je m'arrête sous le pont en pierre sculptée qui enjambe le Carrer del Bisbe, dont les murs oppressants semblent vouloir s'écarter à mesure que la rue se rétrécit. Je lève les yeux vers les fleurs entrelacées. Un crâne me sourit, un poignard enfoncé dans l'os. Je m'attarde un moment, la tête en arrière. *De l'air frais pour se dégager la tête*. Je marche lentement dans le froid, resserrant mon écharpe sur mes épaules. Je sors de ma sacoche les copies du carnet de Cristina et la première série de dossiers de Fabregat. Je passe devant la cathédrale. Le boulevard est encombré, même en hiver. La nuit va bientôt tomber. Les fenêtres rappellent des cheminées au charbon. Un brouhaha de bavardages et de musique, des couples sur les tabourets de bar, des flûtes de champagne… On y boit des cafés serrés, des *cortados*, jusqu'à minuit. Un restaurant où des aveugles servent leurs clients dans le noir. La cuisine moléculaire se fait une place grâce à la mousse en Technicolor des imitateurs du restaurant El Bulli. Le ciel est limpide. Je vois la lune clignoter au-dessus de ma tête en un rayon fragile. Elle semble plus loin dans la ville, dont les lumières semblent engloutir les étoiles. Elles éclairent les murs de pierre noire en scintillant vers les anges, les lances et les flèches, le dos couvert d'écailles d'un dragon. *C'est une ville bâtie pour la défense.*

J'opte pour un bar à tapas dont les portes en bois sont ouvertes. Des grappes de flacons en cuir pendent aux fenêtres, reliées par une ficelle rouge. La lumière se déverse dans la rue. Un *camarero* adossé au mur allume une cigarette. La fumée flotte dans l'air frais. *Quin fred!* Il frémit. Des barriques noircies le long du mur, des carreaux bleus et jaunes, des fleurs, une foule debout, qui boit. Sur le comptoir en marbre, des assiettes de poisson en saumure, d'olives salées, de sardines, de lamelles de jambon serrano, de poivrons marinés farcis à l'ail, de tomates séchées au soleil. D'appétissants monceaux de sandwichs miniatures. Je prends une assiette et m'installe à une table du fond. Mes pensées vagabondent. *Un serpent et une croix gravés sur chaque main. Envoûter c'est murmurer. Murmurer c'est comme se cacher.* Je commande un verre de vin. *Il y en a trop. Il y en a trop. Ouvre le carnet de Natalia.* J'ai envie de crier. *Tu ne peux pas rester aussi passive! Pourquoi avoir accepté les conditions de ce pacte? Ce silence délibéré? Une confession, une réponse claire et tu aurais fourni à la police tout ce dont elle avait besoin. À moins que tu ne sois toi-même corrompue?*

J'ai envie de lui crier :

Tu n'es qu'une lâche!

Mais je comprends cette torture. *Elle a gardé un secret.*

Plus important que tout.

Sa langue supportait le fardeau paralysant de la peur.

Dans le restaurant, face à moi, il y a un miroir divisé en panneaux bordés d'or. Le verre est piqué, poussiéreux. Je discerne les contours flous d'un être humain, nez rouge, lèvres androgynes. Un froncement de sourcils à la place de mon visage. Je remets nerveusement mes cheveux en place. Je me détourne. Je ne serai jamais jolie. En bon garçon manqué, je me renfrogne. Mon corps n'est ni élancé ni rond, mais plat et fin, noyé dans les épais vêtements d'hiver, un pull à col roulé gris ordinaire et une écharpe marron. Je pense à Natalia Hernández, à ses traits saisissants, son teint parfait, à ses boucles d'ébène qui formaient une aura de beauté autour d'elle. Qui aurais-je été si j'étais née avec de tels yeux ? Ces cils interminables ? Qui serions-nous tous si notre visage avait été sculpté dans l'or ?

En alchimie, la meilleure clé est un code simple. Un mot, une image ayant un sens caché. Du moins devrait-il en être ainsi. Quelque chose de court, de doux, de facile à identifier pour un initié, un principe qui repose sur l'obfuscation, méthode consistant à tromper le décodeur grâce à un langage de diversion qui dissimule les informations pertinentes. *D'une évidence douloureuse. Mais tu n'as pas déchiffré le sien, enfin, pas encore*, me dis-je. *Tu ne disposes pas du tableau entier. Alors écoute. Cette nuit est la bonne.*

La soirée s'insinue en moi. Le soleil se couche trop tôt, en hiver.

Devant moi : des troncs feuillus, ébouriffés, négligés. Les rues désertes, outre quelques ivrognes et pickpockets à l'affût de leur clientèle étrangère dans les boîtes. Des graffitis, une tête de léopard. Des bouchers halal, fermés pour la nuit, de la viande rouge sur les crochets. En déviant vers le Raval, on trouve des grottes urbaines créées par un immeuble incendié. Des briques chutent du côté d'une cage d'escalier, la porte ouverte et pendante d'un bordel, maculée d'urine. Le Bar Marsella. Le premier repère. À l'angle du Carrer de Sant Ramon, les prostituées sont de sortie, avec style – puis à deux rues vers les Drassanes – une ruelle proche du club Genet Genet –, les jardins suspendus du Baluard. La place où fut trouvée la première fille, Rosa, est bordée d'arbres dont aucun n'est en fleur, actuellement. Je me dirige d'un pas nonchalant vers un bar et m'assieds sur la marche de l'entrée. Quinze fenêtres donnent sur cette place, aux premières loges. *Et personne n'a rien vu…* Encore maintenant, des enfants au torse nu sont aux fenêtres, une femme fume une cigarette, vêtue d'une chemise de nuit blanche, l'air rêveur. Du linge battu par le vent. Une odeur de soupe de poissons oubliée sur une gazinière. La notion de secret est une farce à laquelle s'accroche la loi dans ce quartier, où le réseau d'informateurs est vaste et où les nouvelles se propagent plus vite que la lumière. Et pourtant, ce qui est arrivé à Rosa n'a jamais été établi avec précision. Je marche en direction de la place, très lentement. Je regarde les bennes à ordures, le ciment craquelé. Les plates-bandes desséchées, le plâtre rose, les rideaux de fer. Quatre bancs se font face. Une plaque, sur une pierre : *À la mémoire de Rosa Bona-nova, 1987-2003.* Des rosiers plantés en massifs, clair-semés de part et d'autre. Dénués de fleurs. Secs et épineux. C'est encore l'hiver. Pas encore l'été. Alors, je les sens. *Des yeux rivés sur moi.* Un homme se tient à l'angle de la rue transversale. Une simple traînée, au-delà de mon champ visuel. Je regarde vivement vers lui. Je fais le point. *Vous.* Il me fait signe. Mon cœur s'emballe. Il vient à ma rencontre ?

— *Maca ! Querida !* Je vous ai suivie. Vous m'avez bien eu…

Oriol dissimule son visage derrière des lunettes de beau gosse. Il porte un blouson en cuir noir usé, lisse comme de la soie.

— Je suis désolé ! Il faut me pardonner. Je me demandais où vous vous aventureriez.

Il s'approche très près et m'embrasse sur les deux joues. *J'ai un coup de chaleur.* Je marche avec lui, lentement.

— *Je n'ai pas envie de rester là*, dit-il en se penchant encore vers moi.

Nos épaules se touchent. *Pas si près. Une décharge électrique dans ma poitrine. Le parfum du désir.* Il se met à rire.

— Je m'inquiète pour les étrangers. On n'est jamais trop prudent, par ici.

Timide. Il a la bouche tendre.

Il me mitraille de questions tout en marchant.

— Je ne sais rien de vous. Et vous, vous savez tout de nous.

Je plane au-dessus de lui, je reste en retrait, j'écoute.

— Vous connaissez mon lieu de naissance, ma famille, ma maison, vous savez qui j'ai aimé, avec qui j'ai vécu, ce que j'ai subi. Vous connaissez mes spectacles, mon histoire, mon travail. Et vous? Ce que je sais est superficiel. Vous êtes auteur. Enquêtrice. Vous êtes venue ressusciter une mémoire. Vous êtes manifestement une jeune femme accomplie. Très jolie. Oui, Anna, vous êtes jolie, et je m'y connais en ingénues. Personne ne vous a jamais appris à ne pas rougir? Ah, j'ai mis le doigt sur le point faible de notre petite étrangère! Vous venez de quel pays? Où vivez-vous? Vous m'intriguez, *el meu petit misteri.*

Sa main effleure la mienne. J'ai un mouvement de recul. *Mon mystère.* Il pose la main dans le creux de mes reins et me fait avancer.

— J'aimerais en savoir davantage. Ce que vous défendez, ce qui vous fait courir…

Il s'approche de moi, vif et protecteur.

— Vous me faites penser à Natalia. Il y a quelque chose d'elle en vous. C'est irréel, comme si elle habitait votre regard. Là, je la vois, elle m'observe depuis le visage d'une inconnue. Vous me troublez, Anna.

Au bout d'une éternité, je m'arrête pour lever les yeux vers les bâtiments ceignant la Plaça del Pi. *C'est la maison où vécut Ruthven.* Blanche et d'un orange crayeux. La façade est d'un ton corail vif ornée de portraits d'angelots, de couronnes d'épis de blé en relief. La peinture s'écaille. Une gloire passée dont témoignent des fleurs incrustées dans les murs intérieurs et une vieille rambarde en teck. *N'entre pas.* En bas, une coutellerie. Les portes que Sitwell a dû franchir avec le domestique Boucle de Cuivre, le pin sous lequel il se tenait le soir où la femme est venue. De nos jours, la devanture de la boutique présente des objets tranchants, comme s'il s'agissait d'objets d'art : couteaux de cuisine, couteaux à découper, canifs. Couteaux à dépecer un agneau ou à tailler le bois. Couteaux à découper le poisson, couteaux à déplumer, couteaux de poche, couteaux recourbés, couteaux dentelés, couteaux lisses, manches en ivoire, ouvragés, couperets. Tout ce que l'on peut imaginer. Oriol me conduit dans un marché d'hiver. De petits étals sous des auvents couleur taupe, des toiles qui ondulent. Derrière de longues tables, des hommes portant un tablier proposent marmelades, miels, bougies à la cire d'abeille, charcuteries. *Goûtez ceci.* Oriol me tend un morceau de pâte d'amandes enrobé de pignons de pin caramélisés. C'est moelleux. Un peu de chaleur, même si les mains restent dans les poches, les écharpes enroulées autour des cous transis, les nez rougis et humides. Je sens le poids d'Oriol flotter vers moi. Il désigne les gargouilles du quartier gothique, une fontaine secrète, le tombeau d'un évêque coureur de jupons, le site d'un massacre. Il attire mon attention sur des fougères poussant sur un balcon, les toits délavés au soleil.

— C'est ma ville, répète-t-il encore et encore. C'est chez moi. Ma place est ici.

Je l'entends m'appeler, un désir puissant comme une sirène. *Approche-toi.* Il marche d'un pas vif. *Le Born ? Vous séjournez dans le quartier du Born ?* Dans un restaurant proche de la cathédrale, il m'offre une bière et des tapas. *Jambon serrano et pain noir. Gros sel entre le pouce et l'index.* Je regarde ses mains bouger, tapoter la nappe, glisser les doigts dans ses cheveux. Il est gentil, doux. *Seul*. Il se sent seul. Je ne sais pas quoi faire, ensuite. Je ne veux pas qu'il sache où j'habite, question d'intimité. Pour préserver mon intimité, je ne puis laisser entrer personne de l'univers de Natalia dans le mien. *Rester à distance. Une distance raisonnable. Dans un souci de clarté*. Une autre bière. Je glousse. *Idiote*. Une troisième. Une quatrième. Devant la porte de mon appartement, je l'arrête. Il regarde le numéro de l'immeuble, mes fenêtres. Je tends la main.

— Tu n'entres pas.

Son corps est tout proche. Il rit dans mon oreille.

— Tu es vraiment très jolie pour un chercheur.

Je le repousse. Ses lèvres frôlent les miennes. *Oriol Duran*. J'ouvre la bouche pour parler quand le râle m'envahit, me transperce le crâne. Les voix rient, chantent, crient, plus fort, de plus en plus puissantes. Je perds le contrôle de mon corps, je m'écroule sur son épaule, mon visage s'enfouit dans son torse, ma gorge enfle – mais je ne dis rien ! Je leur résiste de toutes mes forces. *Vous ne passerez pas, vous n'entrerez pas contre mon gré*. J'hume le parfum d'homme d'Oriol, je sens ses pectoraux fermes. Son corps penche sous mon poids, il me soutient, je suis plaquée contre lui. Je serre les dents. *Vous ne sortirez pas, pas maintenant*. Mon front se vide de son sang, me picote les coudes, les genoux, et je sais qu'elles sont venues pour moi, que je ne peux rien faire pour les empêcher d'entrer. Avec la certitude familière d'une condamnée, j'accepte leur présence. D'après les médecins, ces épisodes sont des effets secondaires de crises provoquées par un trouble neurologique dégénératif qui a créé un épicentre de lésions dans mon tissu cérébral.

Pour les médecins, ces phénomènes psychiques sont des *cauchemars hallucinatoires*. C'est idiot, je trouve. Je suis censée respirer profondément – *détends-toi, nom de Dieu, détends-toi* –, parvenir à l'état de sommeil et les laisser s'éloigner peu à peu…

— Tu es vraiment rigolote, toi, me murmure Oriol à l'oreille. Tu as trop bu…

Je sens mon corps se soulever de terre, des bras sous mes épaules et mes jambes, j'entends le tintement d'une clé dans la serrure.

Souviens-toi.

Je regarde de plus près. L'esquisse d'une femme dans la pénombre pourpre. *Pense à ta famille, à ton histoire. Pense à ton amour, à ton bonheur. Pense à ton avenir, ton passé, ton présent.* Au départ, il y avait le théâtre et rien que le théâtre. *Oui, c'est bon, ça. Le théâtre, c'était la grotte.* Un éclat humide. Elle a couru vers le bord de la scène et attend que les projecteurs l'illuminent. *Molt bé ! Molt bé !* dit en souriant un monsieur à lunettes qui la soulève sur ses épaules et tournoie avant de la reposer sur les planches. *Tu es née pour la danse, ma Maca ! Escolta…* ça me fait penser à un *xocolata* glacé. *Nous devons construire les murs ici*, dit-il, *et couvrir la fosse de l'orchestre pour que les musiciens puissent sortir dans le public et donner l'impression de flotter.*

Les projecteurs explosent dans sa conscience, des supernovae plus brillantes que la plus belle des étoiles, puis les éclairages au sol surgissent et se mettent à danser !

La fillette passe les mains dans l'or liquide en observant les ombres qui se dessinent sur le mur. Une ligne de vie rouge s'enroule, luisante, autour de ses doigts. Elle crie, elle glousse, elle joue dans les nuages de poussière qui volètent autour des lampes, dans la vapeur, car l'atmosphère est humide à l'intérieur du théâtre. Si elle y laisse les mains assez longtemps, et en plissant les yeux, elle voit ses os. Mais la régisseuse la trouve et la prend dans ses bras en la grondant gentiment. *Maman! Maman! Un bisou sur le front*, dit-elle. La nuit, elle dort dans la maison de son tuteur et la journée, il l'amène au théâtre où elle reste en coulisses, au milieu de la machinerie, sur une caisse. Elle regarde les gens construire de nouveaux univers, des maisons aux portes battantes et aux nappes à carreaux, des montagnes, des fleurs. Elle assiste à l'installation des décors, elle voit les gels qui modifient la couleur de la lumière et des émotions, elle entend de délicieux cliquetis, le ronronnement des projecteurs. *J'ai fabriqué ce monde pour toi, et toi seule, mon rossignol*, lui murmure sa mère à l'oreille. Puis elle disparaît aussitôt dans l'esprit du vent, laissant l'enfant seule au milieu de la scène plongée dans l'ombre, à regarder le vide. Dans sa poche, la fillette cherche les cadrans dorés, les cercles réalisés par sa mère, gravés de lettres magiques, et elle les fait tourner avec intensité, en découvrant les combinaisons à mesure qu'elles apparaissent.

B, C, D

Au départ, il y avait le théâtre et rien que le théâtre / Si l'homme est une plume, il est aussi un couteau. Mais ce soir, c'est un rêve. Elle est seule. Mais c'est ce dont elle se souvient. *Com, Medi, l'Extrem*, et elle constate que la légende est vraie. Que l'amour apporte une certaine qualité à la vérité. On y voit tout. *Les secrets de l'être aimé sont révélés dans les secrets de l'amant / Les secrets de l'amant sont révélés dans les secrets de l'être aimé.* Passé-présent-futur. Mais en attendant, elle dérive. *L'unique règle un tant soit peu valable est celle que lui a enseignée sa famille : dans le monde des vivants, passé-présent-futur ne signifie qu'une seule chose. C'est une vieille maxime artistique qui tourne en rond dans son esprit, comme une prière d'intention.* Le sol est légèrement penché, là où elle repose. La douleur intense l'a quittée. Il ne reste plus que cette humidité autour de ses oreilles, qui refroidit contre les pierres, et le monde très silencieux. Pendant un long moment, elle demeure immobile. Au loin, elle entend des sirènes. Une voiture traverse le haut de la place. Elle sent le bitume froid sous ses doigts. On l'a laissée près d'un arbre et elle s'en réjouit. Si elle pouvait bouger une main, elle le toucherait, elle s'appuierait dessus. Être si proche de quelque chose de vivant ! Elle ne veut pas partir, pas encore. Allongée là, elle observe les nuages qui passent au-dessus de sa tête en s'efforçant de ne penser à rien. D'être vide, limpide, de se rappeler son enfance. Mais non. Le souvenir est parti. Quand elle ferme les yeux, voici ce qu'elle entend : *Suis-moi.* Deux mots chuchotés.

Je me redresse d'un bond dans mon lit et repousse les couvertures, interrompant le rêve. Je baisse les yeux vers ma poitrine, je passe les mains sur mon ventre. J'ai la peau brûlante, moite, mon jean me colle. *Pourquoi me suis-je endormie tout habillée ?* L'air chaud est oppressant. Avec le radiateur allumé, on étouffe. Mon corps se rebelle. Je me lève et me dirige vers le balcon de ma chambre. Je m'arrête pour poser le front contre la vitre en regardant l'horizon dentelé de Barcelone. Une seconde ville, celle des toits-terrasses, des patios reliés entre eux, du linge qui pend, des gargouilles, des flèches des églises, des nids de grues, d'un million d'antennes de télévision diverses et variées. Invisible de l'extérieur, j'ouvre la fenêtre pour émerger dans la fraîcheur de la nuit. Le grondement de la ville me dévore.

Il y a un livre. Elle a caché un livre.

Mais où ?

Je titube jusqu'à la douche. Je me lave les cheveux deux fois, je frictionne mon corps à la pierre ponce en savonnant ma poitrine, mes jambes et mes bras. Le temps s'étire lentement. J'ignore si je reste là pendant quelques minutes ou quelques heures, et je m'en moque. J'appuie la tête sur la paroi vitrée de la cabine et je me dissous dans la vapeur. Nue dans la cuisine, les pieds mouillés, je me prépare une camomille. Alors seulement, je remarque les fleurs : un bouquet de tulipes jaunes dans un joli vase. Avec un message, plein d'assurance :

APPELLE-MOI POUR ME DIRE COMMENT TU VAS.

Oriol

P.-S. : ÇA T'ARRIVE SOUVENT ?

Oh non... C'est lui qui m'a fait entrer. Combien de temps est-il resté ? Qu'a t-il vu ? Sur mon bureau, il n'y a rien, à part mon ordinateur portable. Je lui envoie un bref texto, trop gênée pour lui poser la question de vive voix. « Merci. Désolée de t'avoir imposé ça. » Il répond immédiatement : « *Res, nena, res.* TOUT VA BIEN. » Un autre message apparaît : « Je sais quelque chose sur toi. Tu es réelle. » Puis un troisième : « Tu as une chambre en ville. Une maison où dormir. » dois-je en faire part à Fabregat ? *Non. Trop gênant. De plus…* J'avale deux cachets avec un peu d'eau. *Tu as le contrôle de la situation.*

II

Un destin comme le sien

Je me réveille avec une terrible migraine. Les lumières de mon appartement sont tamisées et je reste allongée sur mon lit, concentrée sur ma respiration, pour ne pas m'oublier dans la douleur lancinante qui martèle mon crâne. Dans les cloques du plafond, je discerne la forme d'un lapin. Autour de mes oreilles, je sens des démangeaisons qui descendent le long de mon dos, jusqu'à mes poignets. Je consulte mon réveil. J'ai dormi presque toute la journée. *Pourquoi ? Pourquoi t'imposes-tu cela ? Pieds nus sur le linoléum.* Derrière les barreaux de ma fenêtre, c'est toujours l'hiver. La ville est avachie comme le ventre d'un poisson que l'on vient de vider : froide, mouillée, glissante. Toits et antennes sont nimbés d'argent. Il règne une pénombre humide et pernicieuse, même sous le soleil de l'après-midi. Les murs gris absorbent la lumière. La moisissure forme une traînée à l'angle de mon toit. Je gagne la salle de bains d'un pas incertain. J'ai le tournis. J'ai l'impression que quelque chose est mort dans ma bouche et se cache dans les relents d'alcool de la veille. *Cela en vaut-il la peine ?* Dans le miroir craquelé, au-dessus du lavabo, je suis choquée par mes cernes. Ma peau pâle sort du formol. *Tu es venue ici pour localiser les pages d'un palimpseste, rien de plus, rien de moins. Ne complique pas les choses.* Hélas, même moi, je sais que c'est un mensonge. *Tu es séduite. Tu veux savoir autant que les autres. Tu veux comprendre ce qui peut pousser un homme au meurtre et une femme à sacrifier sa vie et celle de trois autres, car tu es convaincue que c'est ce qu'elle a fait.* Je tente d'échapper aux bruits sourds provenant d'en haut. Un fantôme s'est installé dans les combles, au-dessus de mon appartement, et traîne de petits objets d'un côté à l'autre. *Toc toc BOUM!* fait le fantôme. Ou bien sont-ce les pas des pigeons? Ma tête pulse plus fort, comme du fer en fusion près de ma tempe gauche. Je passe mes mains sous l'eau froide. La chaudière ne fonctionne pas. Les jointures de mes doigts rougissent. Alors, je la sens. *Une présence dans la pièce.* Un vent se lève, venu de nulle part. Il se glisse dans l'appartement, tourne mes pages, mais je sais que je n'ai laissé aucune fenêtre ouverte, et ce vent est dangereux, d'un autre monde. Je m'efforce de ne pas tenir compte de mes tremblements. *Tu conjures des choses, Anna, et elles viennent quand tu les appelles. Tu suis? Tu suis?*

Le vent me tire la langue.

Il m'enveloppe.

Non, je réponds. *Tu vas me désarçonner. Me déranger.*

Le mal de tête est de retour. Plus fort. Furieux. Je m'accroche aux couleurs de l'air, aux filaments indigo et or. J'écoute, je les cherche à tâtons. *Où menez-vous?* dis-je aux pulsations, aux palpitations. *Dehors.* Vers le cœur du quartier gothique, le palais royal, dont les arcades forment comme un mur de fenêtres vides. Je ne me rappelle pas avoir quitté l'appartement. Je sais seulement que, dans mon envie de suivre les fils d'or, je

464

croise des portes dissimulant des cours plantées d'orangers, vestiges de la vie intérieure de jardiniers médiévaux.

Des hommes débraillés vendent des canettes de bière. Ils m'abordent avec prudence, comme s'ils cherchaient à reconnaître leur proie, agitant leurs marchandises dans leurs mitaines mangées par les mites. *Cervesa? Un euro.* Quand je secoue négativement la tête, ils baissent le ton comme lors des transactions illicites : *héroïne, cocaïne, speed, shit, ecstasy, meth…* le menu complet du connaisseur. *Barcelone te donnera tout ce que tu veux.* Mais je décline.

Je dois attendre patiemment. Que les pores situés derrière mes oreilles s'ouvrent et que la voix se fasse connaître. Bientôt, elle arrivera, elle affluera comme un fleuve, pierre lisse nouée à ma gorge, elle s'insinuera dans mon crâne, se nichera sous mes cheveux, enflera dans mes neurones. Le phénomène de transfert est une quête dangereuse, mais cette voix est si attirante, si lourde dans ma gorge que je ne peux m'empêcher d'écouter, et si la curiosité est assez forte, une manie s'installe là où la logique – oh, la logique ! J'abandonne la mienne pour la récupérer plus tard. Je suis venue ici parce que *cette inconnue* le jugeait nécessaire, de façon tacite. Je ne l'entends pas, mais je la sens entrer dans mon cœur, impulsive, autoritaire, je sens les replis durs et froids de l'essence d'une femme, compacts et bruns comme une noix.

Marche.

J'obéis. D'abord, je vois les formes se dresser, les frémissements dans l'air, le scintillement qui ondule dans la nuit immobile, comme un chatoiement dans ma rétine. Arômes de modernité, fritures, vrombissements de mobylette, parfum de rose se muent en une puanteur de peau d'animal tannée. Je m'écroule contre le mur de la grande cathédrale, les yeux levés vers les entrailles d'une gargouille, les griffes serrées sur la pierre.

En proie à la panique, hors de contrôle, je sens que mon instinct prend le dessus. Je sors mon téléphone pour appeler Fabregat. Dans ce genre de situation, j'ai du mal à m'entendre. Je suis toujours consciente, j'ai toujours des sensations, mais ma voix – cette spécificité de l'âme – est souvent le premier symptôme d'une crise. Mon baromètre. Dans les cas graves, des interconnexions se produisent, les identités se chevauchent.

— *Nena ?* fait Fabregat en décrochant. Qu'est-ce qui ne va pas ?

Derrière mes oreilles, mes nerfs enflent.

— Où êtes-vous ? me demande-t-il.

La peau de mes lobes se craquelle, des pustules éclatent.

— On va trouver, *nena*. Ne bougez pas !

Mais le brouillard enveloppe déjà mon fleuve Léthé et je m'oublie dans un flot de lanternes vertes, dans la lueur des néons, avec le poids de cette créature étrangère sur ma langue.

Suis-moi.

M'ordonne-t-elle. Je déambule dans le labyrinthe du quartier gothique jusqu'à une ruelle en pente, la Baixada de Santa Eulàlia, puis la massive basilique Santa Maria del Pi. Autrefois, il y avait un jardin sacré, en ce lieu, plein de mots hésitants ne ressemblant à aucun langage, et je me rappelle la langue du sourd, ronde et pleine, qu'Illuminatus a entendue en traversant cette place pour se rendre à la Cour des Rois – le *pin de tous les pins*. Devant moi.

Creuse.

M'ordonne la voix. Ignorant les passants, les musiciens de rue, les barmen et les *baristas*, les clients, les riverains sur leur balcon, je m'agenouille au pied de l'arbre. Je penche la tête et, à défaut d'avoir des outils, je creuse la terre de mes mains. Une force étrangère envahit mes doigts. Il a plu et le sol est boueux autour des racines du pin. Les mottes se détachent aisément. Je creuse, je creuse, je creuse tandis que cet autre esprit me guide, car c'est certainement ce dont je souffre, jusqu'à ce que mes doigts rencontrent du *métal*. Je redouble d'efforts, mue par le désir de cet objet caché. J'écarte la boue, je sors l'objet et je m'arrête : une boîte au motif complexe. *Des feuilles de figuier dorées sur du métal émaillé. Des oiseaux en pierres précieuses nichés dans le feuillage maculé de terre.* Je tremble, serrant le coffret contre mon cœur. Je me balance d'avant en arrière sur le sol. *C'est ça ? C'est bien ça ? C'est ce que je devais trouver ?*

Ouvre-le.

Je soulève le couvercle, désireuse de découvrir les documents. J'imagine les parchemins, mon cahier volé, découpé dans le livre d'heures. Je ne trouve que de la révulsion. Trois chiffons bruns, tachés de ce qui ressemble à de la terre, enveloppant une édition de poche d'un petit livre miteux d'une modernité décevante. La douleur me transperce la poitrine. *À quel jeu te livres-tu ?* Je retourne le livre, laissant les chiffons en lambeaux dans le coffret. Une édition de *L'Orestie*, trilogie d'Eschyle, dramaturge grec, datant de 458 av.

J.-C. L'ouvrage est abîmé, hachuré, corné, taché de la même crasse que les chiffons. Je l'examine de plus près. Certains passages sont soulignés. D'abord : *Agamemnon*. L'histoire de Cassandre. Mon cœur s'emballe. Je fais baisser la pression. *Doucement. Vas-y doucement.* Je reviens à une inscription, sur la page de titre :

> *À ma belle Cassandre*
> *De la part de ton Aureus*

Certains mots sont encerclés. Je feuillette doucement le livre. *Cassandre, prêtresse d'Apollon, enlevée à Troie, violée. Jeune, elle refusa les avances d'Apollon. Pour se venger, il la condamna à lire l'avenir sans que ses prophéties ne soient crues ou comprises.* Soudain, j'ai le déclic. *Vérifie. Vérifie ce qui est écrit. Les dates, dans les lettres de Fabregat.*

1182-1188. 1312-1317. Ce sont des repères dans une pièce de théâtre. Les latitude et longitude de lignes. Mes yeux cherchent les numéros sur le côté de la page. *Ils chassent.* Je fonds sur ma proie. Chaque élément est discrètement souligné. *Une date. Un repère. Juin 2003.*

Lignes 1182-1188 :
Eh bien! Mon oracle ne sera plus enveloppé de voiles,
Mais clairement énoncé, pareil au vent,
Qui grossit les flots en les poussant vers les côtes de l'Orient,
Il mettra dans leur jour plus de maux que vous n'en pressentez.
Je ne parle plus par énigmes. Je vous apprendrai.

468

Rendez témoignage, chassez avec moi.
Nous sommes sur la trace de vos antiques malheurs.

Était-ce possible ? Elle était délirante. Folle. Je sens un spasme dans mon ventre. *Elle attendait quelqu'un comme toi.*

Lignes 1312-1317 :
Allons. Il le faut. Subissons mon trépas,
Puisque les Dieux l'ont irrévocablement juré.
Portes des Enfers, je vous invoque, ouvrez-vous !
Que la mort, au moins, me frappe d'un seul coup ;
Que mon sang s'écoule à grands flots ;
Et que mes yeux se ferment sans effort !

Au loin, une sirène retentit, comme un cri de guerre plein d'enthousiasme qui rebondit sur les toits pour se mêler à un chœur de voix. Les vagissements et les affres de la mort, les cris, les bavardages, comme des appels incessants d'oiseaux, *des croassements, des sons stridents* qui s'insinuent dans mes pores, des vis qui percent mon crâne. Des pustules noires en surgissent, s'ouvrent comme des fentes ou des yeux, libérant l'énergie tapie dans le bas de mon dos. Puis vient la ligne, la ligne invisible qui part du sommet de ma tête, descend vers mon nez, traverse ma langue pour sortir juste au-dessus de mon menton. Une ligne magique de paralysie, de démarcation, de rupture. Je sens le contour de mes lèvres palpiter avant que la moitié gauche de mon visage ne se fige, puis devienne flasque tandis que mon cerveau enfle. Il pulse, il bat, puis vient une douleur extraordinaire, comme des aiguilles trouant la chair, des hémorragies familières et microscopiques dans mon conduit auditif.

Silence. Elle arrive. Je la sens entrer, menaçante.

Tu as poussé trop loin. Alors ma tête se rejette en arrière, ma bouche ne m'appartient plus et les voix jaillissent de moi, dégringolent sur ma langue tandis que je lutte pour revenir en moi-même. J'avance dans le brouillard, je supplie, j'entre de force dans mes poumons ! Je dois revenir en moi-même avant d'être happée de nouveau par les voix qui jacassent si ardemment en moi, exigeant à grands cris de pouvoir s'exprimer !

— Laissez-moi la tenir ! aboyé-je en serrant le coffret contre ma poitrine. Il faut que je la tienne !

L'esprit qui manœuvre mes cordes vocales est *une femme*. En parlant, je dresse l'oreille… Oui, une jeune femme…

Natalia ?

Le gargouillement réagit.

Suis-moi.

Je me lève, face à l'arbre, hésitante. Les gens virevoltent autour de moi mais je ne les assimile pas car je sens l'émergence de cette créature effrayante. La voilà qui fond sur moi, qui se déploie, qui surgit des branches, d'un vert mordoré. Elle descend, majestueuse, confiante, sans peur. Elle rampe sur les chaussures, s'enroule autour des bottes et des talons aiguilles, sur la patte d'un chien, la pointe d'un parapluie, jusqu'à ce qu'elle m'atteigne. La créature est plus grosse, cette fois, bien plus grosse, mais pas plus longue qu'une couleuvre. C'est un python.

Tu as peur ? demande la voix de mon rêve. Le serpent ouvre la gueule, sa mâchoire se désarticule, la peau couverte d'écailles enfle, enfle, la gueule triple de volume. À la base de sa mâchoire ouverte repose une feuille de figuier dorée, comme celles de l'arbre que j'ai vu en rêve. *Prends-la. Pose-la sur ta langue.* J'obéis. En mettant la main dans la gueule du serpent vert, j'hallucine violemment. *C'est de la folie, bien pire qu'auparavant, je ne reviendrai jamais.* Mais j'obéis. Je sens le poids de l'or sur ma langue écrasée par la forme de la feuille. Le serpent est doux. Il s'approche, posant sa tête froide près du lobe de mon oreille pour me lécher, une fois de chaque côté, d'un coup de langue. Il est gentil. L'expérience est fascinante. Le pin dont il est descendu se déploie. Sur ses branches apparaissent des flacons en verre, telles de superbes amphores, des décorations scintillantes. Dans chacun, je détecte une voix. Un chœur de murmures. J'écoute avec attention, je n'ai plus peur, je cueille des histoires dans le vent. Le premier souvenir est celui d'un homme, très vieux et desséché comme un papyrus.

Un soir, alors que je traversais le désert seul, depuis Chenoboskion vers la ville de Louxor, j'ai aperçu une femme gisant sur la route. Pensant qu'elle avait croisé quelque assassin, je me précipitai vers elle. Elle était couchée sur le dos, les bras écartés, formant une croix. Son corps était couvert d'une simple robe de terre. Lorsque je me suis agenouillé près d'elle, elle a murmuré : « N'ayez pas peur de moi. Partez. Je suis condamnée à mourir. » Je compris alors qu'elle avait été empoisonnée par un serpent, à en juger par les blessures qu'elle avait au poignet. Un son attira mon attention. Je vis la forme noire d'un aspic se faufiler dans le sable, au clair de lune. J'esquissai un geste pour tuer cette créature ! Elle tendit le bras pour m'en empêcher. « Qu'il regagne le désert. Vous avez déjà du sang sur les mains. » Je serrai cette femme contre moi tandis que le venin remontait le long de son bras. La fin était proche. Je priai les dieux pour qu'elle passe sereinement dans l'au-delà. Cette femme me confessa qu'elle avait enterré un livre qu'elle nommait Évangile. « Qu'est-ce qu'un Évangile ? » lui demandai-je. Elle ne répondit pas clairement, mais déclara : « J'ai enfoui cette œuvre pour l'éternité, confiant nos paroles à la terre, cachées comme une graine à ceux qui nous détruiraient. Et comme une graine, elle émergera et ses branches monteront vers les cieux. » Sur ces mots, elle me bénit. Sa peau se fit grise et froide. Le râle de la mort franchit ses lèvres lorsqu'elle ouvrit la bouche. Elle s'exprima dans une langue que je ne reconnus pas et qui rappelait le chant d'un rossignol. Chaque mot chatoyait comme s'il était né de la lumière. Sa voix était suspendue comme les étoiles dans un ciel noir, dans le désert.

« Quelle langue est-ce là ? » m'enquis-je, fasciné par la lueur scintillante. Elle me répondit que c'était la langue secrète, capable de guérir les malades, les mourants, et de transformer chaque morceau de fer en or. Tandis qu'elle parlait, les paroles de sa chanson désintégrèrent son corps dans le sable. Il s'effrita sous mes doigts et son cœur s'éclaira, prit la forme d'un aigle, puis d'un serpent, puis d'un croissant de lune suspendu dans les airs. Enfin, sur une ultime note d'or, la femme disparut.

À un moment, j'ai dû tomber à genoux. J'ignore quand, mais je me retrouve près du sol. En portant ma main à mon nez, je me tache les doigts d'un liquide sombre. Dans le brouillard, je vois un homme. *Est-ce la partie réelle du rêve ?* me dis-je, l'esprit embrumé… Une ville irréelle qui me domine. *Je dors, je lutte…*

— Donnez-lui de l'espace ! lance Fabregat, dont la voix gronde dans ma conscience.

Je sens la bave mousser dans ma bouche, les convulsions s'emparer de ma langue.

— *Joder !* crie-t-il. On peut arrêter l'hémorragie ?

Un homme pose un tissu sur mon nez. Je sens une odeur étrange, chimique, étrangère.

— Laissez-la travailler, nom de Dieu.

— Elle va s'en sortir ? demande un inconnu en se tenant la tête dans les mains.

Son collègue pose une couverture sur mon corps. Ils forment un mur autour de moi. Je vois des jambes de pantalons, des bottes usées. *L'arbre d'or.* Je lève les mains vers mon visage. J'ai les ongles pleins de terre. Les battements de mon cœur se calment, ma vision s'éclaircit, le serpent a disparu.

Je me concentre sur la silhouette imaginaire d'une femme. Une femme que je reconnais, dans la pénombre, sous le porche d'une église, derrière moi. Elle porte une capuche et a les mains sales. Une nuit, il y a dix ans.

Dans Santa Maria del Pi, à l'extrémité sud-ouest de la nef, une porte en bois s'ouvre en grinçant. Un homme apparaît, en tunique de vicaire, la peau mate, les avant-bras velus. Ne trouvant pas le sommeil, il a quitté sa chambre pour aller contempler la Vierge en bois, dans la pénombre, à la lueur d'une chandelle. Il a préféré ne pas illuminer l'église pour mieux vivre la présence réconfortante de Dieu. Trop vite, des coups de sonnette frénétiques, à la porte d'entrée du public, viennent rompre son silence. Elle retentit encore et encore, avec une telle intensité que le jeune homme se sent obligé de répondre. En ouvrant, il découvre la silhouette d'une femme, la tête et la gorge dissimulées dans l'ombre.

— Je me suis permise. Je suis désolée…

Les bras ballants, elle est enveloppée d'un foulard en soie, sous un ciel noir.

— Il faut que je voie un prêtre, murmure-t-elle.

— Vous vous rendez compte de l'heure qu'il est ? Vous ne devriez pas être ici.

Elle se penche pour lui murmurer quelques mots à l'oreille.

Le jeune vicaire se précipite dans le couloir, vers les appartements du bon prêtre Canço, protégeant la flamme de la bougie de sa main. Il frappe deux fois à la porte, sans réponse. Rassemblant son courage, il entre et s'approche du lit. Posant sa chandelle près du livre du prêtre, ouvert sur une page de la Genèse, il se signe deux fois avant de réveiller brutalement l'homme endormi.

— Une femme demande à vous voir !

Les yeux du jeune vicaire scintillent à la lueur de la bougie.

— Dites-lui de revenir à 6 heures, grogne Canço en se tournant sur le côté.

— Elle veut se confesser. Elle n'a pas beaucoup de temps.

— Et moi, je manque de sommeil, grommelle Canço.

— Mon père, elle affirme qu'elle est mourante.

Le père Canço se redresse d'un bond. Pris d'une quinte de toux, il respire avec peine.

— Où est-elle ?

— Je vous en prie, mon père. Je l'ai laissée près de la chaire. Elle veut vous voir sans tarder.

Sur ces mots, le vicaire se retire. Il s'agit d'une jeune femme. Il le devine à sa silhouette en partie dissimulée sous un épais manteau. Elle est agenouillée au dernier rang, près de la porte. Son visage est masqué, ses cheveux mouillés se fondent dans la pénombre.

— Ne me regardez pas, je vous prie, murmure-t-elle en voyant le vicaire s'approcher.

— Le père Canço est prêt.

Il détourne les yeux mais aperçoit le bout de ses doigts. Elle a les mains délicates et fines, plus belles même que celles de la Vierge Marie des statues de pierre des maîtres sculpteurs.

— *Mercè.*

Sa voix est plus douce que l'encens et le miel. Le jeune vicaire hume le parfum chaud de sa peau humide. Une sombre sensation de désir naît dans sa poitrine, un désir charnel réprimé depuis longtemps. Il soupire et frémit, puis hâte le pas vers le confessionnal en l'entraînant sous les lampes éteintes.

Un seul mot. Dieu me vienne en aide. Sur ces lèvres, je ne vois pas…

L'église, longue et voûtée… *Pourvu que cela passe vite*, prie-t-il en longeant avec elle les murs de pierre léchés par les flammes de la nef.

Elle interrompt ses pensées :

— Avec l'orage, je suis seule, ce soir. Je me réjouis de votre compagnie.

Elle pose la main sur son bras. Il ne se souvient pas du reste.

À l'intérieur du confessionnal, à travers les fentes sombres du bois, le père Canço discerne à peine sa silhouette, l'arrondi de sa joue, la chair rose de sa lèvre inférieure contre le grillage. Elle a la voix si douce, mais il y perçoit un frisson de nervosité. Le froid engourdit les mains, les doigts, les genoux du prêtre ; une chute de température, comme en présence d'un fantôme. À travers les fentes, il hume son parfum.

Un parfum chaud de feuilles humides et de fumée. Il chasse ces pensées de sa tête. Peut-être rêve-t-il encore ?

Rassemblant ses forces, le bon prêtre Canço salue sa mystérieuse pénitente d'un signe de croix. Elle en fait autant.

— Bénissez-moi, mon père, parce que j'ai péché. Ma dernière confession remonte à six jours.

— Vous êtes venue à nous. Nous allons vous servir. Dites-moi, mon enfant, pourquoi êtes-vous en quête de miséricorde à cette heure de la nuit ?

— Je voudrais être propre, mon père.

— Sous le regard de Dieu, grâce à la confession, vous serez lavée de tous vos péchés.

— Je voudrais être pure.

— Repentez-vous de vos péchés et nous purifierons votre âme.

Elle ouvre la bouche et parle – de tout ce qu'elle a vu, de toutes les horreurs, les frayeurs, les tribulations. Le prêtre resserre son habit sur ses épaules et fait le signe de croix pour chasser le mal.

— Qui est mort ? demande-t-il lentement, lorsqu'elle reprend son souffle.

Il l'écoute avec attention.

— *Trois femmes.*

— Oui ?

— *Je n'ai rien fait pour empêcher ces meurtres.*

Le prêtre a des sueurs froides. Alors même que les mots se déversent de sa langue, il ressent les crimes qu'elle évoque, la profusion de voitures de police sur la place, le sang, au coin du Carrer de Sant Ramon. Mais ceci… C'est bien pire que ce qu'il imaginait. Et pourtant, il doit tenir ses engagements, le sacro-saint secret de la confession, aussi ancien soit-il.

— Et vous cherchez vengeance ? s'enquiert-il d'un ton froid.

— Oui, mon père.

— Et c'est pour cela que vous demandez pardon ?

— Oui.

— Souffrez-vous, mon enfant ?

Elle ne répond pas.

— Êtes-vous allée voir la police ?

— Je lui ai fourni une clé, mais en masquant son véritable sens, murmure-t-elle.

— Cacher la vérité est un péché, souffle le bon père Cançó. Vous confesser peut alléger votre souffrance. L'Église portera le fardeau de votre cause. Pouvez-vous me dire qui est cet homme ?

Les sons qui sortent alors de sa gorge terrifient le prêtre. Elle essaie, essaie encore de prononcer le nom d'un homme, mais c'est comme si elle avait perdu sa langue. Chaque fois qu'elle cherche ses mots, sa tête se cogne contre le bois du confessionnal. Elle crie, elle

crache. Le son jaillit et résonne dans l'église, un tintement limpide.

— Je… je suis désolée… suffoque-t-elle. Je vous
en prie… promettez-moi, mon père, de m'aider. Je vais
vous dire quel est pour vous le seul moyen de m'aider.

Sur ces mots, elle glisse un rouleau de papier dans
une fente du grillage, un rouleau très serré de 5 mm de
diamètre pour 2,5 cm de longueur. Lorsqu'elle s'exprime de nouveau, c'est dans une langue que le prêtre
n'a jamais entendue, dont les intonations catalanes ont
pratiquement disparu. Elle délivre son message dans
une langue mystérieuse qui ne connaît aucune nation.
Pourtant, de son point de vue de prêtre, il comprend.

— Reposez-vous, reprend la voix de l'homme. Les
secours arrivent.

— Bonne chasse, dit Fabregat avec un sourire
carnassier.

Ses yeux sont perçants dans la pénombre. Les sirènes
se rapprochent.

— Tiens le coup, petite, murmure-t-il à l'arrivée de
l'ambulance.

Il me caresse le front. Je gargouille, j'agrippe sa main.

— On y est presque, dit-il quand on me harnache
dans l'ambulance.

Le silence. Que le silence se fasse.

Je me réveille au son d'oignons qui crépitent dans une poêle. La porte de ma chambre est ouverte sur la pièce à vivre et la cuisine. Penché au-dessus de l'évier, Fabregat égoutte des fèves provenant d'une casserole d'eau bouillante. Il jure dans sa barbe, un grand tablier fleuri noué autour du cou.

Merda. Cabrón.

De petits murmures d'exaspération.

Sous le tablier orné de marguerites, l'homme est élégant, presque guindé. Malgré le froid, il porte une chemise et un pantalon en toile et il a laissé ses chaussures dans l'entrée. Ses chaussettes sont dépareillées, l'une à carreaux, l'autre violette. Il a jeté son panama plutôt moche sur le fauteuil du salon. Un grand pardessus marron est suspendu à une patère, près de la porte. Étrange accoutrement : il a tout d'un touriste anglais un peu négligé, avec ses manches de chemise relevées jusqu'aux coudes, ses joues rougies par ses efforts culinaires, tel un éléphant en cuisine.

— *Nena !* s'exclame-t-il en me voyant debout. Tu as vraiment un appétit d'oiseau. Qu'est-ce que c'est que ça ? Tu jeûnes ? Rien dans le frigo, un fond d'huile, pas une gousse d'ail ! *Ostres !* J'ai dû tout acheter.

Il s'éponge le front, exaspéré.

— Aujourd'hui, on va bien manger. Tu as besoin de te remplumer un peu.

Fabregat ajoute de l'huile d'olive dans la poêle. Les oignons crépitent de plus belle. Je l'interroge sur son changement de look. Sur le panama, en particulier, qui ne lui va pas du tout.

— C'est un déguisement, m'explique-t-il avec un sourire, en se tapotant le nez.

De l'*obfuscation*. Je ne prends pas la peine de lui demander pourquoi. Franchement, cela ne m'intéresse pas.

— Qu'est-ce que vous préparez ?

— *Déu dóna faves a qui no té queixals.*

Je me frotte les yeux.

— Dieu a donné les fèves à l'homme dépourvu de dents, répète-t-il en me regardant, l'air courroucé. Tu vas manger des *faves à la catalana*, à la Fabregat. *Més pernil, espinaques, pa amb oli, i braves…*

Il désigne la masse fumante de fèves, d'oignons nouveaux caramélisés, de *botifarra negra*, boudin noir, tandis que du lard dore sur le feu dans sa graisse. Mon estomac se retourne. J'ouvre la bouche pour parler, mais il m'interrompt d'un geste emphatique.

— Le maestro ne peut se détourner de sa tâche.

— Je ne peux pas manger ça, dis-je en lui montrant la poêle. C'est un vrai massacre.

— Ne sois pas ridicule !

Je m'avance d'un pas incertain, en pyjama.

— Non, vraiment, je ne peux pas.

Fabregat m'ignore.

— Ma femme croit que je la trompe. Je lui ai dit : *No, t'estimo, je t'aime, la meva estimada…* Il faut

480

me croire. J'ai défendu *una bruixa*[1] et je veux que le prochain acte me troue les fesses… Mais c'était encore plus inquiétant, ça.

Il se met à rire et bavarde encore un moment sur sa femme, son fils, son chien, qu'il a laissés livrés à eux-mêmes. Il semble heureux, de façon assez étrange, et j'ai aussitôt des soupçons. *A-t-il l'intention de s'installer ici pour jouer les nounous ?*

— Merci, dis-je, hésitante. Merci d'être resté.

Il me sourit. Je regarde dans le vague, les yeux fatigués.

— Tu es vraiment un monstre. Une prestation de première classe ! poursuit Fabregat. Mes hommes vont faire des cauchemars pendant des semaines.

Il a pris une chaise de la pièce à vivre et s'est installé au bout de la table de la cuisine, fier comme un pape. Appuyé sur les coudes, il m'observe.

— Tu n'as jamais songé à devenir artiste de cirque ?

— Non, je rétorque. Vous me donnez la migraine.

— C'est un putain de traitement qu'ils t'ont administré. Tu prends toujours des médicaments ?

Je secoue la tête.

— Seulement en cas d'urgence ? Ce qui explique la présence des seringues, dans le réfrigérateur. Tu en veux un ? C'est ma femme qui les a faits. Amande et chocolat. Très bons.

Il pousse une assiette de biscuits vers moi.

Je n'en veux pas.

— Bois, m'ordonne-t-il.

_____

1. Sorcière.

J'accepte le verre d'eau de mauvaise grâce et je le vide à grandes gorgées.

— Je suis dans cet état depuis combien de temps?

— Deux jours. Je suis content de te voir debout.

— Et vous êtes resté tout le temps?

— Il fallait bien que quelqu'un soit là. Le médecin a dit qu'on ne pouvait pas te laisser sans surveillance. Tu n'es pas très stable, *nena*, quand tu te mets dans des états pareils. Cependant, je suis content.

— De quoi?

— Des résultats.

— Quels résultats?

Il se met à siffloter pour lui-même. *Cet homme se méfie.*

— Tu as appelé vers 11 heures. On t'a trouvée à 11 h 30. L'ambulance est arrivée un quart d'heure plus tard. Un attroupement s'est formé. Deux policiers appelés par les voisins qui t'avaient vue creuser! Tu creusais, *nena*? Tu t'es approchée du pin dans un état de transe, *como una loca*, selon les termes du témoin.

Il a des miettes à la commissure des lèvres.

— Tu avais les yeux fermés, mais tu semblais voir très clairement. Tu parlais avec plusieurs voix, très vite, de nombreuses voix différentes, des langues que je ne comprenais pas. Un vrai charabia.

Il se dandine, souriant, en agitant les mains et en imitant le babil d'un enfant.

— Sauf que ça faisait très peur. Tu nous as vraiment fichu la trouille. Le médecin m'a expliqué que, techniquement, tu étais endormie, mais en état de somnambulisme. Tu interprétais un rêve? Tu étais capable de répondre à des questions mais incapable de te réveiller. C'est normal, pour toi ?

— Qu'en pensez-vous ?

— Si ton somnambulisme te permet toujours de dénicher des preuves, tu devrais le faire plus souvent.

Il mord dans son biscuit.

— Tu ne sais pas ce que tu rates… Ma femme est très bonne cuisinière.

Mes entrailles se tordent. *Tu devrais rentrer chez toi. Le quitter. Suivre ta propre voie. C'est un fardeau, un boulet. Il n'a rien à faire avec toi.*

— J'ai consulté tes dossiers médicaux, reprend Fabregat en toute simplicité. Enfin, les médecins, et j'en ai profité pour jeter un œil, si tu vois ce que je veux dire.

Je me hérisse. C'est plus fort que moi. J'aurais voulu tenir des propos élégants, respectueux, mûrs. Mais non :

— J'abandonne.

Fabregat pose sa spatule.

— Tu peux répéter ?

— J'abandonne.

— C'est impossible. On n'a pas terminé.

— Moi si. J'ai terminé.

Il fronce les sourcils. Je le fusille du regard.

— Vous croyez aux fantômes, monsieur Fabregat ?

— Non.

— Pourtant, vous m'avez engagée.

— Oui.

— Donc vous devez vous fier à votre instinct. À vos tripes.

— Ce n'est pas de l'instinct, c'est de la curiosité.

Il m'observe avec attention, comme s'il avait envie de m'ouvrir le torse pour examiner mon cœur.

— J'aime à croire que les morts sont morts, mais je ne demande qu'à être convaincu.

— Eh bien, mon… instinct me dit d'abandonner.

— Quoi ? tonne-t-il. Ce sont tes hallucinations qui recommencent.

— Ma santé mentale est plus importante que votre passe-temps.

— Tu me dois une semaine.

— Je n'ai plus envie de faire ça.

— Un contrat est un contrat.

— Si je reste, et je dis bien si, qu'est-ce que j'obtiendrai en retour ? Que pourriez-vous bien m'offrir ?

— Mon silence, rétorque Fabregat. Dans l'ambulance, tu as raconté pas mal de choses. Ces documents que tu recherches ? Tu ne m'en avais rien dit. Tu as volé l'*Église*.

Il fait deux fois le signe de croix.

— Rien que pour ça, je pourrais faire annuler ta subvention, reprend-il. Et crois-moi, je le ferai si tu cherches à m'embrouiller. Un coup de fil au diocèse et à la municipalité de la part de mon auguste personne si respectable et vénérée et pfff… (Il siffle.) *Adios nena*. Bref, tu ne peux pas démissionner maintenant, ma belle, tu fais partie de l'histoire.

Je pose sur l'inspecteur un regard sans expression.

Tandis que les fèves mijotent sur le feu, Fabregat me sert un autre verre d'eau. *Assieds-toi*. Il m'adresse un signe de tête. *Reprends-toi*. Tout se résume au livre, en fait.

— Le livre que tu as déterré…

Fabregat sourit. Mais il n'a pas besoin de le dire. Je le sais déjà.

Le livre était à *elle*.

— Àngel Villafranca l'a confirmé : un exemplaire de *L'Orestie*, d'Es-chy-le. (Fabregat bute sur le nom.) Ce salaud affirme qu'elle connaissait le texte par cœur. Je lui ai demandé où elle l'avait obtenu et ce qu'il pensait de la dédicace : *À ma belle Cassandre, de la part de ton Aureus*. Ce vieux singe a feint l'ignorance. Je ne sais pas, il a dit. Aureus ? Elle n'a jamais connu un homme du nom d'Aureus. Mais tu me confirmes que ce livre était à elle ? je lui ai demandé. Pour mon plus grand plaisir, Villafranca a hésité. Je sais reconnaître un menteur quand j'en vois un. Et ce type mentira toute sa vie. Il cache quelque chose, *nena*, c'est clair comme de l'eau de roche. Mais ce n'est pas tout. Figure-toi que cette vieille boîte couverte de terre était en réalité maculée de *sang*.

En catalan, le mot *sang* a une sonorité très dure, moins chantante que le castillan *sangre*. Dans la bouche de Fabregat, *sang* est brutal, franc et honnête.

— On pense que c'est du sang humain. Ces chiffons étaient sans doute des compresses stériles utilisées pour nettoyer les plaies. Nous ne savons pas encore qui était blessé, ni ce que nous recherchons, mais laissons encore quelques jours à l'équipe… (Fabregat tape du poing sur la table.) Et nous serons sur la piste. Ce n'est peut-être rien… mais tu m'as parlé de mon instinct… eh bien, mon instinct me dit : « Roule ! » *Continue, Anna*. Il y a autre chose, là-bas. Alors poursuis ton travail et je poursuivrai le mien. Et on se retrouvera à mi-chemin.

485

Tu parles.

— *Nena! Ho entens?* Tu comprends?

Son visage irradie.

— La police a rouvert le dossier, reprend-il. Les vies de quatre femmes, voire davantage, sont contenues là-dedans. *No t'importa?* Tu ne te rends pas compte de ce que tu pourrais faire pour nous? Tu as un don, un sacré don, même! Cela fait dix ans que j'attends ça, et on ne laissera pas tomber maintenant. Tu es une championne, *nena*. Nul ne soupçonne une petite étrangère d'avoir un tel pouvoir, or tu le possèdes. C'est un fait. Je veux que tu marches avec nous. Nous…

Il se lève et verse des tranches de boudin sur ses oignons, dans la poêle.

— Nous allons travailler ensemble sur ce dossier. C'est réglé? C'est moi qui déciderai quand on s'arrêtera, c'est moi qui mènerai la danse. En attendant, détends-toi. Sois reconnaissante. Et mange. Je te demanderai aussi de te secouer un peu, si possible. Prends une douche. À table! ordonne-t-il. Fantômes ou pas. *Mata més gent la taula que la guerra.*

Je ne peux m'empêcher de sourire du proverbe morbide de Fabregat : *La table fait plus de victimes que la guerre.*

Pendant que l'inspecteur fait un petit somme sur le canapé du salon, je décide de prendre les choses en main. Je passe un appel un peu tardif au bibliothécaire de l'abbaye, mon ami et collègue. Il me passe un homme qui refuse de décliner son nom, mais s'occupe des intrigues mystiques de la communauté monastique sur l'île. Je lui parle de ma vision de cette fille, à l'église, et du nom qui m'est venu pendant ma transe. Les moines de Majorque sont les seuls au monde à prendre ma folie au sérieux, et je leur en suis très reconnaissante. Au téléphone, la voix me demande quel nom m'a fourni ma vision. Je lui réponds : le père Cançó. Une femme est allée le voir dix ans plus tôt à Santa Maria del Pi et lui a laissé une offrande.

— Ah, fait-il, avant de réfléchir un instant. Vous êtes sûre ?

— Certaine.

Un long silence méditatif s'installe.

Je suis convoquée de façon un peu hâtive le lendemain matin, à l'autre extrémité du parc de la Ciutadella, construit sur les ruines de la Citadel, une forteresse militaire du milieu du XIXe siècle. J'entre par le Musée zoologique et franchis tranquillement la grille en fer forgé. Le soleil d'hiver flotte dans le ciel comme une vieille pièce de monnaie. Je m'arrête un instant devant la grande cascade flanquée de deux serpents ailés à tête de lion. Les eaux dansent et les gens s'attroupent pour admirer le spectacle. Ce parc est un lieu étrange, chargé d'histoires douloureuses. Je me souviens que je suis arrivée dans cette ville pour étudier l'histoire et la langue catalanes. J'ai acheté un dictionnaire bilingue et un épais volume intitulé *L'Empire oublié : histoire de la Catalogne et de ses ports*. J'ai appris un mot par jour et j'ai lu le livre en une nuit. Au cours de ces premières semaines, j'ai dévoré *Le Royaume d'Aragon* et *Flèches gothiques, racines romaines*, suivis de *L'Univers de Gaudí, La Vie secrète de la Vierge noire de Montserrat, Els Quatre Gats : l'héritage artistique de Barcelone*, et *Hommage à la Catalogne*, de George Orwell. Plus tard, j'ai étudié les *Usatges*, les *Usages*, la charte des droits civils au Moyen Âge en Catalogne, antérieure à la Grande Charte de plus de cent ans. Les *Usatges* constituent une déclaration des droits affirmant que les « citoyens » (mais pas les serfs) existaient au même titre que la noblesse au regard de la loi. Ces clés menèrent à la fondation du *Consell de Cent*, le Conseil des Cent, le corps gouvernemental d'origine de Barcelone. Je soupire. Ces livres devaient me sauver. Je ne croyais pas que le meurtre me ramènerait ici.

J'arrive en avance au rendez-vous et je décide de commander une horchata d'amandes, pas vraiment de saison mais délicieuse, ainsi qu'une assiette de jambon ibérique avec du pain à la tomate. Le serveur m'apporte un exemplaire de *La Vanguardia*, que je lis du début à la fin. À mon insu, le serveur se retire dans le lobby et passe un bref coup de fil aux services administratifs de Santa

Maria del Pi. Un quart d'heure plus tard, la silhouette énergique du père Canço émerge d'un taxi et traverse vivement la rue en direction du café.

C'est un homme rondouillet au visage rougeaud et bouffi. Il porte un œillet blanc à la boutonnière. Son manteau élimé ne fait que souligner sa corpulence et il n'y a pas un cheveu sur son crâne luisant de transpiration, malgré le soleil froid et terne. En me voyant, il pousse un soupir furtif mais éloquent et s'avance vers moi en se tordant les mains.

— Pardon ! lance-t-il en atteignant ma table, les yeux presque engloutis par son visage bouffi. Seriez-vous Anna Verco, l'amie du bibliothécaire de l'abbaye et des nobles moines de la Tramontane ?

— En effet.

— Dieu merci, vous êtes là, mademoiselle.

Le prêtre reprend son souffle, puis soupire.

— Je dois m'entretenir avec vous d'une question cruciale… et je crains que certaines personnes ne nous écoutent.

Le café est désert et le serveur a pris la fuite.

— Je vais prendre un café avec vous. Je ne peux pas rester trop longtemps, mais j'ai la gorge très sèche.

Il marque une pause. Un peu agité, il affiche le sourire d'un homme qui ne veut pas trahir sa nervosité.

— J'admire le fait que vous lisiez les journaux. Nos concitoyens ne lisent plus les journaux et c'est bien dommage.

Le serveur réapparaît. Canço commande un *cafè amb llet*, une orange pressée et des churros avec du chocolat chaud.

— Au vu de la situation, je trouve qu'il faut construire une passerelle entre nos personnages distingués.

Mademoiselle Verco, votre nom illustre m'a été livré par un messager qui m'a demandé de révéler mon secret sur certains événements hélas survenus…

Il se signe deux fois.

J'ai la chair de poule.

Cariço baisse le ton pour murmurer d'une voix théâtrale :

— C'est à propos de la fille assassinée, Natalia Hernández. À présent, j'aimerais entendre tout ce que vous affirmez avoir vu lors de votre vision.

✠

— Ma chère, soupire-t-il une fois que j'ai terminé, tout s'est déroulé conformément à votre description. Je dois confirmer la corrélation, ce qui prouve une fois de plus qu'il ne faut jamais sous-estimer les pouvoirs mystérieux du sexe faible…

Le prêtre trempe un beignet dans son bol de chocolat.

— La femme que vous avez vue est venue à moi la veille de la Saint-Jean, le 23 juin. À sa voix, j'ai compris qu'elle était jeune, pas plus de 20 ans. L'un de mes novices l'a trouvée dans l'église. Une histoire terrible. Il était très tard, vers minuit, si je me souviens bien.

Il croque de nouveau dans son churro avant de poursuivre :

— Cette nuit-là, elle m'a confessé beaucoup de choses… Elle s'est proclamée sage-femme du meurtre, insistant sur le fait qu'elle avait bu du sang, du sang dont elle ne parvenait pas à nettoyer ses mains. Quand je lui ai demandé de citer le nom de son agresseur, le diable lui a mordu la langue. Elle n'a pas réussi à énoncer son nom à voix haute, une situation terrible qui, me dit-on, ne se produit que quand… (Il toussote dans sa main, puis lève les yeux vers moi :) Quand on a copulé avec la Bête. Ma chère, vous devez comprendre que cette femme était tombée entre les griffes d'un monstre, et qu'en pénitence, elle voulait s'interdire le paradis, persuadée que ses crimes ne pouvaient qu'être châtiés par la plus misérable des morts par suicide.

Le prêtre marque une pause.

— Avec le recul, j'en suis arrivé à l'amère conclusion – tout comme vous, j'en suis certain – que la démente qui s'est présentée à ma porte n'était autre que Natalia Hernández.

— Pourquoi n'avez-vous rien dit à la police ?

Cançó pousse un long soupir.

— C'était une affaire interne à l'Église, un problème lié à la foi. Si j'allais trouver la police chaque fois que je recevais un pénitent en confession, la moitié de cette ville serait derrière les barreaux. Toutefois, mon contrat avec Dieu ne m'empêche pas de transmettre le message de cette fille. Elle m'a remis un objet des plus troublants et assez horrible. Je l'ai aspergé d'eau bénite au cas où il porterait le mal.

De la poche de son manteau, il sort une petite Bible et l'ouvre à une page cornée. Dans le pli se trouve un rouleau de parchemin.

— Donnez-moi la main, ordonne le prêtre.

Je lui tends avidement ma paume.

— Mademoiselle Verco, je souhaite me soulager de ce fardeau. Chaque jour, cette culpabilité me pèse. Je croyais que le moment viendrait. Elle l'a appelé « le signe de la sibylle » et, Dieu m'en est témoin (il se signe avec ferveur), c'est certainement la marque du diable, ce qui lui a lié la langue, et je me réjouis de m'en défaire.

Je retiens mon souffle en retournant le morceau de papier. D'un côté, l'ouroboros doré. De l'autre, elle a tracé six lettres enluminées :

AUREUS

En dessous, deux clés ouvragées, croisées en X, dont l'extrémité est couverte d'une feuille dorée frappée.

— Cette nuit-là, la jeune fille a prononcé bien des incantations sauvages, répétant : *Ce qu'elle cherche, il l'ignore, et ce qu'elle sait, il ne le cherche pas…* Et une autre phrase, si je me souviens bien : *Si l'homme est une plume, il est aussi un couteau* ou quelque chose de ce genre. Ensuite, ma chère, je dois avouer que ses divagations n'avaient ni queue ni tête. Je me suis dit qu'elle était dérangée, je n'ai pas cru au sens de ses mots. Je lui ai donné l'absolution et l'ai renvoyée. J'aurai honte jusqu'à la fin de mes jours.

Le prêtre baisse la tête.

— Je suis désolé de ne pas m'être présenté plus tôt, mais le Ciel a sa propre logique, qu'en tant que simple mortel je ne puis comprendre. Je compte sur vous pour garder le secret sur cette affaire. Je ne veux pas qu'elle soit rendue publique. Si vous avez des questions, vous savez où me trouver, mais je lis sur votre visage que l'objet parle de lui-même.

Le prêtre boit bruyamment sa dernière gorgée de jus d'orange, pose un billet de cinq euros sur la table et me salue, la mine sombre, me laissant sans voix dans ce café, à fixer avec fascination le serpent doré que j'ai entre les mains.

Aureus. Un bout de papier remis à un prêtre dans un confessionnal, accompagné d'un mythe. La Marque. Je redessine son cercle, laissant mon imagination suivre les lignes de son dessin. *Aureus.* Je griffonne à nouveau ce mot, j'en prononce les syllabes. *Au. Re. Us.* Du latin *aurum,* l'or. *Au sens figuré, ce nom évoque la gloire, l'excellence, la magnificence.* Les clés noires croisées tels une barrière, un poste de défense. Encore des connotations catholiques. *Évêque de Mayence, en Allemagne, martyr massacré par les Huns avec sa sœur Justine. Saint Aurée. Voir aussi : trésor. Voir aussi : le codex Aureus de Saint-Emmeran,* manuscrit enluminé du IXe siècle recelant les quatre Évangiles. Mes doigts tapotent mon clavier : *Aurèle, évêque de Carthage et compagnon de saint Augustin d'Hippone, actif au IVe siècle. Il établit la doctrine chrétienne et éradiqua les principales hérésies de l'époque.* Le père Canço a parlé de « signe de la sibylle ». Mon crayon crisse sur le papier, la mine s'est brisée. Encore. *Pour elle, c'était un nom. Un nom. Un nom.* Je suis interrompue par deux corneilles qui se battent dans les branches d'un arbre, devant ma fenêtre. Elles poussent des cris perçants et se disputent furieusement, mais je les trouve rassurantes. Le vin coule dans ma gorge, à la fois chaud et froid.

AUREUS

Je déplace les trois premières lettres.

U R A E U S Mon stylo s'envole. *Uræus*. Du hiéro-
glyphe égyptien « cobra dressé », du grec *ouraios* ou
« dressé sur la queue ». Les Égyptiens célébraient la
beauté et la sagesse du serpent et avaient choisi le
reptile comme symbole de divinité, de royauté et de
pouvoir. Le cobra, qui ne pouvait fermer les yeux,
était un gardien des rois en alerte permanente, cabré
sur le diadème doré de Toutânkhamon. L'uræus peut
aussi être associé à Ouadjet, divinité protectrice de la
Basse-Égypte à tête de cobra, déesse de la fertilité. Son
oracle habitait la ville de la région portant le nom du
serpent : *Per-Ouadjet*, « la maison d'Ouadjet ». Elle
aurait donné le jour aux oracles de la Grèce antique.
Son image protégeait les femmes en couches. « Ouadjet, un nom dérivé du symbole hiéroglyphique du papyrus » ou « celle qui a la couleur du papyrus », *ouadj*
signifiant *de couleur verte* en référence aux feuilles de
la plante – *déesse du célèbre symbole de l'œil de la
lune, l'ouadjet, plus tard nommé œil d'Horus*, symbole
central de sept bracelets en or, lapis-lazuli, cornaline
et faïence découverts dans les tombeaux des pharaons,
sur les pendentifs anciens, entourés du cobra dressé
et de l'aigle en cornaline… la déesse Ouadjet étant le
serpent à deux têtes, ou la femme à tête de lion… une
amulette contre le mauvais œil et une protection chtho-
nienne lors du passage dans l'au-delà, la marque d'un
roi, icône de l'hégémonie et du pouvoir de l'Égypte.
Aureus-Uræus. Un lien tiré par les cheveux ? Je me
ressaisis. *Concentre-toi sur les clés.* Ce symbole est
clair. *Les clés croisées de saint Pierre, pape de Rome,*

Pierre le Roc, gueules jumelles, à la fois barrière et séduction, protectrices et révélatrices.

Alors, je commence à comprendre.

Je perçois une résonance au plus profond de mes entrailles. *Agis.*

Sur mon bureau de fortune, un verre de vin, mon ordinateur portable ouvert. Les photographies de son visage sont collées à la fenêtre. Six mégots dans le cendrier. Deux tasses de café à moitié vides. Je télécharge les photos des dessins réalisés quand elle était adolescente. *Attarde-toi dessus. Le petit carnet noir*, sur la table. Son écriture est si délicate, si vive. Je tourne les pages.

J'ai toujours eu trop peur pour appeler ces numéros, fait la voix de Villafranca, interrompant mes pensées. *À chaque nom d'homme, je me disais : je vais leur demander à tous. C'est vous qui avez fait ça ? Qui l'avez rendue folle ? Étiez-vous amoureux d'elle ? Mais je ne voulais pas connaître cette facette de ma fille.*

Je reviens à la photo. *Les clés de la ville de Rome.* Elles signifient peut-être quelque chose d'aussi simple que *Pere* en catalan ? Ou Pedro ? Elle n'a pas effectué un classement alphabétique selon les prénoms, mais je suis courageuse et je lis méthodiquement toutes les entrées jusqu'à ce que j'atteigne cinq lettres magiques à l'encre bleue. *Peter.* Je pense à saint Pierre, le pêcheur. Ici, le R se termine par une fioriture. À ma grande surprise, le prénom est anglais et le nom de famille : Warren. À côté de ce dernier, elle a dessiné un minuscule trousseau de clés. Un numéro de téléphone fixe. Je prends mon appareil. *Et un et deux, on change de cavalière*, dit une chanson folklorique américaine, *et on tourne, on tourne.* Je compose le numéro, téléphone à l'oreille, lèvres entrouvertes.

J'ai perdu ma partenaire, que faire ? En trouver une autre, plus jolie que toi.

Et un, et deux, on change de cavalière.

Une sonnerie, puis une autre.

« Bonjour, vous êtes bien chez Peter Warren, merci de laisser un message… »

J'en ai le souffle coupé. Je rappelle. Pas de réponse. *Pas cette fois*, me dis-je. *Pas de message.*

Peter Warren. J'effectue une recherche à partir de son nom et « Barcelone » sur Google. Très loin sur la liste des résultats, je trouve une série de liens vers des articles publiés dans *Bulldogs Abroad*, un magazine britannique spécialisé dans les voyages, qui détaille la vie nocturne de la ville. Je déniche une petite photographie de l'homme dans le troisième article, qui présente une tournée des bars sur le thème du patrimoine religieux de Barcelone. Peau mate, large sourire, traits pixélisés. Le quatrième article, publié en 1998 et reposté sur un blog, est une critique sur la prestation exceptionnelle d'une ingénue de 18 ans, *Natalia Hernández.* L'auteur cite l'actrice. Je retourne à mon bureau pour appeler Fabregat. J'hésite. *Ne lui parle pas du prêtre, du bout de papier. C'est à toi qu'il était destiné et non à lui.* Je me concentre sur une intuition, une sensation nébuleuse, mon numéro de cirque.

— C'est bien, ma fille, s'écrie-t-il au bout du fil.

— Vous pouvez faire quelque chose pour moi ? J'ignore quelles sont vos possibilités, mais…

— Parle ! Je n'ai pas toute la journée. Le Barça joue dans dix minutes !

— J'ai un nom à vous donner.

— On cherche qui ?

— Peter Warren.

— Autre chose ?

— Un numéro de téléphone…

— Je m'y mets, conclut Fabregat en raccrochant.

Je me rends dans la cuisine pour préparer une infusion. Appuyée sur le plan de travail, je jette un sachet de camomille dans l'eau bouillante. La vapeur s'élève. Une couleur brune se diffuse dans la tasse.

Fabregat me rappelle presque aussitôt.

— Il a quitté la ville depuis dix ans. Il a vendu un appartement à Gràcia. Pas de carte de résident. De nationalité britannique, il fait des allers-retours durant les mois d'été. Apparemment, il a franchi la frontière à Noël, cette année, et il n'y a aucune trace de son départ. Il ne paie pas d'impôts, n'a pas d'adresse connue. Un profiteur. Cela t'est utile ? Quant au numéro de téléphone, on l'a localisé à Capileira, Cortijo del Piño… (Il parle fort, manifestement ravi.) Je demande à mes gars de répertorier tous les Britanniques célibataires de cette ville.

Je ne vois pas le temps passer. La saveur de l'air me dégoûte. Natalia Hernández m'a vidée. Je prends mon téléphone pour appéler Peter Warren. « Bonjour, vous êtes bien chez Peter Warren, merci de laisser un message… », fait sa voix.

Pas de réponse. Je suis de plus en plus irritée. Qui diable est cet homme ? Qu'est-ce qu'il fabrique en Andalousie ? Est-il là-bas illégalement, sans carte de résident? Il a peut-être un casier judiciaire… *Rien de sérieux. Une rixe dans un bar, à Séville, en 1989.* Peuvent-ils le retrouver? Fabregat est sur la piste. Où était-il en 1996, l'année où Cristina est morte et où Villafranca est parti en tournée? La journée s'écoule mollement. Je rappelle le numéro fixe. Je m'obstine.

« Bonjour, vous êtes bien chez Peter Warren… »

Exaspérée, je laisse néanmoins un message calme, posé. Mon nom, mon numéro et la raison pour laquelle je voudrais lui parler, évoquant « le temps qu'il a passé à Barcelone », doux euphémisme. Ensuite, je consulte Google, le grand oracle : C_A_P_I_L_E_I_R_A, images, *El Cortijo del Piño*. J'obtiens immédiatement un résultat. Une location de vacances en été, occupée par le propriétaire en hiver. Je transfère les détails à Fabregat. Ensuite, la mairie, l'office de tourisme, tous les moyens sont bons. J'obtiens le numéro d'un bar du village. Je le note rapidement. *Combien y a-t-il d'habitants?*

528.

Dans un aussi petit village… *Les gens doivent le connaître.* Tout le monde doit le connaître. J'appelle le syndicat d'initiative, à la mairie, et je m'entretiens avec un dénommé Juan qui me confirme la présence d'un homme correspondant à ma description.

— *Pedro?*

— Il est là en ce moment?

— Peut-être.

— *Ahora?* demandé-je.

— *No sé.*

Il devient méfiant. Je lui dis que je rappellerai plus tard. En téléphonant au bar, je tombe sur une femme enjouée à la voix cassée.

— À qui voulez-vous parler? demande-t-elle, perplexe.

— Je cherche à joindre mon oncle. Son portable ne répond pas. Dites-lui que je veux lui parler d'urgence. À propos de Natalia.

— *Un Pit-Terr Warren. Sí. Lo tenemos. El Inglés. Lo conozco. Sí. Niña. Sí.* Bien sûr que nous allons vous aider. Bien sûr, ajoute-t-elle gentiment.

Le lendemain matin, je mets un soutien-gorge de sport dont l'élastique me rentre dans la chair. Un legging noir, un tee-shirt ample à manches longues, prête à affronter l'hiver, les cheveux attachés, dissimulés. Munie de ma carte de transport, mes clés, ma musique, je sors de chez moi et je descends les marches. Un peu endormie, je me frotte les yeux. Devant la porte de l'immeuble, je me regarde dans la glace pour faire bonne mesure. Ce rituel est toujours une erreur : j'ai le visage bouffi, fatigué, de petits yeux. *Notícies?* Le bip du téléphone. *Has esmorzat?* Ignorant mon reflet dans la glace, j'actionne le mécanisme de la porte. La liberté, l'évasion, la rue. *COURS.* Le Mémorial des Catalans tombés au combat, la flamme éternelle, à l'ouest. Je salue les gargouilles de Santa Maria del Mar, les agents de la propreté, avec leurs drôles de voiturettes vertes, qui balaient comme des fous. Continue de courir ! Remonte la via Laietana, vers la grande place centrale de la ville, la Plaça de Catalunya. Pour ne pas te surmener, prends le *Ferrocarril* vers le funiculaire de Vallvidrera. À la verticale. Monte à la Carretera de les Aigües. Échappe-toi du train, marche parmi les cactus, dans la brise marine, dans le matin ensoleillé et radieux. Renoue ton lacet. Respire. Cours. Pendant que tu cours, la ville se réveille. Le soleil monte dans le ciel, au-dessus de la mer. *Tu es vivante !* Je suis en accord avec mon souffle, la sueur forme une auréole au bas de mon dos et je me sens libérée du froid. La lumière inonde les toits rouges, la poussière vole, les pensées se calment.

De retour dans mon appartement, je m'installe à mon bureau pour préparer mon travail de la journée. À 10 heures, le téléphone sonne. Un numéro inconnu. J'hésite, puis je prends l'appel. La voix me semble venir du ciel.

— Allô…

Une intonation anglaise, précise et claire.

— Peter Warren, à l'appareil.

Il marque une pause.

— Je crois avoir ce que vous cherchez.

L'Anglais est assis sur la terrasse de sa maison de l'Alpujarra, à quatre-vingts kilomètres au sud de Grenade, le long de la vieille route qui passe par les sépultures d'Órgiva et Lanjarón, où, selon la légende, un *generalissimo* en villégiature se baigna dans une source. Peter Warren boit un vin aussi rosé que ses joues. Ah, Peter Warren! Que peut-il demander de plus? Il admire son *Iberis gibraltarica* dans sa serre (né d'une bouture passée en fraude et provenant de la flore littorale du rocher), dont les abondants pétales forment un nuage pourpre en cercles concentriques. Il a planté des roses anciennes de trois variétés : Gloire de Dijon grimpant, de couleur pêche, Sombreuil et Aimée Vibert (aussi appelé Bouquet de la mariée). Elles sont superbes, même si elles ne fleuriront que dans de nombreux mois. Comme il est absent la majeure partie de l'année, Peter Warren a engagé Concha, une femme du village, qui vient arroser ses plantes chaque jour. Elle est bigrement efficace, Concha. Elle s'occupe aussi de la lavande et des jeunes oliviers, au bout de l'allée. La terrasse de Peter Warren entoure un vieux pin d'environ trois cents ans qui émerge de la corniche, en contrebas, et protège la maison du soleil de la fin d'après-midi. Le sol est constitué de dalles dessinant des cercles entrelacés. La maison, qui a appartenu à son père, n'a l'électricité que depuis peu de temps, ce dont il se réjouit. L'eau qui coule des robinets est calcaire et l'ensemble est résolument médiéval. Mais Peter Warren apprécie ce genre de détails. L'armoise et la pierre noircie le relient à ce père qui adorait l'Espagne depuis la guerre civile et à l'ancienne Andalousie en voie de disparition, le pays de l'Alpujarra, les villages secrets des Maures et des juifs exilés, ultimes bastions de l'Espagne mauresque et du *cante jondo*[1]. Et comme il les aimait ! Sans doute plus qu'il n'aimait les femmes, plus qu'il n'aimait Barcelone. Cette maison dans la montagne, il l'aimait si profondément qu'il rêvait de ne jamais en partir, d'avoir un potager et de vivre de ses terres avant de mourir dans son sommeil. Alors, des femmes qui l'adoraient, au village, apporteraient à sa dépouille de la charcuterie et des fleurs séchées en offrande au défunt, le prêtre le bénirait et le mettrait en terre pour toujours.

Il me fait vite entrer. Les poutres en cèdre sont basses. Peter Warren s'assied dos à son bureau et tourne sa chaise pour me faire face. Je suis alors frappée par l'acuité du portrait réalisé par Natalia Hernández. *Elle avait beaucoup de talent.* Le bureau, une grande planche en chêne sur des pieds ronds en métal, conçu à partir de vieilles canalisations, est installé devant la fenêtre carrée découpée dans la pierre, qui donne sur le jardin.

— Concha, ma femme de ménage, dit-il en désignant d'un signe de tête une femme âgée.

---

1. Type de chant flamenco.

On la voit qui ouvre la grille en fer forgé et remonte l'allée de terre vers le jardin.

Peter Warren me parle ouvertement :

— Au départ, j'ai eu un peu peur, quand vous m'avez appelé. Je ne voulais rien à voir avec ça, je voulais laisser le passé derrière moi, tourner la page. Mais on ne peut tuer le passé, n'est-ce pas ? Par principe, je ne réponds jamais au téléphone, de toute façon. Quand vous avez rappelé, je me suis dit : cette fille insiste. Au bout de trois fois, j'ai commencé à me sentir coupable.

Le regard de Peter vagabonde vers la femme de ménage qui remplit un arrosoir métallique pour s'occuper des rosiers.

— Vous buvez quelque chose ? me demande-t-il.

Je hoche la tête.

Peter Warren va chercher deux verres de vin blanc pétillant à la cuisine, ainsi que des amandes séchées. Il coupe une tranche de pain à la croûte foncée, puis il me propose le tout sur des assiettes en terre cuite. Il déguste lentement, le dos toujours tourné à son bureau, sur lequel une machine à écrire Olivetti verte prend solennellement la poussière. La feuille de papier qu'il y a glissée est vierge. Le bruit et l'obscurité de Barcelone cessent de peser sur mes épaules, ce qui me procure la même satisfaction que la fin d'un orage.

— Je l'ai trahie.

Peter Warren observe une fourmi qui grimpe sur un bol en terre cuite contenant des olives.

— Ce n'était pas de la haute trahison. J'ai fait quelque chose de petit, une bassesse qui la rend d'autant plus cruelle.

Peter Warren s'essuie les yeux du revers de la main.

— Je ne sais pas ce qui me prend... Dans ces moments-là, une tasse de thé s'impose. Vous le prenez avec du sucre ?

J'accepte en le remerciant. Il se lève, les mains sur les genoux, et me domine de tout son corps.

Peter Warren réapparaît avec deux tasses fumantes et s'assied à côté de moi sur le canapé. Il me fait une petite tape sur le genou.

— Bon, je suppose que vous avez envie de le voir ?

— Oui.

Le liquide coule dans ma gorge.

— Accordez-moi cinq minutes. Je l'ai caché. Je ne voulais pas être seul pour le sortir car il fait remonter trop de mauvais souvenirs.

Cet été-là, Peter Warren vit au quatrième étage d'un immeuble moderne en briques, dans la partie nord de Gràcia, près de la station de métro Joanic et d'un magasin de fleurs spécialisé dans les orchidées d'Amérique du Sud. Son appartement est exigu et sommairement décoré. Les murs blancs sont ornés de quelques affiches de théâtre dans des cadres noirs. Sa cuisine sur mesure lui a coûté presque toutes ses économies. La relation de Peter avec la jeune femme qui se tient actuellement sur le pas de la porte a été brève – six mois, soit l'automne et l'hiver de sa première année d'apprentie actrice à l'Institut del Teatre catalan. Il a dix-huit ans de plus qu'elle. Lors de leur rencontre, elle avait 18 ans et était d'une beauté saisissante. (Elle est restée belle, vêtue sobrement d'un manteau gris, des épingles dans les cheveux pour retenir sa frange en arrière, révélant ses traits gracieux, des boucles d'oreilles pendantes en or, la courbe de son cou gracile plongeant dans le col d'un chemisier en dentelle banche.)

Natalia Hernández. En chair et en os.

En l'observant, comme lors de leur première rencontre, il est envahi d'une sensation d'émerveillement. Il n'a jamais compris ce qu'elle lui trouvait. Auteur britannique de guides de voyage sur l'Espagne,

Peter Warren passe le plus clair de son temps à rédiger des articles sur les restaurants et les musées. Quand il n'écrit pas, il consacre une bonne partie de son énergie au sport, et tout autant de temps à prendre le soleil sur son balcon. En conséquence, il arbore un bronzage parfait. Il a les traits fins, un goût vestimentaire certain et un esprit vif, quoique sous-exploité. Trois ans plus tôt, il a rencontré Natalia dans une boîte de son quartier sur laquelle il écrivait un article. Ce soir-là, ce fut le coup de foudre. Mais comme beaucoup de choses dans la vie de Peter Warren, cet amour était voué à l'échec.

☾

Le soir de leur rencontre, Peter offrit à Natalia un verre de vin rouge très coûteux et un assortiment de tapas – *pintxos*, tartines de jambon serrano, *pa amb tomàquet*, olives… Plus tard, devant chez lui, en descendant du taxi, il l'embrassa dans le noir, près des boîtes aux lettres, au pied de l'escalier. En montant, il l'embrassa à chaque étage, la plaquant contre le mur, passant la main sur son chemisier en dentelle blanche, cherchant de ses doigts son mamelon niché sous son soutien-gorge noir fétiche, sans rembourrage, léger, bon marché, si serré qu'il lui entrait dans la chair. À chaque contact, il sentait déborder la rondeur d'un sein.

Les choses évoluèrent rapidement. Il aimait le parfum de ses cheveux, et sa jeunesse, cette exaltation qui faisait rosir ses joues et ses lèvres, sa peau d'ivoire, la profondeur de son regard. Il adorait son âge, sa souplesse, sa douceur, qui lui rappelaient ses 20 ans et lui procuraient force et assurance.

Il l'emmenait au restaurant, à des soirées, au théâtre et lui payait toujours sa place. Il la guidait dans la ville, assistait à ses spectacles à l'Institut, mais sans jamais la présenter à ses amis. Elle était trop jeune, affirmait-il, il aurait trouvé cela gênant (ses amis connaissaient son ex-femme). Leur amour était si délicat, si secret, qu'ils devaient le garder pour eux seuls : Natalia et Peter, deux artistes au sens large, qui profitaient de la vie.

Quand ils allaient à l'opéra, elle avait le visage si enthousiaste qu'il s'imaginait qu'elle était sa fille. Il avait envie de la serrer contre son torse, de lui caresser les cheveux, de lui dire que tout se passerait bien, qu'il s'en sortirait, qu'il allait tout régler, son crédit, sa maison, ses problèmes d'addiction, et que la plante tropicale qu'il avait achetée chez Ikea (et qu'elle appelait un cocotier) survivrait, même sans lumière, dans un coin de sa chambre, sans jamais ouvrir les fenêtres. En cet instant, il voulait l'aimer et être aimé d'elle, mais pas de cette façon si moche et malhonnête. Pas cette fois. Non. Un matin, elle avait trouvé une boucle d'oreille en perle dans le lit. Elle s'était dressée sur son séant, nue, en brandissant le bijou.

— C'est à qui, ça ?

— À ma femme de ménage.

— Ah, fit-elle en posant l'objet sur la table de chevet, près d'un exemplaire de *Nord et Sud*, d'Elizabeth Gaskell. Tu ferais mieux de lui rendre, demain.

Il justifiait ses mensonges en se disant qu'elle venait d'arriver en ville et devait apprendre ce que signifiait ce mode de vie urbain. Apprendre qu'il ne fallait faire confiance à personne, à Barcelone, une ville bâtie sur

des secrets. Certains secrets étaient si sombres, si épouvantables, qu'il ne valait même pas la peine de chercher
des réponses, de vouloir connaître la vérité. Sa vie était
ainsi. Par ces choix, il protégeait la jeune fille. Il voulait
préserver le plus longtemps possible son innocence,
avant que les ténèbres ne l'engloutissent, comme elles
l'avaient englouti, lui, comme Barcelone engloutissait
tout le monde, depuis des siècles, depuis toujours.

Ce lundi après-midi, à 14 h 47, lorsque l'interphone
de son appartement se met à bourdonner, Peter Warren
découvre un visage qu'il ne s'attend pas à voir. Après
deux années de silence radio, c'est même le spectacle
le plus inimaginable.

Sept cent trente jours de communication zéro. Et
maintenant ?

— Bonjour, Peter.

Bonjour, Peter. Si douce, si sage, si assurée. Ce
Bonjour, Peter le gêne, il hésite, se sent affaibli, il a les
mains qui tremblent. Un souvenir surgit à son esprit : des
chocolats achetés à l'aéroport de Barcelone, en rentrant
d'un week-end. Un trajet en taxi vers la chambre d'étudiante lugubre. « Je t'ai apporté ceci, lui avait-il dit,
penaud, en lui offrant les chocolats sur le pas de sa porte.
Je n'ai pas arrêté de penser à toi. » Elle semblait surprise.
Ce souvenir lui coupe la parole, le submerge, le happe.

Ce jour-là, devant chez lui, Natalia affiche un regard
curieux.

— Je sais que ma visite est inattendue, admet-elle.

— En effet.

Un silence pesant s'installe.

— Je n'étais pas sûre que tu vives encore à la même adresse.

— Tu veux monter ? propose-t-il par politesse.

— Non, merci.

— Tout va bien, pour toi, n'est-ce pas ? Ces derniers temps, on voit ta tête partout.

Elle se met à rire.

— J'espère que ce n'est pas un problème.

— Non, c'est bien. C'est agréable d'avoir la confirmation de ton succès.

Un compliment désinvolte, une moue...

— Je sais que c'est bizarre, mais j'aimerais que tu gardes ceci pour moi.

Elle lui tend un paquet entouré de papier un peu froissé.

— Pourquoi ?

— Tu es doué pour garder les secrets, du moins pendant un petit moment.

Il prend le paquet.

— Je ne peux le confier à personne d'autre, affirme-t-elle.

— Cela faisait longtemps...

— Oui, c'est vrai. Beaucoup de choses ont changé.

Il hoche la tête.

— Tu es heureuse ?

— Oui... (Sa voix se brise.) J'espère qu'on se verra plus souvent à l'avenir.

— Moi aussi, répond Peter Warren. Ce serait bien.

En remontant à son appartement, Peter a l'impression qu'il vient de se faire renverser par un camion. Il est physiquement sonné. Assailli. Au bord de la nausée. Il ouvre la porte, titube et n'a même pas la force de se préparer une tasse de thé. Il s'écroule sur le canapé du salon et fixe l'écran plat de son téléviseur. Il ne l'allume pas. Il demeure immobile, à attendre que l'orage passe, le paquet entouré de papier kraft entre les mains. Hélas, les souvenirs sont tenaces. Oh non ! Voilà qu'ils l'assaillent, l'agressent, l'engloutissent, le brisent… Le visage de Natalia, sa voix, le tremblement de ses mains, sa taille de guêpe, son grain de beauté, près de sa bouche, le dévorent avec un plaisir féroce. « J'aimerais t'inviter au restaurant, avait-il dit la dernière fois qu'ils s'étaient vus, en ce dimanche redouté de février. Pour me faire pardonner de ce qui s'est passé entre nous. » Il voulait dire ses infidélités, son absence d'engagement. Elle avait accepté comme une jeune fille rêveuse (elle n'avait que 18 ans et lui 36 ans bien tassés, elle ne savait pas ce qu'elle faisait). Il était mal à l'aise. Comme s'il pouvait tout effacer ! Recommencer. Lorsqu'elle avait accepté de le suivre au restaurant, il croyait à peine à sa chance.

« Viens avec moi en Angleterre », lui avait-il proposé au cours du repas, en agitant quelques petits poissons frits au bout de sa fourchette. Sa main tremblait. Il s'efforçait de ne rien faire tomber, de soutenir le regard de la jeune fille, de garder son calme. Il s'était répété le mot « calme », puis s'était rappelé cette garce de Fiona. Il la vit soulever les couvertures, tandis que la jeune fille nue allongée à côté de lui se couvrait les seins de ses mains. Naturellement, Natalia ignorait qu'il fréquentait Fiona. Jusqu'à cette terrible confrontation, son plan (du moins son absence de plan) s'était déroulé à merveille. Natalia ne savait pas que la boucle d'oreille appartenait à Fiona,

dont elle ignorait l'existence (un triomphe d'ingéniosité masculine en soi). Quant à savoir qu'elle était une
maîtresse de longue date dont il ne pouvait se défaire…

Une obsession. Plus tard, alors qu'ils fumaient une
cigarette sur le balcon, à côté des plantes mortes, Natalia était apparue et les avait regardés tour à tour en disant
à Fiona : « Il n'en vaut pas la peine, je vous le garantis. »

Sur ces mots, elle avait quitté l'appartement, le laissant là, drapé dans une serviette, tandis que Fiona lui
enfonçait ses ongles dans la main. Il avait trouvé la situation totalement incontrôlable, ce qui ne l'empêcha pas
d'inviter Natalia à dîner, trois semaines plus tard, un
dimanche de février, et de lui poser cette question. Au
restaurant, il fut submergé d'une envie intense de l'embrasser. Au lieu de cela, il avait bredouillé : « Viens avec
moi à Londres, je t'en prie, et repartons de zéro ! Partons !
Je suis mal, Natalia. Sans toi, je suis mal… » Elle l'avait
observé par-dessus sa salade, son assiette blanche, puis
elle avait cligné des yeux, et bu une gorgée de cava. Il
comprit qu'elle réfléchissait. Il voulait bien qu'elle réflé-
chisse, mais pas qu'elle raisonne. Il tenait à la reconqué-
rir grâce à une réflexion d'ordre affectif qui laisserait
de côté toute pensée rationnelle pour laisser s'exprimer
librement son cœur si précieux et si changeant.

Alors, elle viendrait peut-être avec lui. « Pourquoi
tu fais ça ? lui avait-elle demandé. Tu connais déjà ma
réponse. »

Elle avait posé sa serviette sur la table, puis s'était
levée pour partir.

Dès lors, ils n'eurent plus le moindre contact. Pas un
e-mail, pas un texto, pas un appel.

Un jour, il la vit traverser une rue du Raval et l'interpela. Elle ne se retourna pas. Il la prit en chasse, lui courut après, la saisit par la manche de son manteau. Elle posa sur lui un regard chargé d'un tel dédain, d'un tel dégoût, qu'il ne put prononcer un mot. Alors il la relâcha et resta planté là, pantelant, sur le trottoir du Carrer de l'Hospital, à la regarder s'éloigner.

Alors pourquoi l'a-t-elle choisi ? En écoutant l'histoire de Peter Warren, je me pose la question. Peut-être parce qu'il constituait un secret, lui aussi, et que personne ne penserait à lui. Ou parce qu'il l'adorait ? Lui obéissait ?

Dans son appartement, Peter Warren déballe lentement le paquet de Natalia pour en examiner le contenu. Un gros livre qui sent le renfermé et dont la tranche est abîmée. Il l'observe sous tous les angles. Peut-être l'a-t-elle pris dans une des librairies poussiéreuses du quartier gothique, qui regorgent de livres anciens ? Dans une rue mal famée située derrière la cathédrale ? Sur la page de titre : *Histoire alchimique des choses*, imprimé à Londres en 1855, avec des illustrations et une préface d'un certain Llewellyn Sitwell. Elle a manifestement réalisé elle-même la nouvelle reliure de l'ouvrage, une petite publication cartonnée, en peau de veau, en coupant les feuilles vierges aux bonnes dimensions, vélin ancien sur carton, filets et titres dorés. Le cuir est orné d'étiquettes en maroquin rouge et noir, avec un filigrane à la feuille d'or, fil textile rouge dans le dos, pages bordées de rouge… Feuilles de garde originales en papier marbré vif. Peter Warren suffoque. Il sent la nausée monter en lui.

Puis il se rappelle qu'elle se produit dans un nouveau spectacle au Théâtre national, avec en sous-titre : « Une nouvelle version du péché », par ce metteur en scène croulant qu'est Villafranca. Il y a des affiches partout. Néanmoins… ce malaise… Oui, il ressent un malaise. Si la Natalia de 22 ans est la même qu'à 18 ans, le moindre geste, la moindre parole est chargée de sens. Lorsqu'il prend le livre, sur la table, une enveloppe tombe à terre. Peter Warren la ramasse et la retourne, puis il l'ouvre avec son pouce. Deux places pour la première du spectacle, et un message :

Le moment venu,
Tu sauras quoi faire.

Peter Warren est intrigué. Peut-être lui a-t-elle pardonné ? Peut-être que sa nouvelle assurance signifie qu'elle peut de nouveau lui faire confiance, peut-être qu'elle veut le récupérer… Et s'il n'avait jamais cessé de l'aimer ? Combien de personnes ressentent la même chose, combien de victimes tombent amoureuses d'elle, sur scène, chaque soir ? Elle exerce sur les gens un pouvoir irréel, se dit-il, elle est d'une beauté hypnotique, ardente, dangereuse. Elle est sacrément dangereuse, voilà ce qu'elle est. La lettre et le livre dans les mains, Peter Warren sent les larmes lui monter aux yeux. Et puis, sans prévenir, il se met à pleurer.

Je m'arrête sous un chêne et je m'installe dans la poussière. *Tiens le livre entre tes mains.* Il y a un dessin de la machine de vérité de Rex Illuminatus. Le trait est épais, précis et assuré. Le livre est divisé en chapitres, dont le premier est constitué de papier jaune parsemé de taches sombres de moisissure. Le recueil d'écrits de Rex Illuminatus. Dans le deuxième, Natalia a défait la couture et intégré ses propres feuilles au sein de l'édition de 1855 de l'*Histoire alchimique des choses*. Ces pages intercalées font office de carnet à dessin. Une plume à pointe métallique, abîmée dans un coin, de sorte qu'elle a légèrement griffé le papier. Autour de graphiques circulaires répétés de neuf lettres, Natalia a dessiné des encadrements décoratifs de feuilles en filigrane, lierre et roses entrelacés à l'encre bleue, les mots étant entourés de la peau en spirale d'un serpent ailé, d'abord enroulé autour du bord extérieur de la page. Plus tard, il se mord la queue.

Tous ces dessins ont un sens, j'en suis certaine, mais je ne prends pas le temps de les analyser. Fabregat m'attend dans la voiture, au bout de la rue, et mes moments d'intimité se doivent d'être brefs. Malgré l'intensité de ces illustrations, les dessins ne sont ni réfléchis ni soignés, mais légers et vifs, des coups de plume

enchaînés avec une telle dextérité que j'en ai une poussée d'adrénaline.

Pour la première fois, je te vois clairement.

Natalia Hernández.

Aussi belle que la plus magnifique des peintures du
plus grand maître. Les critiques l'ont comparée à une
beauté de la Renaissance et ses confrères la considéraient comme une œuvre d'art vivante. Elle a les lèvres
rouges et charnues, légèrement écartées. Quand elle
sourit, sa bouche remonte un peu trop d'un côté, une
asymétrie qui rompt l'équilibre mais lui confère un
certain charme. Ses yeux sont vides, sa peau plus froide
que celle de Perséphone. Parfois, il est difficile de la
regarder, car on est intoxiqué par les stigmates de son
corps. Ses taches de rousseur et ses grains de beauté
forment une constellation qui guide l'œil le long de sa
joue et dans son cou, vers sa poitrine. Elle n'a pas les
seins généreux : ils sont petits et ronds. Ses os saillants
lui donnent l'air fragile. Au repos, on pourrait croire
que Natalia Hernández possède une musculature tout
juste suffisante pour se mouvoir. Mais c'est une illusion
d'optique. Quand elle travaille, elle secoue sa chevelure avant de la nouer en un chignon bien serré sur sa
nuque. Elle aime l'odeur des orages d'été, cet air chaud
et humide, le ciel électrique et puissant. L'espace d'un
instant, j'oublie mon anxiété.

Au travail, au travail.

Je la regarde se pencher sur sa table à dessin. Son
bureau est jonché de flacons de pigments. Sulfure de
mercure pour le vermillon, jaune cinabre et safran,
mélange de cuivre oxydé pour le vert, lapis-lazuli, brou
de noix pour le marron. Feuilles d'or martelé. *D'abord,*

515

il y eut la pierre, puis le couteau, puis vint tout le reste, se dit Natalia, en pleine rêverie. Chaque instrument possède une dualité, chaque élément un poison : les toxines de son atelier, les émulsifiants, les épaississants. *Même la térébenthine peut tuer.* Loin de moi cette pensée. *Il y a d'innombrables pèlerinages, ici.* Que ce soit dans la nuit noire ou à l'aube. De la gomme arabique dans un plat en albâtre. Gouache et pinceaux en martre. L'acier au carbone de la lame de son couteau de doreur repose sur du velours bleu. *Frappe la feuille d'or du doigt.* Elle tapote doucement, puis plus fort, comme sa mère le lui a appris, jusqu'à ce que la feuille s'effrite. Elle réduit l'or en poussière en prenant soin de ne pas frotter, puis ajoute de la gomme arabique en guise de liant. Ses mains s'activent rapidement. *Il ne faut pas que la préparation sèche.*

Quand la première feuille a perdu de son lustre, elle en ajoute une autre et se remet à tapoter. Puis elle verse une goutte d'eau. Elle continue pendant près d'une heure, clouée sur place par les flocons d'or, jusqu'à obtenir un brillant nacré. Ensuite, l'eau distillée. Elle regarde la gomme arabique se dissoudre et la poudre d'or tournoyer à la surface. Au cours de la nuit, le mélange reposera, débarrassé de son liquide, pour devenir une base. Plusieurs heures plus tard, elle prépare le parchemin. Le soleil se lève. Elle sélectionne un pigment de cinabre délayé et tapote délicatement la page, créant un fond qui servira de guide pour l'application de l'or en coquille. Ensuite, on ne peut l'enlever sans risquer de faire des coulures. Elle se rappelle les recommandations de sa mère. *Tu dois négocier ton espace, établir les termes de ton projet avant d'appliquer l'or. L'enluminure est une représentation. Le processus est éphémère comme un jeu de scène. Le moule n'est coulé qu'une fois. Ensuite, il est perdu. Tu ne peux recommencer. Non…* Ses traits sont tirés comme des stries de lumière… *La beauté, c'est la précision. La beauté, c'est la perfection, comme un danseur. La perfection ne laisse aucune place à l'erreur…* La plume qu'elle a choisie est douce. Natalia applique l'or à l'aide de la pointe fine, évitant les traits trop épais qui risquent de se craqueler. Un couteau dans la main gauche, une plume dans la droite. Plus tard, elle polira à l'aide d'une pierre, une agate lisse en forme de croc.

Il ne reste plus beaucoup de temps, se dit-elle. *Plus beaucoup de temps avant que ce qu'elle a commencé ne soit terminé et livré au jugement du monde entier. C'est son cadeau éternel. Le plus délicat.* Son pinceau continue de s'affairer. Elle pose les premiers traits d'or et se perd dans sa tâche. Sur la première feuille, elle dessine un serpent et lui associe une forme, mi-homme, mi-monstre, dans le style de Janus, dieu romain bicéphale, ou d'une divinité aztèque. Un profil humain au visage d'angelot, vêtu d'une redingote noire, tient un rouleau doré enroulé comme un escargot. Il a le front haut, une barbe élégante, une moustache, le front mélancolique et la bouche tordue. Mais cela n'est que la moitié de son expression, car son crâne et sa colonne vertébrale fusionnent avec un monstre énorme, en cotte de mailles, un taureau cornu couvert d'une épaisse toison à partir des épaules, avec un torse humain glabre et couvert de tatouages, la tête d'un bœuf gravée sur sa poitrine, une étoile au milieu du front. Sa main tient une masse de chair sanguinolente en équilibre sur le rouleau. En dessous, le mot AUREUS est peint en fines lettres rouges, ainsi qu'un poème :

Méfiez-vous du coupeur de langues né de la chair,
Abreuvé au pressoir de Dieu
Faux observateur à la porte
Je vois le meurtre sous son vrai visage :
Le sang annonce sa chute telle une lueur céleste
Il est le taureau dragon
La beauté déguisée en chèvre.

Aureus. J'observe le nom. *Doré*. Un détail précieux pour l'inspecteur, mais pas pour moi. Encore maintenant, je ne suis pas certaine, je pourrais me tromper. *Son travail est le prélude d'un secret. Rejette la tête en arrière et écoute.* Des feux d'artifice de couleurs ! Encens capiteux et feux crépitants, reliefs en pierre, grondement souterrain. Une cacophonie extraordinaire ! Une mousse argentée et humide comme la moustache d'un vieil homme.

Soudain, il n'y a plus d'illustrations de Natalia. Je remarque le changement que j'attendais – une hallucination. En une fraction de seconde, je franchis les frontières du réel. Tout ce que je cherchais afflue vers moi. Dans les bois, sous le chêne, je suis un philosophe à qui l'on remet une machine d'Orrery, je suis un cartographe étudiant une carte de quelque distante galaxie. L'exemplaire de l'*Histoire alchimique des choses* de Natalia recèle en effet une série de pages en membrane. Un cahier de parchemin taché ayant la texture de feuilles tissées, les veines d'un animal mort dessinant un motif rappelant celui de l'écorce. J'en ai le souffle coupé. Je sens venir les frissons, les tremblements. Dans les plis du livre de Natalia, parmi les illustrations, les pensées, les dessins, gisent les Pages du Serpent, tel un roi de l'Antiquité scellé dans une urne funéraire. Il se trouve vers la fin du volume, invisible, caché, quelques pages repliées sur elles-mêmes comme un rêve. Les mains tremblantes, je tourne les pages, déployant le parchemin comme les ailes d'un oiseau. Là où, auparavant, l'écriture était monastique, ascétique, il y a de l'or, de l'or en grande quantité. Un or odorant, éblouissant, bruni. Loin de quelque ménagerie ordonnée, des lignes et chiffres d'un manuscrit enluminé sacré, l'or explose ici en jets, en arrondis, faisant du palimpseste une jungle.

L'écriture d'Illuminatus est troublante, agitée. *Je m'en approche. Que cachent les lettres d'or?* Mon cœur s'emballe lorsque je décèle les esquisses d'un rouge laiteux, traces d'une main antérieure, les vers d'un poème. C'est bien plus beau que je ne m'y attendais. Soudain, je suis terrifiée. J'ai peur de les toucher, de poser les doigts sur la peau, de les retourner. *Vais-je m'embraser? Mon corps sera-t-il détruit? Les voix vont-elles résonner en moi?* Non. Je reste rationnelle, intellectuelle. Moderne. Libre. *Retourne les feuilles*, me dis-je. Des feuilles dépareillées. Un cahier, assemblé – très fin, comme du papier calque, à travers lequel j'ai décousu la reliure – un fil très fin qui entrait et sortait des pages… Et la trace très vague, le sous-texte presque disparu… les strophes d'un poème, petite tache de grec. Délicieusement impossible à connaître. Par-dessus, l'alchimiste a écrit, en lettres d'or :

À Amat, ou Raymond Lulle, Ramon Llull, Raimundis Lullius comme on le nomme dans les vieux ouvrages, je

déclare ce qui suit : c'est par ma faute qu'il a été dépouillé
de sa sainteté. Ce que j'ai fait, ils le lui imputent. Ma
chimie, ma magie, ma philosophie. Ils lui ont tout attri-
bué, alors qu'ils me recherchent en secret, me privant du
droit à mes arts. Je ne suis pas du monde de Lulle, je ne
suis que son ombre. Je ne suis pas adepte de sa religion, et
pour cela, ils m'ont persécuté cruellement. Autrefois, nous
étions amis. Nous cherchions les mêmes réponses, nous
avons construit des miroirs en quête des mêmes symboles
dans le feu et l'or, l'huile et le sang. Nous avons trouvé
des moyens de comprendre l'univers, tissé une langue.
Son échelle menait vers Dieu, vers le divin, tandis que la
mienne était enracinée dans le cœur, en quête de l'étin-
celle divine de l'homme. Nous avons pratiqué les mêmes
arts, créé les mêmes lettres, parlé le même langage, mais
nous écrivions nos pensées à des fins différentes. Ceux qui
me traquent nous confondent, prenant mon travail pour le
sien et son travail pour le mien. Ils nous donnent le même
nom. Illuminatus. Mais nous ne sommes pas nés une seule
et même personne, et nous ne sommes pas morts non plus
ne formant qu'un. Son œuvre visait à changer le monde
extérieur, de sorte qu'il a péri sous les pierres de ses enne-
mis. Je pratique mes arts pour la libération de l'âme,
pour connaître la matière essentielle de ma personne, et
connaître ainsi les autres. J'ai choisi Chrysopée, l'amal-
game, et donc c'est moi, Rex Illuminatus, qui n'apparte-
nais à personne, né pauvre orphelin dans les décombres
d'une île conquise... C'est moi qui suis devenu immortel.

Le palimpseste consiste principalement en dessins
alchimiques frappés à l'aide d'une pierre et fixés par un
vernis gras. Sur la première feuille se dresse un serpent

ailé, dessiné à la plume et coloré sur le vélin, superbement détaillé, entouré d'un croissant de lune tourné vers le haut sur un blason rouge. Sur la deuxième feuille, le serpent se retourne, cette fois crucifié, un clou dans la tête. Sur la troisième, une série de montagnes enneigées menant vers une jungle, puis un désert jaune constitué de serpents qui grouillent. Ensuite, le portrait d'un dieu païen, un homme tenant sa perche, autour de laquelle s'enroule un serpent de bronze. Le dieu frappe les nuages, au-dessus de sa tête, mais il est poursuivi par un spectre, celui d'un squelette brandissant une faux, les bras levés. La mort coupe les genoux du dieu. Sur la feuille suivante, un autre homme, en tenue royale, observe un chemin d'or menant à un temple dévoré par les flammes. En son centre, l'alchimiste a dessiné un oiseau, un petit rossignol perché sur une tige de rosier. Derrière lui, des bêtes rôdent dans des bois sombres. Dragons et griffons règnent sur les terres. Un couteau est suspendu aux nuages, sous un serpent ailé filant dans le ciel. L'ultime image est celle d'une femme tenant un livre. En dessous, l'alchimiste a écrit, dans un latin très clair :

Il est vrai sans mentir, certain et plus vrai encore que j'ai enrobé d'or les écrits de la sibylle et que je les ai cachés de ses ennemis, de sorte qu'ils chercheront en vain. Et si les circonstances m'ont forcé la main et que j'ai lavé les mots de son créateur, la graine demeure, sa force est au-dessus de toute force. Car ce qui est en dessous est ce qui est au-dessus et ce qui est au-dessus est ce qui est en dessous, et vous qui porterez ces mots dans votre cœur ferez des miracles à partir d'une seule chose.

De mon portefeuille, je sors de petits ciseaux et une lame coupe-papier. Il existe un moyen de coudre les pages d'un livre de façon à pouvoir les extraire facilement, puis les remettre en place. Passées de main en main. Je pratique une incision nette dans la reliure. *Doucement. Ne laisse aucune trace, sors le fil correspondant... Voilà, il vient, doucement.* Il est conçu dans ce but précis : être sauvé, sorti de là ! Les feuilles se détachent comme de la soie. Dans mon sac à dos, je prends un sachet destiné au transport de documents et j'y glisse les pages libres, que je range dans la poche intérieure de mon sac à main. Je ne donnerai pas le palimpseste à Fabregat. Je ne le lui montrerai même pas. Je ne veux pas qu'il sache qu'il existe.

Vérifie ton livre en quête de traces.

Au-dessus de moi, le chêne sent le bois chaud et la sauge. Le schiste argileux me gratte les jambes. Je me pique la main sur un chardon et je suce le sang sur mon doigt, une goutte minuscule qui n'a pratiquement aucun goût. *Ils vont s'en donner à cœur joie, avec ça.* Je referme vivement le volume. *Préserve ta santé mentale. Cela ne te concerne pas. Sors de là, et vite.* Je palpe le bord de l'encart en quête de traces de manipulation. *Ils ne sauront même pas qu'il faut en chercher.*

Prends ton temps, joue le jeu. Je serre le livre contre ma poitrine, j'ôte la poussière de mes genoux et je continue ma route. À la hauteur d'un virage, avant que le chemin de terre n'atteigne le village, je vois la voiture garée sur le bas-côté. Fabregat est au téléphone. Son chauffeur mange une pomme en lisant le journal. Les deux hommes lèvent la tête à mon approche. Fabregat raccroche.

— Je peux le voir ?

Je lui tends le livre, libéré de son fardeau secret. *Histoire alchimique des choses.* Il renifle, impassible, appuyé sur le capot de la voiture.

— Rien d'inhabituel ? Rien de problématique ? me demande-t-il au sujet de Peter.

Non. Un homme bien.

Fabregat feuillette l'ouvrage. Il s'arrête sur le poème inscrit sous le portrait d'Aureus, en quête d'indices. *Mais il ne comprendra pas. Cela fait partie du jeu*, ai-je envie de dire. *Le jeu qu'elle a joué avec vous.* Il émet un long sifflement. *Déçu.*

— Cigarette ! ordonne-t-il au policier qui se tient derrière lui.

Il lui en offre une. Un fin ruban de fumée s'élève dans l'air vif de la montagne. Le chauffeur me fait signe :

— Vous en voulez une ?

Je secoue négativement la tête.

— Pourquoi ne donne-t-elle pas simplement son nom ? Pourquoi faut-il qu'elle soit si tordue ?

Fabregat jure dans sa barbe en tournant les pages. *Parce qu'elle ne voulait pas vous aider à résoudre une affaire de meurtre. Elle voulait sauver un poème vieux de deux mille ans. Nous œuvrons dans son sens.*

Le policier regarde une chèvre qui broute dans le champ voisin.

— Vous devriez porter des gants pour faire ça, dis-je à Fabregat, en regardant ses gros doigts. Vous allez l'abîmer.

Pendant un long moment, il reste plongé dans sa lecture. Je me protège les yeux avec ma main. Enfin, il lève la tête vers moi. Satisfait. *On y va.*

— Vous pensez être proche du but ? demandé-je une fois dans la voiture.

L'inspecteur devient étrangement silencieux. Sur la route de Grenade, il se penche par la vitre arrière, les oreilles au vent, pensif. En attente. Son BlackBerry bourdonne dans sa poche. *Un e-mail.* Il le consulte et maîtrise sa réaction. Il affiche un sourire juvénile, exubérant, montrant les crocs. Je lui demande ce qui se passe.

— Nous aurons le rapport sur les échantillons d'ADN ce soir. Trois correspondent déjà. Nous avons le sang de chacune des Rosas et les prélèvements devraient encore parler. Plus tard, je compte passer au labo pour voir s'il y a du nouveau, faire le point, ajouter ceci à la collection, dit-il en tapotant le livre, désormais scellé dans un sachet en plastique.

Il s'interrompt, gêné, sur le point de dire quelque chose, puis il chasse sa pensée.

Je pose sur lui un regard intrigué.

— Tu devrais rentrer chez toi, maintenant, me dit-il doucement. Ce serait mieux pour toi, je crois.

C'est tout ? Il me congédie comme ça ?

Malgré moi, je fronce les sourcils.

— Tu devrais t'occuper de toi, *nena*. Prends l'avion dès ce soir, fais une surprise à ton petit ami.

Je vois une porte se fermer, je perçois la fermeté dans sa voix. D'autres choses l'attendent, et il ne veut pas que j'en fasse partie. Dans cette nouvelle phase, où il n'y a pas de place pour une chasseuse de manuscrits délirante. C'est logique. Ma pièce à conviction sera controversée. Elle ne sera même pas utilisée publiquement, étudiée, incorporée dans un tout rationnel où je n'ai pas ma place. *Cela a toujours été prévu ainsi.*

Très bien. Je fais grise mine.

— *Senyoreta* Tempête, on dirait que tu as gobé un citron ! Ne te mets pas dans cet état, tu vas avoir des rides. Regarde, j'en vois déjà une. Si tu ne fais pas attention, tu vas finir comme moi.

Je me renfrogne davantage.

— Naturellement, je te tiendrai informée. Je n'aurai du nouveau que dans plusieurs semaines, sans doute. Je l'aurai, ce salaud. Je vais prendre mon temps. Dès qu'on aura une correspondance… (Il siffle.) Tu verras comme je vais m'activer. Je les arrêterai tous, au besoin, et je les pendrai par les oreilles.

Il me tend une main paternelle, mais je recule, fâchée. *Ne me touchez pas.*

— En attendant… il vaut mieux que nous partions chacun de son côté, Anna. Que tout se passe proprement. Je ne voudrais pas t'embarquer là-dedans, t'impliquer plus que de raison.

Il cherche à atténuer le choc en me posant des questions sur mon travail, mes projets… Il propose de me conduire à l'aéroport, de me réserver un vol pour ce soir. Le dernier décolle à 21 h 55, mais il y en a d'autres plus tôt. Je m'en veux terriblement d'être aussi affectée. Mon attachement m'étonne. J'étais censée partir, garder le contrôle, demeurer impassible. *Tu es folle de croire que cette affaire comptait à tes yeux.*

— Écoute, je n'irai pas par quatre chemins, je te suis très reconnaissant, reprend Fabregat. On n'a jamais été aussi près du but. Imagine ! Je ne peux pas permettre aux avocats de ce salaud de savoir que tu as joué un rôle dans tout ceci… Cela mettrait l'enquête en péril. Nous sommes à ça du but ! À ça !

Même si j'insiste, il ne m'en dira pas davantage. Satisfait, Fabregat chantonne tandis que nous quittons la montagne pour prendre l'autoroute vers le nord, vers l'aéroport de Grenade. La voiture file sur la voie rapide. Il penche la tête en arrière et ferme les yeux. *Ses pensées sont ailleurs.* En l'espace d'un instant, je suis reléguée dans les bibliothèques et les archives, telle une note en bas de page dans un manuscrit oublié. Je serai désormais une anecdote amusante, au bar, une bizarrerie à raconter devant du *pa amb tomàquet* et une *cervesa. La* nena, *ce numéro de cirque, ce rat de bibliothèque aux saignements de nez et aux hallucinations.*

Je maîtrise mon énergie. S'il s'était montré curieux, j'aurais peut-être partagé avec lui. Hélas, il devient cruellement manifeste que nous évoluons dans deux mondes différents. Je ne ferai pas partie de la phase d'investigation, qui appartiendra sous peu aux spécialistes en sérologie et aux laboratoires de médecine légale, aux experts en hémoglobine et en ADN. L'affaire appartiendra à la police, à la justice, aux procureurs et aux jurés.

Pourtant…

J'observe Fabregat, déçue.

C'était professionnel. Uniquement professionnel.

Alors tais-toi, me dis-je. *Pars. Éclipse-toi. Comme ça. Ce soir. Pourquoi pas, après tout ? Tes bagages sont prêts. Il vient de te virer. Disparais comme tu l'as toujours souhaité.*

Je demande qu'une voiture vienne me chercher pour le vol de 19 heures. Fabregat accepte, tous frais payés. Je suis légalement tenue au secret. Je ne parlerai pas à la presse. Je nierai tout lien avec l'affaire. J'accepte le rôle de l'informateur anonyme. Je me contiens. En l'écoutant, je suis les conseils des médecins et je m'imagine assise en tailleur dans une boîte. Bien à l'abri, je dois me concentrer sur ma respiration, sur le silence, afin que les voix ne surgissent pas trop vite. Hélas, je ne peux penser qu'à ma cachette. Je me dis que j'ai le manuscrit et que je ne lui dirai rien, à *lui*. Tout au fond de mon sac, les lettres serpentines vont bientôt se détacher de leur parchemin, s'enrouler autour de mes jambes comme des pois de senteur et grimper jusqu'à ma gorge, en criant : DÉCOUVERTE ! FABREGAT ! OR !

Oui. Ma langue me picote. Tu pourrais te tourner vers lui et lui dire :

Vous et moi et Natalia Hernández. Son secret. Le nôtre.

Tu pourrais lui dire ce que tu ressens, ce que tu lis.

Mais tu n'en feras rien.

La clé tourne difficilement dans la serrure de l'appartement du Passeig del Born. La sobriété du couloir répond à mon goût du confort, mon obsession des lignes épurées. Après tout, la stabilité de ma vie privée et l'ordre systématique permettent à mon travail de s'épanouir. *De l'ordre au désordre, et vice versa.* Je dépose mes clés sur une sculpture creuse qui fait office de vide-poche. L'espace d'un instant, je veux ne penser à rien. *M'asseoir dans le vide de l'âme désencombrée.* J'enlève mes chaussures, mes chaussettes, afin que mes pieds foulent le parquet lisse. J'ai le temps de boire une tasse de thé et de fumer une cigarette. La voiture ne va pas tarder à venir m'emporter. Je rentrerai seule à la maison, en silence, inaperçue, je me glisserai dans les montagnes et m'évanouirai dans mes travaux. La fille inconnue, au bout du chemin de terre. Dans l'entrée, mon sac fourre-tout et deux sacoches noires sont au garde-à-vous tels des soldats en uniforme. *Nous serons bientôt prêts.* J'écoute le silence et je pousse un long soupir. Cela en vaudra-t-il la peine? Le téléphone bourdonne dans ma poche, interrompant le fil de mes pensées.

— Allô?

C'est Francesc.

— J'ai eu un accident, dit-il simplement. Je conduisais ta voiture, je ne sais pas ce qui s'est passé, au juste, quelqu'un est arrivé derrière moi… Il roulait si vite, Anna ! Je ne me souviens pas vraiment. Il a essayé de me doubler… Et avant que je puisse réagir, il m'a percuté et je suis sorti de la route. Tout est allé trop vite. Je n'ai pas vu le conducteur.

Il s'arrête, pantelant.

— Mais je vais bien, Anna. Je voulais que tu saches que je vais bien.

Je m'appuie contre le mur, incapable d'assimiler cette information. J'ai le tournis.

— Il y a eu délit de fuite. Il ne s'est pas arrêté, Anna, répète-t-il d'une voix brisée.

Dans ce couloir, je sens que je me désintègre. La lumière des réverbères s'insinue derrière les volets fermés de mes fenêtres.

— J'arrive, lui dis-je. Je rentre à la maison. Je serai là dans une heure ou deux. J'arrive.

Ce que j'ai envie de lui dire, je devrai le garder pour plus tard, dans le noir absolu de notre chambre, à Valldemossa, quand nous nous loverons l'un contre l'autre pour ne former qu'un. Ensuite, viennent les sirènes, puis une voix de femme. L'appel est coupé. Je fixe l'appareil. *Une leçon. La vie veut me donner une leçon*. Et soudain, je l'entends. Une présence, dans l'appartement. Je ne l'avais pas remarquée. Je ressens des picotements sur ma nuque.

— *Hola ?* fais-je, me disant que c'est peut-être le propriétaire.

Il a laissé des fleurs, après tout. À moins que ce ne soit sa femme de ménage ?

Laissant mon téléphone dans le couloir, avec les clés, je m'avance. Pas de réponse. *Le silence*. J'attends une minute, je dresse l'oreille. Je respire mieux. *Ce n'était rien... Rien que ton imagination. Tu devrais sortir, aller faire un tour. Tu es shootée à l'adrénaline.* Toujours le silence, puis je localise mon malaise, une sensation de propreté dans la pièce. *Quelqu'un s'est lavé les mains.* Je me tiens face à l'évier. Je remarque les bulles, sur la savonnette.

Récemment.

Sortant les Pages du Serpent de mon sac, j'ouvre le deuxième tiroir de l'îlot central de la cuisine et le glisse sous une pile de serviettes. *Referme doucement le tiroir. Personne ne me prendra ce manuscrit.* Je me dirige vers la chambre :

— Il y a quelqu'un ?

Je suis déterminée à chasser mon fantôme, puis je m'arrête. Je baisse les yeux. Au milieu du salon, d'abord dissimulé par l'îlot central de la cuisine et la table basse Ikea, gît un gros oiseau mort. Un pigeon au ventre rond, pourpre et gris, la tête tournée, les plumes ébouriffées, qui me regarde de ses yeux fixes. Une lame acérée lui a ouvert les côtes et ses entrailles sont disposées en forme d'étoile sur le plancher. Le spectacle me rappelle quelque créature déposée par un chat, qui aurait joué avec avant de la disséquer. Les organes d'un rouge bleuté déposés là en guise d'offrande...

Avec le recul, j'entends, peut-être uniquement dans ma mémoire, un souffle court et vif. Mais je me rappelle surtout la douleur lancinante d'un coup sur le côté de ma tête, les mains autour de ma gorge... Et ma santé mentale ? Un grondement de taureau furieux entre mes oreilles, mon propre cri réduit au silence, des coups sur mon visage. Je suffoque.

Des fluides corporels, un pli dans les draps, un corps plaqué contre moi. Des fourmis rampent sur mes seins. *Elles veulent me dévorer les poumons.* J'ai du mal à respirer – ma respiration thoracique – et, malgré mes efforts, je n'arrive pas à ouvrir les yeux. *Pitié ! Je veux me réveiller !* Mais pas un son ne vient. Vide, creuse, je porte une main à ma bouche mais, à la place de mes lèvres, il n'y a plus que des croûtes noires, des montagnes de pus, allant de mon nez vers des pustules de peau déchirée. Plus de lèvres. Plus de langue pour punir ou embrasser ! Une dent s'est glissée dans ma main et j'observe ma canine, sa racine en fourche. Je suffoque, je pleure. *Je veux me réveiller.* En un éclair, je me tourne vers l'oreiller.

Je sens l'odeur de cet homme, une eau de Cologne fraîche, un savon à la rose. Ma langue ! Ma langue ! *Intacte !* un ruissellement chaud sur mes joues. Je m'étouffe. Je m'entends suffoquer plus fort. J'agite les pieds pour voir s'ils font du bruit, et ils frottent les draps. *Un cauchemar.* Mes jambes sont des bougies blanches, nues – puis je ressens ma nudité. La nudité ronge mon bas-ventre, la totalité de ma silhouette – une humidité, entre mes jambes –, mon cœur bat plus fort. *Réveille-toi ! Réveille-toi !* Un coup de fouet sur mon front, une douleur dans le pubis – l'esprit embrumé, confus –, mais avec la certitude vient la souffrance. *Ce n'est pas un rêve.* Je tremble. Je sens monter la panique. De l'autre côté du lit, quelqu'un a laissé un peignoir. Des poissons semblent nager dans la pénombre, le tissu se prend sur ma chair de poule. *Où suis-je ?* Je me redresse, je me recroqueville sur moi-même en tremblant. *Tu n'as rien !* Je hoquette. *Tu ne te souviens de rien. Ressaisis-toi.* Embrumée par la peur, la douleur lancinante, je scrute les ombres en quête d'une forme qui apparaît – je dérive vers la fenêtre, devant la fenêtre. *Peux-tu sortir par là ?* Sur le verre fumé, mes mains laissent des traces moites. *Non. C'est trop haut – tu vas te briser les jambes –, tu vas tomber. Tu n'as pas de chaussures !* et la ville ? Elle a disparu, comme arrachée. Un épais brouillard indigo – les bois, au-delà de l'allée jalonnée de lanternes en fer forgé, qui se détachent de la silhouette des arbres dénudés. Des guirlandes lumineuses passent de branche en branche. Je vois le côté opposé de la maison, au-delà d'un carré central. Elle est construite en pierre, dans le style catalan traditionnel, un vieux manoir, avec des marches bordées de niches bleues, d'un ton aigue-marine brillant. Des citronniers nains sont pleins d'épines et de fruits pas mûrs. Une lampe pend sous l'arbre situé au milieu de l'allée. Je décèle la forme d'un banc, une lanterne projetant des motifs lumineux sur le gravier. Ma vision est trouble, les sons sont assourdis. *Est-ce un gémissement que je perçois ? Comme un hurlement à la mort, une voix masculine, grave, gutturale ?*

Je suis seule.

Derrière moi, une charnière grince, un courant d'air provenant d'une fenêtre ouverte se rue vers ma nudité. En me retournant, je vois la porte se balancer d'avant en arrière, très légèrement, comme si la pièce respirait. Une tranquillité léthargique me saisit, un faux calme, une apathie – et au lieu de bouger, j'écoute. *Est-ce de la musique ? De la musique provenant du rez-de-chaussée ?* Les notes pourpres d'un tourne-disque et une voix d'homme à la radio, une voix espagnole et chantante.

Je suis les sons, chaque pas est un effort considérable, mes pieds se crispent sur le carrelage froid, puis sur la moquette épaisse. Je longe le couloir sombre vers la lueur orange de l'escalier qui descend en spirale.

Avant d'atteindre la porte, je le vois.

Une silhouette marche à grands pas, féline et séduisante, chemise blanche et pantalon de jogging. Il sèche ses cheveux mouillés à l'aide d'une serviette. *Il a fait du sport.* Un bras en travers de l'escalier, il me barre la route. Il me toise, me sourit.

— Je peux te servir un verre de vin ?

J'en ai le tournis. *Tu reconnais cette voix.* La musique venant d'une source éthérée… Miles Davis parcourt la maison. Dans l'entrée, une magnifique reproduction de la Vierge noire de Montserrat, un bébé joufflu sur les genoux, un globe doré dans la main droite. Un vase de roses fraîches, roses et rouges, sur une table de style victorien incrustée d'ivoire et de verre. Tous les mètres, le long du couloir lambrissé de noir menant à la cuisine, une niche est découpée dans le bois. Une collection d'art en devenir. Une épée argentée datant de la conquête espagnole à la verticale sur le mur, une

statuette étrusque au drapé fluide, un buste de Shakes-
peare… Il ouvre la marche d'un pas énergique.

— Ma dernière acquisition, dit-il en regardant
par-dessus son épaule, est un petit dessin de Picasso…
réalisé quand il était à Paris, la première fois, bien sûr.
Je ne lui ai pas encore trouvé la place idéale, mais dès
qu'il sera au mur… Il faudra que tu reviennes et je te le
montrerai. Que tu visites toute la maison.

Je regarde droit devant moi. La cuisine luit comme
un incendie à l'extrémité du long couloir. Des portes
menant dans des pièces inconnues restent closes tandis
que cet homme continue d'avancer.

Mon esprit se met en branle. Du vieux provençal
auriol. Du latin *aureolus* – de couleur d'or – *Aureus*.
Une évidence douloureuse.

— Je prépare un ragoût. De l'agneau provenant
d'une ferme voisine.

Des effluves de vin rouge, de romarin, de poivre
m'envahissent les narines.

— C'est très long. Il faut attendre que la viande se
détache des os, mais elle est ensuite fondante à souhait.

Il soulève le couvercle de la cocotte et en remue le
contenu.

— Je trouve que cuisiner est très relaxant… surtout
après ce qui s'est passé. Cela change les idées… Tiens,
goûte.

Oriol trempe une cuillère dans la sauce bouillon-
nante, puis il s'approche de moi en plaçant une main
sous la cuillère pour éviter les coulures. Les saveurs
sont riches, marquées. Ses doigts frôlent mes lèvres.

— L'origan frais fait toute la différence. Je regrette
que tu ne te sentes pas à l'aise.

Oriol croise mon regard.

— Bon, du vin. Rouge? Blanc? Qu'est-ce que tu veux? Assieds-toi.

Je m'installe sur un tabouret de bar. *Encore cette étrange acceptation indolente. Ma bouche butte sur son nom. M'a-t-il envoûtée? Hypnotisée ou droguée? Une douleur sourde se diffuse entre mes jambes. Ne pense pas, non, ne pense pas à ce qui aurait pu se passer.* Je me redresse. Les mains sur la surface du comptoir. *Stable.* Oriol sert deux verres de rioja et porte le premier à sa bouche en le humant.

— Une bouteille très parfumée, boisée, avec des arômes de framboise.

Il sourit et semble m'aspirer de son souffle.

— Je suis prêt! Tu peux me demander tout ce que tu veux. Je suis à toi pour la soirée.

Oriol traverse la cuisine pour ouvrir la porte-fenêtre qui donne sur le jardin. *Je n'ai rien à lui demander.* L'air frais de la nuit s'engouffre.

— Tu entends? fait la voix d'Oriol, avec son accent chantant du nord de la Catalogne. Tu entends les sons de la forêt? J'aime ce silence si bruyant… Il n'y a rien de plus assourdissant que le silence de mes bois, si l'on écoute bien! Il n'y a personne à des kilomètres à la ronde.

Obéissante, je ferme les yeux, guettant le chant du rossignol, le bruissement du renard, le grognement du sanglier. Des chauves-souris s'abreuvent à la fontaine, filant ensuite dans le ciel. L'odeur des pins du jardin domine tout le reste, un parfum lourd et entêtant. La lavande et le thym se mêlent aux arômes terreux provenant d'un récipient d'aiguilles de pin posé sur le fourneau. Oriol referme la porte-fenêtre. Il prend une tomate trop mûre dans un panier en osier, sur le plan de travail, et la coupe en deux. Il rompt deux morceaux de la baguette qu'il a achetée en ville, pour le dîner, et les fait griller sur une plaque métallique posée sur les flammes du fourneau. Ensuite, il détache une gousse d'ail et la pèle. Son odeur vient me chatouiller les narines. Oriol sourit et se penche pour mieux humer ce parfum puissant. Ensuite, il frotte le pain grillé d'ail, avant d'écraser la tomate et de badigeonner le pain de son jus.

— Un petit en-cas, histoire de patienter, déclare-t-il en m'en tendant une part. Je suis content que tu sois venue. Je voulais te montrer ce que je fais.

Il s'essuie les mains avec un torchon. Ses yeux mordorés sont écarquillés.

— Tu permets que je te confie quelque chose de personnel ? Quelque chose de si personnel que je ne l'ai jamais partagé avec quiconque ?

Je hoche la tête.

— J'ai fait faire un double de tes clés, au fait. Tu sais, le soir où je t'ai raccompagnée. J'espère que tu ne m'en veux pas.

Il me gratifie d'un sourire.

— Dès que j'aurai terminé ceci, je t'emmènerai dans mon atelier.

Son regard s'arrête sur mes mains.

— Je crois que tu vas le trouver très spécial. Très informatif. Il faut que tu comprennes. Tout le monde ne comprend pas ce que je fais. C'est avant tout une forme d'art. C'est un art. Je suis ici pour parler. Je veux savoir jusqu'où tu es allée, ce que tu as découvert. Il est important que nous soyons honnêtes sur ce type de tragédies.

Un semblant d'énergie naît au bas de mon dos.

— Tu as un visage ouvert, très franc, sincère. Très beau, en fait.

Une onde de chaleur se propage de mon cou vers mes joues.

Oriol vient vers moi en agitant les mains d'un air théâtral, comme s'il m'ouvrait la porte d'un autre univers.

— Après ce soir, je crois que je serai peut-être même amoureux de toi. Mais je vais tout te montrer. Tous ses secrets. Tu verras à travers ses yeux à elle. C'est important, pour un auteur, non ?

Je hoche la tête. Il murmure très près de mon oreille :

— Natalia aimait y passer du temps.

Sa bouche effleure ma peau, puis il pose la main sur mon cou de façon si furtive que je me rends à peine compte qu'il a bougé. Mon souffle s'accélère.

— Tu avais une araignée sous l'oreille.

Je le regarde écraser quelque chose de noir entre ses doigts, avant de le jeter. Il effleure de nouveau ma peau et glisse un doigt sur mon col en soie. Il abaisse le tissu et prend mon sein dans sa paume. Ses yeux se posent sur mon mamelon durci par le froid.

— Quelle beauté, souffle-t-il avant de se ressaisir.

Un orage gronde dans ma tête, une peur grandissante et étouffante qui monte dans ma gorge. Tandis qu'il me caresse, je perds le contrôle de mon corps. Son regard erre sur mon épaule. Il respire plus fort en observant la ligne de mon cou. Soudain, il se retourne.

— Elle aimait le jardin. Les azalées étaient ses préférées. Elles lui ressemblaient le plus. Nous nous installions sous la véranda pour répéter notre texte en admirant les fleurs.

Il s'éloigne en direction de la fenêtre. Quand il relève la tête, il a les yeux embués de larmes.

— Je peux te montrer, si tu veux, où elle aimait travailler quand elle était ici, me dit-il en désignant le jardin.

Il s'essuie les yeux du dos de la main.

— Je t'en prie, pardonne-moi. Les oignons sont très puissants…

Il retourne devant l'îlot central de la cuisine, le visage impassible. Il pose les deux mains sur la surface en bois, les doigts bien écartés, puis s'arme d'un couteau et découpe de fines tranches de jambon cru qu'il dispose joliment sur une assiette andalouse. Je scrute les murs, derrière lui. Châteaux bleus et champs jaunes.

— J'ai un secret. Tu veux le connaître ? (Il rit.) Tu es l'unique invitée, ce soir. Pardonne-moi.

J'hésite. Il continue :

— Je me suis dit : Oriol, avec qui voudrais-tu passer du temps ? La fille qui est venue récupérer Natalia ? Le monde est un endroit si dangereux. J'aimerais te garder en sécurité.

Son regard s'attarde sur moi. Il ne dit pas un mot mais je sens qu'il réfléchit.

— Où est la salle de bains ?

Une main dans le bas de mon dos.

Couvre-toi, murmure-t-il. Il fait froid. La première porte à gauche.

Je marche comme dans le brouillard. Je ferme la porte et m'installe sur la lunette émaillée des toilettes, la tête dans les mains. Le temps ralentit. Je lève les yeux – je me concentre sur un objet flou laissé sur le lavabo, un paquet de cigarettes sur l'émail blanc, American Spirit. Je tends la main et je le retourne. *Il est si léger. Je marche au ralenti. Qu'est-ce qu'il a insinué en moi ?* N'attends pas. Je sens mon souffle s'affoler. Assise sur les toilettes, une sensation humide entre les jambes, je sens mes intestins se tordre et se libérer enfin. Je vois un miroir ouvragé et une coupe de fleurs séchées rouges et violettes, sur la surface en marbre. Secouée de spasmes, échevelée, la marque bleue d'un pouce dans mon cou, une bosse grosse comme un œuf sur mon front, une lèvre fendue – *ne regarde pas* –, les douleurs sourdes, les palpitations, la souffrance sous le brouillard… Quelqu'un frappe deux fois à la porte de la salle de bains. Mon cœur s'emballe. *Un tintement clair.*

— Tu te sens bien ? demande Oriol.

Il frappe encore, actionne la poignée. Je mets de l'ordre dans mes cheveux. Une clé tourne dans la serrure. Oriol se tient sur le seuil et me regarde droit dans les yeux.

— Qu'est-ce que tu comptais faire, là-dedans ?

— Rien.

Il me prend la main, m'entraîne vers la cuisine et son fourneau brûlant.

— Qu'est-ce que tu as découvert ?

Ma colère éclate :

— Un mélange de plusieurs choses.

— Tu as terminé ? s'enquiert-il, curieux.

— Oui.

— Tu allais rentrer chez toi. Quand ?

— Ce soir.

— Pourquoi ? (Il marque une pause.) Tu as trouvé ce que tu voulais ?

— Oui.

— Quelque chose d'original ?

— Un nom.

— Ah oui ?

— *Aureus*.

— Aureus ? (Il se renfrogne.) Ce mot ne signifie rien pour personne.

— J'ai trouvé un livre.

Oriol prend le couteau, à côté de la planche à découper.

— Quel livre ?

— Un livre qu'elle a caché.

L'acteur retourne le couteau. Il soupire une fois. Un soupir profond. Il calcule.

— C'était une artiste, murmure-t-il.

La vapeur s'accroche au couvercle en verre de la cocotte. Les flammes viennent en lécher le fond. Oriol fronce les sourcils. Il baisse les bras, s'approche de l'évier et sourit.

— Rien n'arrive sans raison, dit-il. Quel dommage que j'aie dû en arriver là.

L'eau est très chaude, presque brûlante. Un couteau est posé sur le comptoir en marbre, près de l'évier. Ses doigts rougissent sous l'eau chaude. Il nettoie ses cuticules, repoussant les petites peaux, puis lève le couteau et revient trancher son *fuet*, pratiquant des incisions irrégulières sur une planche en bois. Soudain, il s'arrête. Il lève le visage vers le ciel, ferme les yeux et marmonne. Une prière ? Une mise en garde ? Ensuite, tout se passe tellement vite que je me rappelle à peine le départ du mouvement. Avec la rapidité d'un escrimeur, Oriol saisit le couteau et enfonce la lame entre les doigts de ma main tendue, la clouant à la table. La lame pénètre la chair reliant mon majeur et mon annulaire. Le choc est si violent et si net que je ne ressens aucune douleur.

Derrière lui, sur le fourneau, le ragoût mijote. Une tête d'ail entamée, la peau craquelée, expose son corps blanc.

— Tu as l'impression d'être en vie, non ? Je trouve qu'une telle douleur... eh bien... c'est quelque chose de profond.

Dans ma tête, les pulsations se dissipent.

Oriol extrait le couteau de ma main et examine le sang qui macule la lame.

— Je veux connaître tes impulsions, tes motivations, tes désirs...

Les effluves du plat sont doucereux et chauds. Le bouquet du rioja se marie avec le romarin.

— Qu'est-ce que tu veux ? Qu'es-tu venue chercher ? Apprends-moi quelque chose.

Le ton est chantant, enjoué. Je ne réagis pas. Je sens une douleur lancinante terrible dans ma main.

Je le vois double. Il fait couler de l'eau chaude dans le lavabo – ma vision vacille –, elle est si chaude qu'elle brûle. La peau de ses mains est rougie, à vif, et pourtant, il les laisse sous le jet, se brosse les ongles. Il y a beaucoup de mousse.

— Regarde la pointe acérée de mon couteau, répète-t-il en se regardant dans la glace.

Il lisse ses cheveux en arrière, il entrouvre ses lèvres fines et puissantes. Au-dessus de lui, il entend la musique. Des notes de techno grunge, de la house euro-péenne. Il bat la mesure du pied sur le sol, se sèche les mains à l'aide d'une serviette, scrute ses traits. Il n'y a aucun doute dans son esprit. Les joueurs se mettent en place. Le fleuve suit son cours. Ce qu'ils avaient commencé va prendre fin.

Comme cette ville est silencieuse! Hé! Meurtre! Meurtre! Où donc es-tu? Es-tu le bien ou le mal?

Les pierres, sous mon corps, sont froides et silen-cieuses. Là où je repose, le terrain est légèrement en pente. Je sens la fraîcheur du bitume sous mes doigts. Une flaque humide se forme autour de ma tête, dans le noir, et je me demande si les nuages vont s'écarter, si je vais voir la lueur des étoiles. Au loin, un chien aboie, mais pas avant que l'horreur ne s'empare de moi et que j'oscille. Une main qui touche – une main qui caresse –, j'ai une sensation d'humidité à l'endroit où il est entré, une bouche, une langue – il goûte la vie en moi –, jusqu'à ce que la douleur me vrille comme une vis.

Ce n'est pas réel. Dans le salon, il lui demande de patienter. Elle me regarde. Une inconnue.

— *Ne parle pas*, dit-elle.

Seule. Je tente péniblement de me lever.

— *Tu peux m'aider?*

Il entre, portant un masque de cuir brûlé, avec de larges narines déployées sur son visage et de petites fentes pour les yeux.

Le masque est attaché à l'aide d'une boucle, touche métallique dans ses cheveux, et descend jusqu'à sa lèvre inférieure, de sorte que son menton et sa mâchoire sont visibles, propres et rasés, sans chemise. *Je voulais te montrer ce que je fais.* Il est torse nu et porte le jean qu'il avait en ville. Il ne s'en servira plus. Il donne à la fille un couteau et lui demande de le tremper dans un bol de sang et de goûter. D'abord, elle refuse.

— *Un sacrifice. Je l'ai trouvée hier. Et l'ai fait attendre. Pour toi.*

La fille me regarde.

— *Avant que nous commencions.*

La vie l'a déjà quittée. Il la frappe sur l'arrière de la tête, là où les cheveux masqueront l'ecchymose, lui baisse brutalement le visage vers le bol, pour que son nez touche le sang. Quand elle relève la tête, et qu'il voit ses yeux, il sanglote et s'excuse. Ensuite, il l'emmène. Je le vois depuis la cuisine, près des roses et des chrysanthèmes, tirant la fille par les cheveux. Elle descend les marches en trébuchant, en criant. *Arrête ! Arrête !* Il lève la tête et me sourit à travers la vitre.

— *Tu peux l'avoir, si tu veux.*

Il la laisse.

— *Elle est à toi si tu la veux.*

Il m'accompagne à la porte.

— *Voyons jusqu'où tu peux courir.*

La fille convulse, sanglote de nouveau. *La forêt. Nous serons en sécurité dans la forêt.*

Je lui prends la main.

À présent, nous courons, nous courons dans l'herbe, devant la fontaine.

Il surgit par la porte-fenêtre, lève son arme et fait feu une fois. La fille s'écroule, tel un arbre fantôme qui a été abattu. Du sang et des fragments d'os jaillissent de sa tête. Et elle tombe dans les bois, ses membres blancs déracinés, nus, sous mes yeux.

Je suis paralysée. *Une biche.* Ivre d'horreur. Je suis pétrifiée. *Est-elle vivante?* Je tombe à genoux.

— *Tu es en vie?*

J'essaie de remettre en place les débris de son dos. *Je le sens qui me traque.* Portant toujours son masque, il prend l'arme et appuie le canon sur ma poitrine, écrasant ma chair.

— Laisse-la, grogne-t-il. Je voulais te montrer ce que je fais.

De son autre main, il me caresse l'oreille.

La nausée monte.

C'est un cauchemar.

Ce n'est pas réel.

Passé-présent-futur. Je ne sais pas où je suis, si je vois à travers les yeux de Natalia ou les miens, ou les yeux des autres. Je suis sortie de mon corps.

Je regarde en arrière, mais je ne la vois pas. Le masque me rejoint.

— Ma chérie, tu ne comprends donc pas? murmure-t-il en m'embrassant dans le cou. C'était une sorcière. C'était une sorcière, *querida.*

Le cuir de son masque est dur contre mon crâne.

— Tu ne comprends pas, ma chérie, ce que je te donne? Tout ce que tu as demandé, je te l'ai donné.

Il est dur contre ma joue, je sens son souffle contre ma bouche.

Il ne sert à rien de hurler.

— Viens!

Il crie, me tirant par l'épaule.

Il me soulève de terre et approche davantage son visage masqué.

Je suis faible.

Je suis un monstre.

— Viens !

Ce tintement de cloche familier.

— Je le sentais sur toi.

Il m'entraîne, pantelante, dans les bois.

— Un parfum de camphre et d'huile qu'elles m'ont appris à déceler. Une *sorcière* empeste !

Les brindilles craquent sous mes pieds, les ronces me lacèrent la peau. Je trébuche sur les pierres, je m'écroule à genoux.

Je sens la soie s'écarter de ma poitrine. Il me tire par les poignets. La ceinture tombe et je me retrouve nue, terrifiée.

Plus nous nous enfonçons dans les bois, plus les arbres sont hauts et menaçants. Leurs branches dissimulent leur visage. Dans le noir, elles tirent sur ma peau. Le sanglier file dans les sous-bois, sur notre piste, assoiffé de sang. Le renard nous observe en coulisse, toujours curieux.

Dans un cri, je lance une pierre sur le coupable, qui me tire plus fort par les poignets jusqu'à une clairière trop sombre pour que j'y voie quelque chose. Je sais seulement que les épines et les arbres s'écartent et que mes genoux s'écroulent sur le gravier tandis que la peur me noue la gorge. J'étouffe, le cœur au bord des lèvres.

La forêt s'ouvre. Le clair de lune pénètre la clairière. Entre mon horreur et ma peur, je capte l'éclat d'énormes statues. Oriol me traîne vers la bouche gravée d'un monstre, le visage d'un titan qui surgit d'une falaise, tandis que la montagne s'élève au-dessus de la forêt. Devant moi, un lac flanqué de deux nymphes en marbre assaillies par de nobles chiens de chasse en pierre.

Les corps des femmes se tordent et se détournent des animaux qui en veulent à leurs bras et leurs jambes. Il m'entraîne sur le chemin qui traverse le lac, vers la bouche du géant. Sur son front, je discerne une imposante croix au-dessus de la bouche du monstre. Et ensuite ?

Je me réveille dans une pièce aux airs de caverne, sans fenêtre, tapissée de marbre noir et de rayonnages d'étranges flacons. Il flotte une odeur de terre humide. Au loin ruisselle l'eau d'une source souterraine. La lumière est faible aux abords de cette pièce, essentiellement éclairée par un lustre. J'ai des palpitations dans les deux mains, puis une douleur vive. Je n'ose pas baisser les yeux.

— Mon père a installé le confort moderne en 1969. La lumière, l'électricité…

Oriol tombe enfin le masque. Il a les cheveux plaqués sur le côté, ses boucles dorées lui effleurent les oreilles. Sa chemise blanche est propre, le col ouvert. Une musculature parfaite. La perfection incarnée. Autour du cou, il porte une chaîne en or, un écusson, croix noire et couronne flanquées d'une branche et d'une épée. Derrière lui, une extraordinaire façade ornementale, un autel baroque à la gloire du Christ crucifié avec une croix en métal foncé, éclairé par des cierges, et une couronne d'épines qui pleure.

Au-dessus de sa tête, la colombe du Saint-Esprit et une explosion d'or, tel un soleil, qui se déploie vers les colonnes de marbre et se propage dans la pièce. Le marbre est d'un noir toxique, comme les murs de pierre. *Une paroi de stalactite ?*

Ma vision se trouble.

Je lève les yeux. Mes tempes palpitent.

Ma poitrine qui enfle et explose, mes veines saillantes à mes poignets, tandis que le sang quitte mon cerveau, avant la douleur. Un coup de fouet. Un regard clair et diffus. *Ces murs sont peints, ils sont encore plus vieux que l'or, des fresques – des peintures sur le mur, des ombres tournoyantes aux abords de la lumière.*

— Alors ? demande-t-il, ravi. Qu'en penses-tu ?

Sur fond noir, des étagères en bois décoré et en métal rouge. Des piles de livres reliés de cuir. À la faible lueur d'un lustre, je décèle une table en marbre sur laquelle sont disposés des instruments. Une douleur lancinante me ramène vers mon corps. Une sensation de brûlure sur mes paumes, un élancement. Une série de lames. Des manches en corne et en ivoire. Deux couteaux à désosser et un rasoir décoratif, à côté d'un livre ouvert et propre sur le marbre. *Tout est propre – pas une trace de sang. Mais il y a des sillons dans la pierre. Un puits au centre.*

Devant moi, un unique bocal transparent rempli d'un liquide jaune, étiqueté et scellé d'un bouchon métallique. Un linge blanc est plié derrière, à côté d'un tabernacle et d'un récipient d'eau.

J'entends le souffle calme d'Oriol. Il est d'une beauté énigmatique.

— Que vois-tu ?

Ma bouche s'assèche.

Une sensation d'oppression. *Ravale ta rage.* Il a peint des formes rouges sur mes mains – une croix. Ma vision se rétrécit. De la chair pelée sur le côté, enflée. *Un serpent.* Il en a gravé la forme sur ma paume gauche, m'ouvrant la chair. Mon sang dégouline le long de mes doigts et tombe sur le carrelage. Le dégoût me noue la gorge. Dans l'autre, un trou béant.

— Je t'ai marquée en tenant compte de ce que tu es.

Il lève les yeux.

— Tu te trouves dans la chapelle sacrée de l'ordre dédié à l'éradication de l'hérésie et de la sorcellerie. La chapelle sacrée appartient à ma famille.

Il désigne les mots inscrits sur le plafond de la grotte – *Lève-toi, Seigneur, défends ta cause et élimine les ennemis de la foi.*

— C'est un honneur pour toi, d'être là.

— Pourquoi me dis-tu cela ?

Plus tu le feras parler... Mais la douleur anesthésie les sens. Mes blessures font mal. Il se dirige vers le mur, près de l'autel baroque.

— Ce que je fais est très simple. Quand nous aurons terminé, je te montrerai ta langue. Tu dormiras. Je te laverai, je te nettoierai puis, dépourvue de ta langue, je te demanderai de te repentir. Quand tu mourras, tu seras assurée de monter au ciel, du moins si tu crois en ces trucs-là. Ta langue sera le sacrifice du mal qui est en toi. Toutefois...

Il allume une lumière qui éclaire tout le plafond.

— Je veux que tu comprennes bien, avant que nous commencions. Rien ne doit te prendre par surprise.

Mes yeux s'adaptent à la luminosité et se concentrent sur les objets. Macabre perversion de la méthodologie scientifique.

Oriol s'approche des étagères. Ce que je prenais pour des tranches de livres est en fait une série de flacons identiques, de quinze centimètres de haut pour dix de large. Ils contiennent des liquides de couleurs diverses et une masse de boue marron et rose, comme un lambeau de muscle – la douleur explose en moi, la panique enfle, la bête me bat les tempes. *Du calme, je t'en prie, du calme.*

Ne lui montre rien !

— Ta langue rejoindra une collection de *linguas* de sorcières remontant à 1851, lorsque mes ancêtres ont mis au point la solution de formol que j'utilise encore aujourd'hui. C'est simple, en fait. La collection est datée et gérée, chaque langue est répertoriée comme tu le vois ici.

Il saisit un bocal et le lève vers la lumière pour en examiner le contenu.

— Celle-ci était jolie. Rare.

Il me regarde dans les yeux.

— Tu seras en bonne compagnie.

— Tu les gardes toutes ?

— Absolument.

Avec désinvolture, il replace le bocal sur l'étagère.

— Tout est conservé avec soin. Tu trouveras notre histoire, ici, nous collectionnons les langues d'hérétiques depuis 1244... Quand nos glorieux actes de nettoyage spirituel sont devenus des affaires publiques, c'était du théâtre ! C'était du spectacle ! Mes ancêtres les vivaient en tant qu'artistes, se livrant avec pompe et prestige au plus grand des sacrifices, car les corps nous purgeaient et nous avons maintenu la force de notre héritage par la communion rituelle avec Dieu ! Le cadre est assez opulent. D'une grande beauté. En 1780, ma famille a fait venir un artiste de la Cour afin qu'il peigne notre version de la Pentecôte dans notre basilique. Le

549

résultat est saisissant. C'est une véritable œuvre d'art. Lève les yeux ! As-tu déjà vu un tel savoir-faire ?

La fresque au plafond représente saint Dominique à la cour d'Espagne, trônant au-dessus d'une rangée de dignitaires. Devant lui, des agents de l'Inquisition, puis les brigades militaires qui emmènent une file d'hérétiques vers les bûchers, sur lesquels deux victimes ont déjà tenu un funeste destin. Au-dessus des hérétiques, l'artiste a peint des langues pourries similaires à celles que l'on imagine à l'Eucharistie. Au-dessus de saint Dominique, un feu doré fait rage.

— Cette fresque fait partie de mon héritage. Les langues de feu représentent notre langage inquisitionnel et immortel. Nous cherchons les interprètes de l'art du diable et nous prenons leur pouvoir. Si la langue d'une sorcière est enterrée dans le sol, elle renaît.

Il soupire et se détend sur son siège.

— Tu me plais, Anna.

Je tique en l'entendant prononcer mon prénom. *Il ne t'appartient pas.*

— Tu as une bonne nature. Quand elle est authentique, une réaction humaine peut être dirigée... Il y a toujours une impulsion. On peut la lire comme une signature. Notre caractère détermine nos actes, ce que nous faisons. Natalia Hernández était inconstante. Je l'ai rendue célèbre... immortelle... Mais à la fin... à la fin, elle m'en a voulu énormément. Je lui ai fait le plus profond des cadeaux ! Mais qu'a-t-elle fait de ce précieux objet ? Elle l'a mis entre les mains de la police, comme si j'étais de la merde. Elle leur a envoyé des lettres. Je ne sais pas pendant combien de temps. Après tout, j'ai tout partagé avec elle.

550

Oriol gronde, les épaules voûtées, comme un chien dont les poils se hérissent.

— Imagine ce que cela fait à un homme, une telle trahison! Elle vous explose l'âme, vous laisse nu en pleine nature, seul. Tu comprends la solitude?

Oriol s'approche.

— Il n'y a rien de plus sale que de prendre sa propre vie. (Il me crache dessus.) Ce phénomène affaiblit l'esprit, entrave le jugement. Oui, je sais! Les erreurs! La saleté! Mais je l'ai achevée. Nul ne m'a soupçonné. Impliquer une étrangère était un coup de génie! Un génie théâtral!

Oriol soupire. Appuyé contre la table, il caresse l'air.

— Je me suis haï pendant des mois. Je suis un être humain, après tout. Un pécheur. Je recherche la distraction, la *représentation*, la mise en scène. Imagine ma mélancolie. Au théâtre, j'ai si souvent répété des actes de violence sans avoir la satisfaction de les vivre.

Avec la majesté du parfait acteur de théâtre, Oriol se signe deux fois et ouvre grands les bras. Il crie:

— Que le spectacle commence! Dieu! pardonne-moi, mais j'ai envie d'avoir de la compagnie, comme Adam voulait Ève. Qu'on me donne quelqu'un qui comprenne! Alors j'ai prié. Et Dieu? Toujours mystérieux, Il me met sans cesse à l'épreuve! Il t'a envoyée vers moi. *Sorcière*. Non! Ne t'évanouis pas! Non! Écoute! Lève la tête quand je te parle! Femme! Je t'ai amenée ici pour que tu comprennes et pour te renvoyer à ton créateur, sous terre. C'est ta porte de sortie. Il est de mon devoir d'éliminer l'hérésie, c'est l'unique grand combat qui reste à l'homme: la suppression des hérétiques de notre époque, qui ont engendré la confusion! Une grande confusion! Il convient de dénoncer les fondements de cette hérésie, source principale du mal contemporain, afin que ses ramifications puissent devenir l'objet d'un mépris universel. Si elle est bâillonnée, réduite en cendres, anéantie, nous aurons contribué à ce que toute hérésie tombe dans l'oubli.

Il adopte une posture d'évêque. L'étoile de la ferveur religieuse brille sur son front.

— As-tu déjà étudié les muscles d'une langue ou songé à sa puissance ? Si l'âme réside dans le cœur, le langage sort le plus souvent du larynx, à travers la langue. Chaque muscle est pur, parfait. Tu as déjà vu une langue humaine ?

Je secoue la tête.

— Je te montrerai la tienne.

— Combien en as-tu vu ?

Il ne répond pas tout de suite.

— Vingt-trois pour les miennes. Celles des autres… eh bien…

Il sourit et désigne les étagères.

— Je possède de nombreuses ressources. Je suis l'unique collectionneur. Le dernier gardien. Cent soixante-dix-neuf sorcières. Je suis fier de dire que j'ai été le plus efficace.

Il se dirige vers les lames posées sur la table.

— Et Natalia ? demandé-je, changeant d'approche.

À quelle distance se trouve la porte ? Il ne m'a pas attachée.

— Tu ne l'aimais pas ?

La mine d'Oriol s'assombrit, ses yeux s'écarquillent.

— Ne me demande pas ça.

— Mais j'étais sûre que tu l'aimais, elle a écrit que tu l'aimais et qu'elle t'aimait aussi, Oriol.

Il choisit un couteau.

— Oui, murmure-t-il. Mais elle m'a trahi…

Il baisse la tête comme pour prier, les yeux rivés sur son couteau. La douleur de mes blessures est de plus en plus lancinante.

— Lequel? me demande-t-il en désignant la table. Lequel est à ton goût? Celui-ci est bon pour piquer. Celui-ci est plus acéré, plus net, celui-ci est le plus efficace, celui-ci le plus lent, le plus laborieux.

Il prend le bocal posé sur la table et le lève à la lumière, devant mes yeux. La solution scintille comme de l'or.

— Ton formol est prêt. Ta langue ira dans ce bocal, mais seulement pour une semaine. J'utilise le formol pour enfermer les tissus dans le muscle. Chaque langue est unique et je tiens à préserver les détails.

Il ouvre le bocal et me le fait humer. Une sensation de brûlure envahit mes narines. J'ai un haut-le-cœur.

— Le liquide est toxique. Quand ta langue sera figée, je la rincerai à l'eau, puis je la pendrai, l'essorerai et la conserverai dans de l'alcool avec le reste de la collection.

Il pose le bocal ouvert et me montre la lame ouvragée au manche de corne.

— Quand as-tu appris?

— Quand j'étais jeune. Ils m'ont appris.

— Qui ça?

Oriol s'approche et passe un doigt sur ma joue. Il ne répond pas.

— Tu comprends? Je te trouve plus belle que le plus raffiné des ballets. Je veux voir comment tu bougeras, comment ton corps réagira à la douleur…

Il prend le plus petit couteau à désosser d'un geste nonchalant et le retourne entre ses mains. Il m'observe tranquillement, les lèvres entrouvertes, serein.

— Je vais choisir à ta place, dit-il en enfonçant la lame dans mon genou.

La douleur monte. Il glisse le bord du couteau le long de ma cuisse et regarde par-delà mes jambes, dans l'ombre.

— C'est bien que tu ne te débattes pas.

Oriol respire plus fort.

— Tu es une femme éclairée…

Ses mains remontent sur mes cuisses, de plus en plus proches de mon pubis.

— Tu vas comprendre que les langues sont un pouvoir… Mais les gens ? Les gens abusent de leurs instruments. Ils les souillent, les noircissent. Les femmes recherchent le langage interdit, celui du diable. Comme tous les déchus, vous vous nourrissez de l'arbre du savoir et vous apprenez un mauvais langage. Ainsi, votre don est arraché par la force, comme Dieu a frappé le serpent de mutisme. J'en ferai autant pour toi, car je suis son curateur sur terre.

Sa main monte encore. Ses lèvres près de mon oreille, son souffle humide dans mon cou.

— Les femmes ont deux bouches, toutes deux faciles à séduire. Je ferme les yeux et je le laisse me sentir, je le laisse m'embrasser… et, rassemblant mon courage… *attends*, ses mains douces, *attends*, je me rapproche imperceptiblement de lui, je tends la main, je touche ses cheveux. Il soupire comme un enfant et gémit. Je passe les doigts dans ses boucles, il respire plus fort, la pression froide de son couteau sur ma cuisse s'accentue, insistante mais calme. Bientôt, il va percer ma peau. C'est une danse à laquelle il s'est exercé. Je le laisse entrer dans la transe, lentement. Submergée par la douleur, je me courbe en avant, ma main passe dans son dos, vers la table, et se tend très doucement. J'y suis ! Je crispe les doigts, le bocal est à moi ! Ma paume meurtrie brûle plus fort encore, mais je le tiens ! Levant le bras au-dessus de sa tête, les muscles tendus, je m'arrête. *Qu'il lève le visage !* Oriol se redresse au moment où, de toutes mes forces, je fracasse le bocal sur cet homme aux traits ciselés de Romain, la Sirène, l'ange de la mort de Botticelli, ces yeux chauds et lumineux. Le verre se brise sur son front – il rugit ! L'odeur est atroce – le liquide jaune me brûle les mains –, son sang coule, mêlé au formol. Il a un mouvement de recul – les fluides jaillissent dans ses pupilles, le gaz monte, il porte immédiatement les mains à son visage. Le couteau tombe à terre. Oriol se plie en deux, rugit encore, une main sur les yeux, et fonce sur moi, désespéré, les paupières closes à cause du liquide laiteux. Je ramasse le couteau et m'écarte de lui, tandis qu'il se redresse. *Sauve-toi*, je bondis. Mue par l'adrénaline, je file dans le couloir. J'entends un fracas, des pas à ma poursuite, hésitants. Plus vite ! Plus vite ! L'imbécile ! L'imbécile ! Il n'y a pas l'ombre d'un doute tandis que je cours, oppressée par la peur. Cherchant désespérément la nuit, je cours vers la gueule sombre de la grotte, guidée par la lune, en quête d'une issue, je cours dans le tunnel incurvé. Je cours ! Je cours comme une dératée, les poumons avides d'air frais, d'air froid et nocturne. Mes pieds nus dérapent sur la pierre humide. Je me dirige à tâtons dans le tunnel, la peur au ventre, sans penser au sang, sans penser à la douleur – la forêt me tend les bras –, et non, je ne reviens pas en arrière ! Je ne regarde pas vers l'entrée de la grotte ni la bête qui me poursuit, même si j'entends son souffle, derrière moi – j'en suis certaine. Alors je cours plus vite, je croise les statues, les fontaines, je traverse l'étang et je pénètre la forêt, m'enfonçant dans les bois noirs, brisant des branches – et là, les sirènes ! Le cri strident des sirènes ! J'accélère le pas en direction des bruits, des pas, des torches, des chiens qui aboient tandis que je trébuche vers la lumière. Et là – *clac !* Comme un coup de fouet ! Il résonne, rebondit sur les pierres ! Le bruit explosif et assourdissant d'une arme à feu.

Un cri de mort, singulier et définitif, s'élève dans les bois. La lune vacille. Un battement d'ailes bruisse lorsque j'atteins les ombres mouvantes et leurs lumières, les chiens voraces, la tête de loup de Fabregat, grave devant cette armée drapée de noir – de grosses bottes écrasent les brindilles. Voici les chiens ! Ils jappent ! Le sang détrempe ma poitrine – je garde mon secret en trébuchant vers eux, en sanglots, les bras tendus. Ils blêmissent.

ÉPILOGUE

L'île

En hiver, les billets de bateau pour Majorque ne sont pas chers. Les bons jours, on peut se rendre sur l'île pour vingt euros au départ de Barcelone. Je ne garde sur moi que des douleurs aux mains, lancinantes, et mes doigts enflés, apathiques, lourds. Ils sont entravés par des bandages depuis hier. Il m'est difficile de les remuer sans avoir mal, même si la douleur peut parfois procurer un certain plaisir. Sur le pont du navire, je vois l'île de Sa Dragonera se profiler à l'horizon. L'insomnie s'est installée et il m'est difficile de dormir plus de cinq heures. Ce manque de sommeil induit chez moi un essoufflement féroce, associé à l'adrénaline de la fuite. Du temps. *Il t'en faudra beaucoup pour ce travail-là.* Je regagne ma cabine. Je bois de l'eau. J'essaie de dormir. Allongée sur le dos, je regarde mes mains bandées. Elles sentent le désinfectant. Je remue doucement mon index. *Aïe, aïe.* Mais j'aime cette sensation. *Je suis en vie.* Oriol a réalisé des coupures bien nettes, chirurgicales, en gravant chaque ligne dans la chair – le serpent sur ma main gauche, la croix sur ma main droite. J'ai des points de suture, mais je risque de garder des traces. Quand les plaies auront cicatrisé, on me dit que je pourrai les couvrir – les cacher –, mais on espère surtout que je vais me laver de ces stigmates jusqu'à ce qu'ils ne soient plus que de fines lignes roses dans mes paumes. Les doigts tremblants, j'ouvre ma trousse de maquillage, qui n'a pas servi depuis longtemps, et je sors les armes de mon arsenal. Je souligne mes yeux d'un trait noir épais en ajoutant du fard à paupières et du mascara en quantité. *Pour masquer la tuméfaction.* Une crème teintée et un léger autobronzant donnent à mes taches de rousseur une certaine luminescence. Ma lèvre fendue me trouble. *Je suis déterminée à ne pas me reconnaître.* La poudre marron qui borde mes cils assombrit le ton terreux de mes yeux. *Je ne lui permettrai pas de me dicter mon apparence.* Je me rends au bar du bateau, histoire de mettre mon déguisement à l'épreuve. Je suis électrique, ivre, je ne cesse de sortir de ma propre peau, m'inventant toute une histoire – le quartier de Barcelone dont vient ce faux moi, les raisons de gagner l'île. Je commande trois rhum-coca que je bois trop vite, l'un après l'autre, puis un café. Le barman m'interroge sur mes mains. *J'ai brisé un miroir.* Ça porte malheur. Au bar, je lis le journal du soir, proposé à bord. À la une, un portrait géant d'Oriol Duran et une légende : EST-CE LE VISAGE D'UN TUEUR EN SÉRIE ? LA POLICE ENQUÊTE APRÈS LA FUSILLADE MEURTRIÈRE. Je parcours l'article. *D'après le rapport du médecin légiste, Oriol Duran est mort sur le coup. Un cas de légitime défense, affirme le directeur adjoint de la police. L'anonymat des officiers de police est conservé.*

À quoi ressemble un menteur ? Je scrute la photographie d'Oriol Duran. *Un menteur te ressemble*, me dis-je. Un menteur en dissimule autant qu'il en révèle, un menteur n'a pas peur de tromper les autres, un menteur n'avoue à personne qui il est, et surtout pas à lui-même.

Je commande un autre verre. Peut-être aurai-je moins mal aux mains, après. *Un menteur ressemble à l'inspecteur Fabregat, à un homme armé d'un pistolet fumant.*

« Je n'aurais pas pu demander plus », m'avait confié Fabregat en revenant sur le déroulement des événements.

Quand ils étaient venus me chercher pour me conduire à l'aéroport, je n'étais pas là. Par chance, ils avaient déjà identifié Oriol grâce à l'analyse de son sang et avaient vite fait le rapprochement. En revanche, ils n'avaient pas réussi à déterminer *où* Oriol s'était enfui. Dans sa maison de famille au milieu des bois. Les recherches avaient pris du temps.

Un temps qui m'avait coûté mes mains…

— Il faut comprendre qu'Oriol Duran a toujours touché à tout.

— Pourquoi ne m'as-tu rien dit ?

Fabregat s'est approché.

— Avant que je puisse vraiment agir, en cet été 2003, l'affaire s'est tassée. Duran a reculé, il s'est fermé. Il a affirmé que je ruinais sa réputation, m'a accusé de me livrer à une chasse aux sorcières dans le milieu du théâtre. Il possède un certain pouvoir, dans cette ville. Son ami Sánchez est un homme riche et influent. Finalement, les appels sont venus d'en haut. (Le visage de Fabregat s'est crispé.) Je gaspillais inutilement du temps et des moyens. J'avais perdu mon calme. J'avais besoin d'une pause. Enfin, tu connais la chanson ! Mais la retraite…

Il a esquissé un sourire sournois.

— Non. Je n'ai jamais pris ma retraite.

Tu l'as abattu, avais-je envie de lui crier. *Et que comptes-tu faire de cette grotte pleine de langues de femmes ?*

Fabregat a posé sur moi un regard vague.

— Quand tu nous as contactés, Nena, j'ai saisi l'occasion de faire quelque chose d'audacieux, de frapper un grand coup.

Il tenait à exprimer sa reconnaissance. J'en eus l'estomac noué. Fabregat ne s'était jamais intéressé aux symboles anciens ou aux poèmes codés, pas plus qu'aux souvenirs d'un érudit anglais. Cependant, il était intrigué par ce que je représentais. Une fille seule qui correspondait au profil, à envoyer au front, en pleine forêt.

— Naturellement, je savais qu'on pourrait assurer ta sécurité.

Ma douleur s'est intensifiée.

— On attendait… On voulait savoir lequel d'entre eux surgirait pour t'affronter. J'étais certain qu'il le ferait. Tu ressemblais tellement aux autres, Nena… Je l'ai compris en faisant ta connaissance. Tu es de la même veine.

Ces mots me collent à la peau. Ils me rongent.

En regagnant ma cabine, je vomis deux fois dans les toilettes. Sur le pont du navire, après une nuit agitée, je me sens mieux, si l'on peut parler ainsi. Je contemple le lever du soleil sur l'embarcadère. Le pont est désert. La mer est à moi. L'aube baigne la Méditerranée dans une lumière que l'on ne voit que sur l'eau, au milieu de l'abysse. Le soleil, qui se lève sur un horizon linéaire, chauffe déjà. L'unique élément froid est ce vent vif, comme les pensées qui traversent mon esprit, et que la vitesse du bateau vient souligner, ainsi que l'écume qui jaillit des vagues. Le printemps arrive, je porte mon gilet sur les épaules. Mes bagages sont dans la cabine, mon appartement est entièrement vidé. L'île de Majorque se dresse à l'horizon, montagne bleue devant des tourelles de nuages lilas. Les mouettes volent au-dessus des vagues ourlées de blanc. L'odeur de sel, la fumée qui s'élève d'un jeu, près de Sa Dragonera, enveloppant les eaux.

Au port, je le vois qui me fait signe. De l'embarcadère, il m'appelle en riant, agitant son chapeau dans le vent. *Je suis de retour à la maison.* De la terre sous les ongles, des mains chaudes. Dès que je franchis la passerelle, il accourt, moins agile que de coutume. Il me prends dans ses bras, me soulève et m'embrasse sur les lèvres, avant de me reposer. Il rougit et s'excuse. Je tends la main vers lui. Il a le visage parsemé de petits croûtes rouges, vestiges de coupures provoquées par le verre de son pare-brise. Francesc grimace et me prend doucement la main pour l'écarter de sa joue. Il voit une trace de sang qui commence à traverser mon pansement.

— Qui t'a fait ça ? me demande-t-il d'une voix teintée d'émotion.

Je l'enlace et pose mes lèvres brûlantes sur les siennes. Je l'attire à moi. Il me soulève de terre et je sens son torse ferme, la terre des montagnes sur sa peau, la note de romarin dans ses cheveux. Je n'ai pas envie d'en parler. Pas ici. Jamais. Je veux faire comme si ce n'était jamais arrivé. *Tu as travaillé dans le jardin.* Sa main est forte sur ma poitrine. Ma robe s'accroche à sa ceinture. *Ça en valait la peine ?* murmure-t-il. Je ne le lui dis pas encore, mais j'ai fait en sorte que oui.

À la maison, je m'installe dans mon bureau, mon vrai bureau, ma tanière qui donne sur le jardin et la gueule béante de la vallée. Ensuite, c'est le rituel. J'ouvre ma sacoche marron et j'en sors mes Pages du Serpent avec la tendresse d'une amoureuse. Je vais m'atteler à sa traduction. Je ne l'ai pas dit à Fabregat et je n'en ai pas l'intention. Je leur ai livré un tueur au prix de mes mains. J'effleure le papier, la matière si délicate – si fragile ! Sur le pas de la porte, Francesc m'interrompt. Je sens son parfum de santal et de cendres, ciboule et terre du jardin, sauge et curcuma, mêlés à l'odeur musquée du travail, de la sueur, du muscle. Je me retourne vers son visage posé, son regard si doux.

— Laisse-moi te serrer dans mes bras, dit-il. Tu m'as manqué.

Ce soir-là, il m'emmène en promenade. La lune clignote tandis que nous sillonnons le terrain escarpé en serpentant dans les bois jusqu'à une corniche qui surplombe le village, avec une vue sur le clocher vert émeraude. *Le calme. Pour une fois. Pour une nuit au moins. Peut-être plus ?* Dans le ciel, les nuages se désintègrent en minces lambeaux de suie, une fine poudre grise. Notre lune croissante baigne de lumière les arbres secs et les ruines d'un moulin. Francesc touche une croix de pierre, trace historique qui surgit de la roche. Il m'encourage à en faire autant. Je refuse.

— Tu ferais bien d'oublier ce que tu as vu à Barcelone, souffle-t-il à mon oreille.

Dans l'après-midi, je m'aventure dans mon bureau pour étudier les pages du parchemin de Natalia. Mais je n'en ferai rien pour l'instant. Certaines exigences de ma guérison, à la fois physiques et mentales, m'empêcheront de me lancer dans ce travail de traduction.

Pour l'heure, je les trouve réconfortantes. Elles sont à l'abri, nous sommes intimement liées. Depuis mon sanctuaire, le manuscrit et moi observons le village, la clocher de la Chartreuse, d'un superbe vert émeraude qui contraste avec la pierre ocre jaune des murs. Les cloches égrènent les heures avec entrain. Les feuilles des arbres commencent à bourgeonner. Des boutons apparaissent çà et là dans les pins. Nous sommes nichés parmi des collines qui ne sont jamais escarpées, jamais brutales. Rien n'est gris. Le village émerge tel un organisme, une créature posée là, en accord avec ses origines, et la brise, les nuages légers, confèrent un certain émerveillement à mes promenades vespérales. Je longe les haies, les cultures en terrasse. Les agriculteurs enroulent leurs tomates sur des structures triangulaires en forme de tipis, les vergers regorgent de pommiers et d'oliviers. Sur une couverture étalée sous un pommier noueux, Francesc me donne deux cuillerées d'huile d'olive pour faciliter ma digestion. Il pose les mains sur mon dos et je ressens sa chaleur, les cercles chauds de son énergie.

— Tu dois apprendre à mieux te contrôler, dit-il en passant les mains dans mes cheveux.

À mieux écouter. À prendre conseil. À admettre que tu vis avec. Malgré tout, je sens que mon cœur va mieux.

Chaque soir, après le dîner, nous recevons un appel. Francesc couvre l'appareil de sa main.

— C'est encore l'inspecteur.

— Dis-lui que j'ai besoin de temps ! crié-je depuis le lit.

Pas encore. Je dois l'évacuer. *Guérir. Oublier.*

— S'il te plaît, me dit Francesc, rentre ton rétro.

J'abaisse la vitre et je rabats le rétroviseur pour permettre au véhicule de passer.

— C'est très…

Francesc lâche le volant et mime l'adjectif « étroit » de ses mains. Quand la voiture manque de quitter la route, il reprend le volant. Je ris !

— Mais le plus bizarre, c'est qu'on a l'impression qu'elle est plus large quand on part ! C'est difficile à l'aller seulement. Pour repartir, beaucoup moins.

Il gare la voiture et se penche pour m'embrasser, puis il glisse mes cheveux derrière mon oreille. Les murs du monastère sont d'un jaune tacheté, la pierre couverte de grès, avec des tuiles roses. Des palmiers nains et des fougères balayées par le vent, alanguis. L'écorce ruisselante de l'olivier est d'un ton pourpre acajou. Francesc traverse la cour d'un pas vif et entre dans l'église en écartant les rideaux, derrière la porte en bois. L'atmosphère est intime. Tandis que mes yeux s'adaptent à la pénombre, je suis le souffle de Francesc, son murmure rauque.

Une silhouette se lève d'un siège en chêne et ôte sa capuche. Autour du cou, elle porte une croix de bois et un chapelet. Je trempe les doigts dans le bénitier et je sens les gouttes d'eau tiède sur mon front.

— *Benvolguda, senyoreta Verco*. Nous avons reçu la visite d'un esprit, déclare le moine. Quand vous aurez un moment, j'aimerais que vous m'aidiez à découvrir de qui il s'agit.

— Moyennant quelle rétribution ? demandé-je.

Nous nous exprimons selon un code tacite.

— Nous avons consulté nos sources, comme vous l'aviez demandé.

Il me tend un rouleau de papier :

Dans ses trois maisons
On trouve un signe
Il y eut d'abord ce livre,
Celui de l'homme consterné.

La signature qui figure au dos est identifiable immédiatement. L. Sitwell. Une chaleur m'envahit. Je sens la main de Francesc dans mon dos. *Tiens bon. Tiens bon. Prépare-toi, mademoiselle Verco. Nous n'en sommes qu'au début. Les chasseurs de trésors partent pour un long voyage. Le monde tourne, tourne, et nous avec lui.*

Nous garons la voiture au bas de la route. Francesc se dirige vers notre maison. Je lui emboîte le pas lentement. La terre est humide, les champs verdoyants, les nuages duveteux, gris et épais, épanouis, plus ronds que jamais. Les orchidées hibernent, mais les fleurs de thym du jardin, les plantes vertes en pot et les légumes d'hiver sont superbes. L'air sent l'oignon et l'ail, la terre humide, la cendre et le feu de bois de chêne. Je respire profondément et je me réjouis d'être en vie. *Lâche prise.* Ici, maintenant, il n'y a que le ravissement. Le soleil transperce de temps à autre les nuages d'un rai de lumière qui barre le chemin, en contrebas des monastères et des manoirs, le long des pâturages, des pinèdes. Puis, la terre descend et je me retrouve seule dans la Serra de Tramuntana, avec à ma gauche les parois rocheuses qui plongent vers la mer et à ma droite la crête dentelée. De quoi couper le souffle, donner l'impression que mon esprit se détache de mon corps et que je me perds devant tant de beauté…

REMERCIEMENTS

Ce roman n'aurait pu avoir de meilleurs défenseurs que Jon Riley, mon éditeur, son assistante Rose Tomaszewska et toute l'équipe de Quercus. Je tiens à les remercier pour leur énergie, leur soutien à chaque étape, de la conception, superbe, à la correction, en passant par les réécritures successives. Un grand merci à mes éditrices Iris Tupholme et Lorissa Sengara, de HarperCollins Canada. Felicity Blunt, un agent extraordinaire, qui a fait de toute cette aventure une expérience merveilleuse. Ce roman va encore plus loin que je ne le pensais grâce à l'équipe responsable des droits étrangers chez Curtis Brown, la créativité et la passion de Katie McGowan et rachel Clements. Je dois également beaucoup à Nick Marston, qui m'a encouragée à continuer dans l'écriture, il y a de nombreuses années.

Les récits relatifs à la sibylle sont relatés le plus factuellement possible. *Sibyls and Sibylline Prophecy in Classical Antiquity* de H. W. Parke et Brian C. McGing (mai 1988) et *Sibyls : Prophecy and Power in the Ancient World*, de Jorge Guillermo, furent pour moi des outils indispensables. Pour ce qui est de l'histoire du paganisme et ses développements aux XIXe et XXe siècles, j'ai consulté *The Triumph of the Moon :*

A History of Modern Pagan Witchcraft de Ronald Hutton et *Grimoires : A History of Magic Books* d'Owen Davies, tous deux parus chez Oxford University Press. L'ouvrage le plus divertissant sur le sujet fut à mes yeux *Alchemy*, d'E. J. Holmyard. *Promethean Ambitions : Alchemy and the Quest to Perfect Nature*, de William R. Newman et *The Secrets of Alchemy*, de Lawrence M. Principe, sont des sources très riches. La lecture de *The Good and Evil Serpent*, de James H. Charlesworth, m'a passionnée, de même que celle de *The White Goddess* de Robert Graves et *The Golden Bough* de Sir James George Frazer. La London International Palaeography Summer School et la London Rare Books School m'ont offert des cours exceptionnels au Senate House. Aux lecteurs intéressés par les œuvres du mystique catalan Raymond Lulle, qui m'a inspiré le personnage de Rex Iluminatus, je recommande *Doctor Illuminatus : A Ramon Llull Reader*, d'Anthony Bonner. Toute erreur, fiction et invention sont de mon fait.

La gentillesse et l'hospitalité de nombreuses personnes de par le monde m'ont particulièrement touchée. Merci à Roman et Olga Camps qui m'ont accueillie au sein de leur famille, merci à Vera Salvat, pour son amitié et sa générosité. Un merci spécial au Dr Mercè Saumell et au personnel enseignant de l'Institut del Teatre. Pep Gatell et Nadala Fernández de La Fura dels Baus m'ont prise sous leur aile pour me montrer l'univers caché de leur théâtre. Je souhaite honorer la mémoire de J. Martin Evans, de l'université de Stanford, qui m'a donné le goût de la littérature, et Rosemary Vercoe qui, à l'âge vénérable de 93 ans, m'a invitée à rester deux jours – qui se sont transformés en plusieurs années – à Londres. Merci à Francine Toon, qui a lu les premières ébauches et m'a encouragée à rêver. À la famille Dodgson, qui m'a procuré un second foyer, à Londres, et les meilleurs repas du dimanche du quartier de Highbury. Sarah et Peter Bellwood, qui sont présents depuis le départ, à Ojai, comme des marque-pages. Marie, David et Jane, merci à vous. Votre sagesse m'a été précieuse.

Je dois énormément à mes parents, Stephen et Clarissa, et à chacun de mes sept frères et sœurs : Joshua, Samuel, Lizzie, Matthew, Rebecca, Catherine et Isabella. Je leur dois ce livre. Calum, tu es tout pour moi, mon meilleur ami, mon grand amour. Merci pour ces quatre années merveilleuses.

TABLE

Le Livre de Poche s'engage pour
l'environnement en réduisant
l'empreinte carbone de ses livres.
Celle de cet exemplaire est de :
500 g éq. CO$_2$
Rendez-vous sur
www.livredepoche-durable.fr

PAPIER À BASE DE
FIBRES CERTIFIÉES

Composition réalisée par Belle Page

Achevé d'imprimer en février 2017, en France sur Presse Offset par
Maury Imprimeur – 45330 Malesherbes
N° d'imprimeur : 215533
Édition 03 – février 2017
LIBRAIRIE GÉNÉRALE FRANÇAISE – 21, rue du Montparnasse – 75298 Paris Cedex 06

37/3694/9